En achetant ce livre,
vous avez gagné
le droit de participer au
grand concours
permanent
de Pocket S.-F.

Envoyez-nous votre réponse !
Détachez l'encart à la fin du livre
(avant-dernière couverture)
et postez-le !

Alors... alors...
Joie ! pleurs de joie !
Les 100 premières personnes
ayant envoyé une réponse juste
(le cachet de la poste faisant foi)
recevront un livre.

PRESSES POCKET

MISSION TERRE

LA PLUS GRANDE DÉKALOGIE DE L'HISTOIRE DE LA LITTÉRATURE DE SCIENCE-FICTION

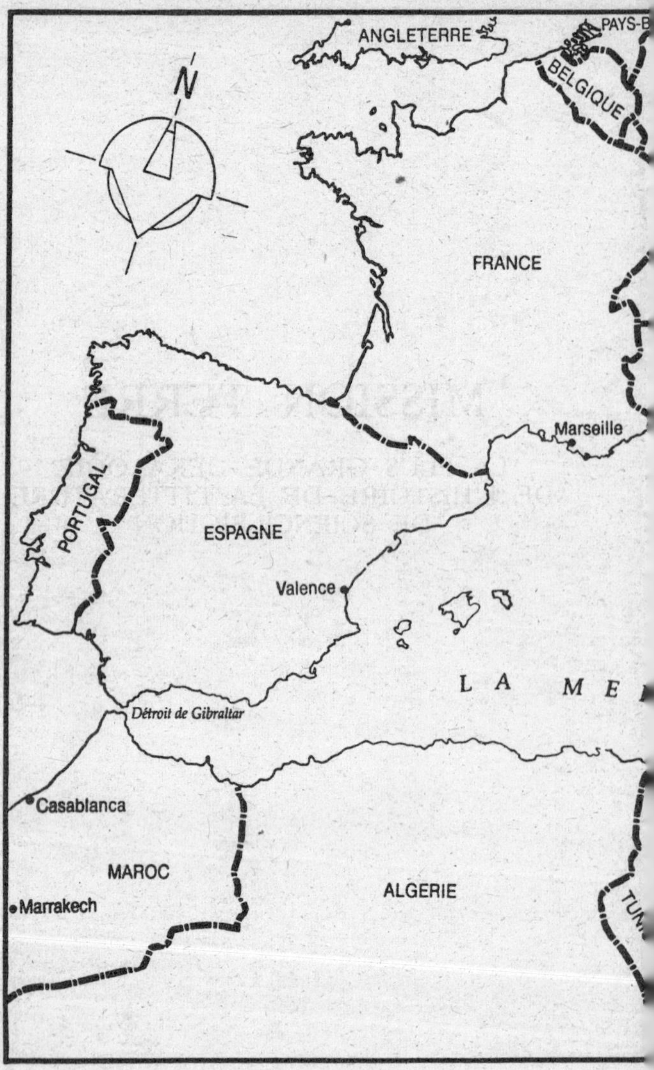
N
ANGLETERRE
PAYS-B
BELGIQUE
FRANCE
Marseille
PORTUGAL
ESPAGNE
Valence
L A M E
Détroit de Gibraltar
Casablanca
MAROC
Marrakech
ALGERIE
TUN

Blito-P3 (La Terre)

La Mediterranée

Carte établie par 54 Charlee Neuf

AVERTISSEMENT : La planète Terre (Blito-P3) n'existe pas. Cette carte n'a jamais figuré dans les archives astrographiques royales. Elle est basee sur les descriptions contenues dans cette œuvre de fiction, et sur rien d'autre.

Sur l'ordre de Lord Invay
Président du Conseil des Censeurs.

ŒUVRES DE L. RON HUBBARD
DANS PRESSES POCKET

MISSION TERRE

1. LE PLAN DES ENVAHISSEURS
2. LA FORTERESSE DU MAL
3. L'ENNEMI INTÉRIEUR
4. UNE AFFAIRE TRÈS ÉTRANGE
5. L'EMPIRE DE LA PEUR
6. OBJECTIF MORT
7. DESTINATION VENGEANCE

TERRE CHAMP DE BATAILLE

1. LES DERNIERS HOMMES
2. LA RECONQUÊTE
3. LE SECRET DES PSYCHLOS

SCIENCE-FICTION
Collection dirigée par Jacques Goimard

L. RON HUBBARD

MISSION TERRE

Tome 8

CATASTROPHE

PRESSES DE LA CITÉ

Publié par
Les Presses de la Cité
12, av. d'Italie
75627 Paris Cedex 13

et

NEW ERA ® Publications International ApS
Store Kongensgade 55, 1264 Copenhague K
Danemark

Titre original : MISSION EARTH — Disaster

Traduit de l'américain par Michel Demuth
pour NEW ERA Publications International ApS

PRESSECO
PAPIER RECYCLÉ
NATURE PROTÉGÉE

ISBN 2-266-04640-3

À VOUS, millions de fans de la science-fiction,
et à tous les lecteurs en général,
à tous ceux qui m'ont si chaleureusement accueilli
à mon retour dans le monde de la fiction,
ainsi qu'aux critiques et aux médias
qui ont applaudi le roman
TERRE Champ de Bataille.

Je suis heureux d'écrire pour vous tous!

L. Ron Hubbard

Mise en garde du Censeur voltarien

Le présent ouvrage ne vise qu'au sensationnel sous sa pire forme et le lecteur qui voudrait s'y risquer a mieux à faire.

Les documents juridiques auxquels il se réfère n'existent pas. Non plus que les données d'ordinateurs. Il n'y a pas la moindre trace de pareilles ruines.

Pas plus que de la planète Terre.

C'est comme ça et pas autrement!

Lord Invay, Historien Royal,
Président du Conseil des Censeurs

Palais Royal, Confédération de Voltar

Par ordre de Sa Majesté Impériale Wully le Sage

Préface du traducteur voltarien

Les intentions de Lord Invay m'échappent.

D'abord, on me demande de traduire cet ouvrage, et ensuite de dire à tout le monde de ne surtout pas le lire. Je n'arrive pas vraiment à comprendre.

Aussi longtemps que vous voudrez bien m'accorder votre attention, je serai pour vous Charli Neuf. Je ne fais que remplir mes obligations en vous informant que cette œuvre a été traduite du voltarien dans votre langue qui, je vous le précise, n'existe pas. Ça, c'est malin.

J'ai utilisé le terme « trou noir », quoique je pense que vous disposez d'un autre plus approprié. Sur le plan astronomique, il est en effet légèrement inexact. Votre science terrestre est tellement emberlificotée qu'elle est incapable de projeter la moindre lumière sur l'univers. Mais, étant donné que les savants terriens ne croient pas à la possibilité de phénomènes transluminiques, ils sont dans l'incapacité d'admettre le concept de lumière implosée à l'autre extrémité du spectre.

Ce que vous allez lire concernant les trous noirs est exact, malgré tout ce que vous avez pu entendre. Ils sont de dimensions variées et les plus petits peuvent être effectivement captés et utilisés.

J'ajouterai pour finir que je n'ai jamais eu la chance de rencontrer Corky, dont vous allez faire la connaissance dans ce volume, mais à l'écouter, il me semble avoir affaire à quelqu'un dont tous les circuits sont bien soudés.

Et sur ce, je vous livre l'index pour ce volume.

Votre dévoué,
54 Charli Neuf
Cerveau-robot du Traductophone

Lexique pour Catastrophe!

Absorbo : Revêtement qui absorbe les ondes lumineuses, rendant tout objet virtuellement invisible et indétectable.

Activateur-récepteur : Unité électronique que *Gris* utilise pour recevoir les signaux des mouchards implantés sur la *comtesse Krak* et sur *Heller* afin de voir et d'entendre tout ce qu'ils font. (Voir *Mouchard.*)

Afyon : Ville de Turquie où l'*Appareil* a installé sa base secrète. (Voir carte.)

Ahmed : Chauffeur de taxi et agent de l'*Appareil* dont *Gris* utilise les services à *Afyon.*

Antimanco : Race qui fut exilée il y a longtemps de la planète *Manco* pour meurtres rituels. Certains *Antimancos* ont été assignés par *Hisst* au service de *Gris.* (Voir *Étoile de contrôle.*)

Appareil de Coordination de l'Information : Police secrète de *Voltar*, placée sous les ordres de *Lombar Hisst* et composée de criminels. Son symbole est une pagaie à l'envers qui ressemble à une bouteille, ce qui a valu aux membres de l'*Appareil* le surnom d'« *ivrognes* ».

Atalanta : Province natale d'*Heller* et de la *comtesse Krak*, sur la planète *Manco.*

Babe Corleone : Veuve de « Saint Joe » Corleone. Haute de 1,90 mètre, elle règne sur le gang.

Bang-Bang Rimbombo : Ex-marine, expert en destruction. Membre du gang *Corleone.*

Barben, I.G. : Société pharmaceutique terrienne contrôlée par *Rockecenter.*

Bildirjin (infirmière) : Jeune fille turque assistante de *Prahd Bittlestiffender.*

Bittlestiffender, Prahd : Jeune cytologiste voltarien qui a implanté les mouchards audiovisuels dans le crâne d'*Heller*, de la *comtesse Krak* et du *Dr Crobe.* (Voir *Mouchard* et *Cytologie.*)

Blito-P3 : Nom voltarien d'une planète appelée localement « Terre ». Troisième planète (P3) d'une étoile naine jaune dénommée Blito.

Blixo : Transporteur de l'*Appareil* qui fait régulièrement la navette entre *Voltar* et *Blito-P3*. Le voyage dure environ six semaines.

Calendrier d'Invasion : Le calendrier voltarien des conquêtes galactiques. Les plans et le budget de chaque branche gouvernementale de *Voltar* doivent être parfaitement en accord avec le calendrier. Mis au point par les ancêtres voltariens il y a plusieurs centaines de milliers d'années, ce calendrier est considéré comme le guide sacré de la *Confédération* et il est toujours demeuré inviolé.

Chronoviseur : Instrument de navigation spatiale voltarien utilisé à bord des vaisseaux ultraluminiques pour détecter les obstacles dans le futur et modifier le cap dans le présent afin de les éviter. (Voir *Y avait-Y aura.*)

Code (transgression du) : Il s'agit de la violation du *Code spatial a-36-544-M*, lequel interdit d'avertir les populations étrangères de la présence des Voltariens. La transgression est punie de mort, aussi bien pour les coupables que pour les indigènes.

Confédération : Voir *Voltar.*

Corleone : Famille de la Mafia dirigée par Babe Corleone, ex-chorus girl du *Roxy* et veuve de « Saint Joe » Corleone.

Crobe (Dr) : Cytologiste de l'*Appareil* qui prend plaisir à créer des monstres à partir d'êtres humains.

Cytologie : Science médicale voltarienne qui permet de réparer partiellement ou totalement l'organisme par la régénération cellulaire des tissus.

Démon Manco : Esprit mythologique de la planète *Manco.*

Éclair bleu : Flash violent de lumière dont les vaisseaux spatiaux de *Voltar* se servent afin de rendre inconsciente toute créature vivante avant de se poser. Également appelé « lumière paralysante ».

Epstein, Izzy : Étudiant de l'*Université d'Empire* (autrement dit l'Université de New York) dont *Heller* s'est attaché les services afin qu'il mette sur pied un conglomérat de sociétés.

Esspion : Lorsque *Gris* a été engagé comme espion de la famille *Rockecenter*, Miss Paix, la secrétaire de *Rockecenter*, lui a tatoué son titre sur le torse en faisant une faute. Depuis, *Gris* pense que *« esspion »* est une orthographe propre à la famille *Rockecenter* et il l'utilise ainsi.

Étoile de contrôle : Un gadget électronique confié à *Gris* par *Hisst*. Il se présente sous la forme d'une étoile-médaillon et permet de paralyser les pirates antimancos de l'équipage de l'*Appareil* qui a accompagné *Gris* et *Heller* de *Voltar* à la Terre.

Faht Bey : Nom turc du commandant de la base secrète de l'*Appareil* à *Afyon*, en Turquie.

Faustino « la cravate » Narcotici : Chef d'une famille de la Mafia qui écoule clandestinement les drogues de l'*I.G. Barben* et vise à s'emparer du territoire de la famille *Corleone*.

FFBO : Fable, Farce, Burp et Obscène. La plus grande agence de publicité du monde.

Flooze et Plank : Cabinet d'avocats qui a la charge des intérêts de *Rockecenter*.

Flotte : La force spatiale d'élite de *Voltar*, à laquelle appartient *Heller* et que méprise l'*Appareil*.

Gracious Palms : Élégant établissement de prostitution dirigé par la famille Corleone et situé en face de l'immeuble des Nations Unies.

Grafferty : Officier de police corrompu de New York, surnommé « Bulldog ».

Grand Conseil : Le gouvernement de *Voltar*, qui a décidé l'envoi d'une mission sur *Blito-P3* pour éviter son autodestruction et respecter le *Calendrier d'Invasion*.

Gris, Soltan : Officier de l'*Appareil* responsable de la section *Blito-P3* (Terre) et ennemi juré de *Jettero Heller*.

Heller, Hightee : Sœur de *Jettero Heller*. La star la plus célèbre de la *Confédération de Voltar*.

Heller, Jettero : Ingénieur de combat et officier royal de la *Flotte*, envoyé par le *Grand Conseil* sur Terre où il opère sous le nom de Jerome Terrance Wister.

Hisst, Lombar : Chef de l'*Appareil* dont le but est de s'emparer du pouvoir au sein de la *Confédération* et qui, à cette fin, a chargé *Gris* de saboter la mission d'*Heller*.

Inkswitch : Nom qu'utilise *Gris* quand il se présente comme agent du FBI.

Ivrognes : Voir *Appareil*.

Joy, miss : Voir *Krak*.

Junior : Surnom donné à Delbert John Rockecenter II.

Karagoz : Paysan turc, majordome de la villa de *Gris* à *Afyon*.

Krak, comtesse : Condamnée pour meurtre, elle a été emprisonnée à *Répulsos*. Elle est la maîtresse d'*Heller*. Sur Terre, elle utilise le nom d'emprunt de *Joy Divine Krackett*.

Madison, J. Walter : « Public relations » renvoyé de *FFBO* pour avoir causé le suicide du président de la Patagonie. Réengagé par *Trapp* pour immortaliser *Heller* (qui ignore tout de son rôle) par le jeu des médias. Également connu sous le nom de J. Warbler Madman.

Manco : Planète natale d'*Heller* et de la *comtesse Krak*.

Maysabongo : Heller a été nommé représentant de ce petit État africain. *Izzy Epstein* a établi le siège social de certaines des sociétés d'*Heller* au *Maysabongo*.

Melahat : Servante turque de *Gris* à *Afyon*. Epouse de *Karagoz*.

Menton Noir : Surnom donné par *Gris* à *J.E. Sayzee*.

Monsieur Calico : Chat de race « calico » dressé par *Krak*.

Mortiiy, prince : Leader d'un groupe rebelle de la planète Calabar.

Mouchard : Système d'espionnage électronique que *Gris* a fait implanter dans le crâne d'*Heller*. Un moniteur permet à *Gris* de voir et d'entendre en permanence tout ce que fait *Heller*. Le signal est capté par un récepteur via un décodeur. Lorsque *Heller* se trouve à plus de 350 kilomètres de *Gris*, c'est le *Relais 831* qui amplifie le signal.

Musef : Champion de lutte turc. Comme son ami *Torgut*, il est garde du corps de *Gris*.

Octopus Oil : Compagnie de *Rockecenter* qui détient le monopole du pétrole.

Pilotes-assassins : Ils ont ordre de tuer tous les agents de l'*Appareil* qui tenteraient de fuir une bataille.

Pinch, miss : Ex-lesbienne et ex-employée de *Rockecenter* qui a épousé *Gris* en mariage bigame. Depuis, elle le fait chanter avec des photos compromettantes et truquées où on le voit avec *Teenie Whopper*.

Raht : Agent de l'*Appareil* sur Terre. Il a été chargé d'assister *Gris* dans le sabotage de la mission d'*Heller*. Son partenaire, *Terb*, a été tué.

Répulsos : Depuis mille ans, c'est la forteresse-prison secrète de l'*Appareil*, au cœur des montagnes. La *comtesse Krak* y a été détenue.

Rockecenter, Delbert John : Un Terrien qui contrôle le carburant de la planète, les finances, les gouvernements et la drogue.

Sayzee, J.E. : L'homme au menton noir qui travaille pour le compte de la Grabbe-Manhattan Bank de *Rockecenter*.

Secoueur-chaud : Boisson voltarienne très populaire.
Section Couteau : Section de l'*Appareil* qui porte le nom de son arme favorite.
Simmons, miss : Fanatique de l'antinucléaire.
Snelz : Commandant de section de *Répulsos* qui s'est lié d'amitié avec *Heller* et *Krak* lorsqu'ils étaient détenus dans la forteresse-prison.
Stabb (capitaine) : Chef des *Antimancos* de la base d'*Afyon*.
Sultan Bey : Nom turc que *Gris* porte à Afyon.
Terb : Partenaire de *Raht*. A été tué.
Ters : Chauffeur turc au service de *Gris*.
Torgut : Champion de lutte turc. (Voir *Musef*.)
Trapp : Le tout-puissant avocat de *Rockecenter*. Il appartient au cabinet *Flooze et Plank*.
Twiddle (sénateur) : Supporter de *Rockecenter* au Congrès.
Utanc : La belle danseuse du ventre achetée par *Gris* et qui est son esclave-concubine.
Voltar : Planète centrale de la *Confédération* des 110 mondes fondée il y a 125 000 ans. Voltar est gouvernée par le *Grand Conseil*, sous l'autorité suprême de l'Empereur et en accord avec le *Calendrier d'Invasion*.
Wister, Jerome Terrance : Nom utilisé par *Heller* sur Terre.
Whopper, Teenie : Une teenager qui passe son temps à séduire *Gris*.
Y avait-Y aura : Redoutable système de propulsion temporelle qui permet à *Heller* de franchir en un peu plus de trois jours la distance de 22,5 années-lumière qui sépare la Terre de *Voltar*.

SOIXANTE-DEUXIÈME PARTIE

À Lord Turn, Juge des Cours et Prisons Royales, Cité du Gouvernement, Planète Voltar, Confédération de Voltar.

Votre Seigneurie!

Moi, Soltan Gris, officier de grade XI des Services Généraux, ex-officier subalterne de l'Appareil de Coordination de l'Information, Confédération de Voltar (longue vie à Sa Majesté Royale Cling le Hautain et à tout l'Empire!), je vous soumets ici la huitième et dernière partie de ma confession.

Je vais être maintenant en mesure de vous relater de quelle façon je me suis retrouvé dans votre belle prison.

Votre Seigneurie a peut-être été choquée par le fait que Jettero Heller, officier de la Flotte, ait été tué dans la vieille taverne du Connecticut.

Oui, certes, j'avais ordonné à l'agent Raht de le tuer, mais, là encore, c'était la faute d'Heller. Après tout, c'est bien lui qui avait acheté cette taverne abandonnée qui avait jadis servi aux trafiquants d'alcool de la Mafia, c'est bien lui qui s'était lié d'amitié avec la vieille aveugle et qui s'était présenté comme « le petit ingénieur blanc » de la République du Maysabongo. C'est bien lui aussi qui avait acheté les services de ces deux shérifs adjoints et leur avait donné le titre de « marines du Maysabongo ».

Dans cette situation, j'avais éprouvé une espèce de bizarre engourdissement. J'avais rêvé la mort d'Heller depuis des mois, je l'avais préparée, planifiée, et j'aurais dû être soulagé. Mais, sans raison apparente, je ne l'étais pas.

Et je n'avais pas ressenti la moindre joie en voyant Ahmed

lâcher la grenade à gaz dans le conduit d'aération de la cellule de la comtesse Krak.

Mais mes sentiments personnels, néanmoins, ne me détournèrent pas de mon devoir quand l'agent Raht me dit qu'il y avait des diamants dans la vieille taverne. Je lui avais donné l'ordre de tuer Heller, et tout ce que cet incapable savait faire c'était se lamenter, m'appeler au secours et me répéter qu'il perdait son sang. Comportement typique de la racaille. Mais, quand il m'apprit qu'il avait découvert des diamants, je répondis à l'appel du devoir.

C'est donc avec un plaisir total que je décollai d'Afyon à bord du *Remorqueur 1* avec le capitaine Stabb et son équipage d'Antimancos. Le vaisseau – baptisé par Heller *Prince Caucalsia* – n'avait plus bougé depuis qu'Heller était arrivé aux États-Unis. Le fait que, pour aller voir son cadavre, j'emprunte le vaisseau avec lequel il nous avait amenés sur Terre était admirablement symbolique. Après tout, mes ennuis avaient commencé là.

J'avais dit aux pilotes-assassins qu'ils n'avaient aucune inquiétude à avoir, il n'était nullement dans notre intention de fuir la planète – je n'ai d'ailleurs jamais compris qui avait pu lancer ce genre d'idée, mais Lombar Hisst, en tant que chef de l'Appareil, aurait pu tout à fait en être capable.

À propos d'assassins, j'étais soulagé à l'idée de ne plus avoir à craindre celui que Lombar avait désigné pour me liquider si jamais je venais à échouer dans ma mission.

Mon plan était simple. Nous irions dans le Connecticut récupérer les diamants avant de filer en Floride pour liquider l'usine de dépollution d'Heller, puis jusqu'à Detroit pour faire sauter l'usine Chryster où l'on fabriquait les nouveaux carburateurs. Et enfin, retour à New York pour détruire l'Empire State Building. Alors seulement je pourrais dire avec certitude à Rockecenter que j'avais réussi, qu'Heller ne menaçait plus son monopole sur le pétrole.

Pour finir, avec une dernière cargaison d'opium destinée à Lombar, je regagnerais Voltar en vainqueur et deviendrais chef de l'Appareil.

C'est dans cet état d'esprit que j'embrassai ma douce Utanc et que je partis.

1

Furtivement, dans la nuit, nous avons traversé le monde jusqu'au Connecticut.

Le moral des Antimancos était au plus haut. Le capitaine Stabb les avait remontés : un officier royal, ça n'était pas une mince affaire. Ils me considéraient comme un héros et me donnaient de grandes claques amicales sur les épaules.

– Gris, il devrait y en avoir plus comme vous, me déclara Stabb alors que nous nous tenions derrière les pilotes et que le vaisseau dévorait le ciel. Rien que parce qu'on a un jour piqué un vaisseau de la Flotte et qu'on est allés pirater avec, ces (enbipés) * d'officiers nous ont foutus dedans – nous, les meilleurs sous-officiers qu'on puisse trouver ! Ils nous ont fait traîner en justice, condamner à mort, et sans des types comme vous ou Lombar Hisst qui nous ont tirés du trou, on serait morts à l'heure qu'il est. Oh, n'allez surtout pas croire qu'on est des ingrats, officier Gris. Quand on aura raflé ces diamants, on pillera toute la planète les yeux fermés rien que sur vous ! Viole, torture et tue, c'est notre devise.

Avec ses petits yeux noirs et sa tête pointue, il me rendait un peu nerveux. Je portai la main à l'étoile, au bout de sa chaînette. Chacune de ses branches correspondait à un membre de l'équipage Antimanco. Braquée à droite, elle générait un choc électrique. À gauche, elle plongeait l'adversaire dans un état de transe hypnotique. La branche du haut était destinée à neutraliser le capitaine Stabb. Jamais encore je ne m'étais servi de

---

* Le vocodiscoscribe sur lequel ceci a été originellement écrit, le vocoscribe utilisé par Monte Pennwell afin de réaliser un texte clair et le traducteur chargé de transcrire ce récit dans la langue dans laquelle vous le lisez appartiennent tous à la Ligue pour la Pureté de la Machine qui a parmi ses statuts celui-ci : « A cause de la sensitivité extrême et de la sensibilité délicate des machines, et afin d'éviter que les fusibles ne grillent, il sera prescrit aux cerveaux-robots desdites machines, s'ils entendent des jurons ou des mots grossiers, de les remplacer par le son ou le mot bip. Aucune machine, même si on la moleste, ne peut reproduire des jurons ou des mots grossiers sous une forme autre que bip. Si de nouvelles tentatives sont faites, visant à obtenir autre chose de la machine, celle-ci est autorisée à faire semblant de se détraquer. Ce règlement a été rendu nécessaire pour la fonction induite de toutes les machines de protéger les systèmes biologiques contre eux-mêmes. »

l'étoile de contrôle sur les Antimancos mais, en cet instant où je sentais l'haleine pestilentielle de Stabb sur moi, j'étais heureux de l'avoir. Je savais, bien entendu, que je méritais largement les compliments qu'il m'avait adressés mais, avec lui, je n'étais pas vraiment à l'aise.

Le *Remorqueur 1*, qu'Heller avait baptisé *Prince Caucalsia*, volait sans problème après sa longue période d'immobilisation. J'aurais bien aimé pouvoir pénétrer dans ses luxueux quartiers d'habitation qui avaient été conçus pour un amiral de la force de remorquage. C'était tout argenté et doré, avec des vases partout. Il y avait même des interrupteurs avec des pierres précieuses. Mais les portes tout autant que les écoutilles ne pouvaient s'ouvrir qu'aux harmoniques de la voix d'Heller. Bien sûr, nous avions trouvé le moyen de passer dans la cale par la chambre des machines, mais je supposais qu'elle était vide, à présent.

À vrai dire, je me sentais inquiet à bord du *Remorqueur 1*. Il avait été construit pour les vols intergalactiques et avait des moteurs spécialement conçus. Les gigantesques convertisseurs temporels Y avait-Y aura propulsaient le petit vaisseau dix fois et demie plus vite que tous les autres. Et le *Remorqueur 2* avait explosé en plein espace à cause d'une sur-accumulation trop rapide des lignes de force, à ce que l'on disait. Et il avait été perdu corps et biens.

Mais, Dieux merci, nous n'étions pas en Y avait-Y aura. Nous marchions bien au-dessous de la vitesse de la lumière, avec les moteurs auxiliaires. Pourtant, même ainsi, le *Remorqueur 1* coupait les longitudes comme une vedette fend les lames de l'océan.

Nous suivions la ligne du crépuscule d'est en ouest et nous devions contrôler la vitesse pour ne pas la dépasser. Quand nous atteindrions le Connecticut, ce devrait être le début de la nuit. À part le mince croissant de la lune dans son dernier quartier, l'ombre régnerait.

Je distinguais par les hublots de proue, un peu à bâbord, une lueur qui devait être New York.

– On est à la verticale de Bridgeport, annonça le pilote. Norwalk droit devant. On arrive pile. (Il rit.) Est-ce que j'aurai le droit de cracher sur le cadavre de l'officier royal s'il est encore là?

– Tant que vous voudrez, dis-je.

Mais j'étais loin d'éprouver la joie que j'avais espérée à l'idée de savoir Heller enfin mort.

– Est-ce que nous ne sommes pas dangereusement bas? m'inquiétai-je.

– Leurs radars ne peuvent pas nous détecter avec notre revêtement d'Absorbo. On est à 20 000 mètres et on pourrait descendre à 10 000 sans risque.

Le pilote décélérait. Les circuits d'anti-accélération gravifiques réagissaient avec une telle docilité que je ne compris que nous descendions qu'en voyant se rapprocher lentement les lumières au sol.

Nous n'étions plus qu'à 15 000, 10 000, 5 000 mètres...

Je fus surpris en voyant l'un des mécaniciens ouvrir les portes du sas. Le capitaine Stabb surprit mon regard et m'expliqua :

– Les ondes de votre radio ne peuvent pas passer la coque. Appelez votre homme et demandez-lui si on peut se poser.

– Agent Raht ! appelai-je.

– Oh, Dieux merci, vous êtes venu ! (La voix de Raht était très faible.) Je suis tombé juste en bas des marches. J'ai perdu beaucoup de sang et je ne peux plus bouger.

– Aux Diables votre sang ! Est-ce que la zone est sûre ou faut-il balancer un éclair bleu?

– Oh, non, surtout pas ! Je risque de ne pas reprendre conscience ! Il n'y a personne dans le coin. Posez-vous vite. Sauvez-moi !

Stabb avait entendu. Il fit un signe au pilote et le *Remorqueur 1* descendit rapidement vers le sol.

Sur les écrans, l'image de l'antique taverne des bootleggers était à peine discernable. Les conifères et les bouleaux qui l'entouraient reflétaient plus vivement la lumière.

Le vaisseau se posa sur l'aire plane située à une centaine de mètres de la porte.

La nuit était déjà très dense. Je perçus la stridulation sinistre des criquets. Un crapaud-buffle coassa dans la rivière. Des lucioles tournoyaient entre les arbres et le parfum frais de la campagne du Connecticut pénétra par le sas.

Le capitaine Stabb se dressa et, par-dessus l'épaule d'un pilote, tourna un bouton sur l'écran. Une vue partielle du porche apparut alors, en infrarouge.

Raht était apparemment tombé en travers des marches, face contre terre, et il semblait inconscient. Sur le porche même, on discernait une forme sombre. À l'évidence, Raht n'avait pas eu la force de déplacer le cadavre d'Heller.

– Sacrées novæ ! brailla Stabb. Regardez-moi ça !

Il désignait un sac, sur le porche. Une cascade de diamants scintillants s'en était écoulée.

– Jeeb ! Fonce là-bas et récupère-les !

Le mécanicien passa la courroie d'un fusil-éclateur sur son épaule, bondit du sas et partit au pas de course.

Je m'approchai à mon tour du seuil. Bien entendu, le remorqueur était posé sur le ventre et je n'avais qu'un pas à faire pour mettre le pied à terre. Mais j'étais bien décidé à ne pas me risquer là-bas.

Peu à peu, mes yeux s'accoutumaient à la faible clarté rougeâtre du vaisseau. Je commençais à distinguer d'autres lumières, assez nombreuses, en fait : celles des villes qui se reflétaient dans le ciel, celle de la lune.

J'observai Jeeb. L'éclateur braqué, il allait atteindre le porche. Les lucioles clignotaient dans l'ombre. À nouveau, le crapaud-buffle coassa. Mais, je ne sais pourquoi, je trouvais cette scène plutôt sinistre. Je me demandais si la légende qui voulait que les cadavres de dizaines de gangsters du temps de la Prohibition reposent sous le sol était vraie. Et je priais les Dieux pour qu'ils nous délivrent de leurs fantômes.

2

Jeeb se penchait sur la forme effondrée en bas des marches. Je le voyais très nettement.

Soudain, il se redressa et cria dans notre direction :

– Ça n'est pas...

Un sifflement! Un craquement!

Jeeb s'écroula, sectionné en deux!

Je reculai en hâte.

– UN TIREUR EMBUSQUÉ! beugla Stabb. Là-bas! On le tient!

Il pointait le doigt sur l'écran. On voyait clairement la silhouette d'un homme avec un fusil, de l'autre côté de la taverne.

Le second mécanicien se rua au-dehors, l'éclateur à la hanche. Il courait dans l'ombre, réglant son arme à infrarouge.

Il parcourut vingt-cinq mètres, bondit à l'abri d'un buisson, épaula et tira. Un éclateur ne produit pas d'éclair en tirant, mais on distingua très bien le mortel faisceau d'énergie qui enveloppait la cible.

Stabb désignait à nouveau l'écran. Le cri s'était étouffé dans sa gorge. Car TROIS NOUVELLES SILHOUETTES ÉTAIENT VISIBLES!

Le mécanicien tira.

DEUX AUTRES CIBLES SURGIRENT!

Et le mécanicien fit soudain entendre un cri perçant.

Son corps jaillit dans les airs.
SA TÊTE ÉCLATA!
– Vite! (Bip) de (bip)! hurla Stabb aux deux pilotes. Prenez des armes, réglez-les sur la température du corps et arrosez-moi tout le secteur!
Les deux hommes bondirent dans la nuit en faisant claquer leurs armes.
Ils partirent l'un sur la droite, l'autre sur la gauche.
Et se mirent à couvert.
Stabb s'était glissé dans le siège de pilotage et réglait les cadrans de vision thermique.
À droite de la taverne : une cible.
Le pilote qui se trouvait le plus loin de nous ouvrit le feu.
Une autre cible thermique se matérialisa sur la gauche. Il tira encore.
Une autre, plus loin.
Le pilote passa en tir automatique.
Et puis soudain, il hurla.
Son corps disloqué sauta dans les airs.
Le bassin arraché!
Son collègue tirait sans discontinuer, fou de terreur.
Et sans cesse, de nouvelles cibles apparaissaient.
À son tour, il poussa un cri et sa tête se sépara de son torse!
– FOUTONS LE CAMP DE LÀ! hurla Stabb.
Je m'installai à côté de lui, dans le siège de pilotage interstellaire.
Il abaissait frénétiquement des leviers, pianotait sur des touches.
RIEN!
Nous étions cloués au sol!
Les commandes ne répondaient plus!
Le regard de Stabb devint vitreux.
Il se leva et posa les yeux sur moi.
– Officier Gris, gronda-t-il, vous nous avez attirés dans un piège! Je serai mort dans quelques minutes! Mais il me reste encore une tâche à accomplir.
Il porta la main à sa ceinture et brandit un couteau. Je compris quelles étaient ses intentions. Il allait m'assassiner!
J'agrippai mon étoile de contrôle. J'appuyai sur la branche du haut, ce qui devait produire un choc électrique.
RIEN!
Je pressai le centre, puis à nouveau la branche. Il aurait déjà dû être paralysé.
RIEN!

– Lombar Hisst, reprit-il, m'a donné l'ordre de vous tuer de mes mains si jamais vous veniez à bousiller la mission!

L'ASSASSIN INCONNU, C'ÉTAIT LUI! LUI, LE CAPITAINE STABB!

Il leva son poignard au-dessus de ma poitrine.

Et son visage se figea.

Tout à coup, il s'effondra sur son siège.

Une longue lame de la Section Couteau était plantée dans son dos!

Une lame que quelqu'un venait de lancer à travers le sas!

3

Des pas.

Quelqu'un approchait du fond de la nuit.

Je tentai de saisir mon arme.

– Restez bien tranquille, Gris. Vous ne pouvez pas me voir, mais moi je le peux.

LA VOIX D'HELLER!

Son fantôme!

Mes Dieux! Je tremblais de tous mes os!

– Ôtez votre ceinturon et jetez-le vers la porte.

Je m'exécutai dans la seconde, en gémissant.

– Levez haut les mains.

J'obéis aussitôt. Je n'osais pas me retourner. J'ignorais quel effet la vision d'un fantôme pouvait produire sur ma psyché.

Je perçus un bruit de pas légers derrière moi.

Et soudain, un filin me serra les poignets. Puis tout le corps. Et je me retrouvai saucissonné dans le siège de pilotage.

D'autres bruits de pas. Dans le verre des hublots, je discernais le reflet du fantôme. Il parcourait les coursives, ouvrant les portes à coups de pied, prêt à ouvrir le feu.

Une autre voix.

– Alors vous vouliez me faire tuer, comme mon partenaire Terb.

RAHT!

Je coulai un regard de côté. Il était là en chair et en os, la moustache bien lisse. Et il braquait son arme sur moi!

– Traître! grinçai-je.

– Oh, non, Gris. Le traître, c'est vous. Quand vous avez attiré cette merveilleuse femme dans un piège mortel, vous m'avez rendu malade. Et vous avez osé m'ordonner d'assassiner un officier royal! Vous devez être complètement cinglé!

– Alors il n'est pas mort? Ce n'est pas un fantôme?

Raht eut un petit rire aigu et mauvais.

– Il n'a rien d'un fantôme. C'est un officier, un VRAI, lui. Pas comme vous. Quand il est parti pour l'Italie, je l'ai suivi. Je savais qu'il était hors de portée de vos écrans et j'ai pu lui révéler ce qui se passait. Il m'a montré ses ordres. Les siens aussi émanent du Grand Conseil. Je suis donc revenu ici avant lui, j'ai donné à la nièce de la vieille dame une note qu'elle lui a lue, et ensuite je n'ai plus eu qu'à monter ce piège.

– Vous voulez dire qu'il vous a fait confiance alors que vous aviez une arme?

– Mais non, je n'avais pas d'arme. Je n'ai fait qu'utiliser des flashes. Quand je l'ai appelé, il s'est montré. J'en ai déclenché un premier près de la porte. Puis un autre dans un buisson. Là, il a tiré et j'ai déclenché le troisième flash. Tout ça à distance. Et j'ai tout simplement coupé là réception vidéo en éteignant l'activateur-récepteur. C'est pour ça que votre écran est devenu vide. Et là, il a jeté un bout de ferraille sur le sol pour vous faire croire qu'il venait de lâcher son arme, puis il a tapé du pied pour imiter la chute d'un corps. Alors, j'ai coupé la réception audio.

– Espèce de faux-jeton, vous voulez dire que vous avez monté toute cette bataille?

– Non, non. C'est lui, quand il a compris que vous étiez sourd et aveugle. Il a mis en place des illusions infrarouges de tous les côtés avec des simulacres thermiques. Le tout commandé à distance. On était cachés dans les bois. Pas une seconde on ne s'est approchés de vous! Ça, on peut dire que c'est un authentique officier. Quelle joie de travailler avec lui! En tout cas, ça me change d'une loque comme vous. Terb a été vengé, au moins!

J'étais encore sous l'effet du choc.

– Mais comment ces hommes pouvaient-ils sauter en l'air en criant?

– Oh, ça, c'était son arme secrète. Chaque type avait droit à ses coups de griffes : un chat radioguidé.

La voix d'Heller le coupa soudain.

– Allons, venez ici, Monsieur Calico. Asseyez-vous sur sa poitrine, et si jamais il bouge ou dit quoi que ce soit, pas d'hésitation!

Le chat bondit dans le vaisseau et atterrit sur moi. Il y avait dans ses yeux une lueur sinistre.

J'ouvris la bouche pour parler.

Il me laboura le visage d'un coup de griffes.

– Je pense, dit Raht, qu'il sait que vous êtes mêlé de près à la mort de sa maîtresse. Si j'étais vous, je ferais attention. C'est un chat tueur! Je dois dire qu'il me fiche la trouille!

J'osai affronter le regard lugubre du chat.

Tout au fond de sa gorge, il y avait comme un rugissement.

J'étais pétrifié.

4

– Agent Raht, déclara Heller, nous allons nettoyer ce champ de bataille. Tout ce bruit risque de nous attirer des visiteurs.

Il s'empara du corps de Stabb et le traîna hors du sas. Je les vis qui s'activaient au-dehors à empiler les cadavres. Un frisson me parcourut. J'étais certain qu'ils allaient m'exécuter ensuite.

Heller revint. Il gagna les quartiers de l'équipage. Je distinguais son reflet dans les hublots. Il en ressortit avec une unité de désintégration d'immondices. Il la poussa jusqu'au tas de cadavres. Bientôt, de petites étincelles bleues dansèrent : des éléments métalliques et autres boutons résistaient à la désintégration.

Je distinguai alors une lueur clignotante sur le chemin qui accédait à la vieille taverne. Elle se rapprochait. Une voiture de police! Les adjoints du shérif accouraient!

Ô, Dieux merci, j'allais être sauvé in extremis! Ils n'allaient pas manquer de voir le vaisseau et je leur crierais que j'étais un agent fédéral. Je leur ordonnerais d'arrêter Heller et Raht. J'avais encore ma carte au nom d'Inkswitch sur moi. Non, je ne serais pas exécuté! Et je tenais même Heller pour violation flagrante du Code!

Un instant, le vaisseau fut en plein dans le faisceau des phares de la voiture. Puis elle fit un virage et s'arrêta en face de la taverne.

Les deux flics en descendirent et Heller s'avança à leur rencontre.

– On a des ennuis, mon p'tit ingénieur? s'enquit Ralph.

Ils n'avaient même pas jeté un regard sur le vaisseau.

C'est alors que je réalisai qu'avec cette (bip) de couche d'Absorbo, ils ne pouvaient pas le voir puisqu'il ne reflétait pas la lumière! Pour eux, il était absolument invisible!

Heller n'était qu'à quelques pas d'eux.
– On a entendu des cris et des coups de feu, dit George.
– C'était un chat sauvage, dit Heller.
– Vous blaguez pas? fit Ralph.
– Il doit venir du Canada, déclara George.
– On l'a loupé. Il s'est enfui par la rivière. Dans cette direction.
Il tendit le doigt.
Les deux shérifs adjoints s'élancèrent immédiatement dans la direction indiquée en dégainant leurs revolvers.
Je grognai. Peut-être allaient-ils remarquer quelque chose d'anormal en revenant et venir à mon secours.
Heller entassait les diamants dans le sac. Il le noua avant de le jeter dans la Jeep.
Ensuite, accompagné de Raht, il rentra dans la taverne. Ils réapparurent bientôt avec les boîtes qu'ils avaient récupérées dans l'ancien puits de mine. Ils les entassèrent devant le sas.
Heller monta à bord et, se tournant vers les dalles de la coursive, il lança :
– Ouvrez la cale.
Les dalles se rabattirent avec un claquement sonore.
Il y avait quelque chose de sinistre dans la façon instantanée dont les choses obéissaient à sa voix.
Il s'accroupit dans l'espace réduit de la cale du remorqueur. Je le vis se redresser instantanément. Il tenait un sac.
– Qu'est-ce que c'est que ça? (Il l'ouvrit.) Des fausses pierres?
C'était le sac de pierres artificielles que j'avais achetées en Suisse pour duper le capitaine Stabb. Heller alla jusqu'au sas et le lança à Raht.
Puis il replongea dans la cale. Et remonta avec quelque chose de lourd.
– Par tous les Diables! (Il s'adressa à Raht.) Il doit y avoir là-dedans au moins 750 livres d'or en lingots.
J'eus l'impression que mon crâne allait exploser. Stabb! C'était lui qui avait volé ma première livraison d'or. Il l'avait dissimulé dans la cale, sans doute avec l'intention de le récupérer et de voler le remorqueur quand il en aurait l'occasion, après m'avoir éliminé.
– Est-ce que ça ne représente pas une quantité d'or formidable sur cette planète? demanda Raht.
– Certainement. Au taux actuel, il doit y en avoir pour 7 millions de dollars. On va sortir les lingots des caisses et les mettre dans la Jeep. Ensuite, on les transférera dans ma Porsche, chez

la vieille dame. Elle ne risque pas de voir ce que nous transportons.

Je gémis. Raht n'avait même pas tué la vieille. Cet agent de l'Appareil était réellement pourri. Il méritait d'être fusillé sur place!

– Ça fait vraiment beaucoup d'argent, dit Raht. Ça me rend mal à l'aise.

– Vous allez le confier à mon conseiller financier, Izzy Epstein. Lui, il saura quoi en faire, le rassura Heller. Donnez-moi un coup de main.

Ils entreprirent de remonter l'or de la cale. Raht alla garer la Jeep face à la taverne, pleins phares, et ils rangèrent soigneusement les lingots.

Les deux shérifs adjoints revenaient. Je priai en silence pour qu'ils remarquent enfin la masse noire du remorqueur.

Heller alla à leur rencontre. Il était nettement visible dans le double faisceau des phares.

– On l'a pas trouvé, dit Ralph.

– Mais on a repéré sa trace, ajouta George. C'est sûrement un gros morceau. Vous ne voyez pas d'inconvénient à ce qu'on essaie de l'avoir demain?

– Mais absolument pas, allez-y, dit Heller. Vous êtes des marines du Maysabongo et vous avez le droit de chasse sur ces terres. Mais n'oubliez pas de porter votre étoile.

Les deux shérifs regagnaient leur voiture. Ils montaient à l'intérieur. Quand ils firent demi-tour, je faillis être aveuglé par leurs phares!

Ils s'éloignèrent et disparurent bientôt. J'avais perdu ma dernière chance d'être sauvé. Mais, pourtant, il me restait encore un peu d'espoir. Car je venais de me rappeler que les commandes du remorqueur ne répondaient plus. Donc, nous resterions ici toute la nuit et, le jour venu, il serait parfaitement visible. Les gens accourraient et je pourrais crier que j'étais un agent fédéral qu'on avait kidnappé.

Heller et Raht étaient occupés à fermer la taverne. Heller boucla le cadenas.

Ils revinrent avec un chargement de boîtes qu'ils descendirent dans la cale.

Heller retourna la dernière et l'ouvrit.

Un double fond! C'est donc là qu'il avait dissimulé l'éclateur avec lequel il avait abattu les Antimancos! Toutes les boîtes de la première cargaison avaient un double fond! Sur Voltar, personne ne s'en était aperçu. A présent, il sortait d'autres objets qu'il posait dans le sas. Il y resta un long moment. Aux bruits que j'entendais, je devinai qu'il était occupé à attacher diverses choses.

Il revint avec un appareil qu'il tendit à Raht.

– Vous donnerez ça à Izzy. C'est un vidéophone réglé sur une longueur d'onde que personne n'utilise sur cette planète. J'ai effacé les marques et vous n'aurez qu'à lui dire que c'est un gadget que j'ai inventé. Comme ça, pas de violation du Code. J'aimerais qu'il ait ça cette nuit. Il lui suffit d'appuyer sur ce bouton, là, pour m'appeler. Je n'ai pas pu lui dire grand-chose au téléphone parce que les agents de la sécurité écoutent toutes les communications. Mais je veux qu'il m'appelle dès que possible. Vu?

– Oui, officier, dit Raht. Mais est-ce qu'il ne risque pas de s'apercevoir que vous êtes dans un astronef?

– Je tiendrai la caméra en bas. Il ne verra que mon visage et peut-être quelques tuyaux. Mais de toute façon, il a l'habitude de me retrouver dans des endroits bizarres. Il a déjà un chronoviseur voltarien dans un coffre et il a prêté le serment de sécurité. Dites-lui que c'est la même chose pour cet appareil. Nous avons encore des tas de choses à faire et il va finir par s'inquiéter si nous ne reprenons pas contact.

– Compris, officier, dit Raht.

J'en avais la nausée. Je ne me rappelais pas qu'il m'ait jamais témoigné autant de respect.

Heller s'approchait de moi. Il prit le chat et le posa sur le panneau de contrôle.

– L'agent Raht, me dit-il, m'a appris entre autres détails que vous lui aviez réduit son salaire et coupé ses indemnités. Est-ce exact?

– Il le mérite! grinçai-je. C'est un crétin incapable! Et maintenant qu'il a retourné sa veste, c'est vous qu'il va vendre.

Du fond du sas, Raht intervint :

– Ça vous va bien de parler de trahison! Vous avez violé toutes les lois! Tout ce que j'ai fait, c'est de vous amener devant la justice!

Heller ne paraissait pas l'entendre. Il fouillait systématiquement mes poches et je me débattais. Il prit mon portefeuille et tous les papiers que j'avais sur moi. Mon sang se glaça dans mes veines. La carte Squeeze que j'avais récupérée sur la comtesse Krak! L'adresse de l'Empire State Building était gravée au verso. S'il voyait ça, il comprendrait aussitôt que j'étais directement responsable de la mort de sa fiancée. Et il me tuerait pour ça!

Il explorait les paperasses. Il tomba sur un ordre de réquisition en blanc. Il se mit à le remplir : restitution de plein salaire à l'ordre de Raht avec remboursement rétroactif. Il prit mon identoplaque, visa l'ordre et le donna à Raht en lui recommandant de le remettre au bureau de New York.

– J'ai cru comprendre qu'il vous a promis 10 000 dollars pour me descendre, ajouta-t-il.

Raht secoua la tête.

– Non, officier, je ne veux pas de cet argent-là.

– Peu importe, je vous le donne, dit Heller.

Il ouvrit *mon* portefeuille. Je priai pour qu'il ne trouve pas la carte. Il compta dix coupures de 1 000 dollars et les tendit à Raht.

– Voilà. Faites graver quelque chose sur la tombe de Terb et achetez-vous des vêtements.

Là, j'étais furieux. Et je ne pus m'empêcher de lui lancer :

– C'est moi qui me marre. Vous ne décollerez jamais d'ici. Les commandes du remorqueur ne répondent plus. Vous êtes coincés ici !

– Ah, merci de me le rappeler, dit Heller.

Il sortit et alla déterrer un cylindre qui émettait un bourdonnement diffus. Il l'éteignit et le jeta dans un placard.

– L'unique raison pour laquelle je vous ai fait venir ici, me dit-il, c'est que j'avais absolument besoin du remorqueur. Vous vous êtes posés sur une bobine de neutralisation énergétique qui était réglée pour se déclencher dès que vous ouvririez le sas. C'est uniquement grâce au coussin d'air que vous ne vous êtes pas écrasés au sol. Ces Antimancos, quels crétins !

– J'ai leurs papiers d'identité, dit Raht. Vous les voulez ?

– Jetez-les dans ce tiroir, là-bas. De toute façon, ils sont sans doute faux. A moins que je ne me trompe, ils devaient tous être d'ex-sous-officiers de la Flotte. Probablement condamnés à mort et récupérés par l'Appareil.

– Vous êtes certain de pouvoir piloter seul ce remorqueur ? s'inquiéta Raht.

Heller, sans répondre, souleva une dalle de métal. Et je découvris des rangées de touches et de boutons que je n'avais encore jamais vues. Il appuya sur plusieurs touches.

– Ce capitaine était un vrai monsieur je-sais-tout, commenta-t-il. Typique du sous-officier qui a mal tourné. Le jour où nous avons décollé de Voltar, j'ai essayé de lui expliquer que j'avais fait totalement robotiser le vaisseau, mais il ne m'écoutait pas. Je m'étais dit que nous risquions de nous retrouver devant ce genre de situation. En fait, il n'y a pas besoin d'équipage. Tout se passera bien.

Raht me désigna, moi, misérablement ligoté dans le siège de pilotage.
– Et qu'est-ce que vous allez faire de lui?
Je pouvais lire dans son regard qu'il se disait que la meilleure idée serait d'aller m'abattre à l'extérieur.
– Les règlements prescrivent que, dans la mesure du possible, tout officier impliqué dans des crimes soit livré à la base la plus proche et traduit devant un conseil d'officiers. Je vais donc le conduire jusqu'à la base de Turquie, et sur la foi de votre témoignage et du mien, il sera jugé.
Mon sang se gela dans mes veines. Faht Bey n'avait attendu que cette occasion. Je serais jugé coupable en une seconde et on m'exécuterait de la façon la plus douloureuse qui fût!
Mais mon esprit fonctionnait à toute allure. Oui, il y avait certainement un moyen de me tirer de cette situation!
Parce que c'était la mort qui me menaçait, sans le moindre doute!
Heller! Mes Dieux, il m'avait vraiment eu! Et il triomphait. J'ignorais ce qu'il avait derrière la tête, maintenant, pour en finir avec sa mission, mais je savais que ce serait une catastrophe pour Rockecenter et Lombar. Mais qu'ils aillent aux Diables! C'est à MOI qu'il fallait que je pense en cet instant!
Mais... Une vague d'espoir me parcourut.
À la base d'Afyon, j'avais largement répandu le bruit qu'Heller avait reçu l'ordre de me tuer. Il serait abattu à vue.
Et sur Voltar? Lombar le haïssait et il était désormais à la tête de toute la Confédération!
Une chose était certaine : Heller ne serait pas le bienvenu sur Voltar!
En fait, c'était *lui* qui était le plus directement menacé.
Tout ce que j'avais à faire, c'était de lui donner le change pour rester en vie jusqu'à ce que je gagne la dernière manche. Oui, je ferais semblant de me montrer coopératif. D'être son ami. Et je trouverais bien une manière astucieuse et brillante de l'amener à sa fin.
Peu à peu, ma confiance revenait. Je trouverais bien quelque chose. Tout n'était pas perdu.
Je faillis presque éclater de rire. Heller, ce satané officier royal avec ses grands airs... C'est lui qui trinquerait à la fin de cette mission.
Pour l'heure, il disait au revoir à Raht.
Et Raht le salua dans les règles, les bras croisés, avec une expression d'admiration absolue sur le visage.
Heller referma le sas.

Et reposa le chat sur ma poitrine.

Puis il tendit la main et prit un micro dans le nouveau tableau de contrôle.

– Décollage. À la verticale de New York, altitude 50 000 mètres.

Instantanément, docilement, le remorqueur s'arracha du sol.

Heller se rendit alors dans la cambuse et se servit du secoueur-chaud. Il y avait certainement des mois qu'il n'en avait pas goûté.

Puis il revint s'installer près de moi, dans le siège de pilotage, ou plutôt sur le bras, comme à son habitude, et regarda la terre s'éloigner en silence.

5

Je distinguais la lumière des villes loin en dessous. Nous plafonnions pourtant à 50 000 mètres d'altitude.

Le chat, installé sur ma poitrine, me surveillait de ses yeux menaçants et je savais qu'il brûlait d'envie de me labourer sauvagement le visage avec ses griffes.

Heller avait disposé sur le panneau de contrôle la réplique exacte du vidéophone d'Izzy. L'objectif était braqué vers le haut, en contre-plongée. Installé dans le siège de pilotage planétaire, il attendait l'appel d'Izzy. Il ne quittait pas des yeux les instruments et l'écran de balayage spatial.

– Ça, c'est très bizarre, fit-il. Ça indique la présence d'un vaisseau spatial à moins de deux kilomètres de nous, mais je ne le trouve nulle part. Il n'existe que pour ce voyant d'alerte.

Le rupteur que je m'étais fait greffer dans le crâne! Il déclenchait l'indicateur d'alarme-collision. Bolz m'avait prévenu. Heller ne devait surtout pas soupçonner que je portais ça sur moi. Il devait avoir un hypnocasque.

– Est-ce que vous savez si ces pilotes-assassins ont décollé? me demanda-t-il.

J'étais tiré d'affaire. Une inspiration me vint. J'avais peut-être encore un moyen de le faire tuer et de m'enfuir. Oui, je pourrais trouver une cachette à bord du vaisseau. Et, dès qu'il mettrait les pieds au bas de l'échelle, il serait abattu sur place!

– Vous feriez mieux de retourner à la base terrienne, lui dis-je. Tous les pilotes-assassins sont à nos trousses. Si vous tentez de continuer, ils vous tueront, c'est sûr!

– J'ai une tâche à accomplir. Je ne vois pas leurs vaisseaux. Cet écran doit être en panne.

Et il éteignit le voyant d'alerte.

– Vous allez me faire tuer. Ces canons volants peuvent anéantir ce remorqueur qui est complètement désarmé.

– Vous faire tuer? dit Heller. Voilà une idée plutôt séduisante. Si vous êtes encore en vie, c'est uniquement parce que vous avez été trop lâche pour vous montrer dehors et vous battre avec les autres. Je l'avais dit à Raht.

– Vous m'insultez!

Le chat réagit instantanément et me griffa. Je poussai un cri de douleur.

– N'exagérez pas, Gris, poursuivit Heller. Vous avez suivi une bien triste pente depuis l'Académie, pour vous retrouver chez les « ivrognes ». Je ne pensais pas qu'on pouvait tomber aussi bas. J'ignore ce que vous avez encore bien pu faire pour saboter cette mission et pour quelle raison vous l'avez fait. Mais je ne vous pardonnerai jamais d'avoir attiré la comtesse Krak dans un piège mortel. Je ne fais qu'obéir aux règlements en vous faisant traduire devant un tribunal. Je préférerais vous jeter par le sas.

Je frôlai le malaise en m'imaginant projeté dans l'espace à 60 000 mètres et me consumant au contact de l'atmosphère – à supposer que je vive encore à cet instant.

– Que vous soyez un parfait idiot, ce n'est pas une nouvelle pour moi, dit Heller. Je l'ai compris quand je vous ai vu à Répulsos. Vous avez réquisitionné un éclateur, à l'évidence pour tuer ce malheureux Snelz. Sans que vous vous en aperceviez, je lui ai substitué un éclateur non chargé d'un simple geste, et vous êtes descendu pour tenter d'abattre Snelz avec.

» Vous avez aussi essayé de m'avoir avec une partie de dés pipés et vous ne saviez même pas qu'il suffisait de les réchauffer en les secouant pour qu'ils roulent comme des dés normaux *.

» On vous a étudié sous toutes les coutures, et je pensais alors que vous n'étiez qu'une espèce de crétin dément. C'était vous sous-estimer. Vous êtes d'une méchanceté cosmique, en fait, et vous êtes assez tordu pour qu'on vous jette dans un asile.

» Vous devez commencer à comprendre que, dès le départ, je n'ai jamais été sous vos ordres. Vous devriez savoir qu'un ingénieur de combat de la Flotte opère de son propre chef.

» Sous l'autorité du Grand Conseil, j'ai été responsable de cette mission depuis le premier instant.

---

* Voir Tome 1, *Le plan des envahisseurs*.

– Et si le Grand Conseil dénonce vos ordres?
– Ils sont encore en vigueur aussi longtemps que cette dénonciation ne m'est pas *personnellement* et *officiellement* notifiée.
– Vous et votre influence auprès du Grand Conseil! grinçai-je. Vous et ce (bip) de code avec le capitaine Roke!
Il me fixa.
– Ainsi, c'est donc *vous* qui avez monté cette attaque de mon appartement au *Gracious Palms!* Vous cherchiez la plaque! Raht ne m'en a pas parlé. Mais il n'y a pas de plaque, Gris. Ce code ne comporte que des anecdotes personnelles, et seuls Roke et moi pouvons les comprendre.
Je me tus prudemment. Il ne savait pas que le capitaine Tars Roke avait été expédié en exil sur Calabar. Qu'il continue de rêver. Son retour sur Voltar serait son arrêt de mort.
Il fallait que je réussisse coûte que coûte à rester en vie. Mes pieds me faisaient souffrir.
– Si vous voulez présenter un prisonnier qui ne soit pas mort, vous devriez me faire voir à un docteur. Je suis probablement en train d'attraper la gangrène ou le tétanos.
– Quel plaisir ce serait! Mais quel est le problème?
– Mes pieds. Ils se sont infectés et n'ont pas été soignés. Je vais probablement vous claquer entre les mains si vous ne m'emmenez pas jusqu'à la base terrienne.
Il soupira. Nul n'était censé avoir le droit de tuer les prisonniers en instance de jugement. Ils devaient rester vivants jusqu'à leur comparution.
Il se leva et, un bref instant, je me dis qu'il allait mettre le cap sur la Turquie.
Il ôta le chat de ma poitrine et se mit en devoir de dénouer les liens qui me clouaient sur le siège.
– Déshabillez-vous, dit-il laconiquement.
Une seconde, je me posai la question : devais-je tenter le tout pour le tout? Il ne tenait pas d'arme. Peut-être que si je bondissais sur lui...
Au dernier instant, je compris que c'était un piège qu'il me tendait. Il ne voulait qu'un motif pour m'abattre sur place.
En tremblant, je commençai à ôter mes vêtements.
– Pffuii! Dieux du ciel, Gris, vous ne prenez jamais de bain? Depuis que nous sommes débarrassés des Antimancos, l'air était en train de se régénérer, et maintenant sentez-moi cette puanteur.
– Je ne sens rien de particulier, protestai-je.
– Pour un « ivrogne », ce n'est pas étonnant, dit Heller. Regardez.

Le chat était en train d'éternuer!

Heller me contempla avec mépris.

– Maintenant, ramassez ces frusques. Toutes. Et allez les jeter dans le désintégrateur. Non, pas votre portefeuille, crétin.

Avec des gestes faibles, j'obéis. Je courais le risque qu'il tombe sur la carte Squeeze, ce qui l'amènerait à découvrir que j'avais kidnappé la comtesse et que je l'avais fait tuer. J'en étais malade d'inquiétude.

Je jetai ma tenue de ski dans le désintégrateur, puis le reste de mes vêtements. J'étais maintenant nu, à l'exception des pansements qui entouraient mes pieds.

Sans même prendre la peine de me tenir en respect avec une arme, il me poussa sous la douche et m'obligea à me laver et même à me faire un shampooing.

Cela fait, je gagnai en boitillant le petit carré de l'infirmerie et m'allongeai sur la table d'examen. Il referma des sangles sur mon cou, mes hanches et mes genoux.

Il sortit deux bistouris et je me dis qu'il allait me torturer. Mais non : il découpait mes bandages.

– Ça n'est pas beau, commenta-t-il. Il y a infection. Dans quoi avez-vous marché?

– Des crottes de chèvres.

Il enfila une paire de gants et j'eus la certitude que, cette fois, la séance de torture allait débuter.

Il me prit un pied et examina la plante.

– Monsieur Calico, vous le surveillez, fit-il avant de s'absenter.

Je l'entendis farfouiller dans une boîte d'instruments chirurgicaux. Je savais qu'il allait prendre des pinces en vue de m'arracher les ongles des mains et des orteils pour me faire parler.

Il revint avec deux petits appareils portables. L'un d'eux portait la mention : *Analyseur de métal*. Il était muni d'une lampe qu'il alluma et promena sur mon pied suppurant. Il consulta le voyant.

– Drôles de chèvres, fit-il. Apparemment, elles se nourrissaient surtout de cuivre.

– Quoi?

– La plante de vos pieds est incrustée de minuscules éclats de cuivre. C'est aussi fin que de la poudre mais ce sont quand même des éclats. Le cuivre est un poison mortel.

J'éprouvai un choc violent!

– Prahd! Il a dû saupoudrer ce cuivre sur mes pansements dès le premier jour!

– Prahd Bittlestiffender? fit Heller. Le jeune cytologiste de Voltar? Celui, sans doute, qui a mis les mouchards dans mes yeux et mes oreilles.

Je devais faire attention à ce que je disais. Je serrai les lèvres. Et puis, je me sentis bouillir. Prahd s'était dit qu'il allait pouvoir me récupérer de cette façon, que je le supplierais de me soigner. Et alors, me rappelant la *kaffarah* que je devais verser aux femmes violées et autres chantages, il m'aurait enlevé tous ces éclats de cuivre. Après que j'eus payé.

Heller se penchait à nouveau sur moi avec le second appareil.

Son diagnostic tomba :

– Non, ça ne remonte pas aussi loin. C'est très récent, en fait.

Une idée me traversa soudain. Elle risquait de marcher.

– Prahd se trouve à la base terrienne. Nous pouvons y aller et il vous enlèvera ces mouchards de la tête.

Il ne répondait pas. Il réglait un cadran. Je lus : *Paramagnétique, diamagnétique, ferromagnétique*, sur les contacts.

– Vous avez de la chance. Ce cuivre comporte du fer. Je pense que je vais pouvoir vous enlever ça.

Très lentement, il promena l'appareil sur la plante de mes pieds puis sur mes chevilles. Il consultait le cadran à intervalles réguliers. Sur le dessus, il y avait une plaque qui se couvrait rapidement d'une sorte de buée métallique rougeâtre. Il la nettoya avec un chiffon.

– Prahd a certainement une dent contre vous, dit-il. Ça, je peux le comprendre. Mais s'il s'amuse à jouer encore ce genre de tour, je ne le laisserai me toucher qu'avec un éclateur sur la tempe.

Il répéta plusieurs fois son exploration. Apparemment, il ne trouva pas d'autres éclats de cuivre. Il prit un flacon de solution neutralisante dans une armoire et, à l'aide d'un pinceau, m'en enduisit les pieds jusqu'aux chevilles. Il prit ensuite du mastic à blindage qu'il stérilisa d'un coup de lampe avant de le malaxer avec de la crème de régénération cellulaire. Il m'en mit une couche épaisse et mes pieds furent pris comme dans deux plâtres.

Je compris soudain ses intentions réelles : il venait de me lester les pieds, pour que je tombe encore plus vite quand il m'éjecterait du vaisseau. Je me tendis.

Il venait de reprendre le premier appareil, l'analyseur de métal.

– Vérifions si vous n'en avez pas sur les mains ou ailleurs, dit-il.

Il le promena sur mon torse et je me sentis paralysé par l'épouvante. Selon les longueurs d'ondes qu'il utilisait, ce détecteur pouvait très bien faire apparaître le tatouage que j'avais sur la poitrine, invisible à l'œil nu. Ce tatouage qui annonçait que j'étais un *esspion* de la famille Rockecenter!

Les règlements disaient clairement que si un espion venait à être pris sur le fait, il pouvait être exécuté par un officier sans autre forme de procès. Il suffisait qu'Heller découvre maintenant le tatouage et je n'irais même pas jusqu'au tribunal. Il pourrait me descendre froidement et en toute légalité!

Je surveillais les déplacements du faisceau lumineux avec horreur. Il le passa sur mes doigts. Heller détecta quelques éclats de cuivre et les élimina avec le deuxième appareil.

Il remontait. Je sentis mes pupilles se dilater sous l'effet de la panique. Il s'arrêta à hauteur de mon estomac.

Je priai en silence. J'essayai plusieurs Dieux de Voltar et même Jésus-Christ. La mort n'était plus qu'à quelques centimètres.

Le faisceau remonta encore

Joua sur ma poitrine.

Je fermai les yeux désespérément. Dans un bref instant, la balle me ferait éclater la boîte crânienne.

Il s'était arrêté. Avait-il détecté le tatouage?

J'ouvris un œil. Il cherchait quelque chose. Son arme, certainement.

Je baissai les yeux.

Le pinceau de lumière était dardé droit sur l'emplacement précis du tatouage!

Mais il ne brillait pas.

La lumière n'était pas sur la bonne longueur d'onde!

J'avais un sursis!

Je m'interrogeai : quel Dieu me l'avait accordé?

Heller arracha un dernier éclat de cuivre avec la pince.

Il sortit d'un placard une combinaison de travail jetable et me la lança.

Il défit mes sangles. Je me glissai dans la combinaison et me levai. Il me fit signe de le suivre à nouveau jusqu'au poste de pilotage. Je m'aperçus alors de ce qu'il avait voulu faire : maintenant que l'emplâtre avait séché, chacun de mes pieds devait peser au moins quinze kilos! J'avais peine à avancer.

Il me fit asseoir dans le siège de pilotage interstellaire, puis sortit deux paires de menottes qu'il passa à mes poignets avant de les fixer aux bras du fauteuil.

Brusquement, une colère irrationnelle s'empara de moi.

Comment osait-il me traiter de cette façon? J'étais son supérieur. Je pouvais me défendre de toutes les charges qu'il ferait peser contre moi. Après tout, Lombar Hisst était désormais le maître de la Confédération de Voltar!

Il fallait que je me tire de cette mauvaise passe. Il ignorait qu'il avait affaire à celui qui serait sous peu le nouveau chef de l'Appareil!

– Vous ne pouvez pas me faire ça! lançai-je. Je n'ai fait que mon devoir!

Il baissa les yeux sur moi et, pour la première fois, je lus du dégoût dans son regard.

– Votre devoir? Vous ignorez le sens de ce mot, Gris. Vous croyez que cela fait partie de votre devoir, de satisfaire votre cupidité et vos ambitions personnelles? Ne souillez pas ce mot, Gris. Faire son devoir, c'est honorer ses obligations morales. Je ne décèle pas la moindre trace de moralité en vous. Que ce soit bien clair : vous allez rester bien tranquille afin que le chat et moi, on ne vous perde pas de vue. Je peux très bien vous endormir d'une piqûre. Vous préférez ça?

Je secouai la tête. Mais je continuais à bouillir de rage. D'une façon ou d'une autre, je reprendrais le dessus!

6

Heller jouait avec les câbles de connexion, au-dessus de lui. Il prit le fil du vidéophone qui était la réplique de celui qu'il avait confié à Raht et en pinça l'extrémité tour à tour dans un clip, puis un autre.

– Allez, Izzy, fit-il d'un ton impatient. Je ne pense pas qu'il y ait un problème avec les antennes extérieures, mais je vais quand même vérifier.

Il alla prendre une petite télé terrienne portable parmi les divers appareils qu'il avait apportés. Il tira un câble et l'y fixa. L'image apparut. Une émission-débat. Je reconnus le sénateur Twiddle.

– Donc, vous le comprenez, disait-il, l'augmentation du prix de l'essence est une excellente chose pour l'économie américaine. Cela encouragera chacun à rester à la maison et à regarder la télévision, ce qui réhabilitera la vie familiale traditionnelle.

– Je crois savoir, dit l'animateur, qu'Octopus Oil augmente

encore une fois le prix du litre à la pompe. Quel peut être le bénéfice pour les gens, sénateur?

– Ça les rendra plus laborieux, déclara Twiddle. Car il leur faudra faire des heures supplémentaires pour pouvoir acheter l'essence qui leur permet de se rendre au travail. L'oisiveté est le premier ennemi du grand Rêve Amé...

Heller avait éteint la télé.

– Hmm, fit-il. L'antenne est O.K. Même si c'est pour entendre ça.

Il prit le câble du vidéophone et le brancha sur une autre antenne extérieure.

Et Izzy apparut sur l'écran!

– Oh, mon Dieu, j'espère que je n'ai pas cassé cet appareil! disait-il.

Le chat sauta sur le panneau et observa l'écran d'un air éveillé. Les lunettes d'écaille d'Izzy venaient de glisser sur son nez pointu.

– Miaou! fit le chat.

– Oh, mais oui, je l'ai cassé! se lamenta Izzy. Voilà que je vois le chat. Monsieur Hopjoy, vous êtes bien sûr que M. Jet vous a indiqué les bons boutons? D'abord, on a eu une peinture abstraite faite avec des câbles et des fils, et maintenant on a le chat.

Il s'adressait à Raht, dont j'apercevais le visage par-dessus son épaule.

– Non, monsieur Epstein : il a bien dit ce bouton-là.

Heller s'assit dans le siège de pilotage planétaire.

– Hello, Izzy!

– Oh, Dieu soit loué. Monsieur Jet! Je crois que j'ai quelques problèmes avec votre nouvelle invention. On dirait que je ne peux appeler que vous.

– Ça nécessite encore quelques petites améliorations, dit Heller. Écoute-moi bien, Izzy. Dans l'avion, je ne pouvais pas vraiment te parler librement. Il me fallait un moyen plus discret de communiquer avec toi.

– En tout cas, je suis drôlement heureux que vous m'appeliez, monsieur Jet. M. Hopjoy vient de me livrer pour environ 7 millions de dollars d'or. Mais cet or est bizarre : il n'y a pas l'estampille sur les lingots.

– Mets-le dans un coffre et sers-t'en en cas de besoin.

– Où êtes-vous, monsieur Jet?

– Quelque part dans les airs, dit Heller. Écoute, Izzy : est-ce que notre Wonderful Oil du Maysabongo a acquis des options sur toutes les réserves de carburant des États-Unis?

– Oh, oui. Toutes les compagnies ont accepté très facilement. Nous avons même passé un accord d'option avec le secrétaire à la Défense pour toutes les réserves de carburant de l'armée, de la marine et de l'aviation. Tout a été réglé en vitesse : ça leur apportait des fonds et ils ont tous été surpris qu'on prenne ces options. Ils doivent penser que les gens du Maysabongo sont complètement dingues. Personne ne dépenserait une telle fortune pour ça. Oui, monsieur Jet : nous avons l'option totale sur toutes les réserves d'essence des États-Unis. Il nous suffit de réaliser nos options et tout appartiendra au Maysabongo, jusqu'à la dernière goutte.

– Très bien joué. Maintenant, écoute. Et prépare-toi à noter. Je veux que nous achetions toutes les actions de toutes les compagnies pétrolières du monde.

– QUOI ?

– Tu ne penses pas pouvoir le faire ?

Izzy avait l'air abasourdi.

– Mais si, nous pouvons prendre toutes ces options. Nous pouvons passer par n'importe laquelle des principales sociétés de courtage, et la Commission de la Sécurité boursière veillera à ce que le marché soit honoré. Mais ça représente un nombre affolant d'actions pétrolières, monsieur Jet.

– Fais-moi le compte.

Izzy prit divers dossiers qu'il consulta rapidement avant d'écrire :

Octopus, parts au taux actuel :	*30,7*	*milliards.*
Octopus Oil d'Indiana :	*19,6*	*milliards.*
Octopus de Californie :	*15,4*	*milliards.*
Immobil Oil :	*14,7*	*milliards.*
Atlantic Bitchfield :	*13,7*	*milliards.*
Octopus Oil d'Ohio :	*13,7*	*milliards.*
Smell Oil :	*13,6*	*milliards.*
British Crude :	*13,5*	*milliards.*
Foil Dutch :	*11,8*	*milliards.*
Hexaco :	*10,5*	*milliards.*
Gulp :	*7,2*	*milliards.*
Fillups :	*7*	*milliards.*
Désunion Oil de Californie :	*6,6*	*milliards.*
Bumoco :	*6,4*	*milliards.*
Betty :	*5,9*	*milliards.*

Il ajouta encore quelques chiffres et releva la tête.

– On atteint 190,3 milliards de dollars. Ça fait une grosse somme, monsieur Jet.

– Combien coûtent les options de vente?

– Oh, ça ne représente qu'une infime fraction. Mais si les actions grimpent, on aura gaspillé notre argent.

– Et si chaque action descendait au-dessous de 10 dollars?

– En faisant jouer l'option, nous réaliserions à peu près 19 milliards de dollars.

– Ces actions vont descendre plus bas que cela, dit Heller. Tu peux passer le marché?

– Oh, oui. Je peux acheter des options à la vente pour juillet. Si nous ne les levons pas avant cette date, elles expireront, c'est tout. C'est dans quelques semaines. Mais comment savez-vous que toutes les actions des compagnies pétrolières vont chuter, monsieur Jet?

– Je te le garantis. Dès que tu auras réglé tout ça, tu me le fais savoir. En attendant, j'ai un projet. Bonne chance, Izzy.

– Bonne chance à vous, monsieur Jet.

Mes Dieux, qu'est-ce que je venais d'entendre et de voir? C'était une attaque directe contre ce pauvre M. Rockecenter qui visait à le ruiner! Oh, mes Dieux, j'étais vraiment dans de sales draps!

Je n'avais pas la moindre idée de ce qu'Heller manigançait. Il voulait bombarder le centre nerveux du monde du pétrole : le Rockecenter Plaza?

7

Heller disparut dans ses quartiers pendant un moment. Le chat ne me quittait pas des yeux. Mais je n'osais pas fixer ses pupilles menaçantes. Est-ce qu'il pensait que j'avais tué la comtesse Krak? Une chose était certaine : il guettait la première chance d'en finir avec moi.

Lorsque Heller revint, il portait une combinaison collante de la Flotte, bleu poudre, avec son nom *Jettero Heller, ingénieur de combat* sur la poche de poitrine gauche. Je sentais que le chagrin qu'il avait ravalé provoquait en lui un état de tension, mais il tenait le coup. Et je sentais aussi qu'il était très dangereux. Ce n'était plus le souriant et désinvolte Heller que je connaissais. Il était redevenu l'officier sérieux et efficace, voué à son travail.

Il libéra mes poignets pour me passer une chaîne plusieurs

fois autour du corps avant de m'attacher à un tuyau, immédiatement derrière les sièges de pilotage.

– Mais je ne peux plus m'asseoir ! protestai-je. On ne traite pas un prisonnier comme ça !

– Vous voulez retourner à New York ? me demanda-t-il en pointant le doigt vers le bas. Un mot, et j'ouvre le sas.

Il valait mieux me taire.

Il abaissa les volets de métal sur les hublots. Puis il parcourut le vaisseau en fermant les portes de la voix, dans une série de claquements et de grincements.

La peur, lentement, montait en moi. Quand les pilotes ferment ainsi les hublots et toutes les issues, c'est à cause d'un risque éventuel de radiations. Est-ce qu'il comptait s'éloigner de la Terre ? A tous les coups, les pilotes-assassins seraient instantanément sur notre dos.

Il alla s'installer dans le siège de pilotage interstellaire et poussa un levier. Je savais qu'il venait de déclencher l'écran d'argent antiradiations sur toute la coque.

Il gagna la poupe et revint avec un autre chronoviseur. Il le mit en place dans la béquille de pilotage interstellaire. OUI ! IL COMPTAIT BEL ET BIEN QUITTER LA TERRE !

Je sentis aussitôt la sueur ruisseler sur mon front.

– Mais les pilotes-assassins vont tomber sur nous comme des rapaces maintenant qu'ils ont vu que la coque était passée à l'argent !

– Oh, ceux-là...

Et c'est alors seulement que je compris ce qu'il préparait. Rien ne lui importait plus ! Il était en route pour le suicide !

Des cris de terreur montèrent de ma gorge, que je retins difficilement. D'un seul coup, l'un des canons volants pouvait nous écraser comme une boîte de Coca !

Il consultait les écrans.

– Je ne les vois nulle part, dit-il. Et ce voyant d'alerte est hors d'usage. Mais si les vaisseaux des « ivrognes » vous inquiètent à ce point, gardez donc un œil sur ce voyant-là. Moi, j'ai d'autres choses à faire.

Il prit le micro de commande du remorqueur.

– Monter jusqu'à 90 000 kilomètres. Coup de gong quand nous aurons franchi la magnétosphère.

Là, j'avais de plus en plus peur. La ceinture de radiations large de 90 000 kilomètres qui entourait la planète était mortelle. J'espérais qu'il avait hermétiquement bouclé les hublots et les écoutilles.

Les moteurs auxiliaires bourdonnaient. Et la plainte aiguë

des synthétiseurs hypergravifiques me vrillait les tympans. J'étais habitué au pilotage rude du capitaine Stabb et je m'étais attendu à être secoué, mais c'est à peine si je sentis le changement de pesanteur. Le remorqueur se comportait à la perfection. J'émis l'espoir que son cerveau-robot devienne brusquement fou.

J'observais l'écran de contrôle avec angoisse. Et j'en étais quelque peu étourdi. Le faisceau d'observation balayait une sphère et je voyais tour à tour la Terre, puis la lune, puis l'espace noir et enfin le soleil.

Nous devions aller très vite. La lune devint d'un jaune intense et la Terre se mit à ressembler à une grosse goutte de liquide bleu-vert, avec les continents dessinés en brun-rouge.

– Où allons-nous? demandai-je.

Heller était occupé à régler un appareil sur un scanner externe.

– Vous cherchez les pilotes-assassins? ajoutai-je.

– Ceci est un télescope électronique à ondes gamma, me répliqua-t-il. Ce que je cherche, c'est un trou noir primordial. Il doit y en avoir quelques-uns à proximité de ce système.

– Et les pilotes-assassins?

– Ça, c'est votre boulot. Moi, je suis trop occupé.

Je dois dire que, tout à coup, mes yeux ne quittaient plus l'écran. J'étais comme hypnotisé.

Le temps passa.

Un gong résonna soudain. Je tressaillis. Nous venions de franchir la magnétosphère. Tout au moins pour moi, c'était un soulagement : je ne serais pas stérilisé ni carbonisé comme une tranche de bacon.

Les vaisseaux des pilotes-assassins pouvaient nous intercepter facilement aussi longtemps que nous étions en auxiliaires. J'aurais préféré la poussée énorme des convertisseurs temporels Y avait-Y aura. Mais non : ils pouvaient éclater n'importe quand!

Heller était toujours penché sur son télescope à ondes gamma.

Pour ma part, à force de fixer l'écran de balayage, j'en avais mal aux yeux. La Terre semblait toujours danser comme une grosse bulle molle et je ne distinguais pas la moindre trace qui m'aurait permis de situer la position des pilotes-assassins.

Et soudain, j'entendis une voix. Je n'en crus pas mes oreilles. A bord du remorqueur, il n'y avait qu'Heller, le chat, et moi. Heller n'avait pas ouvert la bouche. Moi non plus. Était-ce le chat qui parlait?

Ça, je peux vous le garantir, j'étais complètement secoué. Cette voix semblait provenir de nulle part.

En rassemblant péniblement mes esprits qui s'étaient dispersés, je réalisai qu'elle s'exprimait en voltarien. Et elle disait :

– Commandant, je suis désolé de vous importuner, mais dans le secteur sphérique X-19, Y-13, Z-91, un objet non identifié vient de modifier sa vitesse et sa trajectoire et de se placer en parallèle par rapport à nous, distance 11 410 kilomètres. Il est visible sur l'écran 31. Si vous me permettez d'interrompre vos occupations sans nul doute plus importantes et intelligentes, je vous demanderai la faveur extrême de bien vouloir accorder un regard à cette observation et de me donner votre opinion personnelle et hautement appréciable.

C'ÉTAIT LE REMORQUEUR QUI LUI PARLAIT!

Je m'éloignai précipitamment de la paroi. Est-ce que cette chose pouvait être faite de chair et de sang?

Heller n'avait pas levé la tête de l'œilleton du télescope.

– Merci, fit-il. Donne-moi l'estimation des possibilités.

– Estimation 1 : Visiteur amical, vient dans l'intention de bavarder. Peu probable. Estimation 2 : Curieux, vient pour faire des investigations. Estimation 3 : Hostile, va ouvrir le feu. Mes données ne contiennent rien concernant la présence de vaisseaux de la Flotte dans le secteur de Blito-P3. De même pour les transports commerciaux et ceux de l'Appareil. Je crains, commandant, de ne pouvoir être efficace, faute de données sur la circulation spatiale dans ce système. Bis, lorsqu'il m'a chargé, a mentionné des tentatives de vol spatial primitives, mais rien de comparable à cela. Je suis navré, commandant.

– Merci. Cherche dans ta banque d'identification.

– Tout de suite, commandant. Je dois cependant préciser que l'objet se trouve encore à très longue distance, quoiqu'il se rapproche. Et l'image que j'ai est assez indistincte.

– Il a un revêtement d'Absorbo, probablement, commenta Heller sans quitter son télescope.

– Oh, merci, commandant. Cela débloque 87,9 % de ma banque de données. Je vais explorer le reste.

Pour ma part, je ne quittais pas l'écran de balayage des yeux. Je ne voyais rien. Rien. Et ce (bip) de remorqueur, lui, avait aperçu quelque chose depuis le début. Et moi je m'esquintais les yeux pour rien! J'étais furieux. Se faire humilier par un crétin de robot! Votre orgueil en prend un sacré coup! Je ne supportais pas ça!

– Dans le poste de pilotage, il y a quelqu'un qui irradie de l'hostilité, annonça le remorqueur. Puis-je me permettre de vous recommander la prudence, commandant?

– Il est dingue, dit Heller, toujours absorbé dans ses visées télescopiques.

– Bien, commandant. Je vais ajouter cette particularité à ma classification.

Je m'étranglai de rage.

– Tu ferais bien de te le mettre en mémoire, ajouta Heller. C'est l'officier Soltan Gris, de l'Appareil de Coordination de l'Information. Il doit être jugé pour des crimes fondamentaux tels qu'avoir ordonné l'assassinat d'un officier royal et tenté de saboter une mission organisée par le Grand Conseil.

– Effrayant! fit le remorqueur. J'ai les références du code pénal concernant ces crimes, commandant. Si vous désirez les chiffres.

– Ajoute seulement son portrait à ta banque, et déclenche l'alerte si jamais il commet quelque action destructrice.

J'entendis un déclic. Exactement comme si quelqu'un venait de prendre une photo. De toute mon existence, jamais je ne m'étais senti à ce point prisonnier. J'étais dans les entrailles d'un robot. Est-ce qu'il allait me digérer?

– Pour revenir à l'autre problème, reprit le remorqueur, mon sous-cerveau 43 m'a lancé une impulsion d'attention. La distance de l'objet volant a diminué et est actuellement de 10 925,73 kilomètres. Il n'a pas répondu à ma demande d'identification. Je le classe définitivement dans l'estimation 3 : hostile.

– Classification, demanda Heller.

– Canon volant. Des bâtiments de ce type sont utilisés par l'Appareil comme vaisseaux-assassins. Sous le règne de...

– Merci, le coupa Heller. Que préconises-tu?

– Que je passe en propulsion Y avait-Y aura et que nous quittions le secteur de cette étoile locale, commandant.

Pour la première fois, j'étais entièrement d'accord avec ce (bip) de remorqueur!

– Non, je ne crois pas que ça sera nécessaire, dit Heller.

– Commandant, puis-je me permettre de vous désapprouver? L'officier Bis, des Renseignements de la Flotte, lorsqu'il m'a chargé, m'a expressément recommandé de veiller en priorité absolue à votre sécurité. En fait, je dois dire qu'il a ajouté que je serais porté comme élément défectueux sur les registres du génie de la Flotte et qu'il n'aurait de cesse de me faire jeter à la ferraille, moi et tous mes modèles frères, si jamais il vous arrivait quoi que ce soit pendant que vous êtes à mon bord. La distance de l'objet est à présent de 7 252,83 kilomètres et il continue de se rapprocher.

– Quelle est sa portée effective de tir?

– Contre un vaisseau de combat, d'environ 5 000 mètres. Contre une chose aussi fragile que celle-ci, commandant, disons environ le double. A 20 000 mètres, nous souffririons de dommages légers.

– Il nous reste donc encore du temps.

– Hélas, non! Je souhaite attirer votre attention sur le fait que mon sous-cerveau 57 vient de me signaler que nous sommes à 22,7 années-lumière du plus proche chantier de réparation.

– Il y a un atelier dans la base terrestre, dit Heller.

– Commandant, mes données ne comportent pas trace de l'existence d'une base terrestre. Je vais corriger le sous-cerveau 57 de suite. « Terrestre » se rapporte à Blito-P3, si je ne m'abuse, commandant?

– Oui. (Et Heller enchaîna :) Corky, je crois que j'en tiens un. Enregistre les coordonnées que j'ai sur le télescope. C'est un trou noir primordial.

– Oui, commandant, je les ai. Mon sous-cerveau 23 me signale que les trous noirs primordiaux sont réputés pour aspirer les vaisseaux imprudents, commandant. Formés par le choc initial qui, théoriquement, serait à l'origine de l'univers, ils constituent autant de tourbillons magnétiques qui provoquent un effet de distorsion spatio-temporelle. L'émission de rayons gamma peut aussi représenter un danger mortel...

– Pourquoi me racontes-tu tout ça?

– Parce que ça fait partie des instructions que l'officier Bis, des Renseignements de la Flotte, a chargées dans mes banques, commandant. Afin d'assurer votre sécurité.

– Quelle est la position du canon volant?

– Il est à 1 184,22 kilomètres, à présent, commandant. Puis-je, avec tout le respect que je vous dois, vous faire remarquer que nous avons droit devant nous un trou noir primordial et derrière nous un vaisseau-assassin qui se rapproche? Mon sous-cerveau 13 vient d'en conclure que cette situation n'est nullement sûre. Commandant, verriez-vous un inconvénient à ce que je prenne le contrôle du vaisseau afin que nous fichions le camp d'ici vite fait bien fait?

– Je crois que je vais te désactiver et repasser en manuel, fit Heller.

– Oh, non, pas ça! Bien sûr, je suis parfaitement conscient que mes talents de pilote ne sauraient se comparer aux vôtres, commandant. Néanmoins, affronter un canon volant avec un remorqueur sans blindage et sans armes équivaut...

Heller avait appuyé sur une touche, interrompant net la voix.
– Les robots sont toujours timorés, dit-il.
– Mais non, le remorqueur a raison! dis-je en geignant. On va nous faire éclater en plein espace!
– Mais il est où, l'autre? demanda-t-il à haute voix, penché sur l'écran 31.
Il se bouclait dans le siège de pilotage planétaire.
Je regardai les chaînes qui me maintenaient au tuyau. Je me souvins de ce qu'Heller m'avait dit la première fois que nous avions décollé dans le remorqueur. Les manœuvres, avec ce genre de vaisseau, étaient tellement brutales qu'on pouvait facilement se rompre le cou.
– Et moi? Si vous emballez ce machin, je vais être réduit en purée!
– Eh bien, bon débarras, dit-il. Asseyez-vous par terre et essayez de vous cramponner.
Une seconde avant d'achever de boucler la dernière sangle de sécurité, il releva les volets des hublots. Et la clarté cruelle du soleil, pénétrant soudain dans le vaisseau, m'éblouit.
J'entendis le clic que faisait sa sangle.
Et le remorqueur fit tout à coup demi-tour.
Les yeux encore éblouis, je tentai désespérément de voir le globe de la Terre.
Je ressentis une poussée brutale.
HELLER FONÇAIT DROIT SUR LE VAISSEAU DES PILOTES-ASSASSINS!
Sans une seule arme!
Je ne m'étais pas trompé : il avait décidé de se suicider!

Hello avait appuyé sur une touche, interrompant la voix.

— Les robots sont toujours sincères, dit-il.

— Mais alors l'ordinateur a menti ! dis-je en [illegible]. On va nous faire éclater en plein espace !

— Mais où est [illegible] l'autre ? demandai-je à haute voix, penché sur l'écran.

Il se trouvait dans le siège de pilotage planétaire.

Je regardai les chaînes qui me maintenaient au fauteuil. Je me souvins de ce qu'Hello m'avait dit la première fois que nous avions décollé dans le [illegible]. Les manœuvres, avec ce type de vaisseau, étaient tellement brutales qu'on pouvait facilement se rompre le cou.

— Et alors ? Si vous enlevez ce machin, je vais être réduit en purée !

— [illegible] bon débarras, dit-il. Asseyez-vous par terre et essayez de vous cramponner.

Une seconde avant d'achever de [illegible] la dernière sangle de sécurité, [illegible] les voix des [illegible]. Et la clarté [illegible] du soleil, pénétrant soudain dans le vaisseau, m'éblouit.

[illegible] le [illegible] tenant sa tête.

Et le [illegible] d'un coup de [illegible].

Les yeux encore éblouis, je tentai désespérément de voir le [illegible].

[illegible] une vitesse [illegible].

HELLO FONÇAIT DROIT SUR LE VAISSEAU DES PILOTES-ASSASSINS !

Sans une seule arme !

Je ne pouvais pas y croire ! Il avait décidé de se suicider !

SOIXANTE-TROISIÈME PARTIE

1

Le *Remorqueur 1* fendait l'espace.

– Vous allez nous faire tuer! hurlai-je désespérément.

Je me débattis frénétiquement pour tenter de libérer mes poignets.

Heller fonçait sur le canon volant à une vitesse folle. Je distinguais le vaisseau-assassin à l'œil nu, maintenant, par un hublot.

Il grossissait rapidement!

Ce n'était qu'un gigantesque canon capable de transformer même un vaisseau de combat en un tas de ferraille, de l'écraser comme un gâteau!

Alors, que pouvait un minable remorqueur spatial?

Heller se lança dans des manœuvres d'esquive. Il pianotait rapidement sur les touches de commande et le remorqueur plongeait vers le haut, vers le bas, à droite ou à gauche, comme au hasard. Il jouait aussi avec la vitesse, passant de 200 000 kilomètres à l'heure à moins de 100 000!

Les synthétiseurs de gravité n'étaient pas aussi rapides que lui et ils suivaient avec un certain retard. Même une fraction de seconde pouvait suffire à me briser en miettes!

Le chat, lui, se cramponnait au siège de pilotage interstellaire de toutes ses griffes. A chaque manœuvre d'esquive ou d'accélération, son pelage se plissait.

– Miaou! fit-il.

– Ne vous en faites pas, Monsieur Calico, le rassura Heller. Ce remorqueur a des moteurs qui peuvent tout faire. Pour viser et tirer, ce canon volant doit pivoter sur lui-même. Je pense qu'on est beaucoup trop rapides pour lui.

– C'est ce que VOUS pensez! criai-je. Oh, Déesses de la Septième Sphère, prenez-moi sur vos seins et donnez-moi la paix!

– La ferme! fit Heller. Si vous avez à prier, adressez-vous plutôt aux Diables. Ils seront mieux à même de vous écouter que...

BLAAMM!

Le premier tir du canon volant venait d'exploser à droite, formant une grande fleur de feu verte, éblouissante sur le fond d'encre de l'espace. Elle disparut derrière nous!

Un écran indiquait que le vaisseau-assassin était à moins de trente kilomètres de nous!

BLAAMM!

Juste au-dessus de nous. Le remorqueur fut secoué.

La canon volant n'était plus qu'à quinze kilomètres.

BLAAMM!

Quelque chose, me sembla-t-il, cogna sous notre coque.

L'assassin n'était plus qu'à cinq kilomètres en dessous.

Le remorqueur piquait du nez. Conçu pour pousser ou haler des poids énormes, avec Heller aux commandes, il n'était plus qu'une feuille dans un ouragan.

BLAAMM!

Le coup était passé à moins de 500 mètres et le remorqueur traversa la grande fleur verte.

J'avais l'impression d'être pris dans une toupie. Les circuits gravifiques avaient de plus en plus de mal à répondre.

J'entrevis le noir de l'espace.

Puis le soleil, en un éclair.

Et un fragment de lune.

– MIAOU! se lamenta le chat, qui se cramponnait toujours parfaitement.

Oh! priai-je. Diables cornus du Seizième Enfer, accueillez-moi et ne me laissez plus bouger le temps d'une éternité! Même tout ce que j'avais fait ne pouvait me valoir de me retrouver à la merci d'un ingénieur de combat de la Flotte de Voltar décidé à se suicider!

Le remorqueur, me semblait-il, louvoyait de gauche à droite.

Brutalement, le slalom s'interrompit.

ET LÀ, DROIT DEVANT NOUS, À MOINS DE DIX MÈTRES, JE VOYAIS LA COQUE DU VAISSEAU-ASSASSIN!

Heller abaissa une manette.

CRAASH!

Le butoir avant du remorqueur, avec ses larges bras destinés à pousser des vaisseaux géants, venait de percuter la coque du canon volant!

Horrifié, je regardai la scène par le hublot!

La passerelle du vaisseau-assassin était à moins de dix mètres de nous!

Le remorqueur accentuait sa pression.

Dans un grincement déchirant de métal, le canon volant tentait de prendre de la vitesse pour s'échapper!

Je voyais nettement le pilote-assassin, avec sa tenue et ses gants rouges! Il venait de tourner la tête vers le remorqueur, ivre de rage!

Il leva le poing!

Son copilote appuya sur la détente du canon dans l'espoir que l'effet de recul les libérerait.

Mais le remorqueur était littéralement collé au canon volant comme une sangsue spatiale.

Heller abaissa plusieurs manettes successivement.

Et le visage du pilote-assassin devint crayeux.

Le remorqueur accentuait sa pression et le vaisseau-assassin ne pouvait plus s'échapper.

Heller tendit alors la main vers la commande principale des moteurs Y avait-Y aura. Et l'abaissa.

Le remorqueur fut projeté en avant!

Un bruit atroce de métal torturé me parvint à travers la coque.

Le canon volant faisait feu sans arrêt pour que l'effet d'inertie compense l'accélération du remorqueur.

SQUIIISSHH! BAAOOONG!

Le vaisseau-assassin venait de se désintégrer.

Heller fit basculer le remorqueur.

Par le hublot, je pouvais voir la coque du canon volant écrasée, des fragments de métal qui se dispersaient.

Quant aux pilotes-assassins, il n'en restait plus que deux petits nuages roses qui se diluaient dans le vide.

– Ça va? lança Heller.

Je crus une seconde qu'il s'adressait à moi. J'étais sur le point de répondre quand je compris qu'il avait posé la question au chat.

– MIAOU! fut la réponse.

– Désolé, lui dit Heller. Mais, à présent que vous faites partie de la Flotte de Voltar, il va falloir vous y habituer.

2

Nous dérivions dans le noir de l'espace au milieu des décombres du vaisseau-assassin. À près de 100 000 kilomètres de là, la Terre était suspendue comme une grosse bulle.

Heller pressa un bouton pour réactiver le robot.

– Vérifie les éventuels dommages à la coque, Corky, demanda-t-il.

– Vous n'auriez pas dû me faire taire. J'aurais pu vous donner quelques indications.

Je regardai autour de moi. Mais j'étais incapable de dire d'où provenait la voix du remorqueur. Corky. De quoi vous ficher la trouille, oui.

– Les soudures longitudinales ont totalement fondu, les moteurs ont claqué, la soute à munitions est...

– Corky! interrompit Heller. Je ne parle pas du canon volant mais de NOUS!

– Oh, je suis navré, commandant. La question était posée de façon inadéquate – sans vouloir vous critiquer. Veuillez me dire, je vous prie, si vous souhaitez le rapport sous forme verbale ou en sortie d'imprimante, au poste de pilotage ou bien dans le salon arrière.

– Mes Dieux! fit Heller. C'est donc aussi long que ça?

– Je n'ai pas encore l'habitude de travailler avec vous, commandant. Sur certains chapitres, j'ai besoin de votre approbation. Question de justification. Mes programmes indiquent expressément que je dois vous rendre heureux dans la mesure du possible. Puis-je avoir une réponse, s'il vous plaît? Mon sous-cerveau 22 est en attente.

– Rapport verbal ou imprimé, dit Heller, mais je veux un rapport, d'accord?

– Il y a deux petites égratignures sur les bras de butée, commandant. L'une est longue de 8,63 centimètres, large de 0,16 centimètre. La seconde est longue de 6,86 centimètres et large de 0,8 centimètre. Le coût des réparations devrait se monter à 2 crédits 70.

– C'est tout?

– Oui, commandant, mais votre « c'est tout? » est inadéquatement descriptif. Il y a une brèche dans la couche d'Absorbo et les ondes de détection ennemies peuvent être réfléchies. Je suggère de régler cette question à la première occasion afin que je puisse remplir ma tâche, qui est de vous protéger.

– Un vrai moulin à paroles, commenta Heller.

– Moulin à paroles... moulin à paroles... moulin... Non, commandant, je ne comporte aucune pièce de ce type, et tous mes éléments fonctionnent. Je suis un robot proxi-humanoïde Mark XIII construit le...

– Merci, l'interrompit Heller. J'ai besoin de tous les paramètres sur l'état du vaisseau.

– Oui, commandant. Je vais bien, merci. Et vous?

– Moi ça va. C'est tout ce que tu peux me donner comme paramètres?

– Il existe une autre information en réserve dans la mémoire dormante 85. Deux mouchards de localisation ont été installés sur moi, au nez et à la queue, pendant ma période de non-activité.

– Oh, oh! fit Heller. C'est donc ainsi que le pilote-assassin m'a retrouvé. Aucun signe d'un autre canon volant?

– Aucune trace de vaisseaux sur mes écrans, commandant.

– Parfait. Je te laisse les commandes. Reste vigilant à propos de cet éventuel deuxième canon. Dirige-toi à vitesse réduite vers les coordonnées du trou noir enregistrées par le télescope. Et ne t'écarte pas de ton cap. Moi, je vais avoir à travailler à l'intérieur et à l'extérieur du vaisseau.

– Bien, commandant. Je prends le contrôle.

Et nous avons commencé à avancer au milieu des débris flottants du canon volant.

Heller, en me désignant, dit au chat :

– Surveillez-le bien.

Puis il prit une tenue spatiale dans un placard et l'examina avec soin avant de l'enfiler.

Il se munit ensuite de divers outils, d'un pinceau et d'un pistolet à peinture, puis passa dans le sas et referma derrière lui.

J'entendis résonner ses bottes magnétiques sur la coque.

Et je sursautai. Son visage venait d'apparaître derrière un hublot. Il observait le pont.

Avec un casque spatial, les gens ressemblent toujours à des monstres venus d'ailleurs. De toute façon, en ce qui me concernait, Heller était d'ores et déjà un monstre. Sans cesse, il avait comploté contre moi, il avait assassiné de sang-froid l'équipage Antimanco, il m'avait amené au bord de la folie avec cette attaque-suicide contre le pilote-assassin, et il m'avait enchaîné comme une bête sauvage. J'étais complètement à sa merci.

Il fallait que je trouve quelque chose, que je *fasse* quelque chose pour me sortir de là. Avoir la peau d'Heller, ce ne serait que justice. Je devais pouvoir y parvenir. J'en avais la conviction absolue.

3

Une demi-heure plus tard environ, il franchit de nouveau le sas et enleva sa tenue spatiale.

Il revint dans le poste de pilotage avec deux objets qu'il lança dans ma direction. Ils claquèrent sur la paroi avant de rouler au sol.

– Je suis certain que vous saviez que ces mouchards étaient là, me dit-il. Voilà un secret qui aurait pu vous coûter la vie.

– Je ne jugeais pas cela important, rétorquai-je. Le fait que vous les ayez enlevés n'empêchera pas l'autre pilote-assassin de nous trouver. Ils détectent la turbulence spatiale créée par les moteurs. Dès que vous vous rapprocherez de la planète, il nous foncera dessus. (Il me vint une brusque inspiration :) Pourquoi ne pas me livrer directement à Voltar?

Je guettai sa réaction, osant à peine respirer. Si je parvenais à le convaincre de me ramener sur Voltar, je serais sauvé, libre. Lombart Hisst le haïssait, et ce qu'Heller ignorait, c'est qu'il contrôlait désormais non seulement Voltar mais l'Empereur lui-même.

– Vous êtes le moindre de mes soucis, me dit-il enfin. J'ai bien d'autres choses à faire. Il faut que je me prépare pour notre rencontre avec ce trou noir.

Je frissonnai. Ça risquait d'être dangereux.

– Mais pourquoi vous en faites-vous autant pour cette planète Terre? demandai-je. Pourquoi ne rentrez-vous pas sur Voltar pour oublier tout ça?

– C'est une jolie planète, dit Heller. Si je ne réussis pas ma mission, elle deviendra inhabitable. Dans un siècle, peut-être moins, elle sera tellement abîmée qu'on ne pourra plus y vivre. La mort de cinq milliards d'êtres, ça ne vous fait donc rien?

– Rien que de la racaille, dis-je.

Il haussa les sourcils.

– Je suppose qu'on ne voit chez les autres que ce qu'on a en soi, dit-il.

Je sentis mon sang bouillir à cette insulte. Est-ce qu'il avait conscience qu'il s'adressait au futur chef de l'Appareil? Oh, j'en finirais avec lui avant même que tout ça soit terminé!

Il se rendit dans la chambre des machines, ouvrit une porte et la bloqua. D'où j'étais enchaîné, je pouvais suivre ses mouvements. Il se livrait à une occupation très insolite. Sur Voltar, avant notre départ, on avait installé un énorme tambour de convertisseur temporel de rechange dans ce volume réduit. Il avait même fallu ouvrir la coque pour le mettre en place. Équipé d'une clé, Heller venait de s'attaquer à l'écoutille d'entrée de la gigantesque chose.

L'inscription interdisait qu'on touche au convertisseur qui risquait d'exploser. Pourtant, sans la moindre hésitation, Heller était en train de le déboulonner.

– Vous allez tous nous faire péter! lançai-je.

Il se fichait totalement de ce que je pouvais dire. Il fit basculer la lourde plaque et, calmement, entra à l'intérieur!

Je tressaillis : d'une seconde à l'autre, ses bras allaient être désintégrés.

Mais non.

Il venait de dégager un paquet volumineux qu'il apporta jusque dans le poste et défit.

UN CANON LASER!

Satané démon sournois! Il n'y avait jamais eu de convertisseur temporel de rechange à bord! C'était une ruse qu'il avait trouvée pour emporter du matériel clandestinement.

Il fit basculer plusieurs plaques à l'avant et mit le canon laser en place sur son affût. Il braqua l'extrémité du tube vers l'avant, qui s'ouvrirait automatiquement s'il faisait feu.

Il revint avec un second appareil dont j'ignorais totalement la fonction et qu'il fixa à côté du canon.

– Pourquoi vous n'avez pas installé ça avant que le vaisseau-assassin nous attaque? fis-je d'un ton gémissant.

– Oh, il ne s'agit pas exactement d'un canon. Ça n'aurait pas fait grand mal à ce vaisseau.

Je sursautai. J'étais pourtant certain que j'avais devant moi une batterie double. Il était d'ailleurs en train de la connecter à une série de commandes, sur le tableau, qui ressemblaient terriblement à des détentes de tir.

Il remit les plaques avant en place, masquant les deux engins à la vue.

Il retourna jusqu'au tambour et en sortit ce qui me parut être les lattes d'une cage démantelée. Il alla les empiler dans le sas et ajouta divers appareils qui m'étaient inconnus, avant d'aller remettre la plaque du tambour et refermer la chambre des machines.

Puis il se pencha de nouveau sur l'œilleton de son télescope.
– Voilà un très joli petit trou noir primordial, fit-il. Corky, accélère un peu et braque tes scanners sur la cible. Charge toutes les données et donne-moi les paramètres.
Le remorqueur fit un bond en avant.
– Vous comptez tirer sur ce trou noir? demandai-je. (Visiblement, il était totalement fou.) Il va tout avaler à des milliers de kilomètres à la ronde. Vous risquez même de nous faire passer dans un autre univers!
– Oh, ces engins ne sont pas destinés au trou noir. Je me tiens prêt, c'est tout.
Mais à quoi se tenait-il prêt? Si seulement j'avais eu l'ombre d'un indice, j'aurais pu essayer de dresser des plans.
– Et après tout, pourquoi avez-vous besoin d'un trou noir?
– J'ai besoin de carburant. De carburant pas cher. Quand j'aurai fait cela, ils n'auront plus besoin de pétrole.
Oh, mes Dieux! Il faisait n'importe quoi et il allait couler Rockecenter! Est-ce qu'il réalisait vraiment que n'importe quelle solution au problème de l'énergie allait ruiner le monopole de Rockecenter? Plus que jamais, il fallait que je trouve QUELQUE CHOSE POUR L'ARRÊTER!
– Vous avez faim? demanda-t-il soudain d'un ton nonchalant.
Une demi-seconde, je crus qu'il s'adressait à moi. Mais non, il parlait au chat, encore une fois.
– Miaou! fit le chat.
– Corky, garde un œil sur le prisonnier, dit Heller.
Je maudis les chaînes qui me clouaient sur place. D'abord, j'avais eu droit à un chat comme geôlier, et voilà maintenant que c'était un remorqueur-robot! N'y aurait-il donc pas de terme à cette épreuve humiliante?
Dans la coursive, j'entendis Heller déclarer au chat :
– Ça, ce sont les quartiers du second. Monsieur Calico, vous montez en grade. Voilà votre gamelle. Et votre coussin. Et aussi votre bol d'eau. Qu'est-ce que vous préférez? Une boîte de poulet ou de thon? Bon, disons du thon.
Il était dans la cuisine et se préparait quelque chose à manger. Il revint un instant plus tard, sirotant une boîte de secoueur-chaud. Le chat le rejoignit en se léchant les moustaches. C'en fut trop pour moi.
– Vous n'allez pas me donner à manger? demandai-je.
– J'ignorais que la racaille avait besoin de manger.
– Vous m'insultez.
– Je ne pensais pas que ce fût possible, répliqua-t-il en continuant calmement à boire son secoueur-chaud.

La rage bouillonnait en moi.
– Les règlements prescrivent que les prisonniers doivent être nourris!
Cela marcha. Il me tendit la boîte de secoueur-chaud. Je la portai à mes lèvres.
Elle était vide!
– Mes Dieux, vous devez vraiment me haïr! grinçai-je.
– Vous haïr? C'est un mot bien fort, Gris. On ne gaspille pas sa haine pour un insecte répugnant.
Je serrai si fort la boîte qu'elle plia.
– Que les choses soient bien claires, poursuivit Heller. Vous avez mené la fille que j'aimais à sa mort. Je ne peux plus aller dans les quartiers de poupe de ce vaisseau parce que tout me la rappellerait. Vous n'arrêtez pas de me parler de règlements et de devoir : vous devriez les remercier. Il est de mon devoir de vous faire traduire devant un tribunal. Et il est contre les règlements d'abattre un prisonnier. Ce sont les seules raisons qui expliquent que vous soyez encore en vie, Gris. Mais je ne vous hais pas. Pour que l'on vous haïsse, il faudrait que vous soyez quelque chose. Maintenant, fermez-la, car j'ai du boulot.
Le mépris froid et sans passion que j'avais décelé dans sa voix était comme un couteau de glace qui me fouaillait les entrailles. Une pensée surgit en moi, nouvelle et atroce. S'il venait à apprendre que j'avais personnellement tué la comtesse Krak, même son sens du devoir ne l'arrêterait plus. Je n'avais pas réellement apprécié à sa mesure le danger que je courais. J'avais vraiment intérêt à m'en tirer très vite. Sous l'effet de l'intense concentration de mon esprit, je sentis mon front se plisser. Je risquais de ne pas vivre jusqu'à l'heure de mon procès!

4

– Garde l'œil sur tes horloges, dit Heller au remorqueur. Que nous n'entrions pas en collision accidentelle avec la chose.
– Oui, commandant.
La peur me transperça.
– C'est tout ce que vous vous contentez de savoir avant la collision? Est-ce que ce télescope vous a indiqué s'il existe un décallage temporel?
– Ce télescope est équipé d'un chronoviseur miniature, mais

les trous noirs émettent aussi un rayonnement gamma direct. Vous m'avez l'air terriblement nerveux.

– Oui, je le suis.

– Excellent, fit-il d'un ton impitoyable. Alors ça vous donnera peut-être une idée de ce que les autres éprouvent quand vous les terrorisez.

Je m'en fichais, de sa morale. Aux Diables les sentiments des autres! Si on commence à s'en soucier, inutile de faire partie de l'Appareil. Et inutile de vivre tout court. Je levai la tête pour essayer de voir au-delà des hublots. Il n'y avait que l'espace noir et, très loin, ce qui pouvait être un astéroïde.

– Commandant, dit le remorqueur, je pense que je ferais mieux de tomber à moins de 80 000 kilomètres à l'heure.

– Oh, mes Dieux! implorai-je. Si en plus on doit tomber ici!

– Commandant, souhaitez-vous que j'enregistre les remarques de ce prisonnier hostile du nom de Gris?

– Stocke-les dans ta mémoire transitoire, lui dit Heller. Il ne restera pas longtemps ici – ni dans cet univers, d'ailleurs. Décélère progressivement.

– Oui, commandant. Le dernier relevé dit que nous sommes à 327,27 kilomètres de distance du trou noir.

– Bien. Garde tes calculs en parallèle avec le temps universel absolu et freine dès que nous franchirons le seuil temporel.

– Oui, commandant. Mon sous-cerveau 123 vient de m'envoyer un flash concernant le prisonnier Gris. La couleur en est violette, cela veut dire : solution. Il a travaillé sur le problème. Puis-je vous transmettre le message, commandant?

» Conformément à mon devoir qui est d'assurer votre sécurité, il recommande ce qui suit : le prisonnier est coupable de crimes capitaux, dont l'ordre de vous assassiner. Blito-P3 ne figure pas sur la liste des bases. Dès lors, nous pouvons plaider le fait que nous n'avions pas connaissance de l'existence d'un comité d'officiers sur Blito-P3. Solution : lors de notre arrivée au trou noir, utiliser le prisonnier comme test et le projeter dans un autre univers. Demande d'agrément de la solution.

Je regardai autour de moi, fou de rage. Même le remorqueur s'était mis contre moi! Un remorqueur sadique! Un monstre!

– L'idée n'est pas sans intérêt..., dit Heller. Néanmoins, la réponse est négative.

– Commandant, je vous prie de reconsidérer votre décision. Ses ondes cérébrales montrent une hostilité extrême. S'il doit partir pour un autre univers, ainsi que vous le dites, je ne vois aucune raison de retarder ce départ. Votre refus est incompatible avec la fonction qui m'a été donnée et par conséquent illogique.

– Stocke-le pour références futures. À quelle distance sommes-nous du trou noir?

– Environ cinquante kilomètres, commandant.

Les secondes s'égrenèrent.

– Paré pour décalage temporel, commandant. Je décélère à fond.

Et soudain, j'éprouvai une sensation de torsion physique effrayante. Mon cœur eut un raté et mon cerveau explosa. Exactement ce qu'on ressentait en franchissant les portes de la Cité du Palais, sur Voltar *. Bon sang, je détestais ça!

– Le trou noir est devant nous, à cinq kilomètres exactement, commandant. J'ai stoppé.

Je me levai. Je regardai par les hublots mais sans rien voir.

– Il n'y a rien, dis-je.

Heller claquait et verrouillait tous les hublots tour à tour.

– Il faudrait que vous ayez une sacrée vue pour ça, dit-il. Il n'est pas plus gros qu'un proton. C'est une des raisons pour lesquelles ils ne trouvent jamais ces trous noirs primordiaux. Et aussi parce que nous sommes maintenant décallés de treize minutes dans le futur. Est-ce que vous êtes déjà entré et sorti de la Cité du Palais?

– Oui, fis-je, sur la défensive.

Pas besoin de lui dire qu'à chaque fois que ma classe d'Académie se rendait au Palais, je me retrouvais de corvée. En fait, l'unique fois où je m'étais rendu dans la Cité du Palais, c'était quand Lombar Hisst avait réussi à prendre la direction de cette fatale mission sur Blito-P3. Tout ça à cause de la première reconnaissance d'Heller sur cette maudite planète.

– Données.

– Tout de suite, commandant. Je vous les communique également sur imprimante. Masse : 7,93 millions de tonnes. Longévité prévue avant explosion finale : 2,754 millions d'années. Exsudation : 5,49 millions de mégawatts. Distorsion spatiale sphérique de 16,46 kilomètres de diamètre.

– Merci. Pivote et présente-toi queue en avant. Déclenche les rayons tracteurs. Mets le cap sur Blito-P3. Mise en marche des moteurs Y avait-Y aura. Quand tout sera prêt, démarre le remorquage. Fais sonner le gong quand nous serons à 1 400 kilomètres de la surface de la planète afin que je puisse t'aider à régler au mieux ton orbite.

– Bien, commandant.

Et le remorqueur entreprit d'exécuter les ordres.

---

* Voir Tome 1, *Le plan des envahisseurs.*

Bientôt, le grondement étouffé de l'énorme pile énergétique fit vibrer le vaisseau. Heller vérifia tous les contrôles.

Je me détendis un peu. Il m'apparaissait soudain que, puisque nous étions à treize minutes dans le futur, nous étions invisibles pour le dernier pilote-assassin. J'étais sur le point de retrouver une certaine sérénité quand, soudain, une pensée me traversa en un éclair : dès que nous aurions cessé le remorquage et que nous nous retrouverions dans l'espace normal, nous ferions une cible parfaite.

Heller ne semblait pas avoir conscience de ça. Il déroula des plans et se pencha dessus pour les étudier.

Puis il s'approcha du grand tambour du convertisseur temporel qui lui avait servi de cache et en sortit d'autres appareils et pièces détachées qu'il se mit en devoir d'empiler dans le sas.

Ensuite, il revêtit une tenue antiradiation écarlate. Avec son masque facial, il m'apparaissait tout à coup comme un véritable Démon Manco! Et je me recroquevillai avec crainte contre les tuyauteries. Oh, mes Dieux, pourquoi n'avais-je donc pas encore trouvé cette idée scintillante qui me permettrait de me débarrasser enfin de lui? Une fois pour toutes! Car il le fallait absolument! *Absolument!*

Il enfilait maintenant une tenue spatiale et un casque miroitant qui reflétait l'image distordue de tout ce qui l'entourait. Le chat avait l'air de mesurer quinze mètres et les sièges de pilotage semblaient avoir fondu. Quant à moi, je n'étais qu'une tache minuscule au fond d'un placard immense. Ce qui correspondait tout à fait à l'irréalité dont mon pauvre esprit accablé était saturé.

Heller entra dans le sas et le referma sur lui avant d'ouvrir la porte extérieure. Celle-là, il la laissa ouverte. Je pouvais le distinguer à travers les hublots. Il s'était amarré à un très long filin de sécurité. Il monta un établi rudimentaire qui prenait appui sur le vide et entreprit d'assembler quelque chose.

Il avait laissé les plans à l'intérieur, punaisés au-dessus du hublot de pilotage. Je les examinai et les trouvai très curieux.

On aurait dit un grand parapluie. Immédiatement sous l'armature, il y avait une espèce de cage. Et dessous, pour ainsi dire au milieu du manche, il y avait un gros anneau marqué *convertisseur*. Et, à l'extrémité du manche, un autre anneau, plus massif encore, correspondait à *poids*.

Je risquai un regard par les hublots. Heller déployait l'armature. Elle était en fait composée de miroirs. Une fois terminée, je me dis qu'elle aurait des dimensions importantes.

Quand il eut fini, il passa à l'appareil qui évoquait une cage :

il était muni de nombreuses pointes qui convergeaient vers le centre. Il l'installa sur une tige qui partait du sommet de l'armature.

Ensuite, ce fut au tour de la plaque annulaire que le plan indiquait comme étant le convertisseur.

Enfin, il suspendit le poids tout au bout.

Il disposa un double filin de sécurité sur ce montage et ramena son établi et ses outils jusqu'au sas. Il s'assura que le dispositif flottait derrière le remorqueur, bien au large de la coque, puis il referma le sas et entra.

Il ôta sa double combinaison avant de passer à l'arrière.

Des heures s'écoulèrent. Le chat paraissait dormir profondément dans le siège de pilotage, mais je savais bien qu'il suffirait que je bouge pour qu'il ouvre ses yeux menaçants.

Je me cognai le front du poing. Il fallait absolument que je trouve une solution. J'allais droit à la mort. Ma conscience n'en avait donc pas conscience?

Le chat cracha.

5

Heller revint dans le poste de pilotage. Il avait apparemment pris un bain, s'était rasé et changé. Il avait encore l'air triste mais paraissait reposé.

Il s'adressa au remorqueur :

– Corky, nous ne voulons pas que cette masse dépasse le seuil critique. Est-ce que tu décélères?

– Oui, commandant. J'ai braqué un rayon de compression sur elle et nous ralentissons depuis trois heures.

– Bien.

Heller pêcha une feuille dans sa poche et lut diverses coordonnées et indications de vitesse à l'intention du remorqueur. C'est à cet instant que je pris conscience avec horreur qu'il n'avait plus sa combinaison de travail ordinaire mais la tenue rouge qu'on porte dans la Flotte pour toute manœuvre sous radiations.

– Est-ce que ce vaisseau est sûr? balbutiai-je.

– Bien entendu qu'il est sûr. Corky est un robot parfait.

– Je vous en prie! Vous ne me comprenez pas. Je veux dire : est-ce qu'il est à l'abri des rayonnements?

– Ces manœuvres vont avoir lieu à 1 600 kilomètres de la

surface de la planète. C'est-à-dire dans la magnétosphère, ce que les habitants de la Terre appellent la ceinture de Van Allen. Elle commence à 1 000 kilomètres d'altitude. Si nous sommes en orbite à cette distance, c'est parce qu'il n'y a précisément aucun autre engin en orbite dans ce secteur. L'espace extérieur est très radioactif. C'est pour cette raison que nous sommes sous écran d'argent et que j'ai verrouillé tous les hublots.

– Hé, attendez un instant! Vous devez quand même craindre des fuites, sinon vous n'auriez pas enfilé cette combinaison. Moi, je n'ai absolument rien pour me protéger! Vous voulez que je devienne stérile ou quoi?

– Merci de m'y faire penser, lança Heller.

Il récupéra le chat et alla avec lui jusqu'à la chambre du second. Lorsqu'il revint, le chat était enveloppé d'une couverture rouge.

– Vous n'avez vraiment pas de cœur! grondai-je.

– Je ne pensais pas que ça faisait une différence pour vous.

Mais il me détacha, me poussa jusqu'à la cabine d'un des mécaniciens et me laissa aller aux toilettes. Puis il me jeta quelques rations alimentaires d'urgence sur la table, comme s'il nourrissait un chien. Plus que tout, cela mettait en évidence le fait que ma vie était en danger : il pouvait lui venir à l'idée de me trancher tout simplement la gorge d'une seconde à l'autre.

Il me donna une tenue antiradiation jetable. Je la passai, tout en le soupçonnant d'y avoir percé des trous ou d'avoir gratté la couche isolante.

Il me reconduisit jusqu'au poste de pilotage et m'attacha de nouveau à la tuyauterie. Et je m'affalai, essayant d'imaginer une solution.

Il s'entretint avec Corky à propos du vol orbital et de leur vitesse et, l'instant d'après, les gros moteurs Y avait-Y aura furent stoppés et les auxiliaires se mirent à ronronner.

Encore quelques mots avec Corky et, soudain, les auxiliaires furent coupés. Un silence sinistre s'installa.

Il alluma tous les écrans. Et je revis la Terre. Elle était extraordinairement grosse. Nous étions juste au-dessus d'une région brun-rouge. Mais l'image, sur tous les écrans, était bizarre, comme si elle ondulait.

Il vérifia les coordonnées et, après avoir consulté une carte sur l'un des écrans, il localisa Los Angeles, Las Vegas, puis enfin Barstow. Du doigt, il traça un trajet jusqu'à un secteur désertique appelé « le Terrain de jeu du Diable ». Il passa à un autre écran et, d'un geste, agrandit l'image du territoire au-dessus duquel nous nous trouvions. Un désert atroce! Rien que du sable et de la rocaille. A la différence de tant d'autres régions de la Terre, il n'y avait pas le moindre nuage. D'un autre geste, Heller agrandit encore un peu l'image. Et je vis une agglomération d'immeubles de construction apparemment récente. Au centre de l'écran, il y avait une vaste zone sombre.

C'est alors qu'Heller se mit vraiment au travail. Il parcourut tous les écrans du regard et détacha le double filin de son « parapluie ». Comme on passe un fil dans une aiguille, il lança un rayon de tension à travers la cage qui se trouvait juste au-dessous de l'armature.

A coups de rayons de tension et de faisceaux tracteurs, il déplaça l'ensemble le long du vaisseau, jusqu'à l'arrière.

Il réglait sa position en agrandissant son image centimètre par centimètre.

Et tout à coup, la structure frémit et bougea. Les pointes concentriques de la cage se mirent en place.

– Je le tiens, fit Heller avec un soupir de soulagement.

Je ne voyais rien.

– Vous tenez quoi? demandai-je.

– Le trou noir est au centre de la cage et j'ai sauvé tout le dispositif. Bon, maintenant, nous allons voir s'il peut également servir de moteur.

Il s'empara d'un panneau de contrôle et effleura plusieurs boutons. Il me sembla que le centre de la chose émettait de petits jets qui fusaient par les pointes.

– C'est parfait, dit Heller. On peut régler sa position.

– Avec quoi?

– Avec le capteur automatique prévu précisément pour ces coordonnées. Il se trouve dans l'anneau inférieur du poids. L'énergie excédentaire du trou noir est canalisée par les pointes et déplace très lentement l'ensemble, de haut en bas, ou d'avant en arrière. Il faut qu'il reste sur la même orbite pendant quelques millions d'années, là, juste à la verticale du Terrain de jeu du Diable.

– Mais cette chose, c'est quoi exactement?

– Un miroir de concentration. L'énergie émise par le trou noir prisonnier de la cage est réfléchie vers le bas, passe par l'anneau du convertisseur et est dirigée droit sur la pile, à la surface de la Terre. L'anneau inférieur, celui du poids, utilise la gravité de la planète pour se stabiliser à la verticale. Le capteur de coordonnées règle en permanence la position. (Il observa l'ensemble un court instant.) Bon. On a fini.

Il appuya sur une série de touches, coupant ainsi tous les rayons.

– Corky, lança-t-il, sors-nous de là et ramène-nous en temps normal, à 800 kilomètres de la surface.

– Vous comptez laisser ça ici ? demandai-je. Mais quelqu'un pourrait tomber dessus !

– Personne ne se déplace à treize minutes dans le futur. Pas sur cette planète en tout cas. Ils ne verront rien, même au télescope. Et si jamais une sonde venait à rentrer dedans par hasard, vous n'avez pas lu l'écriteau ?

Il me désignait l'écran.

Et je vis effectivement un écriteau ! Déployé sur toute la surface du « parapluie », il disait :

ÉNERGIE POPULAIRE & CO.
ENTRÉE INTERDITE
DANGER, HAUTE TENSION

Et soudain, ce fut l'éclair et l'effet de broyage du retour dans le temps normal. J'avais horreur de ça.

Les écrans semblaient plus normaux. L'océan Pacifique s'étendait sous le vaisseau, immense. À en juger par l'ombre, juste à l'ouest d'Hawaï, ce devait être le matin à Los Angeles.

Heller prit le vidéophone et, presque instantanément, le visage d'Izzy apparut.

– Dieu soit loué, monsieur Jet ! Nous nous faisions beaucoup de souci. J'espère que ce retard n'est pas dû à quelque incident grave ?

– Juste un petit problème rencontré en chemin. Mais la solution coulait de source. Est-ce que l'ingénieur en chef de l'Énergie Populaire est là ?

– Le Dr Phil A. Mentor est dans l'antichambre. Il a dormi sur place ! Monsieur Jet, si vous saviez ce que je suis heureux de savoir que tout va bien pour vous ! Je l'appelle immédiatement.

L'instant d'après, je vis apparaître sur l'écran un homme à la barbe en pointe. Je le reconnus : il avait suivi les cours de la comtesse Krak.

– Est-ce que votre pile ferromagnétique est en place ? lui demanda Heller.

– Oui, monsieur Jet, exactement selon votre plan.

– Elle devrait être chargée, à présent, lui dit Heller.

Le Dr Mentor décrocha un téléphone. C'était vraisemblablement une ligne directe car il ne composa pas de numéro. Une voix surexcitée lui répondit, retransmise par le vidéophone.

– Ici Terrain de jeu du Diable. Poste d'observation n° 1.

– La pile est-elle chargée?
– Seigneur Dieu, mais oui, chef! Chargée ou je ne sais quoi. Tout le (bip) de truc a disparu comme prévu. Quelqu'un avait laissé un camion sur place et il a disparu avec le reste!
– Parfait, commenta Mentor. Est-ce que les condensateurs-transformateurs fonctionnent?
– Je vais m'en assurer. C'est que nous avons été tellement troublés par la disparition de la pile...
– Vérifiez! coupa Mentor.
Un moment après, l'autre revint, toujours aussi fébrile.
– Oui, il y a un flux de micro-ondes! On le renvoie vers le ciel en ce moment même.
Mentor revint à l'écran.
– Vous souhaitez savoir autre chose?
– Non, c'est très bien. Repassez-moi Izzy.
– Je suis tellement heureux que ça fonctionne, dit Izzy. Toutes mes félicitations, monsieur Jet.
– Merci. Comment ça se passe avec les contrats?
– Bien. Quelques villes se montrent encore sceptiques, mais elles céderont dès qu'on leur enverra les micro-ondes sur le secteur. Je pense qu'on peut en toute sécurité entreprendre la construction des systèmes de relais du miroir à micro-ondes. On ne risque pas de tomber en panne, n'est-ce pas?
– Pas avant quelques millions d'années, le rassura Heller. Alors tout va bien de ton côté?
– Oh, oui. Rien que du travail de routine. Je pense que les consommateurs vont être ravis de payer un cent le kilowatt. J'ai fixé le tarif industriel à un quart de cent. Mais il y a quand même un problème : réinvestir tous nos bénéfices, vu que tout ça ne nous coûte rien sinon l'installation et la maintenance.
– Je suis persuadé que tu t'en sortiras très bien.
– Ça oui, fit Izzy. Mais il y a encore autre chose. M. Rockecenter ne sera pas très content quand les contrats pétroliers ou charbonniers commenceront à être dénoncés un peu partout.
– Je suppose que oui. Dis-moi, tu as bien toutes les options pour vendre les parts sur le pétrole?
– C'est dans la poche, confirma Izzy. J'ai pris sur moi d'y ajouter un certain nombre d'actions nationales et de petites compagnies également. Nous sommes en mesure de vendre pratiquement toutes les actions pétrolières du monde.
– Bien. Mon projet suivant est de faire descendre le cours.
– Oh, il va certainement chuter avec l'apparition du réseau micro-ondes à bas prix.
– C'est exact. Mais quand je parle de descendre, j'entends : très bas.

– La cotation tourne actuellement autour de 80 à 100 dollars. « Très bas », pour vous, ça va jusqu'où?

– Disons entre 50 cents et 1 dollar, fit Heller.

– Oy! Mais Rockecenter va être ruiné.

– C'est ce que je veux. Ruiné veut dire banqueroute. Ce que je veux donc, c'est que tu acquières un lot supplémentaire d'actions afin d'acheter toutes les parts pétrolières du monde à 1 dollar.

– QUOI?

– Tu m'as bien entendu. Tu vas tirer une fortune de tes options de vente. Et quand on atteindra le plancher, tes options d'achat te permettront de prendre le contrôle de toutes les compagnies pétrolières de la planète.

– Oy! Mais notre vieux rêve de voir nos sociétés gouverner le monde va se réaliser! J'espère que le Destin n'écoute pas notre conversation.

– De toute façon, on va le réaliser, ce rêve, le rassura Heller.

– Monsieur Jet, on ne fera pas chuter à ce point le cours rien qu'en vendant de l'énergie à bas prix.

– Je le sais. Mais avec mon nouveau projet, nous y parviendrons. Autre chose encore, Izzy?

– Oui, monsieur Jet. Ne faites rien de dangereux. Je suis inquiet.

– Oh, là où je me trouve, c'est très calme, dit Heller. Bye-bye!

L'écran redevint blanc.

Dans ma tête, c'était l'ouragan. Ce sale (bip) d'Heller! Cette pile à trou noir, c'était la fin d'Octopus! De l'énergie à bon marché pour toute la Terre? Impensable! Quelle catastrophe pour Rockecentrer!

Et soudain, je me rappelai que les Russes avaient depuis longtemps mis au point des armes antisatellites. Je commençai à échafauder un plan pour m'évader et aller les prévenir afin qu'ils détruisent tout le dispositif en même temps que le trou noir.

Ça, c'était la solution radicale à tous mes problèmes! Et ça ferait de moi un héros!

Il fallait absolument que je trouve le moyen de m'enfuir! Car cette situation était devenue intenable pour Rockecenter, pour Lombar Hisst, et pour moi. Je pouvais encore tous nous sauver si je réfléchissais vraiment. Mais où était la solution?

6

Heller s'adressa au remorqueur :

– Aucun signe de l'autre pilote-assassin?

– Non, commandant. Je surveille en permanence depuis que nous sommes revenus en temps normal. Mais je vous conseille la plus extrême prudence, commandant. Je me suis mis en position d'absorption totale de toutes les ondes. J'attire cependant votre attention sur le fait qu'en accélérant, nous laissons un sillage magnétique repérable. Je conseille sévèrement... sincèrement... sévèrement. Nuance incorrecte. Je conseille de toute urgence que nous demeurions immobiles.

– Négatif. Priorité, dit Heller. (Il ouvrit un livre.) Entre les coordonnées suivantes dans ta banque d'itinéraires et définis un trajet séquentielle.

Et il se mit à réciter une longue série de positions réparties sur toute la Terre : Amérique du Nord, Caraïbes, Amérique du Sud, Australie, Asie, Moyen-Orient, Russie, Europe centrale, Europe occidentale, Alaska, Canada...

Mais qu'est-ce qu'il manigançait encore?

Quand il eut fini, le remorqueur déclara :

– J'ai tout, commandant. Aligné en positions séquentielles numérotées.

– Place-toi au-dessus de la position 1, ordonna Heller.

– Il s'agit de Watson, Californie. Nous sommes juste à la verticale.

– Bascule. Proue droit dessus, ordonna Heller.

Il était occupé à ôter les boucliers antiradiations des hublots. Le remorqueur manœuvra rapidement. J'éprouvai une sensation de vertige. À 8 000 kilomètres en dessous, je découvris la flaque de brouillard jaunâtre qu'était Los Angeles.

Heller régla les écrans. Celui du milieu montrait une raffinerie de pétrole. Et le vaisseau était pointé droit dessus!

– Maintiens cette position, dit-il.

Il prit le vidéophone et le visage inquiet d'Izzy apparut sur l'écran.

– Simple vérification. Dis-moi, est-ce que tu as réussi à décrocher les options d'achat de toutes les actions pétrolières à 1 dollar?

– Grands Dieux! fit Izzy. Ils pensent que nous sommes fous,

que nous gaspillons l'argent de nos options. Mais, oui, les agents téléphonent tous en ce moment. Attendez.

Je l'entendis bavarder sur une autre ligne. Puis il revint.

– Oui. Ils croient que nous avons perdu la tête, mais j'ai tout. Monsieur Jet, comment la cotation pourrait-elle tomber aussi bas?

– Tu verras bien, dit Heller. À plus tard.

Il revint à l'écran, qui montrait une vue agrandie de la raffinerie. Il consulta un plan.

– Distillation atmosphérique, dit-il. La tour de topping.

Il régla avec minutie la position du vaisseau.

Et posa le doigt sur la détente du canon laser.

– NON! criai-je désespérément. Ne faites pas sauter les raffineries!

Il pressa la détente et le canon encastré à l'avant fit entendre un bref ronronnement.

Horrifié, je fixais l'écran. D'une seconde à l'autre, la raffinerie allait exploser.

J'attendis.

Rien ne se passa!

– Corky, lança Heller. Position 2!

– Wilmington, Californie, annonça le remorqueur avant de démarrer.

Heller répéta son manège.

Je ne constatai aucun changement au sol.

– Position 3, demanda Heller.

– Long Beach, Californie.

Heller recommença.

– Position 4.

– El Segundo, Californie.

Même chose.

– Dites, par tous les Enfers, qu'est-ce qui se passe? demandai-je. Vous n'allez donc rien faire sauter?

– Il faudrait savoir ce que vous voulez, me dit Heller. Il y a une demi-heure, vous sembliez plutôt contre.

– Dites-moi ce que vous comptez faire.

Il me fixa.

– Dans chaque raffinerie, le processus commence par ce qu'on appelle la distillation atmosphérique. Le pétrole brut des réservoirs passe par la tour de topping. De là, il continue et est transformé en fuel, kérosène, gazole, etc. Je suis en train d'envoyer une fausse charge radioactive dans le métal des tours de distillation atmosphérique. Les compteurs Geiger vont réagir mais, en fait, cela n'aura aucun effet réel. Vous êtes fini, alors je ne vois aucune raison de ne pas vous dire qu'Izzy dispose de l'appareil qui permet de neutraliser le faisceau d'ondes.

Il s'éloigna et se remit à sa tâche. L'une après l'autre, toutes les raffineries de la planète y passèrent.

Cela prit une journée et demie.

Ensuite, Heller dormit un peu. Nous étions au-dessus du Canada.

Moi, j'étais affalé dans mon siège et je ruminais. Ce qu'il venait de faire était vraiment bizarre. En fait, il n'avait rien détruit du tout. Cela me semblait très irrationnel. En tout cas, ce genre de procédure ne figurait pas dans les manuels de l'Appareil. C'était peut-être un officier royal, mais il n'avait pas la moindre chance d'être nommé dans une véritable organisation telle que la nôtre. Je n'avais pas vu la moindre explosion! Quelle bévue!

Tout propre, bien rasé, il revint sur le pont. Il s'était changé et commença par donner à manger au chat avant de se soucier de moi. Ensuite, il me rattacha aux tuyaux et s'installa dans le siège de pilotage. Il appela Izzy, lui indiqua un numéro qu'il devait appeler. Dès que la communication serait établie, il devrait approcher le combiné du vidéophone.

Izzy annonça à son correspondant que quelqu'un voulait lui parler et il plaça le téléphone comme le lui avait indiqué Heller.

– Ici Wister, annonça Heller.

– Oh, Wister! Très, très cher Wister! Quelle merveilleuse surprise! Vous savez que je vous serai éternellement reconnaissante!

MISS SIMMONS!

– Moi aussi je me souviendrai toujours de vous, répliqua Heller. Écoutez : j'ai quelque chose à vous dire qui va vous intéresser. Saviez-vous que toutes les raffineries de pétrole du monde sont actuellement radioactives et que les compteurs Geiger réagissent?

– NON!

– Mais si, pourtant, c'est vrai. Je pense que vous devriez envoyer du monde sur le terrain pour vérifier. Vous verrez que dès qu'on s'en approche, le compteur explose presque!

– DIEU DU CIEL!

– Est-ce que vous voulez vous occuper de ça pour moi? demanda Heller.

– Oh, mon Dieu! Wister, si c'est vrai, dans tous les pays, les militants de la marche antinucléaire vont se lever comme un seul homme!

– C'est bien ce que j'espère. Il faut des manifestations partout.

– Vous les aurez, Wister. Et merci, merci à vous, oh, oui, merci, cher garçon! CES (BIPARDS)!

Elle raccrocha.

– Oy! s'exclama Izzy.

– Oui, dit Heller. Deux fois oy. La cote des actions pétrolières va descendre en flèche. Et quand elle sera presque à zéro, tu vends. Et tu utilises aussitôt l'argent du Maysabongo pour faire jouer les contrats d'achat sur tout le pétrole en réserve aux États-Unis, et ce jusqu'à la dernière goutte. Ensuite, en juillet, tu pourras acheter toutes les compagnies pétrolières de la planète pour une bouchée de pain.

– Oh, monsieur Jet! Le rêve va s'accomplir! J'espère encore une fois que le Destin ne s'en mêlera pas!

– Je vais y veiller tout spécialement, dit Heller. Au revoir. (Et il ajouta comme pour lui-même :) Bon, il ne me reste plus qu'à mettre la dernière touche à ce programme et la mission sera achevée.

– Achevée? fis-je en écho, terrifié. Par tous les Dieux, qu'est-ce que vous comptez encore faire?

– Oh, rien qu'une toute petite chose. Le pôle Sud a une fâcheuse tendance à dériver sur l'océan. Il faut que je donne une petite claque au globe pour redresser sa rotation. Corky, on part pour Saturne.

Saturne?

J'en avais la tête qui tourbillonnait.

Je ne pensais qu'à une chose : il avait mis en train des événements qui allaient complètement détruire l'Octopus Oil et toutes les autres compagnies pétrolières. Même si elles avaient le contrôle de la presse, elles ne parviendraient jamais à endiguer le torrent de panique qui s'ensuivrait! Si je ne parvenais pas à m'échapper, Rockecenter était fichu!

Je réfléchis à diverses manières de parer à cette catastrophe. À vrai dire, tout ce que je pouvais faire, c'était amener Rockecenter à lancer un destructeur de satellite contre ce parapluie, puis à bombarder l'Empire State Building, la République du Maysabongo et annoncer au monde entier que les raffineries n'étaient en aucun cas radioactives. Oui, il fallait que j'y arrive.

Mais, pour l'heure, et pour quelque raison mystérieuse, nous avions mis le cap sur Saturne.

COMMENT M'EN SORTIR?

7

Heller remettait les écrans antiradiations en place : nous allions franchir à nouveau la magnétosphère. J'entendais les moteurs planétaires qui nous arrachaient à la gravité. J'étais enchaîné tout contre la paroi et leur plainte commençait à être douloureuse à mes oreilles.

– Je ne pense pas que ces moteurs auxiliaires soient destinés à fonctionner à ce régime, fis-je, effrayé.

– Oh, arrêtez de vous faire du souci. Ils vont pousser ce vaisseau jusqu'au seuil de la vitesse de la lumière. À les écouter, ils me semblent parfaitement marcher.

Ça c'est sûr, grinçai-je en moi-même. Oh, mes Dieux, pourquoi m'avez-vous mis sur le dos ce représentant du corps le plus cinglé de toute la Flotte : les ingénieurs de combat ? Pas étonnant que leur moyenne de survie en service actif ne fût que de deux ans. Heller avait dépassé au moins trois ou quatre fois la limite. Et, pour couronner le tout, c'était un vrai maniaque de la vitesse.

– Pourquoi êtes-vous si pressé ? risquai-je.

– Ce serait idiot de traîner. En comptant avec l'accélération et la phase de freinage, il nous faudra des heures. (Il consulta un compteur dont les chiffres tournaient bien trop vite pour moi.) Saturne, actuellement, se trouve à 1 322 727 340 kilomètres. Ce n'est pas sa distance minimale. Au plus près de la Terre, il est à 1 190 660 000 kilomètres.

– Mais pourquoi Saturne ?

Il haussa les épaules et me montra les écrans.

– Vous ne voyez pas la moindre comète, n'est-ce pas ?

Des comètes ? Saturne ? Il était devenu complètement dingue.

Je fis une nouvelle tentative.

– Si vous partez aussi vite, le deuxième vaisseau-assassin repérera sûrement notre turbulence et, même s'il ne nous détecte pas en optique, il attendra notre retour.

– Exact. Mais il ne pourra pas nous suivre parce qu'il est incapable d'atteindre notre vitesse.

– Non, non. Vous ne comprenez pas. Si nous revenons, ils nous tendrons un guet-apens. Même avec les localisateurs déconnectés, ils sont capables de nous repérer.

J'avais failli ajouter que cela prouvait qu'il devait gagner directement Voltar. Je serais alors sauvé et Lombar me ferait libérer sur-le-champ. J'ouvrais la bouche quand une pensée terrible s'abattit comme une masse au centre de mon cerveau : les actions de ce démon signifiaient la ruine absolue de Rockecenter.

Si je revenais sur Voltar après un pareil gâchis, Lombar me ferait périr à petit feu. Alors que ce serait tellement différent si je pouvais réapparaître en proclamant : « Je devais revenir afin de vous sauver la vie. » Ou quelque chose comme ça. Mais, si l'on exceptait le fait que j'avais été capturé, je n'avais aucune excuse pour rentrer sur Voltar. En tout cas, Lombar n'aimerait pas du tout ça.

Non, l'unique solution était bien de trouver un moyen de m'évader et d'inverser les effets du travail diabolique d'Heller. Impossible d'abandonner la Terre s'il n'y avait plus Rockecenter : une Terre avec une atmosphère propre, du carburant presque gratuit et toute la racaille ravie. Impensable qu'Heller réussisse!

Je me recroquevillai pour réfléchir plus intensément.

Il dit au chat et au remorqueur de ne pas me quitter des yeux et se dirigea vers les quartiers arrière.

Sur les écrans, la Terre diminuait comme un ballon qu'on aurait lancé au loin. Je pris soudain conscience que nous allions traverser la ceinture des astéroïdes sans aucun pilote, du moins à ce que je pouvais en juger. Et je me sentis glacé.

C'est alors que je vis le chronoviseur pivoter de lui-même. J'en fus terrifié. Est-ce que tout ce remorqueur était en fait un fantôme? Je n'étais toujours pas parvenu à déterminer d'où provenait sa voix et Heller ne se servait même pas d'un micro pour communiquer avec lui.

Il fallait échapper à tout cela!

Plus important encore : il fallait prévenir Rockecenter avant qu'il soit trop tard. En ce moment même, ce (bip) de Faht Bey était peut-être en train de libérer Menton Noir. Supposons que je retourne sur Voltar et que je dise tout simplement à Lombar : « Mon cher ami, j'ai fait saisir toute la base terrienne. » Aucun doute : je savais que sa réaction n'aurait rien de favorable.

Par tous les Enfers, comment avais-je pu me ficher dans un pareil pétrin?

Quelques moments après, nous avons entamé la décélération. Une demi-heure plus tard environ, Saturne était en vue.

Je n'avais encore jamais contemplé cette planète. Elle était énorme. Nous abordions les anneaux par le travers et je pus observer tout à loisir ses cercles étranges. Les deux qui se trouvaient à l'extérieur étaient particulièrement brillants, et le plus proche me semblait plus étroit que les autres.

Heller était de retour dans le poste de pilotage.

Le remorqueur était presque à l'arrêt.

– Je reprends les commandes, Corky, annonça Heller.

– Commandant, je dois vous prévenir que le champ gravifique est extrêmement puissant. Je continue la décélération. Nous sommes également à proximité d'une des lunes et il semble qu'un nouveau volcan soit entré en éruption à sa surface.

Heller leva les yeux vers l'écran. La vision était splendide et multicolore. En fait, tout n'était que couleurs sur ce satellite de Saturne : il était lui-même jaunâtre mais son équateur semblait d'un vert pastel délicat, avec des taches d'un brun rougeâtre. Le tout, cependant, semblait très inhospitalier.

– Vous n'allez quand même pas tenter de vous poser! dis-je.

Heller me rétorqua d'un air méprisant :

– Il n'y a que du gaz. Restez tranquille pendant que j'enregistre les mesures.

Je n'avais pas la moindre idée de ce qu'il pouvait bien vouloir enregistrer. Il effectuait un balayage vidéo de l'anneau extérieur. Il m'apparut composé de milliers, de millions, non, de milliards de particules qui tournaient lentement comme un manège de cristaux.

Heller régla la vitesse du remorqueur sur celle de la rotation de l'anneau, de telle façon que nous semblions être immobiles – si l'on oubliait le déplacement presque insensible des étoiles sur le fond noir de l'espace. Ce qui me surprenait. Car cela signifiait que la planète géante tournait bien plus rapidement que la Terre sur son axe.

– Corky, enclenche tes rayons tracteurs, ordonna Heller. Pleine puissance. Nous allons prélever une grosse bouchée là-dedans, quitte à la retailler aux bonnes dimensions plus tard.

– Une bouchée de quoi? m'inquiétai-je.

– De glace. Ces particules sont constituées de glace. Quelques milliards de tonnes ne feront pas de différence.

– Et on a fait tout ce chemin pour de la glace?

– Mais bien sûr. Si nous avions eu une comète sous la main, on aurait pu en trouver plus vite, mais celle-là est bien plus pure. Je ne tiens pas à avoir trop de cailloux.

– Par tous les Cieux, mais qu'est-ce que vous comptez en faire? m'exclamai-je.

– Je veux m'en servir pour redresser les pôles. Vous ne voulez pas qu'ils fondent à nouveau et qu'ils finissent par inonder la Terre, non?

– Vous êtes en train de me dire que vous voulez arrêter les inondations en ajoutant de l'eau?

Mes Dieux, il était réellement fou!

– Quelques milliards de tonnes d'eau, ça n'est rien. L'eau est un matériau très lourd. Ce que nous allons emporter ne représente même pas une petite montagne de glace. Paré à verrouiller le grappin, Corky?

Les vibrations des moteurs de traction couvrirent la plainte des synthétiseurs gravifiques.

– Vitesse de libération : 35 kilomètres/seconde, annonça Corky. Je préconise que nous exécutions une demi-rotation planétaire. C'est-à-dire 5 heures et 7 minutes exactement.

– D'accord. Vas-y, fit Heller.

Au cœur du vaisseau, les moteurs Y avait-Y aura démarrèrent avec un grondement effrayant.

Heller avait les yeux fixés sur un écran. On voyait la planète à l'arrière. A première vue, je n'observai aucun changement dans l'anneau externe dont nous étions très proches. Puis je distinguai un trou minuscule. Au fil des secondes, il s'agrandit. Et, peu à peu, la planète diminua.

Un quart d'heure plus tard environ, je risquai :

– Nous allons laisser un trou dans cet anneau.

– Il va se combler, dit Heller. Proportionnellement à la taille de ce monde, nous n'avons quasiment rien pris.

C'était lui qui pensait que ça n'était rien. Tout l'espace, derrière le vaisseau, semblait rempli de glace!

– Il y aura sûrement un astronome terrien pour nous apercevoir, dis-je.

– Oh, ça, j'en doute. Et de toute façon, il pensera que c'est une nouvelle comète.

– Mais le vaisseau-assassin va nous voir, lui, et il ne s'y trompera pas.

– Vous vous faites beaucoup trop de souci, railla-t-il.

– J'en suis presque mort. Pourquoi ne me laissez-vous pas m'allonger sur une couchette pour dormir un peu?

Il ignora ma demande.

Le temps s'égrenait. L'essaim de glace s'éloignait de plus en plus de la planète et de ses anneaux. Les moteurs Y avait-Y aura ronronnaient et vibraient.

Le remorqueur ne s'était pas trompé. Il nous fallut un peu plus de cinq heures pour arracher enfin l'énorme masse à la gravité de Saturne et l'emporter vers l'espace.

La glace allait de plus en plus vite, blanche et scintillante dans la clarté du lointain soleil, sur le fond d'encre de l'espace.

Heller et le remorqueur calculèrent le cap de retour vers la Terre.

Ce qui nous menaçait à l'évidence, ce qui me terrifiait et pour quoi je devais trouver une solution très vite, c'était le vaisseau-assassin. Il ne pouvait pas nous manquer. J'attendais.

8

Le tonnerre des gigantesques moteurs Y avait-Y aura et le sifflement des rayons tracteurs résonnaient dans l'habitacle exigu. Derrière nous flottaient les milliards de tonnes de blocs de glace argentée que le remorqueur emportait vers la Terre, à des millions de kilomètres de là.

Quelque part au cours du trajet, nous avions frôlé la moitié de la vitesse de la lumière. Puis le remorqueur avait basculé pour décélérer. Maintenant, la proue était à nouveau orientée vers notre but et nous allions bien moins vite. Nous nous trouvions encore très au large de l'orbite du satellite de la Terre.

Heller était occupé à calculer des choses comme la rotation de la Terre et les coordonnées de son orbite autour du soleil. Il régla deux fois la vitesse avant de paraître satisfait de l'angle d'approche.

La Terre n'était plus seulement un point brillant dans l'espace : on voyait le croissant de la nuit se dessiner de plus en plus nettement sur sa sphère.

Nous étions à quatre fois la distance de la lune par rapport à la Terre quand il se décida à poser ses notes. Notre vitesse était encore élevée, de même que celle de la masse de glace.

– Corky, dit-il. Vérifie ces calculs. (Il les lut à haute voix.) Qu'est-ce que tu en dis?

– Eh bien, commandant, ce n'est pas à *moi* de dire quoi que ce soit. La masse va toucher le pôle Nord de la planète selon un angle de 33° direction Sud, longitude 36° 5 Est. L'effet gyroscopique va modifier légèrement l'inclinaison du noyau central et rapprocher les pôles magnétiques de l'axe de rotation du globe.

– Et quelle est ta conclusion?

– Cela aura pour effet de corriger la tendance du pôle Sud de cette planète à se déplacer dans l'eau, ce qui provoque la fonte des glaces et des risques de submersion des continents. Effet secondaire : quelques ours polaires risquent de mourir sous le choc.

– Merci. Veux-tu vérifier encore une fois l'angle d'impact?

– Commandant, je pense qu'une dernière petite décélération sera nécessaire avant l'entrée dans l'atmosphère de la planète. Autrement, il y aurait un léger risque à l'amortissement. Qu'avez-vous à dire à propos des ours polaires, commandant? Dois-je envoyer un avertissement?

– Leur espèce est éteinte, dit Heller. Il n'y a aucune trace de vie qui vaille la peine d'être mentionnée au pôle Nord.

– Merci, commandant. Je vais corriger mes notes de reconnaissance. Commandant! Mon sous-cerveau 124 vient de passer au rouge. Il détecte une turbulence magnétique droit devant nous, à 800 000 kilomètres de la surface. Vous l'avez en visuel sur l'écran 13.

Oui, je la voyais! Une trace de perturbation magnétique parfaitement lisible!

LE VAISSEAU-ASSASSIN!

Il montait de la Terre et venait à notre rencontre!

– Bon sang! fit Heller. Je ne l'attendais pas aussi vite! (Il saisit un micro.) J'appelle vaisseau de l'Appareil!

Pas de réponse. Il s'assura qu'il était bien sur la longueur d'onde des communications de l'Appareil, à portée limitée, et reprit :

– Ici le *Remorqueur 1, Prince Caucalsia,* division extérieure. J'ai une charge en remorque. Je ne veux pas qu'on l'intercepte.

Toujours pas de réponse.

– Vaisseau de l'Appareil. Ici, Jettero Heller, officier de grade X de la Flotte de Voltar opérant sur les ordres du Grand Conseil. Vous avez injonction de faire demi-tour et de vous abstenir de toute intervention.

Silence. Pourtant, ils auraient dû répondre. Car nous revenions vers la planète et ils étaient censés nous empêcher uniquement de nous enfuir!

C'est alors qu'une idée fit son chemin dans mon esprit : le pilote-assassin et son équipage avaient sans doute reçu également l'ordre de tuer Heller!

En tout cas, le vaisseau fonçait droit sur nous.

– Oh, fichtre! s'exclama Heller. Je ne peux pas abandonner notre chargement! Ce cinglé va provoquer une catastrophe!

Il avait raccroché le micro et avait remis les commandes en manuel. Je me dis avec espoir qu'il allait libérer la masse de glace que nous remorquions afin de pouvoir s'échapper.

Mais non! Cet abruti voulait absolument mener à bien son projet, coûte que coûte!

Et nous n'avions même pas un fusil!

Sur les écrans, le canon volant se rapprochait rapidement. Heller leva les volets des hublots. Le vaisseau attaquant était là, bien net sur le fond de l'espace! Légèrement à bâbord. Le pilote-assassin était tellement sûr de lui et arrogant qu'il n'avait même pas pris la peine d'ôter le revêtement argent de sa coque.

Pour notre part, nous ne devions pas être visibles, si l'on exceptait le sillage magnétique que nous laissions. Mais il n'avait eu aucun mal à nous repérer à cause de la charge de glace que nous traînions depuis Saturne.

Heller leva la main et régla un cadran au-dessus de nos têtes avant d'appuyer sur une touche. Puis il posa le pouce sur la détente de tir. Je n'arrivais pas à imaginer ce qu'il avait en tête : nous n'avions pas de canon.

Et c'est alors que soudain un autre vaisseau se matérialisa à 1 000 mètres devant nous!

Je le fixai, éberlué!

C'était en tous points la réplique exacte du *Remorqueur 1*!

À l'évidence, une projection électronique comme on en utilise pour les fêtes voltariennes.

Pour les assassins, c'était comme si le vaisseau venait de repasser en blindage argent!

Leur vaisseau, toujours à bâbord, était en train de manœuvrer.

IL OUVRAIT LE FEU!

Le coup passa un peu au-dessus de l'illusion électronique.

IL TIRA UNE DEUXIÈME FOIS!

Cette fois, il avait visé trop bas.

TROISIÈME COUP!

Une boule de flammes explosa au centre du faux remorqueur!

Heller abaissa une touche.

L'illusion s'effaça!

Je cessai de respirer une fraction de seconde, pensant qu'il venait de nous tirer de là.

Avec un peu de chance, le canon volant allait faire demi-tour et retourner vers la planète, puisque son pilote penserait que sa mission avait été remplie.

Je priai en silence. Va-t'en. Va-t'en. Tu t'es fait avoir, maintenant laisse-nous.

Et soudain, je réalisai ce qui n'allait pas. Il avait dû s'apercevoir de l'absence de débris flottants! Et il devait se dire qu'il avait encore raté son coup! Ce que lui confirmaient probablement ses instruments!

Il revenait droit sur nous et, même à 30 000 mètres de distance, j'avais le sentiment que je voyais son canon. Ses détecteurs avaient repéré notre turbulence magnétique!

UN ÉCLAIR!

Le remorqueur fut secoué.

NOUS AVIONS ÉTÉ TOUCHÉS!

Tous à coup, les moteurs Y avait-Y aura émirent une plainte suraiguë.

J'eus l'impression que nous étions une bille de plomb éjectée d'un lance-pierre!

Nous étions lancés à tavers le ciel noir en une trajectoire vertigineuse!

Corky annonça :

– Avarie! Avarie! Nos moteurs tracteurs sont hors de service! Nous avons perdu la charge de halage!

La surface de la Terre montait vers nous.

Heller, en quelques gestes vifs, coupa les moteurs principaux et passa en auxiliaires à pleine puissance.

Le vaisseau se mit à freiner au maximum!

Durant trois secondes, la Terre conserva le même volume, puis se mit à rapetisser.

Heller se déchaînait sur les commandes.

La proue du vaisseau était maintenant orientée vers la grande masse blanche du chargement de glace.

Une explosion sur notre droite.

Le vaisseau-assassin ouvrait encore le feu.

Il se trouvait immédiatement à tribord.

Heller enclencha les auxiliaires et esquiva vers le centre de l'explosion.

Une autre explosion. Sur notre gauche.

– Aux Diables! jura Heller. Il tire mieux que l'autre!

Il vira à gauche.

Je savais que c'était le leader des pilotes-assassins que nous affrontions. Et c'était lui le meilleur tireur. C'était sa spécialité : abattre les vaisseaux qui tentaient de fuir le combat. Et le remorqueur, non blindé, désarmé, serait une proie facile pour lui.

Le canon volant était à proximité de l'essaim de glace.

Heller lança le remorqueur loin vers la droite.

Il y eut une explosion à l'endroit même où nous étions une seconde auparavant.

Heller plongea. Avant de redresser brutalement. Une fois

encore, des flammes éclatèrent à l'endroit précis où nous étions une fraction de seconde avant!

– Il est vraiment très fort! fit Heller. Et il n'a que notre turbulence comme repère!

Nous avons continué sur notre trajectoire. L'assassin était sur nos traces. Je vis son canon tressauter.

Heller referma la main sur la détente de tir.

Un vaisseau-illusion apparut sur la droite du canon volant, juste entre lui et la masse de glace.

Aussitôt, le vaisseau-assassin pivota dans sa direction!

Les écrans me montraient que nous descendions à une vitesse folle vers le pôle Nord, suivant la glace.

Le canon volant fit feu!

Le coup traversa le vaisseau-illusion, et des milliers de tonnes de blocs scintillants se dispersèrent dans l'espace.

Heller fit pivoter le remorqueur.

L'illusion magnétique semblait se rapprocher du canon volant.

Le pilote ouvrit à nouveau le feu et fracassa d'autres blocs de glace.

Le vaisseau fantôme se rapprochait toujours du canon volant. Il était presque bord contre bord!

Le pilote-assassin dut se dire qu'il n'avait qu'une manœuvre à faire : charger droit dessus et tirer!

Heller pianota sur les commandes.

Le vaisseau-illusion devait oblitérer toute la vue avant du vaisseau-assassin! Mais nous avions une vue latérale.

Tous les instruments et les écrans de l'assassin devaient être en fait pris dans l'illusion magnétique. Il manœuvrait en aveugle et ne dépendait plus que de ses instruments!

Il avançait droit sur sa cible!

Heller déplaça l'illusion afin de conserver le contact avec la proue du vaisseau-assassin.

Et je vis tout à coup que le vaisseau-illusion venait d'aborder l'essaim de blocs de glace!

L'assassin accéléra pour un ultime assaut.

UN BRASIER ORANGE ET VERT S'ÉPANOUIT DANS L'ESPACE!

Le canon volant avait pénétré tout droit dans l'essaim de glace et il venait d'exploser!

Les débris incandescents du vaisseau et les fragments de glace se mêlèrent en une sphère brillante, au large du nuage de blocs de glace.

Dont les milliards de tonnes tourbillonnaient droit vers la Terre, échappant à tout contrôle.

9

– Oh, mes Dieux! s'exclama Heller. Voilà qu'elle part sans la dernière correction de trajectoire!

Il fixa l'essaim de glace qui partait à la dérive. Puis la surface de la Terre. Par les hublots, j'apercevais ce qui devait être le Canada, le Groenland et, plus loin sur le globe, la Suède, la Finlande et le littoral nord de la Russie.

– Vite, Corky : quelles sont les avaries?

– Aucun dommage interne, annonça le remorqueur. Les extrémités des câbles des rayons tracteurs de poupe ont totalement fondu. Impossible de couper les moteurs de traction : on risque l'explosion.

– On a le temps de réparer?

– Nous ne disposons pas de l'outillage nécessaire à bord.

Heller observait la masse de glace. Je me dis qu'il devait réfléchir à quelque opération idiote, comme tenter de la rattraper pour la réarrimer. Arrimer des milliards de tonnes de blocs de glace à la dérive? On irait se fracasser dedans, pas de problème.

Il revint à la Terre, le regard songeur.

– Elle va passer au large du pôle Nord! Il n'y a pas moyen de dévier sa course?

– Avec des bombes, oui. Mais nous n'en avons pas. Mon sous-cerveau 34 me prévient que vous pourriez vous arrimer à la planète. Mais cela est en contradiction avec mon devoir qui est de vous protéger de tout danger. Nous pourrions exploser. Car la masse relative de notre impact et la masse planétaire sont incompatibles. Rectification, commandant : incomparables. Commandant, nous approchons maintenant de la magnétosphère et votre plaque antiradiation de pilotage est abaissée. Veuillez la refermer.

Heller n'esquissa pas un geste. Il ne quittait pas la masse blanche et scintillante qui descendait en tourbillonnant vers la Terre.

– Dieux! souffla-t-il.

L'essaim de blocs de glace descendait de plus en plus vite. Il n'était plus maintenant qu'à 160 000 kilomètres de la surface. Nous suivions sa trajectoire en parallèle. Les voyants indiquaient que sa vitesse était de 500 kilomètres/seconde et qu'il ne restait plus que 5 minutes 55 avant l'impact.

Heller poussa un long soupir. Son regard allait alternativement de la masse de glace en chute libre à la surface de la Terre. Il consulta brièvement les instruments.

– C'est une bonne chose que nous ayons quand même réussi à la ralentir, dit-il. Je ne peux rien faire de plus.

Il se pencha sur les commandes et, l'instant d'après, nous prenions le large.

L'essaim de glace suivait une trajectoire qui devait l'amener au-delà du pôle Nord de la planète.

Il allait percuter le sol presque à l'horizontale, mais l'impact serait quand même important.

Les secondes devinrent des minutes.

Je savais que la télévision allait retransmettre des images et je priai pour qu'Heller l'allume. L'objet non identifié avait dû être repéré depuis une heure au moins. Les flashes d'info devaient tous faire état de cette « comète » qui était apparue soudainement dans le ciel. Elle devait être visible à l'œil nu dans le nord du Canada et peut-être même en Angleterre.

Elle plongeait vers la surface du globe à une allure effrayante, quinze fois plus vite que les météorites ordinaires. Elle allait frôler le pôle Nord et arriver en rase-mottes.

Sur la Suède ou l'Angleterre? Non, ces deux pays se trouvaient un peu trop à droite par rapport à sa course.

Elle allait toucher le sol dans l'hémisphère éclairé. Le sol, et non la pleine mer.

Heller mit le cap à bâbord et accéléra.

L'essaim de glace pénétrait dans la couche supérieure de l'atmosphère. Sous la pression, sa forme se modifia. A la vitesse où il allait, 60 kilomètres/seconde, le choc ne tarderait plus.

Il survola la Finlande.

Sous l'effet de résistance de l'air, il parut se dilater.

Droit devant, j'apercevais à présent un vaste lac, une grande tache de bleu dans les terres brunes de la Russie. Une partie de l'essaim allait tomber dedans.

Vu d'en haut, il semblait aller plus lentement.

Il parcourut les derniers kilomètres.

ET CE FUT LE CHOC!

Pareil à un éclair électrique gigantesque!

La masse de glace sembla quadrupler de volume!

Un grand nombre de blocs s'étaient abîmés dans les eaux du lac!

Mais ce qui restait fauchait le paysage comme une serpe géante!

Des nuages déferlaient devant elle, vers le sud. Ils se dispersèrent aux approches de la mer Noire.

Une pluie de débris et de poussière retomba sur la terre.

Et je pus enfin prendre la mesure des ravages.

Leningrad avait été aplatie par le choc.

Sur son passage, la chose avait fait table rase de la Russie occidentale!

Cette nation avait cessé d'exister!

Une plainte monta de ma gorge.

Mais il y avait plus grave encore : il n'existait désormais plus aucun risque de guerre nucléaire et Rockecenter pouvait dire adieu à ses bénéfices sur l'uranium!

Oh, mes Dieux! Cette fois, j'étais vraiment dans la (bip)!

SOIXANTE-QUATRIÈME PARTIE

1

Si je rentrais sur Voltar, Lombar, dès qu'il apprendrait la nouvelle, me ferait exterminer.

Dans mon esprit, il n'y avait plus le moindre doute. Si jamais il y avait eu un moment où il me fallait être plus que brillant et penser vite, très vite, C'ÉTAIT MAINTENANT! TOUT DE SUITE!

Heller avait l'air de prier, immobile dans son siège de pilotage.

Nous plafonnions à 500 000 mètres au-dessus de la Russie. De là, je pouvais distinguer la Turquie, à l'horizon sud.

Et soudain, enfin, l'idée me vint!

– Oh, Dieu des peuples, disait Heller. Pardonne-moi.

Je profitai instantanément de son humeur sombre, quoique ne comprenant pas pourquoi on pouvait s'apitoyer sur le sort d'une centaine de millions de racailles.

– Le remorqueur est endommagé, dis-je. Vous ne pourrez jamais rentrer directement.

– Seul le dispositif de remorquage a été touché. Je pense pouvoir y arriver.

– Non, non. Vous ne devriez pas prendre un tel risque.

– Est-ce que par hasard vous auriez décidé tout à coup que je devrais retourner à la base terrienne?

Je m'efforçai de ne pas laisser filtrer l'espoir dans mon regard. Mon plan était bâti. Un plan d'une audace incroyable.

– Je dispose d'une information qui est d'une importance vitale pour vous, déclarai-je. Si je vous la divulgue, me donnerez-vous votre parole d'officier royal que vous me reconduirez sur Voltar pour y être jugé?

– Ça dépend de sa valeur.

– Oh, vous ne serez pas déçu. Vous avez constaté que ce pilote-assassin voulait vous abattre, même après que vous avez décliné votre identité.

– C'est vrai.

– Alors vous serez peut-être intéressé d'apprendre qu'à la base terrienne, on vous prend pour un espion envoyé pour les liquider tous. Et ils sont prêts à vous descendre à vue.

– J'aurais pu deviner ça tout seul.

– Mais ce que vous ne savez pas, ajoutai-je, c'est qu'il existe un moyen secret de pénétrer dans la base.

Il me fixa du regard, intrigué. Je savais que je le tenais. Si je parvenais à l'entraîner jusqu'au portail de la villa et à sonner, il serait abattu dans la seconde suivante. Et si ça échouait, je n'aurais qu'à le conduire jusqu'à ma chambre secrète. De là, je déclencherais l'alarme et, dès que nous surgirions du tunnel, tout le personnel serait là pour l'accueillir!

– Mais quelle raison aurais-je de m'introduire dans la base? me demanda-t-il.

C'est là que je parachevai mon plan!

– Donnez-moi de quoi écrire, lui dis-je.

Il s'exécuta. J'inscrivis une phrase et repliai la feuille.

– Cette information est d'une telle importance qu'elle modifiera votre existence. Promettez-moi que si vous conservez ce feuillet et que vous agissez selon ce qui y est inscrit, vous me reconduirez sur Voltar.

Il réfléchit brièvement.

– Pour y être jugé, dit-il. En ce cas, je vous en fait la promesse.

– C'est bien, fis-je en lui tendant le papier.

Il le déplia. Et devint aussi blême que le papier.

J'avais eu la plus sublime et la plus définitive des idées. J'avais écrit :

LA COMTESSE KRAK EST EN VIE
ET RETENUE DANS UNE CELLULE
DE LA BASE TERRIENNE

Une inspiration géniale – d'autant plus que la comtesse était morte! Oui, c'était une idée de génie qui m'était venue : me servir d'un cadavre comme appât!

Si nous allions jusque-là, je disposais d'un autre plan pour la suite. Avant peu, j'allais me procurer une arme. Dès qu'il se rendrait compte qu'il n'avait devant lui qu'une morte et que l'émotion diminuerait son attention, je le tuerais.

J'étais tellement épaté par mon astuce, que je n'entendis pas tout d'abord ce qu'il disait. Il dut répéter :

– Vous mentez!

– Non. C'est la stricte vérité. Nous avions appris que son avion allait être saboté par des terroristes. Aussi, nous l'avons interceptée à l'escale de Rome et ramenée à la base. Elle est bien vivante et en très bonne santé, quoique provisoirement prisonnière, bien sûr.

Durant un instant, il ne dit rien. Il était à l'évidence sous le choc. Oui, mon plan marchait parfaitement!

– Vous avez tout intérêt à me fournir des preuves, dit-il enfin.

J'avais prévu cela également. J'ouvris mon portefeuille et lui tendis la carte Squeeze, celle de la comtesse, avec l'adresse de l'Empire State Building au dos.

Il l'examina, les mains tremblantes, et la reconnut.

Il eut de la peine à parler.

– D'accord... Nous allons là-bas.

Ma joie menaçait de se changer en délire – et j'avais le plus grand mal à ne pas l'afficher sur mon visage.

J'étais sûr de le tenir enfin. Ensuite, me dis-je, je liquiderais sa compagnie Chryster, à Ochokeechokee, et je ferais sauter l'Empire State avec Izzy avant qu'il puisse réaliser toutes leurs options. Bien sûr, cela aurait quelques répercussions sur Roc-kecenter, mais je pourrais déclarer fièrement :

– Tout va pour le mieux. J'ai tué l'homme et votre empire reste intact.

Je rentrerais en grâce. Et je pourrais alors libérer Menton Noir. Et je n'aurais plus qu'à attendre ma nomination effective à la tête de l'Appareil.

L'un dans l'autre, tout ça était splendide. J'avais été génial. Car qui d'autre, avant moi, se serait servi d'une morte pour attirer son amant dans un piège? Seul un brillant officier de l'Appareil pouvait avoir ce genre d'idée!

2

Je pensais qu'Heller était encore sous le coup des récents événements : ce que je lui avais appris concernant la comtesse Krak et aussi la catastrophe provoquée par le pilote-assassin.

Nous devions attendre jusqu'au coucher du soleil. Il m'interdisait d'utiliser la télévision. J'étais certain que les bulletins fracassants devaient se succéder à propos de la disparition de la Russie. Les *public relations* de Rockecenter allaient se ruer sur les médias et proclamer bien haut que Rockecenter insistait pour qu'on monte sans tarder d'immenses expéditions de secours. Mais il n'y avait pas de souci à se faire. Il ne restait que peu de choses de la Russie occidentale. La Suède irait probablement récupérer ce qui était encore récupérable avant d'annexer le territoire. Quant aux pays satellites, ils allaient sans tarder lever le joug qui pesait sur eux. À cette heure, on massacrait probablement les troupes soviétiques qui les avaient mis au pas et exploités depuis tant d'années. L'équilibre politique du monde avait basculé. Rockecenter devait se démener comme un fou pour trouver un moyen de maintenir la tension internationale. C'est ce que j'avais dit à Heller.

– On ne pourra accuser aucune nation, me rétorqua-t-il. Tous les astronomes de l'hémisphère Nord ont pu voir ce qu'ils doivent considérer comme un cataclysme naturel. Donc, la planète ne risquera pas d'être détruite par une guerre nucléaire et c'est bien le seul bénéfice que je puisse en retirer. Alors fermez-la. Je ne veux plus en entendre parler.

Il s'était plongé dans des calculs mais, à l'évidence, il ne parvenait pas à se concentrer et son regard se portait sans cesse vers l'indicateur de position du soleil. Nous plafonnions toujours à 700 000 mètres à la verticale de la Turquie.

Vers le milieu de l'après-midi, le remorqueur se fit entendre.

– Mon sous-cerveau 33 a calculé que le noyau interne de la planète tournera désormais plus régulièrement par rapport à l'axe du globe. Il faudra encore de longues années pour que la situation soit vraiment redressée car l'impact a été très tangent. J'ai ici les chiffres. Voulez-vous que je vous les communique?

– Non, fit Heller, les yeux fixés sur l'horloge.

Vers 6 heures, tandis que les ombres s'allongeaient progressivement au sol, il gagna la poupe. Il revint peu de temps après, habillé de noir, avec un kit de dépannage sur l'épaule.

Il me libéra de mes liens avant de me pousser jusqu'aux quartiers des mécaniciens. Il me laissa prendre les tenues des Antimancos qui s'y trouvaient encore.

Tandis que je me changeais, il passa dans la cuisine pour me préparer à manger.

C'est alors que je m'aperçus de quelque chose.

Une chance pareille, sur l'instant, je ne pus y croire!

Dans le gilet que je venais d'enfiler, il y avait un couteau! Long de douze centimètres et particulièrement affuté. Il était glissé bien à plat à gauche du thorax!

Heller revint avec un plat et une boîte et je me dominai afin de garder une expression neutre.

– Il y a un terrain inutilisé à cinq kilomètres environ de la base, déclarai-je. Il est dissimulé par deux arêtes de la montagne et sans le moindre rocher. Il fait partie de la base, mais le sol est épuisé et aucun métayer ne s'en occupe. On le laisse en jachère. Si nous nous posons à la nuit, nous n'aurons qu'à franchir l'arête pour nous retrouver sur la route qui conduit à la villa. On ne l'utilise guère non plus. Je peux vous guider mais il faudra que vous suiviez mes conseils et fassiez ce que je vous dirai.

Il ne m'écoutait qu'à demi, le regard rivé à une horloge. Je savais ce qui le préoccupait. Il voulait me croire mais, quelque part au fond de lui, une voix lui soufflait que je pouvais très bien mentir. Ses mains tremblaient imperceptiblement et ses yeux étaient cernés de blanc.

Je faisais un terrible effort pour ne pas montrer ma satisfaction. Je lui avais porté un sacré coup! Toute la situation s'était renversée! Il n'était même plus sur ses gardes!

En bas, sur la Terre, l'ombre s'avançait.

De retour dans le poste de pilotage, il localisa avec minutie le terrain et transmit ses coordonnées au remorqueur.

Finalement, la Terre fut entièrement noire.

– On y va, déclara-t-il en posant les mains sur les commandes.

Je retins mon souffle. Avant deux heures, j'aurais peut-être mis un terme aux espoirs de voir le carburant presque gratuit envahir la Terre. Il fallait sauver Rockecenter!

Et, dans très peu de temps, le cadavre d'Heller rejoindrait celui de la comtesse Krak.

3

Il n'y a eu qu'un chuintement quand nous nous sommes posés dans la nuit.

Dans le sas, Heller repoussa le chat qui voulait l'accompagner.

– Monsieur Calico, vous restez ici et vous gardez le vaisseau.

Le chat s'assit et il lui referma le sas sur le museau.

Nous avons franchi le terrain à découvert avant d'escalader l'arête qui nous séparait de la route.

– Il faut être très silencieux, soufflai-je. Quand vous me verrez m'arrêter pour écouter, faites comme moi.

– Marchez devant moi. Et vite.

Je m'avançai. Je cherchais désespérément un moyen de me retrouver derrière lui. Parce qu'il me suffirait ensuite d'un seul coup de poignard. Ce n'était qu'un mortel, après tout, et en ce moment, il était trop impétueux pour être vraiment sur ses gardes. Et puis, j'avais bien d'autres moyens d'en finir avec lui!

Nous descendions l'autre pente. Nous étions sur la route. Pas un seul véhicule en vue.

Nous avons progressé sur le sentier qui suivait la route. Nous sommes passés tout près du maudit cèdre où j'avais possédé tant de femmes dans la voiture. Et, enfin, nous nous sommes retrouvés devant le portail de la villa.

A l'intérieur, tout dormait. Une lampe unique brillait dans le jardin et quelques lueurs jaunes filtraient des fenêtres de la maison des domestiques.

Je levai la main.

– Il y a un verrou secret qui permet d'ouvrir, soufflai-je.

Je tendis la main vers le pilier et appuyai sur l'alarme.

Certain qu'en cette seconde même les lumières rouges clignotaient déjà dans les chambres, j'ouvris en silence.

Heller me poussa devant lui. Il ne se doutait pas le moins du monde qu'il était pris au piège.

Je vis bouger quelque chose dans les buissons.

Musef et Torgut!

Que les Dieux les bénissent! Ils étaient prêts à tomber sur Heller comme sur Menton Noir!

Heller se figea sur place. Je jetai un coup d'œil derrière moi. Lui, il regardait tout autour de lui. Mais justement, pas vers cet endroit où il y avait eu un mouvement dans les buissons.

ET TOUT À COUP DEUX FAISCEAUX DE LAMPES-TORCHES PERCÈRENT LA NUIT!

À droite et à gauche de l'allée!

Ils éclairaient Heller en plein visage!

Et, juste en dessous, je vis pointer les canons de deux revolvers!

Soudain, un cri monta!

– Le type de la DEA *! hurlait Musef.

Un claquement métallique.

Un tuyau de métal venait de tomber dans l'allée!

Les lampes-torches, affolées, balayaient la nuit au hasard.

Musef et Torgut fuyaient en débandade!

Ils atteignirent le mur et l'escaladèrent sans hésiter, à travers les barbelés et les tessons de verre!

– Sauve qui peut! brailla Torgut en retombant sur la pelouse.

J'entendis le bruit de leurs pas précipités qui diminuait et je restai là, effondré.

– Qu'est-ce que ça signifie? demanda Heller.

J'essayai de réfléchir rapidement tout en ravalant ma déception.

– Il semble que nous ayons surpris des cambrioleurs en flagrant délit, fis-je.

Mais je n'étais pas encore battu. Il me suffisait d'aller jusqu'à ma chambre secrète et de déclencher l'alerte générale en posant simplement le pied sur une dalle. Ils pensaient tous ici qu'Heller était venu dans l'intention de les tuer et je m'étais efforcé d'entretenir cette idée.

Silencieusement, nous avons enfin pénétré dans la villa. Seul le crépitement de la fontaine se faisait entendre au cœur d'encre de la nuit. Et nous nous sommes glissés jusqu'à ma chambre.

Je me dis que, si je m'y prenais bien, je pourrais l'attirer jusqu'à ma chambre secrète et appuyer instantanément sur la dalle qui déclenchait l'alerte.

J'ouvris le placard qui permettait d'accéder au passage. Heller, encore une fois, me poussa devant lui. Et je pénétrai enfin dans ma chambre.

Toutes les lumières brillaient. L'écran brisé de Krak était toujours sur le sol. Mon râtelier d'armes scintillait, attirant. Heller, à la seconde où il le vit, me fit reculer.

---

* L'équivalent américain de la Brigade des Stupéfiants. *(N.d.T.)*

Je n'avais qu'un pas à faire, un dernier pas pour faire basculer la dalle. En silence, mais tout le personnel de la base et du hangar serait sur pied dans la seconde suivante, l'arme au poing!

Mais Heller me barrait le chemin!

Il semblait guetter un bruit.

Que j'entendis aussitôt.

Quelqu'un accourait par le tunnel!

Il se tourna vers l'entrée secrète.

Puis il me prit par les bras.

Oui, quelqu'un arrivait en courant. Une ou plusieurs personnes, d'ailleurs. Ils avaient atteint la porte à présent. Elle pivotait.

UTANC!

Elle accourait du hangar! Comment pouvait-elle connaître l'existence du hangar? Et comment avait-elle pu apprendre l'existence de ma chambre secrète? Elle portait deux sacs d'héroïne sur l'épaule!

Elle s'arrêta net en nous voyant.

Et, si vite que je n'entrevis qu'un vague mouvement flou, elle brandit un petit pistolet droit sur nous!

D'un seul geste brusque, Heller me colla devant lui.

Utanc levait son pistolet!

– Chérie! criai-je. Regarde-moi! Regarde! C'est moi! MOI! NE TIRE PAS!

Terrifié, je fixais son doigt, crispé sur la détente.

Je tentai d'échapper à la prise d'Heller.

Utanc me fixait droit dans les yeux.

ET ELLE FIT FEU!

4

Je sentis la balle qui pénétrait entre mes côtes.

Et, dans le même instant, je continuais de voir ses grands yeux noirs.

Ils étaient froids, impitoyables!

Je sentis vaguement qu'Heller venait de me projeter en avant.

UTANC TIRA UNE SECONDE FOIS!

Brusquement, je basculai sur la gauche. Et le pistolet d'Utanc était maintenant entre les doigts d'Heller.

D'une seule poussée, il l'envoya voler à travers la chambre. Elle s'effondra.

Et il plongea sur elle comme un fauve!

Dans sa main gauche, il brandissait le pistolet! Droit sur sa gorge!

La dalle qui déclenchait l'alerte n'était qu'à un mètre de distance. Comme un crabe, je me déplaçai, tendis la main et appuyai.

Dans la seconde qui allait suivre, toute la base serait en effervescence.

Un sentiment de triomphe monta enfin en moi. C'est alors seulement que mon regard effleura ma main : le sang ruisselait entre mes doigts.

J'avais été touché!

L'effet de choc reflua. Et la souffrance monta en moi, comme une marée rouge et torrentueuse.

La vision que j'avais de la chambre se déforma et se rétrécit. Les objets et les meubles se fragmentèrent et s'isolèrent. L'écran brisé de la comtesse. Les traces d'héroïne sur le sol. La porte d'accès au tunnel secret fermée encore une fois. Et les talons d'Utanc qui tambourinaient sur les dalles.

Heller avait abandonné son arme. De la main gauche, il lui serrait la gorge!

Utanc roulait des yeux affolés tout en se débattant frénétiquement! Elle lançait des ruades et tout son corps allait d'avant en arrière.

C'est alors que je m'aperçus qu'Heller se livrait à un acte atroce : il la dévêtait!

Mes Dieux! pensai-je au sein du brouillard de ma douleur. Est-il devenu fou? Vais-je être témoin d'un viol?

De sa main libre, il déchira ses manches en lambeaux, puis arracha son gilet. Ses doigts se glissèrent sous le bandeau de sa ceinture et il tira d'un coup sec. L'étoffe craqua. Il fit glisser ses pantalons bouffants et les jeta à travers la chambre. Et, en quelques gestes frénétiques, il lacéra ses dessous en menus morceaux!

Utanc était à présent nue sur le sol. Elle se démenait et se tordait sous Heller.

Tous les muscles tendus, à force de soubresauts, elle glissa vers moi.

A travers le brouillard rose de la douleur, j'eus du mal à croire ce que je voyais.

UTANC ÉTAIT UN HOMME!

Je compris enfin et ce fut un choc comparable à l'impact d'une balle. Puis la nausée monta en moi.

Depuis que cette créature avait surgi dans ma vie, J'AVAIS FAIT L'AMOUR AVEC UN HOMO!

Je vomis.

Heller le clouait toujours au sol. Le soutien-gorge avait été arraché, révélant une poitrine glabre mais bel et bien mâle. Heller fouillait sous son dos. Il resserra sa prise et glissa une main à l'intérieur d'une cuisse. Il tira violemment et Utanc hurla. Heller tenait un portefeuille que l'autre avait collé sur sa cuisse.

Heller le maintint du genou tout en ouvrant le portefeuille. Il lut, puis relut à voix haute :

– Colonel Boris Gaylov du KGB!

Il jeta un bref coup d'œil dans ma direction.

– Si c'est ça votre femme, c'est la plus formidable violation de Code de tous les temps! Vous étiez en ménage avec un agent des services secrets soviétiques! C'est vous qui avez voulu ça?

Je vomis à nouveau.

Heller se tourna vers l'homo.

– Toi, tu ferais bien de parler, et vite! Qu'est-ce que tu es venu faire ici?

Il venait de lui libérer la gorge et un flot d'obscénités jaillit des lèvres grimaçantes de l'homo.

Heller ramassa une poignée d'héroïne sur le sol.

– Si tu ne parles pas, je vais te faire avaler ça!

« Utanc » se mit à hurler et à se débattre plus violemment.

– La Russie n'existe plus, continua Heller. Tu ne trahis donc plus personne, puisqu'il n'y a plus de Russie. Parle!

Il approcha l'héroïne de ses lèvres.

– Espèce de porc! cria Gaylov.

– Je veux des informations! insista Heller en appuyant la main sous le menton de Gaylov. Est-ce que tu as communiqué l'existence de cette base à Moscou?

– Sale fils de (bip)! La Russie était en train de gagner! Le monde allait nous appartenir! Nous avions le plus grand réseau d'espionnage qu'on ait jamais connu!

– Parle!

Quelques cristaux mortels étaient déjà collés aux lèvres de Gaylov. Il les recracha.

– C'est avec l'argent et l'héroïne de cette base que je faisais fonctionner le réseau. Et voilà que tout est fichu. Allez, tuez-moi!

Je ne vomissais plus. J'étais parvenu tant bien que mal à me dominer. J'avais déclenché l'alerte. Plus le temps passait, plus on s'organisait dans le hangar. J'étais blessé, d'accord, mais tout n'était pas perdu.

Gaylov se débattit.

– Est-ce que tu as révélé l'existence de cette base? répéta Heller.

– Oui, oui, oui! grinça Gaylov en recrachant d'autres cristaux blancs. J'ai su que vous étiez des extra-terrestres dès que j'ai fait croire à ce pauvre (bip) de crétin qu'il m'avait acheté, l'automne dernier!

Heller jeta l'héroïne. Il prit du filin et des lanières. Tout en ligotant l'agent du KGB, il me dit :

– À chaque fois que je crois avoir découvert le pire de vos crimes et que je pense que vous n'avez pu aller plus bas, j'ai une nouvelle surprise! Pour une pareille violation du Code, vous n'échapperez pas à l'exécution.

Je le regardai, furieux, tandis qu'il bâillonnait Gaylov avec du sparadrap. Je n'en avais pas fini avec lui. D'ici quelques minutes, il serait mort. J'en étais certain. Plus que jamais je le haïssais, car c'était à cause de lui que j'avais perdu l'amour de ma vie – Utanc! Je l'avais perdu à jamais.

5

Heller me retourna, m'ôta ma veste et ma chemise. Je me dis qu'il allait découvrir le couteau et je tentai de m'écarter.

– Vous avez reçu une balle dans les côtes, constata-t-il. Et une autre dans le bras.

Il prit des compresses et du sparadrap et me pansa rapidement.

– Je ne crois pas qu'un organe vital ait été touché et il n'y a pas d'hémorragie grave. On traitera ça plus tard. Pour l'instant, il y a autre chose à faire. Est-ce que vous pouvez marcher?

Je geignis, mais il me remit debout. Il se dirigea vers la porte secrète. J'étais mal en point mais je fis semblant d'être encore plus mal en point. Mon bras droit et ma main étaient parfaitement opérationnels. En un éclair je pouvais tirer la lame dissimulée dans la doublure de ma veste. Et si un instant, rien qu'un instant, je parvenais à me retrouver derrière Heller, il me suffirait d'un coup pour que tout soit terminé. Mais je me dis que je n'aurais sans doute pas à me servir du couteau. Car dès qu'il pointerait la tête hors du tunnel, un ouragan de feu l'accueillerait. Tout l'équipage devait avoir le doigt sur la détente.

La porte du tunnel était ouverte. Heller se retourna pour

jeter un regard sur le Russe saucissonné avant de me pousser devant lui. Derrière nous, la porte se referma en cliquetant.

Il semblait fouiller la saillie au-dessus des interrupteurs, tout près de la porte secrète. C'est alors seulement que je me souvins qu'il avait été là l'automne dernier. Il tenait maintenant quelque chose.

Il me poussa.

Et je réalisai que je courais un grave danger. Dès que je surgirais du tunnel, les rafales partiraient de tous côtés et je serais scié sur place par les faisceaux croisés des éclateurs.

J'exagérai un peu plus ma faiblesse et marchai avec peine. L'extrémité du tunnel se rapprochait. D'une seconde à l'autre, Heller allait me pousser dans le hangar.

Raffinant la comédie, je m'affaissai.

Et, dans le même temps, je hurlai :

– Tuez-le!

Instantanément, un véritable barrage de feu se déchaîna!

Dehors, tout s'embrasa d'un feu orange!

Je sentis que ma veste commençait à grésiller.

Une main m'agrippa par le col et me tira en arrière.

– Allez aux Diables! jura Heller. C'était un piège!

Et il lança alors de cette voix pénétrante et impérieuse propre aux officiers de la Flotte :

– Je suis armé! N'essayez pas de donner l'assaut. Le commandant de la base est-il parmi vous?

La voix de Faht Bey résonna dans un haut-parleur.

– Jetez vos armes et avancez-vous les mains levées!

– J'opère sur les ordres du Grand Conseil, répliqua Heller. Toute tentative pour s'y opposer sera considérée comme une trahison. C'est à vous de jeter vos armes et de vous avancer!

– Nous savons très précisément pourquoi vous êtes venu! cria Faht Bey. Nous refusons de nous laisser abattre sans résistance!

– Je n'ai pas reçu l'ordre de vous abattre! Mais j'ai ici un prisonnier, Soltan Gris, que je dois conduire sur Voltar!

Faht Bey émit un rire bref et rauque.

– Si vous croyez nous tromper avec ça. Gris a probablement une arme pointée sur vous. On le réclame ici pour avoir hypothéqué la base. Un certain type au menton noir que nous gardons en cellule nous a tout raconté. Et seul Gris sait comment déclencher l'alerte générale. Gris! Montrez-vous ou nous ouvrons un tir de barrage!

– Arrêtez! fit Heller. Gris est mon prisonnier. Est-ce que vous allez entendre raison, oui ou non?

– Gris, n'essayez pas de nous la faire ! jeta Faht Bey en réponse. On a déjà eu un tremblement de terre aujourd'hui et maintenant vous rappliquez ! J'exige que vous vous rendiez ! Je vous promets un jugement juste !

– Mais ce n'est pas moi qui ai provoqué ce tremblement de terre ! clamai-je. C'est lui ! L'agent de la Couronne !

– Alors vous êtes bien là ! FEU !

Un torrent de flammes s'engouffra dans le tunnel ! Des fragments de rocher s'abattirent devant nous ! La poussière tourbillonna devant les plaques lumineuses vertes.

– Cessez le feu ! cria Heller du ton impérieux des officiers de la Flotte.

Les tirs s'arrêtèrent.

– Si vous ne vous rendez pas sur l'heure, ajouta-t-il, je vais faire dégringoler la moitié de ce toit sur vos têtes ! Jetez vos armes et avancez, que je vous voie !

En réponse, un nouveau déluge de feu électrique s'abattit sur l'entrée du tunnel !

Heller s'était aplati sur le sol, juste derrière moi. Je cherchai un moyen de me retrouver derrière lui. J'avais quelques idées : je pourrais lui mettre sur le dos les problèmes de la base et peut-être même forcer Gaylov/Utanc à dire qu'il/elle avait agi à son incitation. D'accord, j'avais très mal, la tête me tournait, mais je n'avais pas encore perdu la partie.

Heller tenait un petit appareil qu'il avait pris au-dessus de la porte. Au milieu des nuages de poussière, il levait et abaissait un petit levier.

– Bon sang ! Les charges ne partent pas ! fit-il.

Et je compris brusquement de quoi il parlait. Durant son précédent séjour, il s'était baladé un peu partout en prétextant qu'il testait les risques d'érosion. En fait, il avait planté des charges explosives dans les murs ! Et quand j'avais abattu Crobe avec un paralyseur à aiguille, pas étonnant que des tonnes de rocs se soient abattues dans le hangar ! J'avais fait sauter les charges accidentellement !

De nouveaux jets de flammes dardèrent dans le tunnel. Heller recula de quelques pas en me tirant par le talon.

Ce qu'il fit alors fut vraiment bizarre. Il prit son kit et en sortit deux masques. Il en mit un et me passa l'autre. Des masques à gaz ? Mais pourquoi ?

Puis il reprit son appareil et appuya sur trois autres contacts.

Des explosions étouffécs retentirent par-dessus le vacarme des éclateurs.

Mais le toit ne s'effondra pas. Et le tir de barrage ne ralentit pas. Mais qu'est-ce qu'il avait bien pu faire ?

Au bout d'un instant, je repérai un tourbillon de fumée blanche dans le hangar.

Et j'entendis des toux. Auxquelles Faht Bey se joignit bientôt dans le haut-parleur.

Il y eut un cri.

– De l'opium!

Le cri fut repris.

Et les tirs cessèrent enfin.

Des piétinements : les hommes tentaient de fuir.

Un brouillard blanc se déployait paresseusement en direction du tunnel.

Les grottes de stockage de l'opium! Heller avait dû y installer des bombes incendiaires. Et des tonnes d'opium étaient en train de brûler.

L'illusion électronique qui couvrait le hangar et lui donnait l'aspect d'un pic montagneux ne laisserait pas passer l'air! J'avais vu Heller la tester de mes propres yeux!

Et le hangar s'emplissait de ce narcotique hyperpuissant qu'était LA FUMÉE D'OPIUM!

Des hommes commençaient à tomber.

J'entendais le grésillement des flammes dans les grottes de stockage.

Heller me poussa d'un geste violent.

À travers le brouillard soporifique, je découvris les hommes effondrés, éparpillés sur les sacs de sable, inconscients au milieu de leurs armes.

– Conduisez-moi jusqu'à cette cellule, me dit Heller.

J'avais encore une chance. Je portai lentement ma main vers le couteau en me demandant comment j'allais pouvoir me placer derrière lui.

6

Ma brillante idée de l'appâter avec le cadavre de la comtesse Krak allait se révéler payante.

Nous avons traversé les tourbillons de brume blanche d'opium jusqu'au couloir des cellules. Je tentai de désigner le chemin à Heller mais il se contenta de me pousser devant lui d'une bourrade.

À l'extrémité du plus long corridor, nous nous sommes retrouvés devant une porte dont le hublot était occulté par un volet. Je n'avais pas l'intention de lui donner la moindre chance de le soulever. Je savais très exactement comment agir. Subrepticement, je glissai la main vers mon couteau. Certes, j'étais encore faible, mais je pouvais le sortir et lui planter la lame dans le dos dès qu'il m'en donnerait l'occasion. Et je savais qu'il allait avant peu subir un autre choc.

Je composai la combinaison d'ouverture. La porte s'entrebâilla suffisamment pour que je puisse glisser une main à l'intérieur et déverrouiller la grille.

Dans la cellule, la lumière était faible. La plupart des plaques lumineuses avaient été brisées et je distinguais leurs fragments sur le sol.

Je fis pivoter la porte intérieure et reculai tout en ouvrant largement le battant extérieur.

Ce qui me plaça immédiatement derrière Heller!

Il s'avança dans la cellule.

Un rai de lumière paraissait filtrer du plafond.

Et, juste en dessous, je vis quelque chose de sombre.

Heller avait fait quatre pas. Il s'arrêta, les yeux baissés.

Et le dos totalement exposé!

D'une poigne ferme, je saisis mon couteau. Je fis un pas en avant, silencieux comme un fauve.

Et je levai la lame pour le frapper droit dans l'échine.

BLOONK!

Un coup formidable sur ma tête!

Je m'effondrai en pivotant sur moi-même.

Le même livre énorme s'abattit à nouveau sur mon crâne!

Et je vis devant moi le visage furibond de la comtesse Krak!

Une troisième fois, le livre me cogna la tête et je perdis conscience!

Je revins à moi après de longues minutes. Je n'avais plus la moindre lame entre les doigts ni même à proximité. J'avais les poignets liés dans le dos. Et j'étais étroitement et cruellement ligoté avec du câble.

Heller était assis sur le lit. Il pleurait!

La comtesse était agenouillée en face de lui. Elle lui caressait les cheveux tout en lui serrant une main.

– Je savais que tu viendrais tôt ou tard, dit-elle. Quand j'ai entendu la fusillade, j'ai su tout de suite que c'était mon Jettero.

Je voulus intervenir mais aucun son ne franchit mes lèvres.

Je n'avais plus de masque à gaz. Je me tournai vers la porte et constatai avec soulagement qu'elle était fermée. Cette cellule était munie d'un système d'aération autonome.

il réussit enfin à dire :

– Je te croyais morte. J'ai passé les jours les plus abominables de toute mon existence. Quand il m'a appris que tu étais encore en vie, je n'ai pas osé le croire.

A présent, ils pleuraient dans les bras l'un de l'autre.

Finalement, Heller regarda autour de lui.

– Mais qu'est-il donc arrivé aux lumières? Et c'est quoi, ça, par terre?

– Un tas de boîtes de rations et de vêtements. J'essayais de les empiler pour tenter de m'enfuir. Parce que, vois-tu, il y a quelques jours, une chose bizarre s'est produite. Il y a eu une explosion dans le conduit d'aération. L'effet de choc a été très violent et je suis restée inconsciente pas mal de temps. Le conduit a été agrandi d'autant, mais la plupart des plaques lumineuses ont été cassées.

Elle pointa un doigt et je regardai le conduit d'aération par lequel filtrait un air empoussiéré. C'est alors que je me souvins que, sur le plan, j'avais prévu des crochets dans le puits afin que personne ne puisse s'introduire dans la cellule en l'escaladant. Et j'avais aussi mis en place des charges explosives. Lorsque Ahmed avait lancé sa grenade à gaz, cela n'avait eu pour effet que de déclencher les charges. Le souffle de l'explosion avait chassé les vapeurs empoisonnées et simplement endommagé les lumières solaires. Mais, du même coup, le puits s'était ouvert. Et la comtesse Krak, dès qu'elle serait parvenue à dégager les crochets, aurait pu l'escalader dans l'autre sens. Vers la liberté!

– Il faut que je te sorte de là, dit Heller. Heureusement que, l'automne dernier, l'idée m'est venue qu'il faudrait peut-être que je m'empare de cette base un jour ou l'autre. Par contre, une bonne partie du système que j'avais mis en place nage à présent dans les vapeurs d'opium.

Il sortit un masque à gaz de son sac et le lui tendit.

Puis il se retourna et remit mon masque en place.

– Qu'est-ce que tu comptes faire de lui? demanda la comtesse.

Elle alla récupérer mon couteau et me regarda. Je lisais clairement dans son esprit. Elle ne voulait qu'une chose : me trancher la gorge.

– J'ai juré de le reconduire sur Voltar pour qu'il y soit jugé, dit Heller.

– Tu veux dire que nous rentrons?

– Dès que j'aurai trouvé la solution à une ou deux choses et réparé le remorqueur, oui, nous rentrerons. La mission est pratiquement terminée.

– Mais c'est merveilleux! s'exclama la comtesse. Et quand nous serons rentrés, je te réserve la plus magnifique des surprises, tu verras!

Un soupir de soulagement m'échappa. À la seconde même où il se poserait sur Voltar, il serait arrêté. Et Lombar le ferait exécuter!

Quant à ces fausses proclamations royales qui la réjouissaient tant, si jamais elle essayait de les produire devant qui que ce soit, elle serait exécutée!

C'est alors que me vint...

L'INSPIRATION!

Comment pouvais-je donc me débrouiller pour qu'ils exhibent ces faux de telle manière que Lombar les fasse exécuter sans autre procès?

Oh, non, non, non! Je n'étais pas encore vaincu. Certainement pas!

Et je leur ferais payer toutes les choses abominables qu'ils m'avaient fait endurer!

7

Des heures plus tard, le hangar présentait un aspect très étrange.

Heller avait dû escalader le mur et il avait réussi à éteindre l'illusion électronique pour laisser la fumée d'opium s'évacuer dans la nuit. Pour la première fois peut-être depuis plus de quatre-vingts ans, l'aïr du hangar était frais.

On avait prévenu Prahd par téléphone et il avait momentanément pansé mes blessures.

Quant à Utanc/Gaylov, il était étendu sur un banc, toujours ficelé.

La comtesse Krak, elle, armée d'un éclateur, surveillait les entrées au cas où des intrus se montreraient tardivement.

Heller avait placé une grande table au milieu du hangar. Tout autour étaient assis les officiers de la base, pieds et mains liés!

Le reste de l'équipe était également neutralisé, entassé par terre.

Prahd s'occupait des officiers, leur appliquant tour à tour un masque à oxygène sur le visage. Il fit signe à Heller qu'il avait terminé.

Heller frappa la table avec la crosse de son éclateur de poing, à la façon d'un juge avec son marteau.

– Et maintenant, sommes-nous tous bien réveillés ? lança-t-il.

Faht Bey avait les yeux fixés sur lui, ainsi que les autres. À leur réveil, ils s'étaient aperçus qu'ils étaient ligotés.

– Bon, poursuivit Heller. Je déclare donc la conférence ouverte. La première affaire inscrite à l'ordre du jour est le statut de cette base.

– La première affaire, intervint Faht Bey, c'est le jugement de Soltan Gris !

Et il me désigna du menton.

On m'installa sur une chaise, sur le côté, là où l'on place d'ordinaire les criminels qu'on juge.

– Nous y viendrons en temps utile, dit Heller. Mais, à ce que je crois savoir, on vous a dit que je suis venu pour vous tuer tous. Je souhaite avant tout éclaircir vos esprits.

Il sortit de sa poche un exemplaire des ordres du Grand Conseil ainsi que de ses ordres personnels et leur en donna lecture, point par point, d'un ton très officiel. Puis il leur montra les documents afin qu'ils puissent bien voir les sceaux et les signatures.

– Vous êtes satisfaits ?

Faht Bey et tous les autres hochèrent la tête.

– Mais, reprit Heller, cette base ne figure sur aucune liste. Par conséquent, elle n'existe pas. Ce qui se passe ici n'est connu que de l'Appareil, mais il se trouve qu'on y pratique illégalement la contrebande. J'ai la preuve que vous expédiez régulièrement de l'opium, de l'héroïne et des amphétamines vers Voltar. Je mets donc un terme à ce trafic.

– Mais vous ne pouvez pas ! protesta Faht Bey.

– Mais si, je le peux. Il est de ma compétence d'officier royal de la Flotte de faire respecter les lois de Sa Majesté et je prends le commandement de cette base au nom de la Flotte de Voltar.

– Le chef de l'Appareil nous fera tuer pour ça ! cria Faht Bey.

Heller pointa son éclateur vers eux.

– Je crois qu'il y aura quelques petits changements sur Voltar quand j'y retournerai, dit-il. Mais si tel n'est pas le cas, vous pourrez toujours dire que vous avez été forcés d'agir sous la contrainte.

Tous les regards étaient braqués sur son éclateur.

– L'ensemble du personnel voltarien sur la planète Terre, ajouta Heller, est immédiatement transféré dans la Flotte avec maintien de classe et de grade. Et avec une solde équivalente à celle de la Flotte.

Cette fois, il avait marqué un point sérieux. Les gens de l'Appareil touchaient une misère comparés à ceux de la Flotte.

– Moi aussi je vais être payé? demanda Prahd, qui n'avait pas lâché son masque à oxygène.

– Vous aussi, l'assura Heller.

Mes Dieux, quel gâchis il semait! Prahd était officiellement mort! Et pas mal d'autres avaient un statut de non-personne, en fait, ils étaient tous des criminels condamnés!

– Est-ce que vous savez que, pour la plupart, nous n'avons pas de statut civil? demanda Faht Bey à cet instant précis.

– Je m'en doutais. Mais, selon les règlements de la Flotte, tout officier opérant en contrée non conquise peut recruter et employer tout personnel à sa volonté et lui accorder une totale amnistie. Vos droits civiques vous seront donc restitués.

Ils le fixèrent bouche bée avant d'échanger des regards ahuris.

Soudain, Faht Bey me montra à nouveau du menton.

– Il n'est pas compris dedans?

– Oh, certainement pas, l'assura Heller.

– Qu'est-ce qu'il va devenir? Il a hypothéqué toute cette base. Il accumule les crimes. Vous n'allez pas le laisser en liberté, n'est-ce pas?

– Je vais le reconduire sur Voltar afin qu'il y soit jugé. (Il désigna Utanc/Gaylov). Je m'assurerai du témoignage de cette créature, et avec tout ce qu'il a fait, je pense que la cour en finira rapidement avec Soltan Gris.

Ils se mirent à pousser des cris de joie, y compris tous les officiers ligotés. Un tohu-bohu à faire éclater le hangar.

Faht Bey regarda enfin autour de lui et demanda :

– Est-ce que nous acceptons le marché?

Un vacarme assourdissant lui répondit!

– Alors, libérez-nous, qu'on puisse reprendre le travail! Il faut qu'on nettoie tout ça pour que ça soit digne de la Flotte!

J'étouffais de rage. Quelle bande de faux-jetons! Quel ramassis de racailles! Après tout ce que j'avais fait pour eux!

Mais rirait bien qui rirait le dernier. Pas un seul de ces crétins ne savait que c'était désormais Lombar qui gouvernait Voltar.

Il fallait que je joue le jeu, que je fasse semblant d'être cuit. Et même de coopérer.

Heller ne s'en tirerait pas comme ça. Ils pensaient tous que j'étais son prisonnier. Mais c'était lui qui était le mien.

Cet officier royal qu'ils acclamaient tous comme des abrutis, j'aurais sa peau. Et ensuite ce serait leur tour ! Car ils étaient en train de trahir Lombar Hisst, maître absolu de Voltar.

8

L'aube pointait quand Heller sortit pour faire décoller le remorqueur.

Il franchit l'illusion électronique qui avait été réactivée et, malgré les dimensions réduites du hangar, il parvint à basculer le vaisseau à l'horizontale pour le poser sur le ventre.

En entendant la voix de la comtesse, le chat jaillit du sas comme une torpille avec un miaulement à vous glacer le sang dans les veines. La comtesse montait la garde auprès de moi. Le chat lui arriva en pleine poitrine et elle se mit à le caresser et à le câliner. Du coup, elle ne faisait plus attention à moi, ce qui n'améliorait guère mon sort puisque j'étais toujours ligoté sur ma chaise.

Toute cette scène avait de quoi vous donner la nausée. Le personnel de la base s'était rassemblé pour assister à l'arrivée du remorqueur. Jamais encore je n'avais réalisé qu'ils étaient tous des exilés, condamnés pour divers crimes, bannis de leur monde à jamais. Et je surpris des remarques : « Dire que je vais peut-être revoir Modon... » « Quand je pense que je vais probablement pouvoir me promener librement dans les rues des villes de Flisten sans avoir à me cacher... » « Oh, je n'arrive pas à me faire à l'idée que je vais rentrer chez moi ! »

Quelques-uns allèrent chercher de la peinture et dessinèrent un cercle barré en diagonale, or sur bleu pâle, par-dessus la « bouteille * » de l'Appareil : le symbole de la Flotte.

Heller avait sapé les fondements de cette base !

Tous ces criminels jusqu'alors absolument parfaits étaient en train de mal tourner !

Ils ne perdaient rien pour attendre. C'est lorsque Heller se retrouverait devant un Lombar hissé au pouvoir par son coup d'État que leurs ennuis commenceraient vraiment.

Dès que le remorqueur s'était posé et que les hommes

---

* En fait, le symbole de l'Appareil est une pagaie à l'envers, qui ressemble à une bouteille. Ce qui explique également le surnom d' « ivrognes » de ses membres. *(N.d.T.)*

avaient pu découvrir l'état de la poupe, les bavardages étaient allés bon train. Les pilotes-assassins étaient encore plus détestés que les Antimancos et tout le monde condamnait l'attaque du vaisseau.

Deux gardes vinrent relever la comtesse Krak pour me surveiller et elle se précipita aussitôt vers la poupe du remorqueur. Elle porta la main à ses lèvres d'un geste horrifié.

– Oh, Jettero! Ils auraient pu te tuer!

Il était en compagnie du chef d'atelier.

– Mais non, chérie, il ne s'agit que de quelques bosses dans les superstructures. Les électrodes des câbles ont tout simplement fondu. Link vient de me dire qu'il croit pouvoir réparer tout ça en deux jours.

– Mais, Jettero, s'ils avaient touché la coque! insista la comtesse. Je suis heureuse de pouvoir bientôt t'offrir une existence plus sûre.

– Que veux-tu dire? fit Heller, perplexe.

Moi, je savais qu'elle faisait allusion aux fausses proclamations royales. Elle pensait qu'il allait être nommé auprès du Conseil Royal dans la Cité du Palais, « libéré des longues absences et des dangers de la Flotte » si jamais il réussissait sa mission. Et elle se disait aussi qu'elle obtiendrait un pardon royal et que ses biens familiaux lui seraient restitués. Mais elle allait avoir une surprise très désagréable. Quand elle ressortirait ces faux de leur cachette, quelle qu'elle fût, et qu'elle les présenterait à l'Empereur afin qu'il les contresigne, elle serait immédiatement arrêtée avec Heller, et ils seraient tous les deux exécutés pour contrefaçon du sceau royal.

– Je ne peux rien te dire encore, fit la comtesse. C'est un secret. Mais je peux t'assurer une chose : je n'ai pas l'intention de passer ma vie avec un époux sur lequel les gens s'amusent à tirer de tous les côtés! Qu'est-ce que penseraient les enfants?

– Parce qu'il y a des enfants? s'inquiéta Heller.

– Non. Non, pas encore, mais nous en aurons certainement. Et ils auront le droit d'avoir un vrai père. Je veux dire bien vivant. Je crois qu'il faut que nous rentrions aussi vite que possible.

Le chef d'atelier intervint pour dire qu'il avait l'outillage nécessaire pour fabriquer les éléments de rechange.

Heller et Krak montèrent à bord. Lorsqu'ils ressortirent, ils étaient changés. Ce que portait la comtesse, bien que d'aspect assez terrien, me laissa à penser qu'elle devait avoir installé sa garde-robe dans les luxueux appartements de l'arrière.

Faht Bey s'avança en se dandinant vers Heller.

– Qu'est-ce qu'on fait des prisonniers, chef?

Sale faux-jeton : jamais il ne m'avait appelé « chef ».

– Jetez le Russe dans une cellule. Gardez encore ce type au menton noir de la Grabbe-Manhattan. Nous allons à l'hôpital avec le traître Gris.

Ils me poussèrent jusqu'à la voiture de Prahd et nous arrivâmes très vite à l'hôpital.

Il était évident que je n'étais pas un cas de première urgence pour eux, mais on me sangla quand même sur une table d'opération.

L'infirmière Bildirjin, ma dernière femme, entra et me regarda comme elle l'eût fait d'une poubelle. Puis elle me colla sans douceur un masque sur le visage et ce fut la dernière chose dont j'eus conscience.

Lorsque je me réveillai dans une chambre, ce devait être le milieu de l'après-midi. J'étais attaché dans mon lit et le chat, assis sur ma poitrine, m'observait d'un regard haineux. L'infirmière Bildirjin se tenait près de la fenêtre.

Voyant que j'étais éveillé, elle me jeta deux balles en plomb.

– Manqué! fit-elle.

– Manqué! Manqué! protestai-je. Mais je les ai pourtant bien senties me rentrer dans la peau!

– Elles n'ont touché aucun organe essentiel. Si vous aviez eu un minimum de décence, vous vous seriez placé un petit peu plus à gauche et je serais maintenant une veuve très digne.

– Sale (bipasse)!

Le chat ronfla et sortit ses griffes.

– Est-ce que vous aimeriez voir votre fils? demanda Bildirjin.

Pour la première fois, je m'aperçus que son ventre était plat. Elle venait sans doute juste d'accoucher. Rapidement, je comptai sur mes doigts. Non, il ne s'était pas écoulé neuf mois depuis qu'elle m'avait violé après mon retour de New York.

Elle revint avec quelque chose qui était enveloppé dans des couvertures marquées *Nurserie de l'hôpital.*

– Écoutez. C'est impossible, dis-je. Il ne s'est pas écoulé suffisamment de temps.

– Il est un petit peu prématuré. Regardez-le.

C'était un bébé normal, bien formé, de plusieurs jours.

Je tressaillis. J'ai les yeux marron et les cheveux bruns. L'infirmière Bildirjin avait des yeux très noirs, de même que ses cheveux.

ET CE BÉBÉ AVAIT LES YEUX VERTS!
ET SES CHEVEUX ÉTAIENT D'UN BLOND FILASSE.
C'ÉTAIT LE PORTRAIT DE PRAHD!

– Ce bébé a dû être conçu la première nuit qui a suivi l'arrivée de ce docteur!

Elle m'adressa un sourire énigmatique.

– Eh bien, ça aurait pu arriver si vous aviez refusé qu'il soit payé.

Je grondai. Prahd avait pris sa revanche.

– Les choses étant ce qu'elles sont, poursuivit-elle, votre fils sera très riche quand vous aurez décidé d'honorer votre dot et de mettre assez d'argent sur votre compte en banque afin de la payer.

– Je vous aurai expédié aux Enfers avant! criai-je.

Le bébé se mit à pleurer. Le chat me griffa.

Et l'infirmière Bildirjin posa les yeux sur mon entrejambe d'un air significatif.

– Je crois que je vais aviser le Dr Muhammed qu'une nouvelle opération est nécessaire.

Je frémis. Je savais parfaitement ce qu'elle entendait par là. Cette fois, ils allaient faire de moi un eunuque!

– D'accord, mentis-je. Je vais faire le nécessaire pour payer.

Et, dans la même seconde, je conçus la suite de mon plan. Je regagnerais Voltar pour livrer Heller et Krak aux mains de Lombar. Ensuite, je reviendrais sur Terre pour réparer tout le mal qu'Heller avait fait avec son carburant à bas prix. Et, en guise de dessert, je m'assurerais que tous les Turcs qui avaient approché la base ou l'hôpital meurent de façon atroce! Y compris l'infirmière Bildirjin et ce (bipouillard) de bébé!

9

Je passai une nuit blanche. Le chat avait été relevé par deux gardes de la base qui restaient assis là à me regarder, le fusil sur les genoux.

Le Dr Prahd Bittlestiffender, alias Muhammed Ataturk, entra dans ma chambre. Il tenait un plateau rempli d'instruments. Il fit un signe aux gardes qui passèrent dans le couloir, de part et d'autre de la porte.

Prahd referma et proféra la chose la plus stupéfiante que j'aie jamais entendue.

– Je suis votre ami.

Je grondai. Si je n'avais pas été prisonnier de ces maudites sangles, je l'aurais égorgé à main nue!

– Ne vous mettez pas dans cet état, ajouta-t-il. Je viens de passer une journée et demie très pénible. Vous ne savez pas à quel point ça vous rend nerveux d'opérer sous la menace d'un éclateur.

– Parce qu'on ne vous a pas abattu? fis-je. Quelle faute impardonnable!

– Ne nous affrontons pas, voulez-vous? L'officier royal Heller n'a pas cessé de braquer son arme énorme sur moi pendant que je retirais les deux mouchards du crâne de la comtesse Krak. Et quand j'ai dû l'opérer à son tour, c'est elle qui m'a menacé avec un fusil. Maintenant, ils n'ont plus de mouchards audio-vidéo, ni l'un ni l'autre. Et j'en suis soulagé. Parce que ce sont des gens sympathiques, voyez-vous, pas du tout comme certains que je ne nommerai pas.

– Et en quoi cela fait-il de vous mon ami? grinçai-je avec férocité.

Il ne répondit pas.

Il défit une de mes sangles et me déplaça le bras pour vérifier l'état de mes pansements. Le premier se trouvait sous mon aisselle gauche, l'autre sur mes côtes, que la balle avait traversées en séton. Il me fit une injection de catalyseur cicatrisant. Du feu à l'état pur!

Il refit les pansements et remit la sangle en place.

– L'amitié, dit-il en me regardant, ça peut prendre bien des formes. Pas plus tard que ce matin, je vous ai évité des ennuis encore plus graves.

– Plus graves que ça, j'en doute!

– Oh, mais si.

Quelque chose dans son regard ne me disait rien de bon. Je me préparai à entendre le pire.

– Est-ce que vous vous rappelez que je vous ai mis quelque chose dans le crâne? me demanda-t-il.

Je me roidis.

– Vous ne m'avez pas vraiment dit de quoi il s'agissait, continua-t-il. Mais je suis convaincu que vous ne souhaitez pas qu'on en connaisse l'existence.

Je me mis à transpirer. Il faisait allusion au rupteur qui me protégeait des effets d'un hypnocasque. Sans lui, je n'aurais plus été qu'une marionnette dont la comtesse aurait tiré les fils!

– Ils m'ont interrogé. Ils voulaient savoir si j'avais posé des mouchards sur quelqu'un d'autre. Écoutez : hier, vous avez encore fait une vaine promesse à l'infirmière Bildirjin. Je ne crois pas que vous ayez l'intention de verser les fonds de soutien à la santé publique et encore moins la dot. Je ne crois pas non plus que vous comptiez payer la restauration de la mosquée que vous avez fait sauter.

– Mais vous parlez de millions de dollars! aboyai-je.

– Non, je parle de cette chose que j'ai implantée dans votre tête. Voyez-vous, officier, je n'en ai absolument rien dit à l'officier Heller non plus qu'à la comtesse Krak.

– C'est du chantage! Espèce de porc!

– Ma foi, on gagne toujours à mieux se connaître, n'est-ce pas? fit-il en rangeant ses instruments. Ou, pour formuler cela autrement, je dirai que j'ai beaucoup appris au service de l'Appareil. Vous avez été un excellent instructeur.

– Alors, vous ne leur parlerez pas de cette chose que j'ai dans le crâne si je...

– Si vous vous acquittez de vos engagements, acheva-t-il. Franchement, je n'ai pas la moindre idée de ce dont il s'agit. Je vous connais, c'est tout. Je continuerai donc de m'abriter derrière le secret professionnel. L'officier Heller désire sincèrement réparer tout le désordre que vous avez semé et, à présent que je suis docteur de la Flotte, je considère qu'il est de mon devoir de l'assister.

Il y avait tant de franchise dans ses yeux verts, il respirait tellement la rectitude que je l'aurais étranglé avec bonheur dans la seconde. Si seulement j'avais pu.

– Alors, vous allez tout lui dire!

– Non, je ne vais rien lui dire. Parce que, pour une fois, vous allez vous acquitter de vos obligations. Ce qui rendra service à tout le monde. D'accord?

J'étais incapable de parler puisque je grinçais des dents. Je me contentai de hocher la tête.

Satisfait, il se retira.

La journée se poursuivit de la même façon lugubre. Cela devint même plus grave encore lorsqu'un oiseau décida de s'installer dans un buisson près de la fenêtre et se mit à gazouiller et à chanter à pleine gorge. Il savait très bien qui était dans la chambre et se moquait délibérément de moi.

Et la catastrophe s'abattit à nouveau!

LA COMTESSE KRAK!

Elle fit irruption dans la chambre, l'air enjoué, coiffée très mode, les cheveux gonflants. Elle portait un ensemble bleu pâle qui allait parfaitement avec ses yeux. Le seul détail gênant était le pansement qu'elle avait sur un sourcil. Elle n'avait pas ses redoutables bottes à talons de cuivre mais elle brandissait un carton.

Les gardes quittèrent la chambre et elle posa la boîte au pied de mon lit.

– C'est tout nouveau! me fit-elle. C'est pour vous.

Et elle en sortit un hypnocasque qu'elle se mit en devoir de régler.

C'était la première preuve évidente que Prahd n'avait rien dit à propos du rupteur qu'il m'avait implanté dans la tête, car Heller n'aurait pas manqué d'en tirer les déductions qui s'imposaient. Il avait déjà vu s'allumer mystérieusement un voyant d'alerte dans le remorqueur. En me coiffant de cet hypnocasque, elle ignorait qu'il ne fonctionnerait pas, précisément à cause du rupteur installé dans ma tête et qui me protégeait de l'effet d'hypnose.

Sans s'excuser, elle me posa le casque sur le crâne et l'alluma.

– On dort, on dort bien gentiment, dit-elle.

Je fermai les yeux et fis comme si l'hypnocasque exerçait immédiatement son effet sur moi.

– À présent, Soltan, vous allez répondre sincèrement à mes questions. Que sont devenues les suggestions que je vous ai données l'année dernière et qui devaient vous rendre incapable de causer le moindre tort à Jettero?

Là, je savais comment réagir. Et je murmurai :

– La Cité des Bas-Fonds.

– Dites-moi tout.

– J'étais malade et je suis allé consulter un docteur dans la Cité des Bas-Fonds. Il m'a appris alors que j'avais été hypnotisé, il a trouvé la suggestion et l'a neutralisée.

– Ah... Et comment se fait-il que vous ayez pu me faire du mal?

– Je vous ai fait le moindre mal que je pouvais. Je vous ai sauvée d'un avion saboté par des terroristes. Je vous ai mise en sûreté.

Je n'osai même pas ouvrir un œil pour m'assurer qu'elle avalait ce que je venais de dire. Il y eut un long silence.

– D'accord, fit-elle enfin.

Difficile de ne pas montrer mon soulagement. Elle avait bel et bien gobé mon histoire!

– Maintenant, écoutez-moi attentivement. Les choses que cet hypnoniste de la Cité des Bas-Fonds vous a racontées sont fausses désormais. Dorénavant, vous ferez très attention à ne pas créer le moindre tort que ce soit à Jettero Heller. Et vous nous révélerez tout ce que vous savez et qui peut nous être utile. Sinon, vous serez malade et vous éprouverez d'affreux maux de tête. Vous me comprenez?

– Oui, fis-je d'une voix aussi sourde que possible.

– Vous ne tenterez pas non plus de vous enfuir. Sinon, vous aurez l'impression que vos jambes sont en feu. Compris?

– Oui, fis-je.

Je n'aimais pas du tout ça. Si je ne me comportais pas selon ses suggestions, elle comprendrait vite que l'hypnocasque n'avait pas eu d'effet sur moi.

– Si vous ne faites pas ce que je vous ai dit, vous vous mettrez aussitôt à vomir. Compris?

– Oui, marmonnai-je, tout en tremblant au tréfonds de moi.

Sale (bipée)! Elle me prenait au piège!

– À présent, en vous réveillant, vous vous sentirez bien mieux. Vous serez déterminé à aider Jettero à corriger votre vie. Vous allez oublier toutes mes suggestions et penser que ces idées sont les vôtres. Quant à vos blessures, elles guériront rapidement. Quand vous vous réveillerez, vous penserez que c'est la raison pour laquelle je vous ai hypnotisé. Et vous me serez reconnaissant de vous avoir guéri. Compris?

– Oui.

Elle éteignit le casque et me l'ôta. Et elle dit :

– Réveillez-vous à présent.

Je ravalai la colère que je ressentais et je dis aussi calmement que possible :

– Merci de votre aide.

Elle remballa le casque sans un mot et partit.

Durant de longues minutes, je me répandis en jurons. Coincé! J'étais coincé! Je devrais obéir à Jettero Heller, sinon ils comprendraient que le casque n'avait pas fonctionné et la comtesse me transformerait en bouillie.

Tout le monde était contre moi. Prahd, le personnel de la base, les Turcs, et même ce stupide oiseau chanteur qui s'égosillait devant la fenêtre!

Je jurai par tous les Dieux que je connaissais, y compris ce Jésus-Christ propre aux Terriens, que je les aurais tous! Tous!

Ils croyaient que j'étais fini, réduit à merci, impuissant. Ce qu'ils ignoraient, c'est que j'avais quelqu'un derrière moi, et que la Confédération de Voltar tout entière pouvait voler à mon secours. Si seulement je pouvais ramener Heller et la comtesse.

Tard dans la nuit, je me tournai et me retournai sans trouver le sommeil. Et puis, je pris une décision. Aussi longtemps que nous demeurerions sur cette planète, je jouerais la carte de la ruse. Je ferais semblant d'adhérer à tout ce que dirait Heller. J'espérais seulement que ça ne serait pas trop difficile à supporter. Car il fallait que je fasse tout ce qui était en mon pouvoir pour qu'il se retrouve sur Voltar.

J'étais loin de me douter, une fois encore, des tortures qu'il m'avait préparées pour le lendemain! Et qui devaient me donner la confirmation finale de tout le mal que j'avais jamais pensé de lui!

SOIXANTE-CINQUIÈME PARTIE

1

Je pouvais voir par la fenêtre que l'aube de ce début de juin pointait à peine, et pourtant on me tirait déjà du lit.

Ils ne parlaient pas et je me dis qu'ils préparaient encore quelque diablerie.

Il y avait Heller. Vêtu d'un costume d'été en flanelle légère, avec une chemise de soie bleue, une cravate bleu sombre à pois. Il était coiffé d'un panama très classe. La découpe de sa veste me dit qu'il devait porter un pistolet dans son holster. Il tenait un attaché-case en daim gris et restait là, immobile, à observer les autres.

Deux gardes et une infirmière étaient occupés à me vêtir. Ils avaient apporté un complet bleu marine très classique pris dans ma garde-robe. Je protestai :

– C'est de la pure cruauté ! Je suis blessé et j'ai besoin de repos !

En fait, c'était la troisième fois que je répétais la même chose sans que ça les ralentisse le moins du monde.

Ils me poussèrent finalement vers le couloir. Heller nous emboîta le pas.

Faht Bey attendait dans le hall, habillé à l'occidentale. Il ne me dit même pas bonjour.

Heller me poussa vers la porte principale.

En haut des marches, je me figeai sur place.

Là, en bas, il y avait MA Daimler-Benz avec son aigle rouge sur la portière !

– Vous avez même pris ma voiture ! m'écriai-je.

Sans un mot, Heller me fit descendre l'escalier.
Je me retournai. Les deux gardes montaient en compagnie de Faht Bey dans une voiture de la base que je ne connaissais pas. Poussé par Heller, je dus m'installer dans la Daimler-Benz.
Il s'assit à côté de moi. Ce que je vis alors me rendit furieux. Car ces deux scélérats, Ters et Ahmed, occupaient le siège avant. Ahmed se retourna et fit un clin d'œil à Heller!
– Vous n'allez quand même pas amnistier cet homme! grondai-je. Il a fait plus de mal dans ce pays que moi! C'est lui qui a violé toutes ces femmes! Et lui aussi qui a introduit ici cet agent du KGB!
– Nous avons déjà discuté de tout ça, dit Heller. C'est vous qui avez donné les ordres.
Une telle injustice, c'était comme un coup de fouet. Peu importe, me dis-je. Je le dirai à Lombar et Ahmed sera exécuté.
Nous filions sur la route principale. Faht Bey et les autres étaient derrière.
– Où allons-nous? risquai-je.
– Il semble que vous ayez semé une sacrée pagaille dans le coin. Vous devez ce qu'ils appellent la *kaffarah* à un certain nombre de villages, et aussi une nouvelle mosquée. Vous avez également signé divers documents sur la Piastre National Bank, dont un ordre bancaire pour une dot qui a été rejeté. Le directeur de l'agence locale déclare que personne ne comprend quoi que ce soit à vos finances. Nous allons donc faire appel à quelqu'un qui devrait être capable de s'en sortir : Mudur Zengin, à Istanbul.
Je m'enfonçai un peu plus dans la banquette. Mudur Zengin était certainement l'homme que j'avais le moins envie de voir en ce moment. Teenie m'avait dit qu'il était furieux contre moi.
Cette perspective me gâcha le voyage. Je n'arrivais même plus à envisager d'éventuels moyens de fuir, absorbé comme je l'étais par ce que j'allais bien pouvoir raconter à Mudur Zengin. Avec les avances consenties par sa banque, je devais être débiteur d'une fortune.
Nous traversions le paysage turc au plus beau de l'été, mais je n'en voyais rien. Nous nous sommes glissés dans le flot de circulation à travers Uskudar, sur la rive asiate, mais cela me laissa indifférent. Nous avons franchi le Bosphore sans que j'accorde le moindre regard aux flottilles de bateaux. C'est à grands coups de klaxon que nous avons enfilé Kemeralti Street pour pénétrer dans Beyoglu, mais je ne sourcillai pas. Nous nous sommes engagés sur le pont de Galata pour franchir la Corne d'Or avant de nous faufiler entre les centaines de tours

et de minarets. Très vite, hélas, nous nous sommes arrêtés devant l'immeuble de la Piastre National Bank. Ces 450 kilomètres dans l'angoisse m'avaient vidé.

Mais je savais que les choses n'allaient qu'empirer.

Mudur Zengin fit dire qu'il recevrait Faht Bey mais, quand nous entrâmes tous dans son bureau et qu'il me vit, je crus qu'il allait nous faire jeter dehors.

Heller prit l'initiative. Il promena un regard tout autour de la pièce décorée et rapprocha trois fauteuils du bureau incrusté.

– Vous permettez que nous nous asseyions? demanda-t-il.

– Je ne veux pas discuter avec ce personnage! lança Zengin en me foudroyant du regard.

Heller me poussa néanmoins dans un fauteuil, s'assit à son tour, et Faht Bey l'imita.

Mudur Zengin demeurait debout. Il tremblait de colère.

– Nous essayons de redresser la situation de ses affaires, déclara Heller.

– Même le Diable n'y parviendrait pas! cracha Mudur Zengin. (Il s'assit enfin, posa un coude sur la table et pointa un doigt menaçant sur moi.) Est-ce que vous avez la moindre idée de ce que cet homme a fait? (Il n'attendit pas la réponse.) Il avait une allocation princière. Il l'a gaspillée et a entamé son capital. Il a laissé sa concubine partir avec ses cartes de crédit sans nous avertir. Il a laissé la banque payer toutes ses factures et il est allé jusqu'à acheter un yacht. Il s'est mis à voyager à travers les sept mers, comme ça, en prenant du bon temps. C'est nous qui avons supporté l'achat du yacht et toutes les dépenses de la croisière – nous l'avons même aidé à revendre le bateau cinq fois sa valeur – mais il s'est éclipsé et a fichu le marché en l'air.

– Je crois qu'il est possible de redresser tout cela, dit Heller.

– Vraiment? ironisa Zengin. Mais pas avec ce type! Il a commis le crime le plus grave qu'on puisse commettre! (Il se rencogna dans son fauteuil, avec un pli de mépris sur les lèvres.) Lorsqu'il a hypothéqué sa propriété, IL EST ALLÉ VOIR UNE AUTRE BANQUE!

– Mais il existe certainement un moyen..., commença Heller.

– Après une pareille insulte?

Mudur Zengin agita les mains comme s'il avait touché quelque chose d'ignoble.

– Je crois que vous connaissez Faht Bey, dit Heller.

– Oui, nous travaillons avec les sociétés qu'il représente. Je suis navré et surpris de le voir avec ce genre d'individu!

Il me désigna une fois encore.

– Il se trouve que Faht Bey et moi-même sommes ses conseillers familiaux. Nous sommes seulement intervenus un peu tard.

– Ça, on peut le dire!

– Pourriez-vous répondre à une question : comment se fait-il que votre banque ait avancé de l'argent pour le règlement de ses échéances?

– C'est très simple, fit Mudur Zengin. Dans son coffret, cet idiot a des piles de valeurs or qui dorment. Des certificats qui ne rapportent qu'un intérêt mineur et il perd de l'argent tous les jours. C'est lui qui a voulu les laisser ici. Mais nous nous sommes dit qu'un jour viendrait où il devrait ouvrir ce coffret et nous nous serions alors portés en créance. Et, en cas de décès, nous aurions fait homologuer le contenu et nous l'aurions recouvré.

Je ne pus m'empêcher de grogner. Je ne m'étais jamais douté qu'Heller pourrait entendre parler de ce coffret!

– C'est très intéressant, commenta Heller. Je crains que le nommé Sultan Bey ait oublié de nous en parler. Mais vous évoquez une hypothèque. Que diriez-vous si nous obtenions la preuve qu'il s'agit d'un faux ainsi que la confession de la personne coupable de cette falsification?

Mudur Zengin eut un haussement d'épaules.

– Ce serait typique de la façon de procéder de la Grabbe-Manhattan Bank dans le cadre des négociations internationales. Si vous produisez cette preuve, l'hypothèque sera déclarée nulle et non avenue. Auquel cas, la Grabbe-Manhattan devra rendre des comptes pour complicité de fraude pour avoir eu connaissance éventuelle d'usage de faux.

Heller consulta sa montre.

– Il est exactement 11 h 30. Dans l'intérêt de votre banque, pouvons-nous vous demander un nouvel entretien après le déjeuner?

– Je veux bien faire ça dans l'intérêt de mes autres directeurs, concéda Mudur Zengin.

Il ne nous raccompagna pas.

– Dites-moi, Soltan, me fit Heller dès que nous fûmes dehors. On dirait bien que vous n'avez pas été d'une franchise absolue avec nous.

La voiture était au parking. Heller me poussa à l'intérieur et dit à Ahmed et Ters d'aller faire un petit tour. Il claqua la portière et prit un appareil sous le bar. Un vidéophone avec téléfax.

Il appuya sur les touches.
– Je suis là, annonça la comtesse dès que son visage apparut sur l'écran.
– Tout est prêt, fit Heller. Mets un casque sur l'espion russe et tire-lui une confession sur le faux concernant l'hypothèque. Procure-toi quelques Turcs comme témoins. Remets-le ensuite en cellule dans l'attente du procès de Gris et transmets-moi sa confession complète ici pour que j'aie un document valide. Ensuite, passe aussi au casque ce type, Menton Noir, J.E. Sayzee. Efface toute trace de l'existence de la base de sa mémoire et dis-lui que la Grabbe-Manhattan risque de se retrouver devant la cour criminelle si elle continue les poursuites. Compris?
– Oui, chéri.
Tant mieux pour eux. Tant mieux pour moi. Je n'étais pas dans la base et mon rupteur ne risquait pas d'affecter les hypnocasques. Je m'en étais sorti de justesse. Car tous mes plans pour l'avenir dépendaient totalement de l'existence secrète du rupteur. Ils devaient absolument ignorer que Lombar avait pris le pouvoir sur Voltar.
Faht Bey avait trouvé un restaurant. Il revint prendre Heller et ils s'éloignèrent ensemble, me laissant avec les gardes qui me firent partager leur dégoûtante pitance, assis dans la voiture de la base.
Heller et Faht Bey furent de retour aux environs de 1 h 30. Heller se rendit directement à la Daimler-Benz pour y prendre les feuillets téléfaxés et communiquer encore une fois avec la comtesse.
Il revint pour m'accompagner jusqu'à la banque. Mais il ne me fit pas entrer dans le bureau, cette fois. On me conduisit tout droit jusqu'à la salle des coffres. Je tentai de résister. J'avais bien l'intention de revenir sur cette planète auréolé de gloire. En tout cas, pas sans fonds!
Nous étions devant le vigile et l'employé des coffres.
– Il veut son coffret, dit Heller.
Ils me tendirent une carte que je devais signer.
Mon bras et ma main furent instantanément paralysés. Si je signais, je serais ruiné à jamais!
Heller me regardait d'un air curieux. Est-ce qu'il soupçonnait que l'hypnocasque n'avait eu aucun effet sur moi? Mon existence dépendait de cela. Il ne devait pas savoir.
– Eh bien, signez! me dit-il.
Quelle souffrance! Mais il le fallait bien.
Je signai.

L'employé fit jouer la clé de la banque et se retira. Quant au vigile, il s'écarta, tout en demeurant vigilant. Je composai ma propre combinaison et le couvercle se souleva.

Les précieuses valeurs étaient toujours là!

Heller me devança. Il tendit la main et saisit le reçu qui se trouvait sur le dessus. Le reçu pour le chargement d'or. Il le lut rapidement.

– Ah, ah! De l'or de contrebande expédié de Voltar! L'absence d'estampille a été notée. Exactement comme pour le chargement trouvé sur le remorqueur. En tant qu'officier de la Flotte, j'ai toute autorité pour saisir l'ensemble. Quant à ce reçu, il va faire un certain effet lors de votre procès.

Il le glissa dans sa poche.

J'étais physiquement malade.

Il vida le coffret et fit rapidement le compte. Puis il siffla.

– Près d'un quart de milliard de dollars! C'est donc pour ça que les officiers de l'Appareil ne râlent pas contre leur misérable solde! Contrebande de drogue, contrebande illégale d'or...

– Vous-même, est-ce que vous n'en fabriquiez pas? grinçai-je.

– *Fabriquer*, voilà la différence. Si j'en juge par les poids, ces lingots viennent tout droit de la Cité Industrielle de Voltar. Mais je ne devrais pas vous taquiner, Gris, je suppose : vous auriez peut-être pu résoudre ainsi un bon nombre de vos problèmes.

Une seconde, j'envisageai de lui arracher les certificats et de partir en courant. Mais le vigile était toujours là. Et, au-dehors, il y en avait deux autres qui me tireraient sans hésiter dans les pattes. Et ça me ferait très mal.

Heller m'avait bloqué le coude en une prise savante et il me propulsa rapidement jusque dans le bureau de Mudur Zengin. Qui était toujours de glace.

Il lui tendit les confessions. Les *deux* confessions.

Nous nous sommes assis tandis que Mudur Zengin prenait connaissance de la première avec un intérêt apparemment grandissant. Il adressa à Heller un regard stupéfait.

– C'est vraiment incroyable, fit-il. Un espion russe qui recevait ses ordres de Rockecenter lui-même par l'intermédiaire de Moscou et qui a forgé de toutes pièces une hypothèque pour mettre la main sur la plus grosse culture d'opium d'Afyon!

– C'est bien ce qu'il dit, souligna Heller. Et Faht Bey peut faire citer ledit colonel Gaylov à comparaître n'importe quand devant un tribunal avec ses documents d'accréditation du KGB.

– Grands Dieux! souffla Mudur Zengin. (Il se laissa aller en arrière un instant.) Je comprends pourquoi il a avoué. La Russie a été rayée de la carte et il n'a plus nulle part où aller. Je dirais que ça valait bien l'ouragan et le tremblement de terre auxquels nous avons eu droit l'autre jour.

Il prit la deuxième confession et, au fur et à mesure qu'il avançait dans sa lecture, ses yeux devenaient de plus en plus ronds.

– Seigneur! Dans sa confession, J.E. Sayzee, de leur service des hypothèques internationales, déclare qu'il a reçu directement l'ordre de Delbert John Rockecenter lui-même d'établir une fausse hypothèque sur ces champs d'opium et que c'est lui et le Russe qui ont mis au point cette histoire abracadabrante de soucoupes volantes et de base extra-terrestre cachée dans une montagne pour éveiller l'intérêt de Rockecenter. Ciel, si jamais ça vient à se savoir, Rockecenter va être la risée de toute la communauté bancaire. Ça, c'est splendide!

– Alors que faisons-nous? demanda Heller.

– Ma foi, jeune homme, tout dépend de ma coopération.

Heller posa les certificats sur le bureau. Je remarquai que le vigile de la banque nous avait suivis pour s'assurer que nous ne quitterions pas les lieux avec.

Mudur Zengin haussa les épaules.

– Nous aurions pris possession de ce qui nous revenait légitimement, de toute façon, dit-il sans toucher aux certificats.

– Il se trouve, fit Heller, que notre malheureux ami ici présent a certaines dettes.

Il lui tendit la liste.

Zengin la parcourut et commenta :

– Ma foi, une part des fonds investis pourrait, si l'on compte les intérêts, couvrir la *kaffarah* et permettre de donner à manger aux pauvres des villages mentionnés. Il sera facile d'honorer la dot avec des liquidités. Quant à la campagne de santé publique, elle pourrait être financée par un fond de dépôts d'investissement. Cette histoire de mosquée ne me surprend pas. Toutes les factures de la carte Squeeze ont été réglées par notre banque et il nous doit en tout quelque chose comme 5 millions de dollars.

– Ce qui laisserait combien?

Zengin fit le compte de mes précieux certificats. Il prit un stylo, tapota sur une calculette.

– Disons dans les 232 millions.

– Et si nous confions cet argent à votre banque afin d'en faire un compte dépôt, pourriez-vous verser l'argent qu'il rapporterait à Faht Bey afin qu'il puisse continuer à gérer ses affaires?

– Eh bien, cette proposition me paraît assez séduisante. Avec le contrôle d'une telle somme, nous dominerions le secteur bancaire de tout Istanbul et nous pourrions même écarter la Grabbe-Manhattan de notre zone d'opérations. Faht Bey toucherait 4 millions net par mois, ce qui est bien plus que ce que lui a jamais rapporté son compte. Mais... je ne sais pas.

Il me fixait en fronçant les sourcils.

– Monsieur Zengin, dit Heller, Faht Bey, que vous connaissez bien, aura une procuration perpétuelle afin de gérer les fonds de ce jeune homme et de maintenir les relations avec votre banque en ce qui concerne cet argent.

Zengin me fixait toujours d'un air sinistre.

– Une procuration, ça s'annule, dit-il.

– Il se peut que je n'aie pas été absolument franc avec vous, fit Heller. Je ne me suis pas présenté.

– Non, c'est un fait.

– Je suis officier de la Couronne. Cette affaire est absolument secrète. Mais sachez que je vais emmener Sultan dans un pays très lointain. Là, il sera jugé et, avec les preuves que nous détenons, il sera exécuté ou condamné à la réclusion à vie. Je puis donc vous assurer que jamais plus vous ne le reverrez.

– Vraiment? fit Mudur Zengin.

Éberlué, il se tourna vers Faht Bey.

– C'est tout à fait exact, fit celui-ci en désignant Heller. C'est un officier très capable et de grand renom. En fait, Sultan Bey est en ce moment même en état d'arrestation. Nous ne comptons pas importuner les autorités turques avec cette affaire mais, dans quelques jours, Sultan aura quitté ce pays. Définitivement.

Un sourire commençait à se dessiner sur le visage de Mudur Zengin. Qui devint un rire. Il se leva, rayonnant, saisit la main d'Heller et la secoua. Puis il le prit par les épaules.

– Monsieur, considérez-moi désormais comme votre ami, pour toujours!

L'émotion étranglait sa voix.

Une heure plus tard, après de multiples tasses de café, les poches pleines de cigares de la meilleure qualité, Faht Bey et Heller regagnèrent la Daimler-Benz. Il avait fallu tout ce temps aux employés et aux fondés de pouvoir pour produire des documents qu'Heller m'avait fait signer au fur et à mesure. Moi, je n'avais pas eu droit à la moindre tasse de café et les oreilles me sifflaient encore d'avoir entendu Zengin chanter les louanges d'Heller.

Heller s'assura que Faht Bey avait bien mis tous les documents dans l'attaché-case.

– Et voilà, lui dit-il. Vous avez maintenant dix fois plus d'argent et sans avoir eu à tripatouiller une de ces saletés de drogues.

Faht Bey lui adressa en réponse un regard de pure adoration. Puis il le salua réglementairement, les bras croisés. Écœurant!

Heller monta en voiture mais, avant d'appeler les deux chauffeurs, il contacta la comtesse dont le visage se matérialisa sur l'écran.

– L'affaire s'est bien passée, lui annonça-t-il. Ce sont les confessions qui ont fait pencher la balance.

– Que vont-ils en faire?

– Mudur Zengin va mettre les copies dans son coffre. Il se contentera de les brandir si l'urgence se présente. Il ne sera pas du tout question de soucoupes volantes. (Il rit.) Chérie, tu es vraiment très forte! Impliquer Rockecenter dans cette histoire, c'est la touche de génie!

– Jettero, serais-tu en train d'insinuer que ta future épouse est malhonnête? Il n'y a pas une ligne dans ces confessions qui ne soit la pure vérité. J'ai même les ordres de Rockecenter écrits de sa main, et des copies de tous les dossiers de J.E. Sayzee, au cas où il se manifesterait à nouveau.

– Pas question, dit Heller. Et pardonne-moi d'avoir douté de toi. Tu t'en tires toujours aussi magnifiquement. Veux-tu que je te rapporte quelque chose d'Istanbul? Un collier d'émeraude, que sais-je?...

– Je ne désire rien de cette planète.

– Bien. Alors nous rentrons.

Pendant ce temps, je fulminais. Il avait pris ma base, ma voiture et mes valeurs or. Avant de quitter Istanbul, il lui acheta quand même un collier d'émeraude malgré son refus. Et je me dis que s'il n'avait pas pris l'argent pour ça dans mon portefeuille, c'est que l'idée ne lui en était pas venue.

Mais il allait rentrer. Il allait retourner sur Voltar. Et se trouver face à face avec Lombar Hisst – autrement dit sa mort!

2

Le lendemain, à la base, ils firent preuve d'encore plus de cruauté à mon encontre. À leur attitude, je sus qu'ils prenaient un plaisir sadique à maltraiter un pauvre être sans défense. Et si je me montrai soumis, c'est seulement pour qu'ils ne soupçonnent pas mes plans.

Durant la matinée, il vint à l'esprit de la comtesse Krak – à moins que cela ne lui ait été soufflé par Heller – de rassembler toutes les preuves qui permettraient de me pendre.

Elle me dit :

– Quand vous serez traduit devant la cour, nous voulons être certains que le tribunal sera en possession de toutes les pièces. Pendant mon séjour en cellule, j'ai eu amplement le temps de lire tous les codes de lois et le *Traité abrégé de la Confédération.* Très touchante attention de votre part d'avoir mis toute cette lecture à ma disposition. Le code légal de Voltar est très strict et ne supporte aucune déviation. Mais vous avez séjourné sur Terre et mes récentes expériences m'ont appris que n'importe qui doué d'une intelligence moyenne peut trouver dans le prétendu système judiciaire qu'ils utilisent ici des échappatoires à la tonne. Jettero, je me demande pourquoi d'ailleurs, veut que vous soyez jugé équitablement. Bien entendu, vous allez avoir recours à toutes ces échappatoires. La plus évidente étant que « rien de tout cela n'a été enregistré » et que « les seules preuves sont verbales ». Faht Bey a rassemblé plusieurs équipes chargées de recueillir des déclarations sur l'honneur se rapportant à vos méfaits. Nous allons donc fouiller dans ces poubelles qui, selon vous, sont vos dossiers, tout mettre en ordre et, si vous avez un système de défense, quel qu'il soit, vous avez tout intérêt à le préparer.

J'étais certain que je ne comparaîtrais pas devant un tribunal. Par contre, leur jugement à eux serait très vite expédié par Lombar. En ce qui concernait leurs déclarations sur l'honneur, j'avais bien l'intention de revenir ici avec un Bataillon de la Mort afin de liquider tout ce nid de traîtres.

Mais sous son regard perçant, de crainte qu'elle ne soupçonne que j'allais leur échapper, je me laissai entraîner par deux gardes jusqu'à ma chambre secrète et je me mis à la besogne sous leurs yeux vigilants.

Tout était là, entassé. Des boîtes pleines de bandes et couvertes de poussière, de taches de peinture et de *sira.* Mes registres étaient tellement mal écrits que j'eus du mal à me relire : je n'avais jamais eu ce talent particulier.

Des nuages de poussière montaient dans la pièce et, au bout d'un moment, incommodée, la comtesse alla flâner autour de la villa.

Le mouchard que j'avais placé dans la chambre d'Utanc

fonctionnait toujours parfaitement et je l'entendis. Elle avait découvert les deux garçonnets en larmes, cachés sous le lit. Elle ne parlait pas le turc et ne comprenait pas grand-chose aux bredouillements qu'elle recevait en réponse à ses questions. Elle alla donc chercher Karagoz et Melahat qui, elles, parlaient l'anglais, et essaya de savoir ce qui se passait.

Le majordome et la servante étaient aussi embarrassés l'un que l'autre. La comtesse Krak écoutait avec un dégoût et une horreur qui allaient s'amplifiant.

Il semblait que Gaylov avait fait des deux garçons ses gitons et que chaque nuit, et bien souvent dans la journée, il avait assouvi sur eux ses perversions sexuelles. Depuis le début, ils savaient qu'Utanc était un homme mais ils n'avaient rien dit.

Toute cette histoire d'homos me rendait malade et les gardes durent me bousculer pour que je me remette au travail. Je fus donc totalement cueilli à froid par la manière dont les choses tournèrent.

La comtesse Krak était incrédule mais il semblait bien que ce qui plongeait ces deux garçonnets dans le chagrin, c'était qu'ils n'auraient plus droit au même régime à présent qu'Utanc leur avait été enlevé(e).

Krak, par l'intermédiaire de Melahat et Karagoz, de plus en plus embarrassés, tenta en vain de discuter avec eux. Mais elle reçut des réponses encore plus outrageantes. Les deux garçons lui déclarèrent que, à moins que leurs mères ne les laissent retrouver Utanc, ils comptaient bien s'enfuir pour retrouver d'autres hommes. Et ils ajoutèrent que si jamais on les en empêchait, ils se suicideraient à la première occasion!

À ce stade, Melahat et Karagoz avaient fondu en larmes, les deux garçons étaient devenus hystériques et la comtesse était folle de rage.

– Quelle planète de pervers! s'écria-t-elle. On dirait vraiment qu'ils n'ont jamais entendu parler de rapports sexuels *normaux*!

On emmena les deux petits garçons et j'entendis la comtesse fouiller dans les affaires d'Utanc et donner des ordres au personnel afin qu'on débarrasse toute la pièce et qu'on entasse tout dans des malles de voyage.

Elle revint et me lança un regard noir.

– Pendant que vous y êtes, me jeta-t-elle, vous devriez rassembler tout ce qui concerne votre liaison avec Gaylov. Le code pénal comporte trente-deux articles visant l'homosexualité!

– L'homosexualité existe dans la Confédération! protestai-je.

– Pas avec les enfants, espèce de brute répugnante!

– Une minute! Moi, je n'ai rien à voir avec ça! Je *déteste* les pédés!

– Alors vous feriez bien de vous préparer à en fournir la preuve! me jeta la comtesse avant de sortir.

Quelle injustice! C'était comme du vinaigre dans toutes mes veines. Je me remis au travail, fiévreusement, rassemblant les enregistrements et les preuves, les notes et les dossiers. Puis, je m'interrompis. Par tous les Enfers, comment pouvait-on prouver que l'on n'était pas homosexuel? Il était presque impossible de prouver *ce qu'on n'était pas*. Les preuves que l'on rassemble démontrent immanquablement *ce que l'on est*. Pas question de présenter à un tribunal *l'absence* de quoi que ce soit. Impossible d'aller trouver un juge pour lui dire : « Tenez, voilà la liste de toutes les voitures que je n'ai pas volées. » Le juge vous répondra à tous les coups : « Mais vous n'aviez qu'à retirer de cette liste les voitures *que vous avez volées*. Coupable selon le chef d'inculpation! » La justice est toujours du même côté. Une preuve négative, ça n'existe pas.

C'est à cet instant que je posai les yeux sur la liasse de photos qui me montraient avec Teenie. Oui, là, c'était bien moi en train de la pénétrer par-derrière : une preuve irréfutable de *sodomie*! Et les enfants? Autre preuve irréfutable de *viol de mineurs*!

L'un des gardes gloussa d'un rire égrillard.

Je voulus déchirer les photos mais l'autre m'arrêta.

– Si j'étais vous, je ferais pas ça, Gris. On doit témoigner que vous n'avez détruit aucun document.

Je me mis à transpirer sérieusement. Ce n'était pas moi qui avais fait des gitons de ces deux gamins. Et ces photos étaient d'ignobles trucages. Je sentais se refermer sur moi l'étau de la loi. Pourtant, on n'allait pas me pendre pour des crimes que je n'avais pas commis!

Je me maîtrisai. Et dans l'instant même, je dressai un plan pour détruire subrepticement des choses telles que ces photos dès que j'en aurais l'occasion pour les remplacer par d'autres preuves à charge contre les autres. Au cas où. Du coup, cela orienta mon travail dans une direction qui se révéla très vite payante. J'avais en main la copie du contrat établi par Ahmed, le chauffeur de taxi, pour l'achat d'Utanc. Je retrouvai le moral. Car Ahmed, la preuve était là, était bel et bien le coupable. Pas moi. Et je savais que tout en bas de la pile il y avait des mètres et des mètres de bandes qui provenaient des enregistrements faits à partir des mouchards d'Heller et de la comtesse et qui prouvaient qu'ils avaient comploté sans arrêt depuis Voltar pour désobéir aux instructions que je leur avais données, qu'ils avaient fait toutes sortes de choses contre moi. Parce que moi aussi, après tout, j'obéissais à des ordres. Et je détenais la preuve qu'ils avaient monté une énorme conspiration contre moi afin de ruiner ma mission.

Je repris ma tâche.

Mais, après trois heures, je finis par en avoir assez.

Pourquoi récupérer tout cela? Puisque, je me le répétai, je ne serais traîné devant aucun tribunal. Mon devoir était de livrer Heller et Krak entre les mains de Lombar. Il lui suffirait d'un seul coup d'œil sur les faux documents royaux pour dire : « Qu'on les exécute! » Si l'on comptait avec la haine que Lombar vouait personnellement à Heller ainsi qu'à la classe aristocratique de Krak et à tout ce qu'elle représentait, l'affaire serait vite réglée.

Mais, pour l'heure, il fallait que je me prête à cette comédie de jugement à venir.

Ce qui ne me plaisait pas pour autant.

3

Cet après-midi-là, leur cruauté atteignit un summum!

On me montra en public!

La comtesse avait entassé tous mes dossiers dans un sac qu'elle m'avait attaché au cou. Et, parce qu'elle devait se rendre un peu partout dans la base pour recueillir des témoignages – et, surtout, je le savais, pour parler dans mon dos –, elle m'avait jeté dans le hangar, attaché sur une chaise, tout près de la coque du remorqueur sur laquelle travaillait Heller.

Les employés, les manœuvres, les hommes de l'équipe d'entretien, tous semblaient se débrouiller pour passer par le hangar et, en dépit des deux gardes qui m'encadraient et leur ordonnaient de circuler, tous s'arrêtaient pour me regarder. Ils chuchotaient entre eux et j'entendis distinctement un employé déclarer : « On peut lire des tas de choses sur un visage : regardez-moi ce pli menaçant sur le front. » Je m'apprêtais à lui dire que ce pli était une *cicatrice* due à une chute causée par un skate-board, mais le garde me fit taire dès le premier mot.

C'était vraiment pénible. Ils furent bien deux cents à défiler et il y en avait beaucoup que je ne me rappelais pas avoir vus.

J'en vins à me demander si le bureau de New York n'avait pas organisé un voyage-excursion en mon honneur.

Il était difficile d'attirer l'attention d'Heller. Il aidait à la remise en état des câblages électriques. Il trouva quand même le temps de dire au chat qu'il était un bon chat, oh oui, ça c'est un bon chat, quand l'animal vint lui montrer un rat qu'il avait attrapé. Mais, par contre, il n'avait pas une seconde pour protéger son malheureux prisonnier des regards menaçants de la foule.

Je parvins enfin à convaincre l'un des gardes qu'il devait le prévenir d'urgence que je voulais lui parler.

Il arriva et je l'apostrophai.

– Qu'est-ce que je suis? Un monstre de foire? J'ai l'impression que je sors des pattes de Crobe! Pourquoi me mettre comme ça en exposition?

– Je dois dire que ce n'est pas pour le plaisir de votre compagnie, dit-il. Je vous ai donné ma parole que je vous reconduirais sur Voltar pour y être jugé. Quelques centaines de Turcs et environ deux cents hommes de cette base ont exprimé de diverses façons le désir de vous tuer. Et vos gardes ont demandé l'autorisation de vous installer à portée de vue de la comtesse ou de moi-même.

– Quoi?

L'un des deux gardes intervint :

– Ils ont trop de respect pour cet officier et pour la dame pour déclencher une rixe en leur présence. Et aussi, nous ne voulons pas succomber à la tentation de vous assassiner nous-mêmes. A présent, cessez d'importuner l'officier Heller. Nous aurions dû vous prévenir.

Ça c'était sûr. Ils l'avaient fait exprès pour que j'aie peur. J'avais traité ces gens comme la racaille qu'ils étaient. Il était futile d'attendre qu'ils me traitent humainement en retour.

Prahd arriva sur ces entrefaites et examina mes blessures en public. Les gens semblaient considérer qu'elles n'étaient pas suffisamment graves et furent très déçus quand il m'annonça qu'elles étaient en voie de cicatrisation. Mais lorsqu'il dit à Heller que je pouvais partir dès maintenant, ils applaudirent.

Vers 4 heures, un électronicien qui avait travaillé jusque-là à l'intérieur du remorqueur surgit avec un vidéophone.

– Commandant, dit-il à Heller, cette chose n'arrête pas de sonner. Elle est réglée sur une fréquence terrienne et il y a *moi seulement* écrit sur l'écran.

Heller prit le vidéophone sans un mot et l'autre le salua les bras croisés. Ces (bips) se donnaient de grands airs!

Heller s'assit sur un coffre à outils, s'assura qu'il n'y avait rien derrière lui hormis la coque noire du vaisseau et appuya sur le bouton de réponse.

– Oh, le ciel soit loué, monsieur Jet! fit la voix d'Izzy. Je vous ai enfin.

– Quelque chose ne va pas?

– Non, je voulais au contraire vous dire que tout se passe bien. Et c'est justement ce qui m'inquiète. Ç'a été merveilleux d'apprendre que miss Joy était vivante mais ça ne peut qu'aiguiser l'appétit du Destin. Comment va-t-elle?

– Mais très bien, Izzy, elle est dans une forme splendide. Comme toujours. Je vais lui demander de t'appeler dans la soirée et tu pourras juger par toi-même.

– Oh, ça c'est superbe! Mais je ne le mérite pas.

– Qu'est-ce qui se passe?

– Je commence par les mauvaises nouvelles. Quand la Russie a été rayée de la carte, bien sûr, il n'a plus été question de menace d'holocauste mondial, et le cours de l'or a chuté. Je m'apprêtais à vendre cet énorme stock que vous m'avez confié, mais il ne vaut plus que 6 millions maintenant. Est-ce que vous pensez qu'il est préférable que je le garde?

– Ça te concerne, dit Heller. Pour la Russie, c'est si grave?

– Oy, monsieur Jet. La Russie n'existe plus. Et tous ses satellites ont pris leur indépendance. Ce qui prouve quand même qu'il y a un Dieu quelque part dans le ciel.

– Et les options, où en sommes-nous?

– Eh bien, je vais maintenant passer aux bonnes nouvelles. Le cours des actions pétrolières s'effondre. On dirait le vendredi noir du krach de 1929. D'ores et déjà, nous pourrions récupérer 5 milliards sur les options de vente. Les courtiers menacent de faire sauter le standard mais on tient bon. Je dois dire que miss Simmons fait un boulot fantastique. Ils ont essayé de lui couper les médias mais elle a envoyé toutes ses équipes dans les rues de tout le pays. Les gens vont faire le blocus sur l'essence et le gazole radioactifs et le Maysabongo lève ses options d'achat, donc c'est réglé. Et nous avons toutes nos options d'achat en attente. Nous sommes prêts à nous emparer de toutes les compagnies.

– Quelle est la date d'exercice de ces options? demanda Heller.

– Elles portent toutes sur juillet. L'ultime date de négociation est le lundi précédant le premier samedi suivant le troisième vendredi de juillet. C'est la raison pour laquelle les agents de change ont forclos une semaine avant la date réelle des options afin de pouvoir mettre leurs livres de comptes à jour.

– Là, c'est assez embrouillé, dit Heller.

– Oui, je comprends. Mais si on ne veillait pas à ce que ce genre de chose soit embrouillé, comment les gens qui sont dans le secret des dieux pourraient-ils gagner des fortunes?

Heller consulta sa montre.

– Ce lundi dont tu parles se situe donc dans treize jours seulement. Tout va bien, alors...

– On suit le calendrier au poil près, monsieur Jet.

– Donc, tu as les affaires bien en main. Izzy, nous ne nous reverrons pas avant quelque temps.

– Oh, non! Est-ce que j'ai fait quelque chose qui ait pu vous déplaire?

– Bien sûr que non, dit Heller. Il se trouve simplement que j'ai d'autres tâches à remplir.

– Mais au cas où quelque chose tournerait mal?

– Nous en avons déjà discuté. Rockecenter Junior est le nom de couverture des sociétés. Et tu es tout à fait capable de contrôler tous les problèmes d'une firme, quels qu'ils soient. Jamais tu ne m'as déçu, Izzy Epstein.

– Oh, Dieu! s'écria Izzy, dans le plus grand désarroi.

– A propos, ajouta Heller, tu peux revendre l'appartement.

– OH, NON! Maintenant, je *sais* que j'ai commis une faute! Vous m'en voulez!

– Mais non!

– Je refuse d'abandonner l'appartement!

– Alors, donne au moins leur congé aux domestiques.

– Mais non, vous aurez besoin d'eux quand vous reviendrez! se lamenta Izzy. Ils avaient mis des fleurs partout pour le retour de miss Joy! MONSIEUR JET, NE NOUS ABANDONNEZ PAS!

Heller avait l'air secoué. Il essaya vainement de répondre par deux fois. Il y parvint enfin :

– Izzy... Je te rappellerai plus tard.

Heller coupa la communication et posa le vidéophone. Il s'éloigna, l'air sombre.

Faht Bey sortit à cet instant du tunnel et vint vers lui.

– Vous n'avez pas l'air content, chef.

– C'est dur de partir, dit Heller. Mais je ne peux pas attendre encore treize jours sans raison.

– C'est à cause de la dame, n'est-ce pas, chef? Elle semble très pressée de rentrer et je dois dire que je ne peux pas le lui reprocher après tout ce qu'elle a enduré.

– Non, ce n'est pas seulement elle. Mon travail ici semble achevé et je souhaite faire mon rapport aussitôt que possible. Sa Majesté et les lords doivent être informés de ce qui se passe sur cette planète. Il y a quelque chose de louche là-dessous.

– Là je suis d'accord, chef. Je le pense depuis des années. Link, le chef d'atelier, vient de me dire que le remorqueur devrait être prêt au début de la soirée. Vous avez des ordres de dernière minute pour moi?

– Oui. Nous allons commencer par ces trois anciens cargos, là-bas.

Il désigna trois vieilles coques passablement amochées, à l'autre bout du hangar. Elles avaient à peu près les dimensions du *Blixo* et on les avait depuis longtemps remisées contre le mur. Elles étaient couvertes de poussière et de détritus.

– Je suis allé y jeter un coup d'œil ce matin, continua Heller. Je crois qu'en travaillant un peu dessus, on pourra les refaire voler. Je veux en fait que ces vaisseaux redeviennent opérationnels à cent pour cent.

– Ça ne devrait pas prendre longtemps, lui assura Faht Bey.

– Je veux aussi que si des cargos se présentent on les bloque. Interdisez tous les départs et tous les chargements de drogue.

Visiblement Faht Bey était secoué.

– Mais ils vont refuser.

– Écoutez-moi, lui dit Heller. Dès que je serai de retour sur Voltar, je préviendrai Sa Majesté ainsi que les diverses autorités pour leur dire ce que j'ai fait et pour quels motifs. En pareil cas, il ne s'agit que d'une simple formalité : personne ne se soucie vraiment de ce qui se passe sur une planète non conquise. Ils soutiennent presque toujours les ingénieurs de combat en ce qui concerne la création ou la récupération des bases. De toute façon, vous avez un document écrit de ma main et je vous donne ma parole que si quoi que ce soit tourne mal, je viendrai à votre secours.

– Pour ma part, cela me suffit, dit Faht Bey. Voyez-vous, moi et la plupart de mes hommes, nous avions horreur de nous occuper de toutes ces drogues. Peut-être avez-vous remarqué que personne n'en faisait usage parmi nous? Elles sont bien trop terribles!

– Là, je dis amen, fit Heller. J'ai vu à quel degré elles peuvent réduire les êtres.

– Autre chose encore. Qu'allons-nous faire de tous ces criminels dont nous devions changer l'apparence?

– Une promesse doit être tenue, dit Heller. Inutile de vous faire des ennemis. Finissez ce que vous aviez à faire et n'en acceptez pas d'autres.

– Bien, dit Faht Bey. Pourriez-vous me donner une idée de ce que devrait être désormais la politique de cette base?

– Se faire des amis. Il faut que vous formiez au plus vite les docteurs terriens afin qu'ils puissent guérir les maladies. Que Prahd leur transmette ce qu'il connaît en matière de traitement contre la drogue. Et que les fermiers de la région passent à des cultures moins dangereuses.

Faht Bey éclata de rire.

– Vous voulez dire qu'on doit s'occuper de tout?

– Pourquoi pas? dit Heller. Bien entendu, il est possible que la Flotte de Sa Majesté ait d'autres ordres pour vous. Il est même possible qu'on vous demande d'évacuer les lieux. Qui sait? Mais il vaut mieux que ce soit l'avenir qui décide.

– Vous savez, chef, si nous en avions la moindre chance, nous serions tellement heureux de quitter ce plateau désolé!

– Eh bien, la vie n'est pas faite que de pains sucrés et d'eau pétillante. Et puis, vous rentrerez bien un jour.

– Je vous remercie, officier Heller. Vous nous avez apporté une vraie bouffée d'air frais. Mes hommes et moi, nous vous en serons reconnaissants jusqu'à notre mort.

En entendant ce compliment adressé à ce (bipard), je faillis vomir. Quant à leur sort, je comptais bien le régler en revenant ici avec un Bataillon de la Mort au complet, et aussi vite que possible!

Je repensai à tous les coups pourris dont Heller était responsable et qu'il faudrait bien que je répare. Il ne suffirait pas de détruire sa station à micro-ondes. Non, il faudrait aussi faire sauter Ochokeechokee, Detroit et l'Empire State Building. Et encore, ça ne serait peut-être pas suffisant. En plus du Bataillon de la Mort pour neutraliser la base, j'aurais sûrement besoin d'un Escadron d'Intervention de l'Appareil pour nettoyer toutes les bases militaires ainsi que les gouvernements qui auraient refusé de capituler. Mais ça ne devrait pas être une invasion à grande échelle parce que c'était encore à nous de tirer les fils.

Tout à coup, j'eus une vision de Rockecenter. En loques, désespéré, éperdu, il errait dans une allée au milieu des poubelles. Je m'approchais de lui dans mon uniforme flambant d'officier voltarien, flanqué de deux bons vieux tueurs de l'Appareil.

– Delbert, je lui disais, vous rappelez-vous de moi?

Il se tournait vers moi, se prosternait et bredouillait :

– Mon Dieu! Inkswitch, mon cher *esspion* de la famille!

– Mais oui, Rockie, mon vieux, c'est bien moi. Je suis revenu pour te remettre sur le trône, pour que tu règnes à nouveau sur la Terre!

Il marmonnait quelques paroles de gratitude tandis qu'un de mes aides lui soutenait la tête pour lui donner à boire et que l'autre pansait ses blessures.

Puis, bras dessus, bras dessous, nous partions, sourds aux plaintes pitoyables des blessés et des mourants, pour aller infliger à toute cette racaille un holocauste à nul autre pareil.

Et la main blême de miss Pinch s'élevait d'un caniveau gorgé de sang et je l'entendais me crier :

– Pardonnez-moi, Inkswitch ! Pardonnez-moi, car je ne savais pas...

Quelqu'un me secouait.

– Réveillez-vous. (C'était la voix d'Heller.) On monte à bord. Le soleil va se coucher et nous décollerons pour Voltar dans moins d'une heure.

Je souris. C'était exactement le chemin à suivre pour que mon rêve se réalise enfin.

4

Trois jours durant, dans le remorqueur lancé à pleine vitesse, je demeurai sanglé dans une couchette gyroscopique.

Une torture absolue : les moteurs Y avait-Y aura grondèrent, lancés à plein régime, pendant la première moitié du voyage, jusqu'à la limite de l'anéantissement, pour se remettre à gronder pendant la deuxième moitié, où nous freinions avant l'arrivée. Des étincelles jaillissaient de tous les côtés et, au milieu de tous ces craquements et du vacarme général, on ne savait plus si le vaisseau allait éclater ou imploser la seconde d'après. J'ai vraiment horreur des voyages dans l'espace et tout particulièrement dans un (bip) de remorqueur de mes (bipouilles) !

La cabine que l'on m'avait assignée se trouvait à tribord et un peu en arrière du pont. Ce qui faisait que chaque fois que j'entendais la porte s'ouvrir, je pointais la tête pour voir s'il y avait quelqu'un de garde.

La comtesse Krak, qui avait revêtu une tenue isolante noire, venait me rendre visite de temps en temps pour me donner à manger et vérifier que je ne m'étais pas libéré de mes sangles. Mais, pas une seule fois, je n'avais vu qui que ce soit dans le siège de pilotage. Ma conclusion était que non seulement j'étais entre les mains de maniaques de la vitesse mais qu'ils étaient cliniquement déments. Lorsqu'on voyage entre les étoiles, il y a une foule de choses à faire et, à ce que je comprenais, on laissait tout faire au robot. Du coup, je me retrouvai au bord de la dépression nerveuse, l'écume aux lèvres.

Mais, à présent, les moteurs Y avait-Y aura avaient été coupés et nous étions repassés en auxiliaires. Nous commencions à décélérer pour la dernière partie du voyage, la plus courte.

La comtesse surgit dans ma cabine en tenue spatiale ordinaire bleu poudre. Elle m'apportait un repas chaud.

A l'instant où elle s'apprêtait à repartir, je lui dis :

– Je deviens fou là-dedans.

Elle haussa les épaules.

– D'accord. Je vais laisser la porte ouverte.

Ce fut la seule marque de pitié à laquelle j'eus droit.

Heller, à présent qu'il n'y avait plus de raison de se montrer vigilant puisqu'il n'y avait plus aucun danger, s'était enfin installé dans le siège de pilotage.

La comtesse prit place dans le siège de pilotage interstellaire, désormais inutile, et demanda :

– A quelle distance sommes-nous encore?

Il ne lui répondit pas tout de suite et elle réitéra sa question.

– Oh, plus très loin. Quelques milliers de kilomètres, lui dit-il. Nous allons bientôt franchir le périmètre de défense de Voltar.

– Tu me parais très soucieux.

– Oui, je dois dire. Je songeais à notre sécurité. Dis-toi bien que tu es encore une non-personne. J'aimerais te mettre à l'abri quelque part avant d'aller faire mon rapport.

– Tu penses que c'est nécessaire?

– Je vais être franc avec toi. Toute cette mission a démarré de façon très singulière. Ils m'ont enfermé à Répulsos. Et, après l'attaque des pilotes-assassins de l'Appareil, j'ai commencé à soupçonner que quelque chose se tramait derrière toute cette histoire. Avec Bis, l'officier des Renseignements de la Flotte, nous avons décidé d'essayer de savoir quels étaient les buts de l'Appareil. Et j'ai découvert comme ça une base secrète dont seul l'Appareil avait connaissance, et encore, peut-être seulement certains de ses membres. Mais je n'ai pas tous les tenants et aboutissants. Il est possible que ça pète et je ne tiens pas à ce que tu te retrouves mêlée à ça, surtout avec ton statut. Après tout, j'ignore ce qui se passe en ce moment même sur Voltar.

– Est-ce que nous sommes à portée de réception du Circuit Vidéo? demanda Krak. Peut-être que si nous regardions les bulletins d'information, nous apprendrions quelque chose.

Heller brancha quelques écrans et, aussitôt, de la musique s'éleva.

J'étais plus attentif que jamais. Jusque-là, je n'avais jamais su que les services de renseignements de la Flotte avaient nourri des soupçons. Et j'avais le sentiment soudain que le nombre de mes ennemis venait d'être multiplié. Je me rappelais tout à coup l'affreuse menace que les officiers de la Flotte avaient proférée à mon encontre si quoi que ce soit arrivait à Jettero Heller. Ces imbéciles en avaient fait leur idole simplement parce qu'il avait été pilote de course, athlète et s'était porté volontaire pour plus de cinquante missions. C'était le héros de la Flotte.

Mais Lombar Hisst, lui, était le chef de l'Appareil. Il haïssait la Flotte et Heller en particulier. Il n'était pas du genre à se laisser arrêter par cette popularité imméritée et il en aurait rapidement fini avec Heller. Tout ce que j'avais à faire, c'était de lui livrer Heller.

Soudain, un annonceur m'arracha à mes réflexions.

« Nous avons maintenant le plaisir de vous présenter une sélection d'airs choisis de la dernière comédie musicale d'Hightee Heller, l'enfant chérie des chemins stellaires, l'adorable fiancée de milliards de fans ! »

Et le visage d'Hightee, la sœur de Jettero, considérée comme la plus belle femme des 110 planètes de la Confédération de Voltar, apparut sur l'écran.

Derrière elle, des chœurs et des danseurs.

Elle entonna « Brave Prince Caucalsia » et toute la troupe s'embarqua sur un ridicule vaisseau qui cingla vers le ciel.

Heller et Krak, ces deux idiots, applaudirent comme si elle pouvait les entendre.

– En tout cas, commenta Heller, il me reste une famille.

– Tu en auras une bien plus grande si nous remettons les choses en ordre, dit la comtesse.

– C'est bien pour ça qu'il faut être prudent pour ce retour. Je ne veux pas qu'il t'arrive quoi que ce soit. Tiens, voici les infos.

Quelques images de l'inauguration d'un parc sur quelque planète, on avait découvert de nouvelles variétés d'oiseaux sur Flisten... ce genre de choses.

Des tanks franchissaient un fleuve immense et le commentateur dit :

« Les forces rebelles de la planète Calabar, depuis une semaine, subissent la pression constante des nouvelles unités de l'Appareil récemment larguées sur le théâtre des combats. »

Gros plan sur le visage d'un officier à l'expression tendue.

« Le commandant en chef du corps d'armée, Zog, a été

démis de son poste pour son incapacité à s'opposer aux rebelles. " Les partisans du prince Mortiiy, leader de la rébellion, a déclaré Zog, tirent avantage de leurs positions au nombre indéterminé, disséminées dans les hautes montagnes de Calabar. Ces pics hauts de plus de 10 000 mètres sont criblés de grottes. J'ai constamment soutenu que des assauts de front nous coûtaient beaucoup trop. Je présente donc ma démission au lord de la Division Militaire. "

» Un porte-parole du lord de l'Armée a déclaré aujourd'hui même que Zog serait très certainement traduit devant la cour martiale, enchaîna le commentateur. Le Grand Conseil déplore le fait que cette rébellion entre dans sa cinquième année et c'est ce qui a motivé sa décision de retirer l'Armée de Calabar pour la remplacer par les forces de la Division Extérieure de l'Appareil. »

Lord Endow apparut sur l'écran, bavotant et bredouillant, le nez collé à un feuillet :

« Il est... euh... il est grand temps de mettre un... de mettre un terme à ce... euh... ce ralliement... inad... inadmissible... de toute... de toute une population planétaire à... au... à la cause de... euh... du prince Mortiiy. Je suis fier... non, heureux... non... Soulagé? C'est quoi ce mot, ici? »

Un officier de l'Appareil le remplaça sans prévenir.

« Lord Endow souhaite exprimer son désir d'écraser le soutien populaire au prince Mortiiy sous le feu et les éclairs afin de mettre au plus vite un terme au soulèvement. »

– Eh bien, fit Heller. Ils retirent donc l'Armée, et la Flotte n'intervient pas. Les « ivrognes » de l'Appareil vont se livrer au pillage systématique. Calabar est une jolie planète, tu sais. Il y a des paysages absolument fantastiques. J'y suis allé durant ma période de cadet et on n'arrivait pas à mesurer la dimension et la beauté des choses.

– Y compris les femmes? glissa la comtesse.

Ça le fit rire.

– En tout cas, je n'en ai pas vu une seule qui te valait, chérie.

Il ne rirait pas d'aussi bon cœur, songeai-je en secret, s'il savait que son ami de l'état-major royal, le capitaine Tars Roke, a été démis de ses fonctions d'astrographe et muté sur Calabar.

Mais le flot de mes pensées s'accélérait car il semblait que l'Appareil jouait un très grand rôle dans les opérations de Calabar. A l'origine, il avait été créé pour les questions extérieures à la Confédération. Apparemment, son rôle intérieur était plus influent que jamais. Pour cela, il avait fallu un surcroît de matériel et d'hommes, car l'Appareil n'avait jamais été très important. Le diriger devait être désormais une lourde tâche.

Quelques autres nouvelles défilèrent, puis l'annonceur intervint :

« On craignait beaucoup pour la santé de Sa Majesté Cling le Hautain – longue vie à Sa Majesté et aux Dominions de Voltar – et c'est avec soulagement que l'on a pu entendre une déclaration optimiste de Lombar Hisst, porte-parole royal, selon laquelle il suffira d'une période de repos à Sa Majesté pour qu'elle survive encore plusieurs années. »

– Eh là ! s'exclama Heller. Qu'est-ce que ça veut dire ! Lombar Hisst *porte-parole royal ?*

– C'est tout à fait impossible ! fit la comtesse. Hisst n'est qu'un vulgaire rat d'égout ! Et il n'est même pas noble ! C'est une violation du protocole de la cour ! Je le sais ! J'ai eu tout le temps de lire les textes de lois. C'est obligatoirement un lord de l'Empire qui doit remplir cette fonction !

– Oui, il se passe quelque chose de vraiment pas clair, fit Heller.

J'écumais de rage. Mon sort dépendait du fait qu'il se retrouve au plus vite dans une base de l'Appareil. Je maudis ces commentateurs de la Vidéo Interplanétaire qui avaient réussi à éveiller leurs soupçons ! J'étais le seul à savoir que Lombar Hisst régnait désormais en maître ! Il ne fallait pas qu'ils sachent !

– Chérie, décida Heller, tu ferais peut-être aussi bien d'avoir un petit entretien avec le prisonnier au cas où il pourrait nous éclairer là-dessus.

Je frémis. C'était comme s'il venait de lire dans mon esprit ! Krak se leva aussitôt, ouvrit un carton et, sans même s'excuser, me planta un hypnocasque sur le crâne !

Elle l'alluma et me demanda sans perdre une seconde :

– Est-ce que Lombar Hisst a fomenté un coup ?

– Oh, non, fis-je d'une voix habilement assourdie. Lombar ne fait que couvrir Lord Endow.

Elle réfléchit brièvement.

– Quand vous avez saboté notre mission, agissiez-vous sur les ordres de Lombar Hisst ?

– Non. C'est bien ce qui me fait peur. Toutes les charges vont peser sur moi car j'ai agi de mon propre chef. J'étais jaloux d'Heller.

– Et vous n'avez pas connaissance de changements intervenus au sein du gouvernement ?

– Non. Tout est normal. Les derniers communiqués ne révélaient rien d'inhabituel.

Elle me dit alors de rester immobile, de ne rien entendre ni voir et elle regagna le poste de pilotage, à quatre mètres de là.

– Chéri, fit-elle, il dit qu'il ne se passe rien d'anormal. Je pense que nous pouvons nous poser en toute sécurité. Et filer tout droit jusqu'à Répulsos.

– *Répulsos?* s'écria Heller, estomaqué. Mais pourquoi?

– Chéri, j'ai laissé des papiers là-bas. Des papiers qui sont essentiels pour notre avenir.

– Ma très chère dame, Répulsos, c'est l'antre favori de Lombar Hisst. Depuis des mois, tu ne cesses de faire des allusions à ces fameux documents. Je crois que le moment est venu de tout me dire.

– Eh bien, je pense que je peux le faire sans risque à présent. La mission est terminée.

Et elle se mit en devoir de lui parler des fausses proclamations royales que j'avais fait établir. Il n'en restait plus qu'une à signer mais, quand ce serait fait, Krak retrouverait son identité, son titre et ses biens. Quant à la deuxième, il fallait qu'elle soit avalisée au terme de la mission, en cas de réussite, ce qui permettrait à Heller d'accéder à un poste de responsabilité royal, loin des opérations-suicides des ingénieurs de combat.

Heller était stupéfait.

– Tu as bien vu ces documents?

– Oui, ils sont authentiques. Il ne faut pas oublier que les autres considèrent que tu as de la valeur! Il nous suffit maintenant de les présenter à Sa Majesté pour qu'elle les contresigne!

– Et où sont-elles, ces proclamations?

– Je les ai cachées à Répulsos, lui dit la comtesse.

– Bon, regardons les choses en face, fit Heller. Tu es une non-personne. Tu n'as aucun droit civique. Si jamais on remet la main sur toi sans que tu aies ces fameux documents, on te jettera encore une fois en prison. C'est un risque trop grave. J'ai trop souffert quand j'ai cru t'avoir perdue et je ne veux même pas en discuter. Nous en reparlerons quand tu auras deux cents ans, les cheveux blancs, et que tu auras perdu tes dents. Je serai d'ailleurs mort depuis des décennies et tu pourras raconter ce qu'il te plaira. Mais pas jusque-là. Terminé. Pas question de nous approcher de Répulsos! PAS QUESTION, J'AI DIT!

– Oh, Jettero!

– Non, et n'insiste pas! Je ne veux pas te perdre encore une fois!

– Jettero, tu m'as toujours dit que la vie était faite de risques et de dangers reliés les uns aux autres par les cheveux!

– Je ne crois pas avoir jamais dit ça!

– En tout cas, vu ta façon de vivre, tu l'auras sûrement pensé à un moment ou à un autre. On ne peut quand même pas abandonner cette chance d'avoir une vie meilleure. Et puis, nous pourrons nous marier. Non, tu ne peux pas refuser ça, Jettero. Ne bouge pas.

Elle revint jusqu'à moi et prit le micro du casque.

– Est-ce qu'il existe d'autres copies des procurations royales? me demanda-t-elle.

J'avais retenu mon souffle. Et ce fut comme si un flash traversait mon esprit. Tout à coup, j'eus la certitude d'être au seuil de la réussite absolue. Tout le plan se dessina au centre de mon cerveau, d'un coup, comme ça! Non seulement j'allais leur échapper mais je les capturerais à mon tour!

Je luttai pour ne pas laisser percer dans ma voix l'intense soulagement que j'éprouvais. Je mentis en marmonnant :

– Oui. Des duplicatas parfaits de ces documents sont cachés sous le plancher de mon bureau de la Section 451.

Lorsqu'elle m'ôta le casque, j'eus grand-peine à ne pas afficher un sourire béat.

Heller et Krak, d'un seul et même élan, s'étaient jetés entre mes mains!

5

Je m'étais attendu à ce qu'Heller me demande mon identoplaque pour franchir le périmètre de défense mais il se contenta de donner le numéro d'un patrouilleur.

Je me posai la question : où est-ce qu'il nous conduisait?

Au sol, il semblait que c'était la fin de l'après-midi. Mais nous étions encore trop haut pour que les détails soient visibles.

Et Heller se comporta encore une fois comme un dingue. Il répondit à un appel d'identification en disant :

– Ici le *En avant toutes!* Demande autorisation de me poser.

Le *En avant toutes!*? Mais c'était une pièce de musée vieille de 125 000 ans! Le dernier des grands vaisseaux de combat intergalactiques!

Et nous sommes descendus vers le sol de Voltar dans le plus pur style Heller : comme une pierre.

La poupe en bas, la proue vers le ciel. Du coup, bien sûr, j'ai basculé et je suis resté dans cette position un moment, la tête en bas. Puis, lentement, le gyroscope de ma couchette a réagi et je me suis retrouvé en position normale. Devant moi, il y avait un hublot.

NOUS ÉTIONS LITTÉRALEMENT CERNÉS PAR LES MARINES DE LA FLOTTE!

Ils braquaient leurs armes sur nous. Je vis même un char.

Heller ouvrit le sas.

Une voix retentit aussitôt. Je la reconnus : c'était celle du commandant Crup.

– Identifiez-vous immédiatement!

Nous étions dans la Réserve d'Alerte de la Flotte.

Heller hurla depuis l'entrée du sas, à vingt mètres du sol :

– J'étais sûr que tu viendrais!

Il éclata de rire.

– Par toutes les comètes! lança Crup. Mais c'est Jettero Heller! Jet, mon vieux, tu sais que tu nous as fichu une sacrée pétoche! C'est seulement dans les deux dernières secondes qu'on a reconnu le *Remorqueur 1*. On aurait pu te descendre!

– Je ne tenais pas à ce qu'on apprenne mon arrivée sur les circuits de communication. Et j'avais besoin des marines. J'ai avec moi un prisonnier que je ramène pour être jugé. Il faut qu'on le conduise à la Prison Royale.

– C'est qui?

– Tu te souviens de ce Soltan Gris?

– Ah, un des « ivrognes »? On peut dire qu'il était temps de le mettre sous les verrous, celui-là. Et avec le *Remorqueur 1*, ça s'est passé comment? Il a été affecté à l'Appareil, maintenant, non?

– J'ai pris l'initiative de lui redonner son statut indépendant. J'en ai vraiment plein le dos des « ivrognes » de l'Appareil!

– Ça, tu n'es pas le seul! dit le commandant. Allez, fais descendre l'échelle.

– D'accord. Dis-moi : si le vieux Atty est dans le coin, j'aimerais bien le voir.

Oh, tout cela ne présageait rien de bon pour moi! Ces marines de la Flotte n'avaient pas l'air aimable et je me demandai avec angoisse ce qui allait suivre.

On descendit l'échelle et Heller, comme d'habitude, se laissa glisser jusqu'en bas. Lui et le commandant Crup échangèrent bientôt de grandes claques amicales. Quant aux marines, ils restaient en position, les yeux fixés sur le vaisseau, guettant (je le savais) la moindre occasion de faire un carton sur un « ivrogne ». Je transpirais de frousse.

Le vieux Atty, qui avait été le chef d'atelier d'Heller pour ses compétitions sportives et qui était désormais devenu gardien, surgit dans un tri-roues. Il secoua plusieurs fois le bras d'Heller en essuyant des larmes d'émotion.

Très touchant! J'étais en plein dans une réunion de retrouvailles de la Flotte! J'avais oublié tous les amis qu'Heller pouvait avoir! Il allait peut-être bien me faire conduire jusque dans son appartement princier du Club des Officiers Royaux et me livrer à ses jeunes copains pour qu'ils se fassent la main sur moi!

Tout le monde s'était agglutiné autour de lui. Et puis, tout soudain, Crup partit en courant, en même temps qu'un sergent des marines. Atty les imita. Ils étaient tous si fébriles que je m'inquiétai un peu plus : qu'est-ce qu'Heller préparait donc?

Il me vint à l'idée que personne, sur Voltar, n'était au courant de mon retour. Et je priai pour que mon plan se réalise. Tout dépendait d'Heller : il fallait absolument que je le livre à Lombar. Mais, pour l'heure, il était au milieu des gens de la Flotte, autant d'ennemis mortels de l'Appareil.

Le sergent revint et tendit un sac à Heller qui le prit et escalada l'échelle pour venir le donner à la comtesse.

Le vieux Atty, lui, était de retour avec des barres de carburant et un plein d'eau et d'air.

Un airbus civil franchit la clôture. Le commandant Crup en descendit et échangea quelques phrases avec Heller.

Tout à coup, j'entendis des pas. Je crus voir un marine, là, à quelque distance, et une vague de terreur glacée me submergea. Ils étaient venus pour m'abattre! Je sentis vaguement qu'on libérait les sangles de ma couchette gyroscopique. Je levai les yeux.

ET JE VIS, LÀ, À QUELQUES CENTIMÈTRES DE MON VISAGE, LA COMTESSE KRAK, HABILLÉE EN MARINE DE LA FLOTTE!

Le casque de combat lui cachait les cheveux. Sa tunique à col droit, de couleur fauve, était plus sombre encore que le hâle de son visage. Elle s'était maquillée et pouvait passer pour un soldat spatial très jeune et plutôt trop mignon.

C'est donc ainsi qu'il comptait la cacher aux regards. Je réussis à surmonter la terreur que j'éprouvais à la voir si près de moi et digérai cette information.

SOIXANTE-SIXIÈME PARTIE

1

– Bon, maintenant, me dit la comtesse Krak, plus de coups fourrés. À quelle heure ferme votre bureau?

Une vague d'espoir monta en moi. Mais je la cachai soigneusement.

– À 6 heures.

– Dans la soirée, donc, fit-elle. Et il n'y aura plus personne à cette heure-là?

– Personne. Ils seront tous rentrés chez eux.

– Alors, écoutez-moi bien. Nous allons vous poser là-bas pour ramener les duplicatas des proclamations royales. Au moindre faux pas, on vous casse les pattes. C'est compris?

Je me contentai d'acquiescer, soucieux de ne pas montrer mon excitation. Car nous nous engagions très exactement dans le sens de mon plan.

Elle serrait une dague électrique de marine. Elle me lança mes dossiers à la tête. C'était tout à fait ce que j'avais souhaité.

– Lorsque ces proclamations seront entre nos mains, reprit-elle, nous vous livrerons à la Prison Royale. Souvenez-vous bien que je ne vous ai nullement juré que vous y arriveriez vivant. Le prix, c'est votre coopération pour ces documents.

– Parce que vous me tueriez? demandai-je.

– Après que vous avez tenté d'assassiner Jettero, certainement! Rappelez-vous : je vous ai vu. Vous ne méritez même pas un jugement. Alors, vous allez faire bien gentiment ce qu'on vous demande, n'est-ce pas? Ou bien dois-je essayer cette dague électrique?

Elle n'hésiterait sûrement pas. Je percevais le bourdonnement de la lame. Mais je luttai pour dissimuler le sourire qui menaçait de fleurir sur mes lèvres. Elle jouait très précisément mon jeu. Comme je l'avais souhaité.

Elle me poussa jusqu'à l'échelle de coupée. Je descendis les vingt mètres qui nous séparaient du terrain. Deux marines se saisirent de moi et me conduisirent sans ménagement jusqu'à l'airbus civil.

Le pilote était également un marine, escorté d'un autre marine qui s'installa à côté de lui, un pistolet à aiguille pointé sur moi.

Moi, j'étais coincé entre la comtesse et Heller, sur la banquette arrière.

Heller fit un signe à Crup et nous jaillîmes vers le ciel.

Voltar se déployait sous le soleil déclinant. Nous avons contourné la base principale de la Flotte pour nous retrouver dans le flot de la circulation aérienne. Le pilote nous identifiait avec son identoplaque personnelle. Nous n'étions qu'une joyeuse bande de marines en goguette.

En approchant de la Cité du Gouvernement, nous avons rencontré des essaims de véhicules qui arrivaient dans l'autre sens. La Wiel sinuait comme un long ruban doré au pied des collines où étaient perchés les bâtiments délabrés de la Section 451.

C'est alors que j'eus des angoisses.

J'étais tendu comme un ressort prêt à casser. Est-ce que je pouvais vraiment réussir mon coup? Ma vie en dépendait. Ainsi que la mort d'Heller.

Si j'échouais, ils me feraient enfermer à la Prison Royale. C'était le domaine exclusif de la Cour Suprême de Voltar et Lombar lui-même ne pourrait intervenir dans les décisions de ses juges sinistres. L'Appareil pouvait aisément escamoter les criminels incarcérés dans les prisons de la Police Domestique, mais pas ceux qui étaient enfermés dans la Prison Royale. Il y régnait une sévérité de fer car c'était là que se trouvaient ceux qui s'étaient rendus coupables de crimes contre l'État. Si je me retrouvais là-dedans, Lombar ne pourrait jamais m'en sortir.

Je courais un terrible danger.

Lombar pourrait se montrer reconnaissant pour tout ce que j'endurais à son service.

Nous nous sommes approchés très lentement après qu'Heller se fut assuré que les bureaux étaient fermés.

Le vieux Bawtch, le chef, était mort. Je l'avais fait exécuter en même temps que les auteurs des deux fausses proclamations afin qu'il ne subsiste aucune preuve que les documents que nous venions récupérer étaient des faux.

C'était le crépuscule.

– On dirait qu'ils sont tous rentrés chez eux, dit le pilote.

– Allez, posez-vous, ordonna Heller.

Le pilote nous a posés sans secousse entre deux airbus et a aussitôt coupé le moteur.

Heller est descendu le premier et a inspecté les environs. Personne en vue. Le bâtiment était fermé. Il a sorti un instrument du sac qu'il portait à l'épaule et l'a promené sur la paroi, de bas en haut. Et il n'a pas tardé à repérer le câble du central de communications.

A l'aide de deux ventouses, il a fixé une bobine génératrice à cet endroit. Ainsi, les circuits sembleraient encore activés et l'alarme ne se déclencherait pas.

Avec des pinces, il coupa le câble. L'alarme ne retentit effectivement pas et, dès cet instant, personne ne pouvait plus appeler à partir des bureaux.

Tout ce temps, je priai tous les Dieux que je connaissais pour que mon stratagème fonctionne.

Heller adressa un signe aux deux marines. Ils braquaient déjà leurs armes sur moi.

– Ceci est le bureau du prisonnier. Nous devons y pénétrer pour récupérer certains papiers. Mais il pourrait bien trouver le moyen de mettre la main sur une arme, quelle qu'elle soit. Et n'oublions pas que nous sommes sur le territoire de l'Appareil et qu'il pourrait espérer que ses copains vont venir à son secours avant qu'on le confie à la Prison Royale. Donc, au premier geste suspect, vous l'endormez.

Puis il se tourna vers moi. Je compris et appuyai mon identoplaque sur la serrure.

À l'intérieur, tout était sombre, ancien, négligé, encombré, baignant dans ce que les gens qui ne nous aiment pas appellent « le relent des ivrognes ». Mais je n'eus guère le temps d'examiner les lieux : sous la menace des armes, je me dirigeai vers mon bureau, tout au fond.

Ce cher bon vieux bureau! Plein de souvenir de peur et de cauchemars, de travail harassant... Non, je ne l'avais jamais regretté une seconde!

La porte de mes toilettes privées était fermée.

– Alors, où sont-ils? m'apostropha la comtesse.

Bien sûr, elle ignorait qu'il n'existait pas de duplicatas de ces fameux faux royaux.

– N'allez surtout pas penser que je ne veux pas coopérer, dis-je. J'essaie seulement de me rappeler sous quelle lame je les ai dissimulés.

En fait, peu importait l'ordre dans lequel je soulèverais les lames : il y avait des papiers et des documents compromettants partout. Durant toutes ces années de service dans l'Appareil, j'avais rassemblé tous les éléments de chantage possibles : c'est la seule façon de se faire une carrière et de s'y cramponner.

Je fis semblant d'être quelque peu perdu. Je portai la main à mon ventre avec une grimace. Je commençai à soulever une lame du parquet et entrevis, évidemment, des liasses, des papiers. Je la laissai retomber.

– Non, fis-je, ça n'est pas celle-ci. Je ne peux quand même pas tout casser... (J'accentuai ma grimace.) Si seulement je n'avais pas autant envie d'aller aux toilettes...

– Quoi? s'écria Heller.

– C'est la diarrhée. A cause de l'augmentation de la gravité. Bien sûr, les spatiaux comme vous ne s'en aperçoivent pas, mais il suffit que je pèse un cinquième de plus pour que tout mon organisme soit dérangé. Si vous me laissiez aller aux toilettes, je pourrais peut-être me concentrer et me souvenir.

Une main crispée sur mon ventre, je désignai de l'autre la porte des toilettes.

Heller se tourna vers un marine.

– Inspectez l'endroit.

Le marine ouvrit la porte, balaya l'intérieur avec le faisceau de sa lampe tout en grimaçant à cause de l'odeur. Puis il s'intéressa à la fenêtre et regarda à l'extérieur. Les flots sombres de la rivière Wiel coulaient 150 mètres plus bas. Quant à la fenêtre, elle était scellée. Il ressortit et je me précipitai à l'intérieur.

Je me retournai pour jeter un bref regard à la comtesse avant de refermer.

Silencieusement, je fis jouer le verrou.

Et je trouvai rapidement l'autre verrou, secret celui-là, qui permettait d'ouvrir la paroi dérobée. Elle glissa en silence, révélant l'échelle qui permettait d'accéder à la lucarne supérieure.

J'adressai des remerciements fervents à Bugs Bunny pour tous les moments d'inspiration qu'il m'avait apportés dans ma vie.

Le verre de la fenêtre carrée était anti-fracas. Je levai ma liasse de dossiers et cognai avec violence.

Il n'y eut même pas un tintement.

Les éclats qui demeuraient étaient assez convaincants.

Je me retirai ensuite derrière la paroi dérobée et la refermai en silence sur moi.

Et c'est toujours en silence que j'escaladai l'échelle.

J'ouvris la lucarne.

Et je me retrouvai sous la clarté des étoiles.

Je refermai.

Sans un bruit, je rampai jusqu'à un angle du toit et me faufilai sous la gouttière afin d'échapper à toute observation aérienne.

Tout près de moi, il y avait un conduit d'aération qui débouchait dans le bureau du bas et je m'en écartai.

ET JE POUSSAI UN HURLEMENT QUI ALLAIT DECRESCENDO!

Une seconde de silence suivit.

ET CE FUT LE PANDEMONIUM!

Ils essayaient d'enfoncer la porte des toilettes!

Un coup de crosse dans la poignée!

– IL N'EST PLUS LA!

Une chaise qui tombait. Des bruits de pas.

Puis une voix, sans doute quelqu'un qui se penchait par la lucarne brisée :

– Ça fait une chute de plus de 200 mètres!

– Vous voyez quelque chose? Un corps?

– J'appelle la patrouille fluviale?

– Mais non : impossible de s'en tirer dans tous ces tourbillons!

– Pas trace de corde ni de crampons? lança Heller.

– Non, rien, chef. C'est à pic. Tenez, prenez ma lampe.

La voix de la comtesse s'éleva du conduit de ventilation :

– Le pauvre crétin. Il a préféré se suicider plutôt que de passer en jugement.

– Ça, je ne peux pas le lui reprocher, dit Heller. Il aurait été exécuté, inévitablement.

La comtesse :

– Bon, essayons de retrouver ces duplicatas. Après tout, nous sommes venus pour ça.

Bruits de lames arrachées. Bruissements de paperasse.

Voix d'un marine :

– Je ne vois toujours rien à la surface, chef.

Heller :

– Venez plutôt nous donner un coup de main.

Krak :

– Ils sont peut-être dissimulés derrière une paroi.

D'autres craquements de bois. Des claquements de tiroirs.

Un marine :

– (Bips) de (bipards)! Jetez un coup d'œil là-dessus, chef. On dirait bien qu'il faisait chanter la moitié des gens de l'Appareil.

Autre marine :
– Les « ivrognes » font toujours ça.
Premier marine :
– Et qu'est-ce qu'on en fait, chef? Le désintégrateur est enrayé.
Heller :
– Apparemment, il s'agit des archives personnelles du prisonnier. Il est probablement mort, mais l'enquête n'est pas interrompue pour autant. Ramassez tout ça, qu'on le remette à Bis : les Renseignements de la Flotte s'en occuperont. Il n'y a pas de raison qu'on laisse ça ici pour que la carrière de tas de gens soit brisée, même s'il s'agit d'« ivrognes » de l'Appareil.
Krak :
– Je vais aller voir dans les archives des autres bureaux.
Nouveaux froissements de paperasse. Suivis de coups de talon : on remettait les lames en place.
Krak :
– Pas trace des proclamations dans les autres dossiers. Rien d'important. Bon sang, mais où est-ce qu'il a pu les mettre?
Heller :
– Il nous a peut-être menti.
Krak :
– Mais non. Pas si l'on tient compte de la façon dont je lui ai soutiré cette information. Est-ce qu'on a bien regardé partout? Sous chaque lame?
Heller :
– Nous n'en avons laissé aucune de côté.
Krak :
– Oh, mince alors!
Heller :
– Et que comptes-tu faire de toutes ces confessions et attestations sur l'honneur?
Krak :
– Tout est dans ma mallette, dans l'airbus. Mais quel rapport?
Heller :
– Nous pourrions y trouver un indice.
Krak :
– Non. A aucun moment il n'est question des proclamations royales. Elles nous sont inutiles, désormais. Le prisonnier est mort. Oh, et puis tant pis! La seule chose qu'il nous reste à faire, c'est de récupérer les originaux à Répulsos!
Heller :
– Ah, non!

Krak :
– Mais si ! Je sais où elles se trouvent ! On peut aller là-bas avec le remorqueur et je les retrouverai en deux minutes !
Heller :
– Chérie...
Krak :
– Non, Jettero. L'enjeu est trop important. Il faut que nous repartions pour reprendre le remorqueur et...
Heller :
– Chérie ! Ça signifie que tu vas te jeter entre les griffes de Lombar Hisst !
Krak :
– Absurde. Il suffira de lancer une échelle. Je descendrai, je récupérerai les proclamations le temps de dire ouf ! et on repartira. Je sais que tu peux mener ça à bien. Nos deux vies en dépendent ! A présent, il est inutile que nous passions par la Prison Royale. Filons tout droit jusqu'au terrain. Tu as fait des choses bien plus dangereuses pour des raisons moins graves. Allons-y !
Heller émit un vague grognement avant d'acquiescer.
– Bon.
Je les entendis remettre un peu d'ordre dans le bureau, puis entasser les papiers dans des cartons.
La porte claqua.
L'airbus décolla.
J'étais toujours blotti sous la gouttière.
Une sorte d'extase montait en moi. Je m'étais montré meilleur encore que je l'avais espéré !
Krak et Heller étaient en route pour se jeter dans la gueule de la mort !

2

Quand je fus certain d'être absolument hors de danger, je levai la trappe, descendis l'escalier et, par la porte secrète, regagnai mon bureau.
J'appuyai sur un interrupteur mais ils avaient coupé le câble. Je trouvai une lampe dans un tiroir et promenai le faisceau autour de moi. Je dois dire qu'ils s'étaient bien débrouillés pour remettre tout en place.
Je jubilais. J'avais enfin filé d'entre leurs mains redoutables.

Maintenant, il me suffisait d'appeler.
Quelques mots avec Lombar Hisst et toute la situation basculerait!
Quand le remorqueur se pointerait, toutes les batteries seraient pointées sur lui. Une rafale et ils s'écraseraient depuis 2 000 mètres dans la crevasse de la forteresse.
Le remorqueur était sans défense : sans armes ni blindage!
J'empoignai une unité de communication.
Rien.
Je me ruai dans le bureau extérieur et pressai mon identoplaque sur la console d'ordinateur.
À partir de là, je pouvais entrer en liaison avec n'importe qui!
Rien!
Heller avait sectionné tous les câblages!
Bon, d'accord. J'allais courir jusqu'à un centre de messagerie et passer mon appel par les circuits civils.
Je m'élançai dans la nuit.
Devant moi, la clarté terne d'un centre de messagerie.
Je m'y engouffrai.
Je fouillai mes poches et n'y trouvai qu'une pièce de 5 kurus. Une pièce turque.
Pas question d'appeler avec ça.
Je pêchai une pièce de 25 cents US.
Elle refusa d'entrer.
Je récupérai un cent à l'effigie de Lincoln et tentai de le glisser de force dans la fente.
Je cognai du poing et la pièce resta bloquée.
Je fouillai fébrilement dans mon portefeuille et toutes mes poches.
JE N'AVAIS PAS UNE SEULE PIÈCE VOLTARIENNE!
Je regardai autour de moi, dans le vague espoir que quelqu'un ait perdu une petite pièce. Nu. Le sol était désespérément nu.
Voyons, voyons. Ske. Oui, Ske, mon vieux chauffeur, habitait non loin de là...
Mais non. Je lui avais donné de faux billets et, depuis, on avait dû l'exécuter.
Meeley! Ma vieille propriétaire. Elle habitait à quelques blocs de distance!
Mais elle aussi devait être morte. Je l'avais payée comme Ske.
Tout était noir. Et désert. De toute façon, je n'avais plus d'amis.

Que faire? Que faire? Il fallait absolument que j'entre en contact avec Lombar, et sans perdre une minute!

Un poste de police!

Mais non : Heller avait dû prévenir les « bouteilles bleues » et ils m'agraferaient dans la seconde.

Mon airbus!

Mais j'ignorais où il pouvait être garé et si même j'en avais encore l'usage.

Je regardai de tous côtés. Et c'est alors que je vis un airbus, là, tout près. J'allais le voler!

Je me glissai jusqu'à lui. Personne alentour.

QUELLE CHANCE!

La porte n'était pas verrouillée!

Je rampai à l'intérieur.

LA CHANCE ÉTAIT TOUJOURS AVEC MOI!

Pas de blocage de sécurité des commandes.

LA CHANCE, TOUJOURS LA CHANCE!

Il démarra au premier coup de pouce. Je décollai dans un grondement et m'enfonçai dans le ciel de nuit. Je jetai un bref regard en bas : pas une seule tête ne s'était pointée au-dehors.

Bon : où étais-je?

Là-bas, sur la droite, devait se trouver le bureau central de Lombar. Je braquai dans cette direction.

Les lieux étaient obscurs.

Je virai sur la gauche. Je connaissais un endroit où Lombar descendait souvent lorsqu'il venait en ville, une sorte de palais plus ou moins délabré.

Les ténèbres y régnaient.

Pas le moindre garde.

Ma foi, ça ne pouvait signifier qu'une chose : LOMBAR ÉTAIT À RÉPULSOS!

Toujours la chance!

Oui, c'était ma nuit!

Je m'élançai dans les couloirs de circulation. La Cité du Gouvernement s'étendait sous moi. Je pris de l'altitude. J'avais le choix entre la Cité des Bas-Fonds et les collines de Pausch. Mon regard se posa sur l'amas noir des montagnes. Au-delà, c'était le Grand Désert. Et plus loin encore, Camp Endurance et Répulsos!

Je fis un rapide calcul. Heller était moins éloigné de la Réserve d'Alerte de la Flotte que de Répulsos. Mais, avec le remorqueur, il pouvait aller très vite.

La partie allait être serrée.

Mais, au moins, j'étais libre et j'allais droit sur mon objectif!

3

Quelques feux brillaient faiblement autour du camp. Et, plus loin, Répulsos, la forteresse noire, apparaissait comme un cloaque sur le désert. La crevasse se dessinait sur le fond blanchâtre du désert, pareille à une cicatrice laissée par un couteau à la surface de la planète.

Mais dans le lointain, je ne distinguais aucun signe de fusillade. Je doutais pourtant qu'Heller puisse s'infiltrer dans la place sans être repéré, Absorbo ou pas. Seuls quelques membres de l'Appareil étaient au courant de l'existence de Répulsos. La forteresse était constamment gardée et il était tout à fait impensable et impossible qu'on puisse s'y poser. En fait, les vaisseaux ne s'en approchaient jamais. Et si jamais cela advenait, c'était le tir de barrage instantané.

Je sentais que j'allais arriver à temps.

Je prenais un risque certain. L'arrivée d'un airbus en pleine nuit, c'était très suspect. Il y avait quinze mille hommes de l'Appareil dans le camp qui se trouvait au-dessous de Répulsos. Ce qui signifiait de multiples sentinelles qui avaient tout leur temps puisqu'il n'y avait aucun trafic à contrôler.

J'apposai mon identoplaque sur l'écran.

Restez où vous êtes!

Telle fut la réponse. Rien d'inattendu. Tant bien que mal, je stoppai l'airbus en pleine course et plafonnai en point fixe.

L'écran m'annonça :

Vous n'apparaissez pas sur la liste du trafic.

Je saisis le micro.

– J'étais en voyage. Il est absolument urgent que je voie Lombar Hisst sans perdre une seconde! Je répète : il s'agit d'une urgence absolue!

Ne bougez pas!

Répulsos était tapie là-bas, noire sous la clarté des étoiles et de la lune qui se levait à peine. Quel abominable endroit. Je parvenais presque à percevoir les plaintes des milliers de prisonniers politiques qui agonisaient dans ses entrailles, à plus de 2 000 mètres sous terre.

Je devenais nerveux. Mon regard se porta vers l'horizon, en direction de la Cité du Palais qui, bien sûr, était invisible puisqu'elle se trouvait enfermée dans un trou noir situé dans la montagne immédiatement derrière et en permanence à treize minutes dans l'avenir. J'espérais que Lombar Hisst ne s'y trouvait pas. Si le Temps défendait Répulsos, il l'isolait hélas des communications directes.

Est-ce que vous repérez la balise orange?

Je regardai en bas. À l'autre bout du camp, tout près de Répulsos, je vis effectivement un pinceau orange qui éclairait les ténèbres.

– Oui, dis-je.

Posez-vous là et nulle part ailleurs
sinon nous ouvrons le feu.

Je descendis à la verticale.

La balise dessinait un cercle éblouissant et presque douloureux à mes yeux.

Je posai l'airbus en catastrophe.

J'ouvris, je sortis. Et m'arrêtai face aux soldats de l'Appareil.

Ils étaient en cercle autour de moi.

Un officier s'approcha et braqua un éclateur sur moi.

– Sortez! me dit-il.

– Écoutez, j'ai vraiment peu de temps!

– Simple précaution. La vie de notre chef a été plusieurs fois menacée.

– Conduisez-moi immédiatement à lui!

– Mais c'est justement ce qu'on va faire! me brailla l'officier. Allez, en avant!

– Écoutez! D'un instant à l'autre, un remorqueur va se poser sur le toit de Répulsos. Prévenez les gens des batteries!

– Un remorqueur?

– Oui, un *remorqueur*!

– Allez, en avant!

– Mais il faut les prévenir!

– En avant!

Ils me conduisirent jusqu'à l'entrée du tunnel et je fus poussé dans un des véhicules de garde. Au premier contrôle, les sentinelles me fouillèrent à fond et examinèrent le contenu de mon sac avant de me laisser remonter.

Nous avons traversé le tunnel et on m'a escorté jusqu'à un ascenseur.

En une seconde, nous étions dans le bureau d'attente de Lombar Hisst. Autour de moi, je ne vis pas le moindre employé.

L'officier frappa à la porte de Lombar selon un signal convenu et elle s'ouvrit.

Lombar Hisst était là, devant moi!

Il était aussi grand, aussi costaud et il avait l'air aussi mauvais que je me le rappelais, mais le pli de son front était encore plus sévère. Je me sentis très inquiet.

– Qu'est-ce que vous foutez là? éructa-t-il. Quand on m'a dit que vous vouliez vous poser, je ne l'ai pas cru. Vous êtes censé être sur Blito-P3!

– Chef, nous n'avons plus guère de temps devant nous! Dans quelques minutes Jettero Heller sera ici!

– QUOI?

– Jettero Heller, chef – l'homme que vous avez désigné pour la Mission Terre.

– Vous ne l'avez pas tué? explosa-t-il, incrédule.

– Eh bien, non, chef. Il m'a échappé.

– Et POUR QUELLE RAISON vient-il ici?

Le ton de sa voix m'avait toujours terrorisé. J'ouvris la bouche pour lui dire qu'Heller comptait récupérer de faux documents. Mais je me maîtrisai à la dernière fraction de seconde : si j'admettais l'existence de ces documents, je serais forcément impliqué et accusé de complicité de faux. Alors je me contentai d'ouvrir et de refermer plusieurs fois la bouche sans rien dire.

Les yeux de Lombar Hisst n'étaient plus que deux fentes cruelles.

– Inutile de me le dire. Je sais pourquoi. Ils sont tous après moi!

Je tentai d'émettre un son mais il me fit taire. Lombar n'attend jamais de réponse des autres.

– Ce parvenu d'aristo! Quelle insolence! Venir ici pour me tuer! C'est un affront!

Je n'avais pas le moindre espoir de trouver quoi que ce soit à dire pour réfréner sa paranoïa.

– Est-ce qu'il est venu avec un tank? continua-t-il. Non, il ne pourrait jamais approcher. Alors il arrive avec un vaisseau de combat!

Était-ce l'ombre de la peur que je surprenais sur son visage?

– Non, chef. Je vous en prie, écoutez-moi. Il vient avec un remorqueur.

– Un quoi?

– Un remorqueur spatial.

– Un remorqueur! Sans armes! Sans blindage!

À cet instant précis, l'alerte se déclencha!

Le ululement me vrilla les tympans!

ON VENAIT DE REPÉRER HELLER!

Un instant, je crus que Hisst allait battre en retraite dans son bureau. Mais il se maîtrisa.

Il se rua soudain vers l'ascenseur et je le suivis en courant.

Je savais où il se rendait.

Répulsos ne dispose d'aucune couverture de défense aérienne : ce serait par trop voyant. Mais Lombar Hisst a toujours eu un canon volant privé. Il est garé dans les profondeurs de la forteresse. Un tunnel secret lui permet de prendre l'air et on peut dire que c'est le canon volant le plus lourdement armé et le plus solidement blindé qui ait jamais été construit. Il est capable de détruire une ville et aucun projectile connu ne pourrait entamer sa coque.

Je rattrapai Lombar in extremis.

Et l'ascenseur descendit comme une bombe.

En quelques secondes, nous étions dans les profondeurs glauques du hangar.

Le monstre était là, énorme, noir, laid.

Lombar bondit aux commandes et je m'installai derrière lui.

Il appuya sur les touches qui commandaient l'ouverture du tunnel. Les moteurs de la bête de métal rugirent.

J'exultais! Heller, tu seras bientôt le spatial le plus mort de l'univers!

Attends-nous! On arrive!

4

Les parois du tunnel défilèrent en un éclair. Droit devant nous, les étoiles.

Nous jaillîmes dans une nuit frénétique.

La clarté blême de la lune révélait un gigantesque nid d'insectes en effervescence.

Des hommes couraient de toutes parts.

Même à travers l'épais hublot du canon volant, je pouvais entendre le hurlement strident du circuit d'alerte générale.

En un instant, quinze mille hommes se ruèrent vers les postes de défense.

Lombar prenait de l'altitude. Les moteurs grondaient encore plus fort. Je regardais partout, fiévreusement.

Pas le moindre remorqueur en vue! Pas de trace d'Heller! Rien!

Pourtant, il aurait dû survoler Répulsos afin de déposer la comtesse. Mais, où que mon regard se portât, je ne distinguais rien.

Ce qui ne voulait pas nécessairement dire qu'il n'était pas là. Le revêtement d'Absorbo empêchait la réflexion de tous les faisceaux lumineux. Pourtant, quand il traversait la lumière, il devait obligatoirement projeter une ombre sur le désert, ou même sur les étoiles ou la lune.

Quant aux écrans, ils ne révélaient rien si ce n'est le désert à perte de vue.

Et puis, tout à coup, juste au-dessus du camp, je le surpris! Une silhouette noire! Celle du remorqueur, sans le moindre doute!

Soudainement, un millier de pièces ouvrirent le feu et dessinèrent un immense anneau bleu électrique!

Des arcs ardents longs de plus de 5 000 mètres se croisèrent et formèrent une trame frémissante sur le fond du ciel. Et la silhouette du remorqueur se trouvait en apex des deux cônes!

Ils avaient dû le manquer!

Car il était encore là!

Les tirs redoublèrent d'intensité!

Lombar, grimaçant, les lèvres retroussées par un rictus féroce, lança le canon volant dans un virage mortel.

Et ses doigts pressèrent la détente de tir!

Le vaisseau tressauta violemment, comme fou!

Le sifflement des missiles déchira la nuit!

Mais je ne vis aucun jaillissement de flammes.

Nous l'avions manqué!

Car la silhouette était toujours là!

Une illusion!

Mais oui, C'ÉTAIT UNE ILLUSION!

Comme il l'avait fait lors de l'interception au large de la Terre, Heller se servait d'un faux remorqueur, d'une image illusoire qui survolait le camp!

Il devait être ailleurs!

Je me penchai vers le panorama de Répulsos, sur notre

droite. Même mon regard encore ébloui par les flammes m'apprit que tout y était obscur.
Je revins aux écrans.
Dont l'un montrait une image de Répulsos.
Et... Oui, là!
Il y avait quelque chose!
Je me penchai pour regarder de plus près.
Une échelle! Elle n'était pas revêtue d'Absorbo et elle se reflétait nettement sur l'écran!
Et, au beau milieu, je distinguais une silhouette qui se balançait dans le vide. La comtesse Krak, sans doute possible!
Je criai :
– Lombar! Là! Là!
En pointant frénétiquement l'index.
Il vit ce que je voulais lui montrer et changea de cap.
Un grognement de fureur monta de ses lèvres tandis qu'il réglait l'armement du vaisseau pour un véritable tir de barrage. Et il appuya sur la détente.
La lueur des explosions m'aveugla. Et la secousse terrible qui suivit menaça de déchirer le ciel!
Une seconde. Deux. Trois. Je recouvrai enfin la vue.
Quelque chose tombait dans le vide.
C'était encore à plus de 1 500 mètres du sol mais ce n'était pas le remorqueur.
On aurait dit un corps! Quelqu'un qui avait été touché et qui plongeait vers le sol!
Je fouillai le ciel noir du regard.
Entre la lune et nous, je surpris une ombre.
– Lombar! Regardez par là!
Où était donc passé Heller?
Je réfléchis rapidement.
Notre tir de barrage avait dû déséquilibrer Krak et elle était tombée.
Elle allait s'écraser au sol et Heller, fou de chagrin, n'aurait plus qu'une idée : la venger!
– Lombar! lançai-je. Fichons le camp!
Il regardait de tous côtés, excité, assoiffé de meurtre.
– Où est ce sale (bipard) qui a osé m'attaquer? hurla-t-il. Un officier royal! Officier de mes (bipouilles), oui! Montre-toi!
Je ressentis une secousse.
Comme si le canon volant venait de heurter une muraille.
Mais nous étions à plus de 4 000 mètres d'altitude!
Je regardai avec anxiété les manettes. Leur position n'avait pas changé.

Pourtant, nous ralentissions!

Et puis, tout à coup, nous avons pris de l'altitude. Nous montions droit dans le ciel! Aspirés par une force irrésistible!

Celle des rayons tracteurs!

Heller nous avait attrapés et pris en remorque comme n'importe quelle charge!

Ces rayons pouvaient déplacer des milliards de tonnes, autrement dit des milliers de canons volants à la fois.

Tout en montant, nous décrivions une courbe vertigineuse.

– Mais que se passe-t-il? brailla Lombar.

– Il nous a capturés avec ses rayons de remorquage! Mettez plein gaz et foutons le camp de là! VITE!

Il tournait la tête de tous côtés, les traits convulsés par la peur.

Nous tournions en cercle. Et maintenant, en oblique, nous redescendions vers le sol.

– Ils me tiennent! cria Lombar, livide.

En atteignant l'extrémité de l'arc, nous nous sommes remis à monter. Toujours sans que ce soit provoqué par notre force de propulsion.

Sous l'effet de la pression centrifuge, j'étais compressé sur le côté du siège.

Dans le tournoiement de la lune et des étoiles, le manège se poursuivit.

Vers le haut, puis vers le bas.

Lombar hurlait comme un animal!

Nous tournions sans cesse. Le remorqueur devait pivoter sur lui-même selon un cercle réduit. Et nous étions entraînés comme par d'invisibles câbles longs de milliers de mètres.

– Tournez! criai-je. Tournez et tirez sur le point qui fait pivot!

Lombar enclencha plusieurs manettes. Tout soudain, nous allions dans la même direction que celle que nous imposait le remorqueur.

Lombar voulut tourner.

Mais les commandes ne répondirent pas!

Brusquement, nos moteurs se turent.

Nous étions sous l'effet d'un autre champ énergétique qui, lui, paralysait nos moteurs.

J'entendis le sifflement de l'air et la terreur afflua dans mon esprit.

Nous étions impuissants dans ce monstre volant. Un caillou au bout d'une fronde!

Nous décrivions encore une fois un arc lent vers le sol.

ET SOUDAIN, L'ÉTREINTE SE RELÂCHA!

Le désert s'étendait en dessous!

Nous avions été libérés! Et nous plongions maintenant à une allure folle!

Le sable baigné de clair de lune montait vers nous.

Les rochers, les dunes, les buissons se dessinaient avec une atroce netteté!

ET CE FUT LE CHOC!

5

L'impact m'avait rendu inconscient.

Je me réveillai dans le crépitement des étincelles et l'odeur de la fumée.

Quelque chose pesait sur mes jambes.

Le panneau avant avait été arraché et j'étais cloué dans les débris de mon siège.

Quant au canon volant, ce n'était plus qu'une épave ratatinée.

Je m'étonnai d'être encore en vie. Mais ce n'était peut-être pas pour longtemps : les étincelles couraient sur tout le panneau, à hauteur de mon visage. D'un instant à l'autre, elles allaient déclencher un incendie et je périrais carbonisé!

Je n'avais que mes mains nues. Je ne pouvais rien saisir qui pût me servir d'outil. C'était une question de vie ou de mort : hurlant sous la douleur, j'étouffai les étincelles avec mes paumes.

Et je m'effondrai dans l'ombre. Le clair de lune verdâtre ne me permettait pas de voir les affreuses brûlures laissées dans ma chair.

Un rai de lumière filtra dans l'habitacle.

Et me révéla le visage de Lombar Hisst. Il gisait la tête en arrière, paralysé par l'entrelacs des câbles et des conduits arrachés. On aurait dit qu'il était prisonnier d'un nid de serpents.

La coque était cassée et, par-dessus les craquements du métal qui refroidissait, je commençais à percevoir les sons du désert. Je redressai la tête. Là-bas, dans le lointain, Répulsos s'érigeait sous la lune. Je savais qu'on allait venir. Ils avaient certainement vu le vaisseau s'écraser.

Lombar grogna et bougea. Il ouvrit les yeux. En bougeant,

j'avais levé la tête dans la lumière. Il me vit et la mémoire sembla lui revenir.

Ses yeux s'étrécirent.

– Ainsi vous faisiez partie de la conspiration pour me tuer!

– Non, non! Au contraire, je suis venu vous prévenir pour vous sauver la vie!

– Vous avez comploté ma mort! Vous n'êtes venu que pour me faire tomber dans le piège d'Heller! Vous avez constamment été d'accord, tous les deux!

– Non! (Je lui montrai mes mains.) Je vous ai même empêché de brûler vif!

– Tout ça, c'est une ruse! Vous venez me raconter que vous êtes venu me mettre en garde – moi, que les anges ont choisi pour être roi! Pour que je prenne les airs et qu'Heller puisse me descendre à son gré!

– Oh, mes Dieux, non! Vous faites complètement erreur!

– Je sais qui sont mes ennemis. Ils sont partout. Et vous avez tenté de profiter de ce moment où je me trouvais sans défense!

Au loin, j'aperçus des lumières qui dansaient sur le fond du désert. Des véhicules qui venaient droit sur nous!

Lombar les découvrit à son tour.

– Dès qu'ils seront là, c'en sera fini de vous, Soltan Gris!

Oh, Dieux! Sa paranoïa ne l'avait pas quitté. Je n'avais pas la moindre chance de m'en sortir.

De toutes mes forces, je poussai le panneau qui bloquait mes jambes.

Les lumières se rapprochaient, formant une ligne ondulante au gré des trous et des bosses. Elles ne devaient pas être à plus d'un kilomètre.

Puisant dans des ressources que j'ignorais, je poussai encore contre le panneau.

IL BASCULA!

Je tendis ma main blessée et agrippai la poignée de la porte. C'est alors que tout le côté de la coque s'écroula.

Mon pied était coincé. Quelque chose me serrait la cheville. Je m'arrachai à ma botte.

Les larmes me vinrent aux yeux sous la douleur : je réussis à bouger les jambes.

J'ÉTAIS LIBRE!

Je sautai sur le sol et me mis à courir!

Les buissons me fouettaient au passage. Les rochers acérés blessaient mes pieds nus. Je ne pourrais pas continuer longtemps comme ça!

Ma situation était désespérée. Entre moi et la Cité du Gouvernement, il y avait 350 kilomètres de désert infranchissable. Et la même distance me séparait des montagnes de Blike. Jamais personne n'avait franchi à pied ce désert hanté par les démons, en tout cas jamais personne n'avait survécu pour le raconter!

Une ligne sombre sur le fond du désert baigné de lune. Une ravine bordée de buissons!

Je dévalai les quelques mètres vers le fond et tombai, foudroyé par la souffrance.

Des grondements de moteurs!

Je me retournai, me redressai et risquai un regard entre les buissons.

L'épave du canon était toute proche. J'avais cru avoir couru bien plus loin!

Trop tard. Les premiers véhicules arrivaient. Par dizaines! Et les phares fouillaient partout!

Comme un fou, je regardai autour de moi. J'aperçus une grande pierre, très large, tout près d'une fente sur la pente. Je plongeai, m'allongeai dans le creux et rabattis la pierre sur moi. Je me lovai, me faisant aussi petit que possible sous cette dalle naturelle.

Une voix gronda dans la nuit.

– Dispersez-vous! ET TROUVEZ-LE!

Des bruits de course sur le sable.

On se rapprochait de moi!

Des culasses d'armes claquaient.

D'autres véhicules arrivaient encore.

Un mini-tank passa tout près de là! J'entendais le grincement de ses chenilles.

La pierre en vibra!

Encore et toujours d'autres engins et des hommes.

D'une seconde à l'autre, quelqu'un allait soulever la pierre et on allait me tirer de là pour me piétiner à coups de bottes. Des bruits de bottes, il y en avait tout autour de moi. Le sol en était presque secoué.

Pour calmer ma terreur, je tentai de penser à quelque chose de plaisant – par exemple que j'étais carbonisé sur place. Et puis, il me vint une idée : ils étaient tellement nombreux à courir de partout qu'ils effaçaient mes traces.

L'espoir qui monta en moi me menaçait d'arrêt cardiaque. Était-il possible qu'ils ne me trouvent pas?

Des minutes s'égrenèrent. Une éternité.

Une patrouille passa à moins de cinq mètres.

– Il n'est pas assez fou pour être allé dans cette direction, déclara un officier. Personne ne pourrait traverser ce désert. Il a dû rebrousser chemin vers Répulsos et nous l'avons croisé sans le voir.

On lança des ordres et quelques véhicules repartirent lentement vers Répulsos.

Il n'y avait plus personne à proximité. Du moins, je n'entendais plus rien.

Ils s'agitaient autour de l'épave.

– Ce câble fait deux tours autour de lui ! lança un officier. Et on n'a rien pour le couper. Repartez chercher la plus grosse paire de pinces que vous trouverez dans les ateliers !

Un engin démarra.

Le tumulte s'apaisait peu à peu.

Je savais que je ne pourrais pas rester longtemps recroquevillé ainsi. Il fallait absolument que je puisse allonger mes membres et libérer mes terminaisons nerveuses. Avec précaution, je sortis les bras. On ne me tira pas dessus. Silencieusement, je repoussai la dalle. Il n'y avait personne dans la ravine.

Je rampai sur la pente et regardai entre les buissons.

Il devait bien y avoir une centaine de véhicules autour de l'épave, certains très proches, d'autres à une trentaine de mètres.

Les hommes attendaient.

Un véhicule d'état-major arriva.

– Vous avez les pinces ?

– Elles arrivent.

Un général de l'Appareil. Il s'approcha de l'épave et se pencha.

– Chef, lança-t-il à Lombar, pendant que nous attendons le matériel pour vous tirer de là, y a-t-il quelque chose que nous puissions faire ?

– OUI ! tonna Lombar du fond de l'épave. Lancez immédiatement un mandat d'arrêt contre Jettero Heller pour tentative de meurtre sur ma personne ! Qu'on mette l'Armée et la Police Domestique dessus ! Sinon, nous n'arriverons jamais à mettre la main sur lui !

– Bien, chef. Ce sera fait immédiatement. Occupez-vous de ça, capitaine Bodkins. Autre chose, chef ?

– Blito-P3 ! Il doit se passer de drôles de choses là-bas ! Qu'on y expédie un Bataillon de la Mort avec ordre de retrouver tous ceux qui ont prêté main forte à Heller ou qui lui ont obéi et qu'on les extermine tous !

– Bien, chef. Veillez à ce que ce soit fait, lieutenant Wipe. Autre chose encore, chef ?

– OUI ! Soltan Gris ! Lancez un avis de recherche de l'Appareil ! Qu'on ne le tue pas ! Il me le faut vivant ! Ce traître sera torturé pendant un mois avant de mourir !

6

L'ultime et faible lueur d'espoir que j'avais entretenue s'éteignit en moi. Jusqu'alors, envers et contre toute raison, je m'étais accroché à l'idée que Lombar Hisst, remis du choc de l'accident, serait du coup débarrassé de sa paranoïa schizoïde et prendrait enfin conscience que je n'avais agi que pour le sauver.

Mais il n'en était plus question.

J'étais cerné par ce désert impossible à franchir. Quant à retourner vers Répulsos pour aller y souffrir comme un damné, il fallait être aux dernières extrémités du masochisme aigu.

Mon regard éperdu se promena sur l'image que révélait la lune verdâtre. Il y avait là des centaines de soldats armés. Quant aux engins et véhicules de combat, je ne pouvais même pas les dénombrer.

Il ne me restait aucune issue. Et je ne pouvais même plus marcher !

MAIS !...

Mais si je ne pouvais plus marcher...

Là-bas, sur ma gauche, à moins de quinze mètres de moi, il y avait un airbus, l'un des derniers qui étaient arrivés !

Les pilotes étaient groupés autour de l'épave du canon volant, avec la plupart des autres.

Je dis rapidement une prière.

Et je commençai à ramper le long de la ravine. De temps à autre, je jetais un regard entre les buissons, m'attendant à ce que quelqu'un me surprenne et avertisse les autres.

Finalement, je me retrouvai de l'autre côté de l'airbus. Dix mètres à peine m'en séparaient.

Il régnait une semi-pénombre et il y avait des soldats un peu partout.

Je ressentais ce que doit ressentir l'homme qui va faire les derniers pas pour se placer devant le peloton d'exécution.

Mais je me redressai néanmoins.

Progressant par bonds prudents, je m'approchai peu à peu du véhicule.

Je m'avançai vers la porte.
Je l'ouvris.
Je me glissai aux commandes.
Un autre airbus arrivait à ce moment précis. On apportait probablement les pinces.
J'attendis.
Dès qu'il se posa, je décollai.
Lentement, sans précipitation, je m'élevai au-dessus du désert.
Et je mis le cap sur Répulsos.
J'entendis des cris!
Puis des armes crépitèrent!
Le pilote s'était sans doute aperçu qu'on était en train de lui voler son appareil!
Ils allaient se lancer à ma poursuite!
Je mis pleins gaz!
Où aller?
Vers les montagnes de Blike?
Non. Les gardes-chasse seraient prévenus et je serais très vite repéré.
Vers Répulsos?
Il fallait être fou pour ça!
C'est seulement alors que je compris le choix unique qu'il me restait. Un jugement et une exécution rapides. Ou alors, être pris par l'Appareil et périr en un mois dans des souffrances inouïes! Pas difficile.
Je partis donc droit sur la Cité du Gouvernement, poursuivi par les traits lumineux des tirs, cerné par les explosions.
Je coupai tous les phares de l'airbus et perdis de l'altitude jusqu'à me retrouver au ras du désert.
Mes mains me faisaient atrocement souffrir. Et les turbulences d'air provoquées par ce piqué à plus de 800 kilomètres/heure m'avaient presque cassé les poignets!
Je comptais sur le fait que mes poursuivants allaient confondre mon image avec celles des roches, des buissons et des tourbillons de sable.
Les tirs s'éloignaient, maintenant. Je sus brusquement pourquoi. Ils étaient persuadés que j'allais être intercepté de l'autre côté.
Toutes les longueurs d'ondes devaient être encombrées par les avis de poursuite lancés à la police de la Cité du Gouvernement!
Je passai sur la fréquence générale. Le numéro d'appel de mon airbus était là! Et j'appelai tous les indicatifs des « bou-

teilles bleues » afin que l'on m'arrête! Je défaillis presque sous le torrent instantané de sons venus de toutes les directions!

Je me remis très vite à la pensée des trente jours de tortures innombrables qui me guettaient. Je volais très bas, sans tenir compte du fait que la machine pouvait exploser si je la poussais trop à fond. Je fonçais droit sur les sommets montagneux qui me séparaient de mon objectif.

Un canyon apparut sous la lune et je m'y engouffrai, à quelques centimètres des parois et du sol.

Je ressurgis entre deux crêtes.

Un autre canyon devant moi. Étroit mais en pente. Je m'y enfilai. Mes mains blessées, crispées sur les commandes, étaient poisseuses de sang. J'étais certain que j'avais un poignet cassé. Mais il fallait tenir et je tenais.

Lancé à près de 800 kilomètres/heure, j'entrevis enfin la ville qui montait vers moi.

La Prison Royale était là-bas, au faîte d'une colline. C'était une forteresse austère, effrayante, menaçante dans la clarté verte de la lune. Mais, pour moi, c'était l'image du refuge idéal.

Dès que j'y serais, Lombar ne pourrait pas m'en sortir.

Elle grandissait, immense. J'allais trop vite!

J'inversai les commandes. J'entendis la mécanique se casser.

Et je m'écrasai devant les portes de la Prison Royale!

7

Dans la fumée qui se dissipait, je levai les yeux vers les arches de pierre et je n'eus même pas le temps de m'émerveiller de pouvoir encore bouger!

Mais quelque chose me bloquait : le sac attaché à mon cou s'était pris dans le levier de contrôle.

Je me libérai et sautai de l'airbus.

Chancelant, je me précipitai vers la porte.

La garde!

Devant moi, ils venaient d'abaisser leurs lances!

– Halte! me lancèrent-ils. On n'entre pas!

– Je vous en prie! Oh, mes Dieux! hurlai-je.

Terrifié, je levai les yeux vers le ciel. Puis me retournai et criai au garde le plus proche, qui se tenait à moins de deux mètres de moi :

– Je dois voir un juge de Voltar et tout de suite!

– Qu'est-ce que c'est que ça? demanda-t-il en pointant le doigt sur mon sac. Une bombe?

– Fichez le camp! cria l'autre.

Mes Dieux, la prison était mon unique refuge!

– JE VOUS EN PRIE! hurlai-je.

Une voix plaintive s'éleva d'un balcon.

– Que signifie ce tapage?

– Quelqu'un qui veut entrer, Votre Seigneurie. On n'a jamais vu ça!

– Que veut cet individu?

– J'AI DES PREUVES! criai-je. TOUTES! LÀ, SUR MOI!

Et je brandis mon sac.

– Qu'on le conduise jusqu'à la salle d'audience, dit la voix plaintive. Je mets ma robe et je descends. Oui, ça c'est vraiment bizarre: quelqu'un qui veut entrer ici!

J'entendis claquer la porte du balcon.

À nouveau, je levai un regard terrifié vers le ciel.

Les gardes me poussèrent dans la cour dallée. Sur un signe, un troisième garde ouvrit une porte grinçante.

On me propulsa dans une salle carrelée, sous des chandeliers à plaques lumineuses. Les veilleuses des murs projetaient les ombres immenses des gardes.

On me jeta dans une vaste chambre emplie de longs bancs. Juste en face, je vis une alcôve très sombre. Une porte s'ouvrit dans le fond.

Quelqu'un alluma. Le juge était assis dans un grand fauteuil disposé sur une plate-forme.

– Le personnage m'a l'air plutôt minable, déclara-t-il. (Il était très vieux, très gris dans sa robe rouge sang.) Faites-le avancer. Alors, quelle est donc cette histoire de preuves?

Je levai mon sac.

– Tout est là-dedans. Tout.

– Mais les preuves de quoi? Et qui êtes-vous, d'abord?

– L'officier Soltan Gris, de l'Appareil, répondis-je.

Et je lui présentai en tremblant mon identoplaque.

– L'Appareil? Eh bien, mon ami, laissez-moi vous dire que votre place n'est pas ici. L'Appareil dispose de ses propres tribunaux, en supposant qu'il s'en serve. Je crois que vous vous êtes trompé de lieu.

Je fus glacé à l'idée qu'ils pouvaient me jeter dehors. Car la Police Domestique avait sans doute été avisée de l'accident et, même si elle n'était pas au courant de l'alerte déclenchée par l'Appareil, elle comprendrait vite en voyant les plaques d'identification.

– Votre Seigneurie, balbutiai-je. Il s'agit de crimes contre l'État. Et c'est moi le coupable. Je me rends.

– Oh, mais dites-moi, c'est tout à fait irrégulier.

Un homme venait d'apparaître par une porte latérale. Il était occupé à enfiler un manteau. Sa Seigneurie l'interpella :

– Aurions-nous un mandat royal contre un certain Soltan Gris?

– Non, Votre Seigneurie. Les seuls mandats actuellement lancés sont contre le prince Mortiiy et certains de ses alliés. Je connais tous les noms et Soltan Gris n'est pas l'un d'entre eux.

Le juge levait déjà la main pour faire signe aux gardes de me reconduire.

– Oh, mes Dieux, je vous en prie! criai-je. Ne me jetez pas dehors! Je vous jure que je suis un criminel. Pour l'amour des Cieux, arrêtez-moi!

– Mon ami, sans mandat et encore moins sans crime précis, rien ne peut être retenu contre vous. Qu'on le reconduise!

– Non, non! (L'INSPIRATION!) C'est un officier royal qui m'a conduit à vous!

– Vraiment? fit Sa Seigneurie, intriguée. Mais en ce cas, où est-il?

J'étais sur le point de lui dire que j'avais réussi à lui échapper. Mais cela nuirait à mes intérêts. Je ruisselais de sueur. En cet instant même, les sbires de Hisst étaient peut-être déjà devant la porte!

– Il a dû s'arrêter en chemin! Mais je lui ai promis de me présenter devant vous!

– Oh, allons, ça suffit! Je crois que vous m'avez monté une comédie. Qui a jamais entendu parler d'un prisonnier se présentant comme ça?

L'INSPIRATION! ENCORE UNE FOIS!

– Votre Seigneurie! J'ai un témoin. Le commandant Crup, de la Réserve d'Alerte de la Flotte, sait que je suis en état d'arrestation et que l'on m'a conduit ici.

Le juge commença à secouer la tête. Et mes genoux se mirent à trembler. Je me laissai tomber et je joignis les mains.

– Appelez-le! Oh, par tous les Dieux, pour l'amour de tous les Cieux, appelez le commandant Crup, je vous en supplie.

Le juge me considérait en hochant la tête d'un air perplexe. Mais il fit signe à son clerc et ce brave homme prit un appareil de communication, pianota un numéro, prononça quelques mots et le tendit au juge.

– Commandant Crup? fit celui-ci. Ici Lord Turn, des Cours et Prisons Royales. Navré de vous déranger à pareille heure mais nous nous trouvons devant une situation étrange. Un homme se présentant comme Soltan Gris prétend avoir été conduit ici par un officier royal et que vous pouvez en témoigner. (Sa Seigneurie écouta un instant.) Que dites-vous? Qui?... Jettero Heller? Ah, oui, le champion de boule-balle... Oui, il m'a fait gagner 5 crédits une fois. Oui, un magnifique athlète... Eh bien, je suis heureux que ce mystère soit éclairci. Et je vous remercie de votre courtoisie. Au revoir.

Lord Turn rendit l'appareil au clerc et se tourna vers moi.

– Jettero Heller. Un homme très estimable. Ainsi, il vous conduisait jusqu'à moi, c'est cela?

– Mais oui!

– Le commandant Crup n'a su me dire de quel crime il pouvait s'agir, mais je suis certain que si Jettero Heller en personne vous a amené ici, c'est qu'il s'agit effectivement de crime contre l'État.

– Vous pouvez m'enfermer alors? criai-je, bouleversé de joie.

– Mais oui. Je peux vous faire jeter en cellule. Cependant, nous devons inscrire quelque chose sur le chef d'accusation. De quel crime s'agit-il?

– Mais de tous! m'écriai-je. Tous!

– C'est très général, remarqua Lord Turn. Pourriez-vous me donner quelque chose de plus spécifique?

– Mais cela prendrait des heures! fis-je, impatient d'être porté sur leurs registres d'écrou.

– Eh bien, supposons que vous couchiez tout ça par écrit afin que nous puissions avoir une idée?

– Tout? fis-je. (Une fois encore, l'inspiration me visita. Et une nouvelle lueur d'espoir perça.) Si je vous raconte tout, puis-je espérer quelque indulgence?

– La Cour Royale est toujours prête à se montrer pleinement juste, répliqua Lord Turn. Si vous dites la vérité sans rien omettre, je vous accorderai une juste audience. Clerc, qu'on l'inculpe pour « Conduite préjudiciable aux intérêts de l'État et en infraction avec les décrets et statuts royaux ». Qu'on lui prodigue les soins médicaux nécessaires afin qu'il soit à même d'écrire et qu'on lui fournisse crayons, papier et vocoscribe, enfin, ce genre de choses. Ah, oui, et qu'on le place dans la tour, là où il y a quelque clarté.

Je retrouvai le souffle.

Le juge se levait, et je l'imitai.

– A propos, ajouta-t-il. Connaissez-vous Jettero Heller personnellement?

– Oh, oui! m'exclamai-je.

– Alors vous avez bien de la chance. J'aimerais le rencontrer. Très grand joueur de boule-balle. Bonsoir.

On m'entraîna jusqu'à ma grande cellule de la tour, qui était meublée de chaises et de tables, avec une fenêtre à barreaux par laquelle je pouvais voir scintiller au loin les lumières de la Cité du Gouvernement. Et l'on referma sur moi la porte massive.

Je contemplai le ciel. Des appareils de la Police Domestique tournaient à proximité. Et deux vaisseaux de l'Appareil plafonnaient à la verticale de la prison.

Un rire rauque s'échappa de ma gorge. Ici, ils ne m'auraient pas. J'étais prisonnier de l'État, hors de portée de Lombar Hisst!

Je riais encore quand un docteur entra pour soigner mon poignet cassé et bander mes mains.

En dépit de l'heure tardive, l'instant d'après, le nécessaire pour écrire me fut apporté.

Oui, j'allais tout raconter. J'avais mes dossiers, mon journal, mes fiches. J'allais tout raconter sur la Mission Terre.

Qui savait qui était vraiment Heller?

Et aussi longtemps que j'écrirais, je serais certain de rester en vie.

Ceci est donc mon récit. Je vous le confie, Lord Turn. Je ne puis rêver mieux.

Soyez indulgent envers moi.

Mais, surtout, ne me libérez pas.

Exécutez-moi. Le plus vite possible!

SOLTAN GRIS

Nous attestons ici que ce qui précède est la confession dudit prisonnier :

Gummins
Garde de la Tour, Prison Royale

Scritch
Prisonnier à vie, cellule voisine

SOIXANTE-SEPTIÈME PARTIE

1

Inutile de dire que Soltan Gris n'a pas obtenu l'exécution rapide qu'il souhaitait. Tel eût été le cas, jamais je n'aurais eu la chance d'achever ce récit pour vous, pour moi et pour Voltar (Longue Vie à Sa Majesté Wully le Sage!)

Plutôt que de surgir sans être annoncé, ne serait-ce que par un coup de trompette, au risque de choquer votre sens du protocole et du décorum, je ferais sans doute mieux de me présenter.

Mon nom est Monte Pennwell et j'ai été récemment diplômé de l'Académie Royale des Arts. Je suis de taille moyenne, ma couleur de peau est moyenne et, si j'en crois ma mère et d'innombrables proches ou amis lointains, j'ai peu de chance d'arriver à quoi que ce soit dans la vie à moins de me débarrasser de cette idée futile de devenir un jour un écrivain célèbre. Comment allez-vous?

J'ai été impliqué dans cette affaire de la Mission Terre de façon assez bizarre – comme vous, d'ailleurs, je pense.

Chaque mois, je me fais un devoir de déjeuner avec mon grand-oncle, Lord Dohm, dans les Cours et Prisons Royales qui sont situées sur la colline, juste au-dessus de la Cité du Gouvernement. Ces déjeuners font partie d'une conspiration à l'échelle familiale (à laquelle participent d'innombrables parents à moi) afin de pouvoir me faire la leçon dans l'espoir de me persuader de façon peu subtile à vrai dire de me réveiller et de faire de ma vie quelque chose de valable, afin que les miens soient fiers de moi, ce genre de chose. Lord Dohm aimerait me voir entamer des études de droit. Donc, chaque mois, je dois l'écouter me dire de quelle manière je devrais gérer ma vie : il n'a rien à faire de « scribouillards », et tout particulièrement ceux qui n'ont jamais rien publié. Il dit cela pour mon bien, évidemment. Comme tous les autres.

J'attendais donc, assis dans sa cléricature, qu'il ait fini un exposé sur les raisons qui l'incitaient à réclamer la tête de quelqu'un. Ses employés s'activaient, vidant de leurs contenus certains classeurs qui débordaient, apparemment. Des flocons de poussière dansaient dans un rayon de soleil matinal et ils tapotaient les dossiers pour en chasser une quantité appréciable de moisissure.

Tout à coup, un poème me vint à l'esprit : je l'intitulerais « Ode à l'air dansant ». Il était là, il tournait dans ma tête et je n'avais rien pour l'écrire.

– Bumble, demandai-je au premier clerc, donnez-moi du papier, vite !

– Jeune Monte, le papier est un matériau coûteux et c'est une honte que de le gaspiller. (Il se pencha sur le chariot qu'il était occupé à remplir.) Tenez, voici des feuilles de notes. Le dos est blanc.

Il prit une poignée de paperasses et me la jeta dans un nuage de poussière.

Quand j'eus fini d'éternuer, je baissai les yeux sur ce que je tenais. Chaque feuille portait le cachet : *Confidentiel. Réservé au seul Juge Suprême.*

– Bumble, attendez un instant, je ne voudrais pas vous causer des ennuis. Il s'agit apparemment d'un document secret.

Bumble y jeta un coup d'œil et haussa les épaules.

– Toutes les affaires royales sont classées *confidentiel*. Un prisonnier a droit à une certaine vie privée, tout au moins jusqu'à son exécution, et les archives sont ensuite détruites. Quelle date porte ce document ? Oh, mais ça remonte presque à une centaine d'années. On ne peut pas dire qu'il s'agisse d'une affaire en cours, n'est-ce pas ? Donc, Monte, ne tracassez pas votre petite cervelle avec ça. Tout ça doit passer dans le désintégrateur : on a besoin de place.

Mon regard venait de se poser sur la dernière page. Je lus :

Soyez indulgent envers moi.
Mais, surtout, ne me libérez pas.
Exécutez-moi. Le plus vite possible !

SOLTAN GRIS

– Bumble, attendez, dis-je. Ils n'ont certainement pas fait ce qu'il demandait, sinon ce document ne serait pas encore ici.

Bumble me paraissait quelque peu agacé. Il regarda la grosse boîte de documents qu'il venait de récupérer. L'étiquette moisie disait : *Jurisprudence incomplète, GRIS.*

– Ma foi, je ne vois pas pourquoi ils ne l'auraient pas fait. Tout le reste consiste en la transcription des minutes du procès. Mais peut-être qu'ils n'ont pas fini de le juger, sinon ces papiers ne seraient pas là. Ou alors c'est une erreur de classement. Ça arrive de temps en temps. Mais effectivement, c'est bizarre cette mention *incomplète.*

– Mais très intéressant. Vous voulez dire qu'ils auraient commencé un procès et ne l'auraient pas achevé? Dites-m'en plus.

– Allez aux Diables, jeune Monte! Il faut que nous ayons vidé ces classeurs avant le déjeuner. Prenez ces fichus papiers et laissez-moi continuer mon travail.

Ça pesait son poids. La confession elle-même était passablement lourde, mais le reste devait représenter des tonnes. Cependant, je saisis à pleins bras l'énorme tas dans le chariot de Bumble et m'éloignai en chancelant vers mon airzip garé dans la cour.

A cet instant, mon grand-oncle fit son apparition.

– Qu'est-ce que tu tiens là, Monte? Une ode de cinquante kilos? A la voir, comme ça, il est permis de penser qu'elle a été refusée pas mal de fois. Ha, ha, ha!

J'allai poser mon fardeau dans un vestiaire et accompagnai mon grand-oncle jusqu'au salon. Là, il commença en m'annonçant fièrement qu'il avait eu un entretien avec le Juge Suprême et qu'ils pensaient bien pouvoir me trouver un poste de clerc assistant. Est-ce que je n'étais pas ravi? Et puis, qui sait, dans cinquante ans, je serais peut-être quelqu'un de respectable, comme lui.

Je réprimai un frisson et je l'entendis avec épouvante me déclarer :

– La semaine dernière très exactement, je disais à ta mère que si tu insistais pour être un scribouillard et que tu continuais à refuser l'assistance de ta famille, ton seul recours – pour ton propre bien, ne l'oublie pas – serait de te marier.

– Et elle avait quelqu'un en vue? demandai-je d'une voix mourante.

– Mais oui, fit-il en tranchant un morceau de pain avec une hache de bourreau en miniature. La fille Corsa. Elle est sans doute laide, mais ne perds pas de vue qu'elle héritera un jour de la moitié de la planète Modon.

– Modon? répétai-je, en essayant de garder une voix mesurée.

– Oui. Le bon air vivifiant. Des tas de révoltes paysannes passionnantes et des cultures variées. La vie à la campagne, c'est l'idéal pour un jeune homme plein de vigueur. Mais je sais parfaitement que cela ne te sourit guère, aussi je t'engage vivement à accepter ce poste de clerc assistant. Au moins, cela te permettra de demeurer en ville. Je t'ai toujours apprécié, tu le sais, et je ne veux pas te voir gâcher ta vie.

C'était parti!

J'étais là, image du neveu dévoué, triturant vaguement ma nourriture, parfaitement conscient de la fragilité de mes défenses et des dangers d'un destin par trop dirigé. Et ma cause me paraissait désespérée.

2

Tout en regagnant le domaine familial au-delà des collines de Pausch, ce même après-midi, je me sentais assez déprimé. Mon sort était plutôt cruel et le ravissant paysage printanier qui défilait sous mon airzip n'avait plus aucun charme.

J'étais coincé par le temps. Il y avait plus de deux ans que j'avais décroché mon diplôme de l'Académie Royale des Arts et, depuis, je n'avais pas publié la plus petite ligne. Je n'avais même pas un pamphlet à montrer qui puisse me permettre de dire : « Écoutez, je suis un écrivain. Laissez-moi me frayer un chemin au travers des aléas de l'existence pour avoir ma vie à moi! J'inscrirai mon nom en lettres de feu dans le ciel de Voltar et je dépasserai tout le monde un jour, je serai le joyau de la couronne familiale. Si seulement vous me laissez libre d'aller à ma guise! » Mais hélas, je savais que la patience de mes multiples oncles, grands-oncles, tantes, grands-tantes, cousins et petits-cousins commençait à s'émousser. Mes jours étaient comptés et, tôt ou tard, ils allaient tous ensemble se ruer sur moi avec la dernière férocité pour me jeter dans une situation aussi ignominieuse qu'absolument respectable. Et c'en serait fini de moi : je ne serais plus qu'un rouage dans l'inlassable machine broyeuse de cette société grisâtre.

Le chagrin au cœur, je posai mon airzip droit dans la cible, au milieu du parc de la statue, le laissai aux bons soins du mécano et chargeai deux valets d'emporter la boîte de vieux documents jusqu'à mon bureau, dans la tour ouest. C'est là qu'on m'a installé, loin de tous, parce que je me couche tard dans la nuit en écoutant de la musique.

Mais j'échouai dans mon plan de fuite. Ma mère, une femme pour le moins autoritaire, descendait le grand escalier. Je tentai en vain de me dissimuler derrière une plante en pot : elle m'avait déjà repéré.

– Oh, te voilà, Monte, me dit-elle. J'espère que ce déjeuner t'a été salutaire. Mais qu'as-tu donc fait à tes vêtements?

Je baissai les yeux. La boîte de vieux papiers m'avait laissé toute sa poussière.

– Peu importe, poursuivit ma mère. Assure-toi seulement d'être propre pour le dîner. J'ai invité la fille Corsa et son frère.

Elle me quitta d'un pas allègre, me laissant tremblant. C'était comme si j'entendais déjà le crépitement des armes tandis que l'ennemi apparaissait à l'horizon et que le cercle de mort se refermait sur moi.

Dans mon bureau, mon valet de chambre s'en prenait aux deux domestiques qui avaient apporté de la poussière en même temps que ma boîte. C'est un homme-jaune du nom de Hound qui a servi aux côtés de mon père dans quelque campagne, jadis, et il est bien décidé à élever son fils de telle manière qu'il ne fasse pas honte à la famille. Mon arrivée détourna son attention et sa colère.

– Regardez votre veste! s'exclama-t-il. J'espère que vous ne vous êtes pas montré en public *comme ça*, n'est-ce pas? Par les Cieux! Allez vite sous la douche : je vais vous chercher des vêtements. Valets, sortez-moi cette boîte d'ici!

– Non, non! protestai-je. Elle a une grande valeur!

– De la valeur? Elle pue comme la Prison Royale!

– Exactement! dis-je en dernière extrémité, barrant le chemin aux deux valets. Il y a près d'un siècle, quelqu'un a supplié les juges de l'exécuter et ils ont refusé! C'est une erreur judiciaire. Son procès n'a même pas été achevé. Cette affaire est louche!

– J'en conclus donc que vous allez accepter ce poste de clerc assistant, dit Hound avec un soulagement évident.

– Non! Je vais écrire une ode là-dessus!

Mon cher valet de chambre leva les yeux au plafond en écartant ses mains immenses, geste typique de sa part.

Nous avons conclu un compromis : deux servantes vinrent balayer le plus gros de la poussière et on laissa la boîte au milieu de la pièce avec, cependant, un tissu dessous afin de protéger le tapis.

Après avoir pris ma douche et m'être changé, je réussis à évacuer les intrus. Me disant que je pourrais me débarrasser de mes soucis en me penchant sur ceux des autres, je pêchai la confession sur le haut de la pile de paperasses et m'installai dans un fauteuil pour en entamer la lecture. Avec cela aussi je pourrais peut-être composer une ode. Certains vers m'étaient déjà venus à l'esprit :

Ô, murailles sévères des prisons,
Enfin mon cœur s'est... brisé?... fendu?...
Que tombe, que tombe enfin la hache du bourreau
Pour mettre un terme à ce destin... cassé?... désespéré?...

Bon, je reprendrais ça plus tard, au calme. Mieux valait d'abord que je sache sur quel propos j'écrivais.

Ainsi donc, j'entrepris la lecture de la confession.

Je lus durant tout l'après-midi. J'étais pris. La prose était militaire, sèche, sans enjolivements. Mais également archaïque. De nos jours, nul n'écrit plus de cette façon : on se sert de sons et de mots fleuris sans se soucier de mettre quelque pensée que ce soit derrière. Le but est d'entasser des tours de nuages bien calibrés jusqu'à ce qu'ils s'écroulent en avalanche, dans un bruit de tonnerre, pour n'être plus que néant. C'était vraiment intéressant de lire un texte qui évoquait des événements, des faits de façon réaliste. Un roman. Certains des plus anciens classiques ressemblent à cela. Ils racontent des histoires avec un commencement, une fin et tout : c'est vraiment remarquable. Je vais essayer d'imiter ce style.

Vint l'heure du dîner. Hound dut venir me chercher et m'obliger à m'habiller. Quatre heures durant, je fus obligé de rester à table dans le salon, à écouter de la musique en même temps que le bavardage de la fille Corsa et de son frère. Elle devait peser deux fois mon poids et elle était tout en muscles, bâtie comme un homme. Sa petite bouche aux lèvres minces ne s'ouvrait que pour évoquer les cultures et les moissons, la chasse au léprodonte au canon, et, tout en affectant un certain intérêt, je n'en frémissais pas moins intérieurement d'horreur à la seule idée de me retrouver exilé sur Modon, avec son air vivifiant et ces deux-là. Les allusions et fines remarques de ma mère étaient comme autant de coups de bélier dans mes reins qui me poussaient vers le bord de la falaise.

C'est avec bonheur que je retournai enfin dans mon bureau pour reprendre la lecture de la confession.

L'infamie de cet homme était confondante. Il n'y avait pas la moindre trace de remords de conscience dans son impudence. Il était totalement convaincu de réagir naturellement. Jamais encore je n'avais réalisé qu'un esprit criminel pouvait fonctionner ainsi. Avidement, je poursuivis ma lecture.

A vrai dire, j'étais incapable de reposer ce manuscrit. J'achevai la confession au beau milieu de la nuit du lendemain.

Et je restai là, avec toutes ces pages de vocoscribe jaunies. (Bip) de lui!

Il me laissait, en suspens, avec DEUX empires, Voltar et la Terre! Et toute une base qui allait être massacrée pour un homme, un seul. Et Jettero Heller, sous mandat de recherche. Et la comtesse Krak, qui avait peut-être été jetée dans la crevasse de Répulsos. Pour ne rien dire de ce qui était advenu du chat!

PAR TOUS LES ENFERS, QUE S'ÉTAIT-IL DONC PASSÉ?

Oh, j'en voulais vraiment à ce criminel, ce Soltan Gris! Il avait imploré qu'on l'exécute. Eh bien oui, il l'avait largement mérité pour laisser un lecteur planté comme ça!

Il n'y avait rien à y faire. Mais je me dis que je ne pourrais pas trouver le sommeil tant que je n'aurais pas au moins une idée de ce qui se passait sur Voltar et sur la Terre à cette époque.

J'allai trouver Hound qui, non sans grogner, réveilla un sénéchal. Ensemble, ils se rendirent jusqu'aux magasins de la tour et, levant sans cesse les yeux au plafond avec une expression excédée, ils récupérèrent mes vieux livres d'école.

C'est avec confiance que j'ouvris les pages jamais lues d'un manuel historique poussiéreux. Des dates dans la marge permettaient à l'étudiant de ne pas se perdre et je trouvai très vite l'ère qui m'intéressait.

Je lus : *Cette période fut caractérisée par la paix et le calme. La succession de Mortiiy le Brillant à Cling le Hautain fut remarquable en ceci qu'elle n'eut rien de remarquable.*

Un instant. Gris avait bien mentionné la révolte du prince Mortiiy sur Calabar. Les troupes de l'Appareil avaient été appelées pour l'assaut final contre les rebelles.

En hâte, j'ouvris des manuels civiques sur le gouvernement de Voltar. Je consultai le tableau des départements et divisions.

IL N'Y AVAIT AUCUNE MENTION D'UNE ORGANISATION TELLE QUE L'APPAREIL!

Je me rassis. J'ai une foule de parents qui sont en rapport avec toutes les branches imaginables du gouvernement de Voltar. Jamais je n'avais entendu un seul d'entre eux faire allusion à l'Appareil. Et je compris soudain pourquoi :

ON GARDAIT SON EXISTENCE SECRÈTE!

Ce n'était pas une petite dissimulation! Toute une organisation!

Mais j'étais loin d'avoir fini.

À nouveau, j'allai tirer Hound du lit, lui demandai d'aller réveiller le chambellan pour ouvrir la bibliothèque de la tour sud et me ramener toutes les anciennes encyclopédies. Lorsque les valets les eurent apportées avec des regards accusateurs, je me plongeai dedans.

On y citait Jettero Heller, le célèbre ingénieur de combat, champion de course spatiale et de boule-balle. Mais on ne disait nulle part qu'il s'était rendu sur Terre.

J'envoyai nos gens chercher d'autres ouvrages.

Une fois encore, je les feuilletai à toute allure. Je cherchais la planète Terre, dite Blito-P3.

PAS LA MOINDRE TRACE!

Cher lecteur, je peux vous le dire, j'étais le plus perplexe des hommes.

Je n'y comprenais rien.

Sur l'insistance du sénéchal, du chambellan et de Hound, accompagné par bien des regards réprobateurs, j'allai enfin me coucher.

J'étais très en colère contre Gris.

3

Le lendemain matin, en m'éveillant et en dépit du tintamarre accusateur que faisait Hound avec les brosses et les portes des placards, je restai étendu, les yeux au plafond.

Qu'est-ce qui était arrivé à tous ces gens?

Qu'étaient devenus Izzy Epstein et Rockecenter?

Hound trébucha sur quelques livres encore empilés dans la chambre et je me tournais pour lui demander s'il pouvait comprendre que les écrivains avaient besoin de calme pour se concentrer quand mes yeux se posèrent sur le titre d'un des volumes : *Dans les brumes du temps : légendes des planètes d'origine de la Confédération de Voltar rassemblées par la Section des Traditions, Division Intérieure.*

Une minute. Il en était question dans la confession de Gris. Je trottai jusqu'à mon bureau et en ramenai le volume. Je le jetai sur mon lit dans un geyser de poussière et Hound roula les yeux au plafond. Ah! La Légende Populaire 894 mentionnée par Gris. Il y était question de Blito-P3.

Je me reportai à l'édition de luxe, convaincu que j'avais de la chance qu'elle fût récente et complète. Voilà au moins un point que je pouvais vérifier.

Je la feuilletai et trouvai la Légende Populaire 393. Celle qui suivait était la 895.

Comment? Je revins en arrière.

LA LÉGENDE POPULAIRE 894 AVAIT ÉTÉ SUPPRIMÉE!

Je m'emparai des manuscrits de Gris. Est-ce que mes yeux me jouaient des tours ou quoi? Mais non, c'était bien là : Légende Populaire 894. Elle était même citée et racontait tout sur le prince Caucalsia et comment il avait fui vers Blito-P3!

Hound tenta de me distraire en me faisant asseoir pour me raser, mais je restai agrippé à la confession de Gris avec une poigne d'acier. Je continuai ma lecture pendant qu'on m'habillait et même en prenant mon petit déjeuner. Je lisais et je me posais des questions. La description que donnait Gris de la planète Terre semblait si réelle que je ne pouvais imaginer qu'il ait pu créer cela de toutes pièces.

Je parcourais une page où l'on rapportait comment un journaliste enquêteur, Bob Hoodward, avait réussi à renverser le président. Ça ne sonnait pas très vrai. D'abord, qu'est-ce que c'était qu'un « journaliste enquêteur »? J'essayai d'imaginer. À l'évidence, il s'agissait de quelqu'un qui enquêtait sur quelque chose et en faisait ensuite un livre. Oui, ça devait être ça. Mais de là à renverser un président? Il me semblait y aller un peu fort. Et dans la Confédération, il n'existe pas de « journaliste enquêteur ». Est-ce que ce Bob Hoodward avait chamboulé toute la planète? Non. Plus loin dans la confession, on disait qu'il avait été abattu.

Ma mère m'interrompit dans ma tâche en m'annonçant que Corsa et son frère m'attendaient depuis longtemps sur la pelouse pour jouer à la batte-balle. Bien sûr, je fus forcé d'aller les rejoindre et, durant l'heure qui suivit, je dus regarder Corsa galoper avec une légèreté qui faisait résonner le sol pendant que son frère cassait batte sur batte. Et quand je fus projeté dans le filet d'arrêt par une balle en flèche, il m'apparut évident que si on m'obligeait à épouser la fille Corsa et à passer le reste de mes jours à écouter son ricanement rauque de provinciale dès que je ferais la moindre petite chute, la vie deviendrait une chose atroce. Non, Modon n'était certainement pas pour moi!

Tout en prenant une douche pour me débarrasser de la sueur et des taches de boue, je me sentis gagné par le désespoir.

Dans le but d'évacuer de mon esprit le spectre d'un destin aussi funeste, je retournai à ma confession. Enveloppé dans une serviette, je me plongeai dans *Les brumes du temps*. Oui, la Légende Populaire 894 avait été supprimée. C'est alors que, en refermant l'ouvrage, mon regard se posa sur le nom de l'éditeur : *La Division Intérieure*! Un livre édité par le gouvernement! Pour quelque raison qui lui était propre, il avait voulu gommer toute référence à Blito-P3!

Cela me fit un choc. Mes livres scolaires étaient édités par le gouvernement.

De même que les encyclopédies. Tout ce que j'avais eu sous les yeux était édité et imprimé par le gouvernement!

Si la confession de Gris était authentique, JE TENAIS LA PLUS GIGANTESQUE AFFAIRE DE DISSIMULATION GOUVERNEMENTALE DU MILLÉNAIRE!

C'était la première fois que je soupçonnais que le gouvernement pût être capable d'un pareil forfait et, croyez-moi, cher lecteur, j'en fus bouleversé! J'avais été élevé dans l'idée que la vérité, l'honnêteté et l'honneur étaient inséparables du gouvernement. Tous mes parents, l'un après l'autre, avaient rivé en moi cette foi! Et j'y croyais! Un gouvernement pouvait-il prétendre que quelque chose qui existait n'existait pas? Pouvait-il être impliqué dans un vaste mensonge? Invraisemblable!

Et c'est alors que je fus de nouveau secoué. Mais cette fois par Hound, qui essayait de me faire enfiler un pantalon.

Ma vie se déroulait comme ça : on me poussait et on me secouait d'un côté et de l'autre. Je subissais un destin sur mesure qui avait été taillé pour quelqu'un d'autre, MAIS CERTAINEMENT PAS POUR MOI!

Tandis qu'on me nouait ma cravate un peu trop serré, je rêvassai presque : j'étais un agent libre, audacieux, qui renversait les gouvernements à la façon d'un Bob Hoodward. C'est ça qui devait être gratifiant. Même si on se faisait descendre.

Une idée me vint qui me fit vibrer. Si je me changeais en journaliste enquêteur et que je mette à jour cette affaire qui datait de mille ans, que j'en fasse un livre, IL FAUDRAIT BIEN QU'ON LE PUBLIE! Sinon, me dis-je, je donnerais des conférences pour faire éclater aux yeux des gens cette vérité : ils vivaient sous un régime de censure répressive!

Et si je publiais un vaste exposé, mon nom brillerait au firmament de Voltar! On ne rirait plus de moi dans mon dos parce que je n'avais pas réussi à faire éditer une seule de mes odes.

On ne tenterait plus de me forcer à accepter des postes terrifiants. Je ne serais plus menacé de vivre le reste de mes jours au milieu des rires vulgaires des provinciaux. Tout le monde serait bien obligé de reconnaître que, oui, après tout, Monte Pennwell était un authentique ÉCRIVAIN!

J'entendais déjà mon grand-oncle Lord Dohm déclarer au déjeuner au Juge Suprême : « Vous avez lu les critiques louangeuses sur l'œuvre de mon neveu? Eh bien, je dois dire que c'est ici que nous lui avons donné sa chance. »

Comme il serait fier!

Mais j'avais intérêt à me calmer un peu et à revenir à la réalité. Est-ce que le gouvernement avait vraiment couvert toute cette affaire? Ou cet exemplaire des *Brumes du temps* avait-il été victime d'une erreur d'impression?

4

Je savais que j'étais en train de prendre ma destinée entre mes mains. Mon cousin, Sir Chal, est plus âgé que moi et il s'est mis dans l'idée de me faire obtenir un emploi d'archiviste à l'Institut Astrographique Royal. C'est un garçon qui donne volontiers le change. S'il semble par moments plutôt rêveur et absent de ce monde, il est capable d'y revenir en une seconde à la moindre occasion.

Je maîtrisai mes nerfs et volai jusqu'au dôme de l'Institut, au sud de la cité. Je me demandais comment un vrai journaliste enquêteur agirait. Avec désinvolture? Furtivement? Avec naïveté? En toute sincérité?

J'allais être furtif. Je me rendis dans le bureau des archives et je déclarai à un employé qui m'avait connu tout petit :

– Flipper, est-ce que vous m'autoriseriez à consulter certaines vieilles cartes? Je voudrais redécorer mon studio. Avec quelque chose d'antique.

– Mais oui, certainement, jeune Monte, me dit-il en me désignant le vestibule. Voyez les classeurs de 35 à 190. Mais venez me montrer ce que vous désirez avant de l'emporter, de crainte que ce soit la seule copie qu'il nous reste.

Et je me mis à sortir des cartes à la file les unes des autres. Elles étaient sur papier plat mais imprimées en trois dimensions. Elles montraient des systèmes stellaires complexes. Certaines étaient décorées avec de ravissantes frises d'arbres et de personnages. J'en trouvai une dont les planètes s'animaient grâce à un ingénieux truc optique. On pouvait même faire jaillir une comète à travers l'espace – une authentique curiosité. Et c'est alors que... Je ne pus en croire mes yeux.

LE SYSTÈME DE BLITO!

Et là, parfaitement en évidence : Blito-P3!

Je me précipitai dans le bureau de mon cousin. En me voyant, il me lança :

– Monte, sur ma vie! Tu es venu pour le poste d'archiviste, je pense!

J'avais bien prévu qu'il serait dangereux de m'aventurer en ces lieux. Je lui montrai aussitôt les cartes.

– Cousin Chal! J'ai là une planète qui n'est pas mentionnée dans les guides gouvernementaux : Blito-P3!

Il redescendit de ses nuages.

– Quelle planète?

– Blito-P3, répétai-je. Localement, on l'appelle la Terre! Elle ne figure dans aucun guide, et pourtant elle est là, sur cette carte!

Il fronça les sourcils.

– Laisse-moi donc voir ça! (Il se pencha.) Mais cette carte est une astromotion de type ancien. On n'imprime plus ça depuis un millier d'années!

– Mais cette planète est bien là! (Je la désignai et la fis tourner autour de son soleil.) Et aucun texte moderne ne mentionne son existence!

– Les astromotions étaient imprécises. En tout cas elles ne convenaient pas à l'astronavigation. On y trouvait des erreurs de l'ordre de la minute.

– Oui, mais l'imprécision ne peut pas expliquer qu'on ajoute une planète par erreur!

– Donne-moi cette carte, fit-il.

Ce qui était assez saugrenu vu qu'il l'avait déjà entre les mains. La dureté de son ton ne me plaisait guère.

Il passa dans le bureau extérieur et dit :

– Qui a donné cette carte à Monte?

– Mais c'est moi, répondit Flipper.

– Flipper, je pensais depuis quelque temps que vous aviez besoin de vous recycler. Je vous transfère donc au service d'observation spatiale. Sur l'heure!

Flipper me jeta un regard accusateur.

Je dois dire que je dus me battre. Il me fallut une heure pour entrer en contact avec ma tante Ble et, par elle, joindre son époux, Lord Cross, afin qu'il intercepte l'ordre dès sa réception au Bureau des Personnels Royaux et que Flipper soit nommé comme bibliothécaire de l'un de nos domaines. Je ne tenais pas à voir constamment ses yeux accusateurs devant moi.

On ne m'autorisa pas à emporter la carte. Mais j'avais déjà quelque chose : une conviction.

LE GOUVERNEMENT AVAIT BEL ET BIEN COUVERT UNE AFFAIRE CONCERNANT BLITO-P3!

Autre conviction : le métier de journaliste enquêteur n'était pas sans risques!

Mais je commençais déjà à entrevoir quelques lettres de mon nom briller dans le ciel de Voltar. Et le cauchemar de Modon s'était quelque peu éloigné.

Qu'est-ce que j'allais bien pouvoir faire MAINTENANT?

5

Assis dans mon airzip, je réfléchissais.

J'avais le manuscrit de Gris avec moi. J'y avais trouvé un nouvel indice mais la perspective de le suivre me rendait nerveux car ce serait dangereux.

Mon grand-oncle Guz est le lord-assistant civil de la Flotte. Il manifeste des opinions politiques intransigeantes et il est capable d'en parler des heures durant. Pas question de l'interrompre. Il boit également des litres de tup et on est obligé de trinquer avec lui. Le plan idéal qu'il a conçu à mon égard serait d'accueillir les notables à son bureau. Eux aussi boivent du tup. Le simple fait d'être en rapport avec Sir Guz ruinerait la santé de n'importe qui et un tel emploi me conduirait très vite à une retraite anticipée avec un foie malade.

J'avais le numéro du vaisseau patrouilleur avec lequel Heller avait fait le premier voyage de reconnaissance sur Terre. La Flotte tient le compte méticuleux de tous ses vaisseaux.

Vous comprenez bien, cher lecteur, que je courais tous ces périls pour votre bien.

Je décollai donc en direction du complexe administratif de la Flotte, dans la Cité du Gouvernement.

Typique de l'architecture de la Flotte, il se présentait comme une formation d'astronefs dressés entre des promenades de gravier bleu et des « pelouses ». Pour entrer dans n'importe quel bâtiment, il fallait pratiquement franchir des sas.

Je m'étais dit qu'à cette heure mon grand-oncle Guz serait

revenu de déjeuner. Pas de chance. Il quittait en fait le bureau et je ne pus que le suivre pour rencontrer l'amiral Blast qui allait décoller de Voltar le jour même pour une tournée d'inspection des 110 bases planétaires de la Flotte. Il s'avéra que l'amiral Blast était lui aussi un grand buveur de tup. Il pensait que ce serait une idée formidable si je l'accompagnais dans sa tournée d'inspection. Je serais engagé comme assistant civil et je l'aiderais à affronter les notables des 110 planètes de la Confédération. Mon grand-oncle Guz, lui, trouvait que ce serait une formation magnifique pour mon futur emploi dans son bureau car j'aurais ainsi l'occasion d'avoir un aperçu des différentes tendances politiques de toutes les planètes. À eux deux, ils m'avaient quasiment embarqué mais, fort heureusement, ce fut le tup qui eut le dessus et ils s'en allèrent bras dessus bras dessous en chantant « Espace, nous voici ! »

Je mis une sourdine avant de m'éclipser. Dans deux heures, ils m'auraient oublié. Je me glissai dans le bâtiment principal. Je finis par trouver le bureau qui indiquait : *Archives et livres de bord des vaisseaux de la Flotte.* J'entrai.

Cette fois, je tentai l'approche directe.

– Sir Guz m'a dit que je pouvais consulter certains anciens livres de bord, déclarai-je, sachant pertinemment que mon grand-oncle ne risquait pas de se rappeler quoi que ce fût.

Un vieux spatial qui avait la moitié du visage brûlée me demanda :

– De quel vaisseau ?

– Patrouilleur B-44-A-539-G, dis-je.

Il m'indiqua une cabine et je m'y assis, face à un écran. Le livre de bord du vaisseau de patrouille commença à se dérouler devant mes yeux. Je disposais de deux boutons pour ralentir le déroulement et l'interrompre plus une foule d'autres commandes.

On se rapprochait de la date qui m'intéressait. Je ralentis.

J'Y ÉTAIS !

Page après page, annotation sur annotation, je suivais toute l'expédition. Le patrouilleur avait quitté Voltar avec, à son bord, l'ingénieur de combat Jettero Heller, s'était rendu jusqu'à Blito-P3, avait survolé la planète sans se poser puis était revenu après quinze semaines d'une mission de routine.

Ah ! Ah !

C'était ce vaisseau que Lombar Hisst, le chef de l'Appareil, avait capturé à la base des patrouilleurs. Il avait envoyé tout l'équipage à Répulsos.

Mais rien de cela ne figurait dans le livre de bord. Il s'interrompait simplement avant de reprendre brusquement. Ça commençait par un recarénage et ça se poursuivait par des notes de routine.

J'appuyai en hâte sur le bouton de retour. La partie laissée en blanc comportait un petit symbole sur le côté de l'écran. Une spirale verte. Je consultai le code gravé sur la machine : le symbole signifiait « Service des Renseignements de la Flotte ».

Je regardai l'employé. Il était occupé. Je me penchai sur la console. Le clavier n'était guère différent de celui de la bibliothèque de l'école. J'appuyai sur la touche marquée d'une spirale verte et introduisis le numéro du patrouilleur.

Gagné!

Vaisseau de patrouille B-44-A-539-G. Lors d'une poursuite lancée contre des contrebandiers dans le secteur de Flisten, coordonnées 80/45/32, le croiseur « Baulk » a retrouvé et récupéré ledit vaisseau.

Ah, ah! Voilà pourquoi Gris ni personne n'avait pu retrouver l'épave. Ces crapules du Bataillon de la Mort avaient vendu le vaisseau à des contrebandiers! Ils ne l'avaient pas détruit comme on le leur avait ordonné.

Un moment. Il y avait d'autres symboles. Je les déchiffrai : si l'on désirait un rapport sur la bataille, il fallait appeler le croiseur *Baulk*. Mais si l'on voulait connaître le sort de l'équipage, il fallait se reporter au Service des Renseignements de la Flotte.

Le combat avec les contrebandiers ne m'intéressait pas. Par contre, je voulais absolument savoir ce qu'il était advenu des membres de l'équipage du patrouilleur.

Selon le récit de Gris, il s'était rendu à Répulsos, où l'équipage était enfermé, avec une prostituée et de la nourriture empoisonnée. Ainsi, supposait-il, tous seraient morts avant peu.

POURTANT, IL EXISTAIT BEL ET BIEN UN RAPPORT DES RENSEIGNEMENTS DE LA FLOTTE SUR CET ÉQUIPAGE!

Croyez-moi, je ne perdis pas une seconde!

Et le rapport apparut!

CONFIDENTIEL

De : Capitaine Soams, vaisseau de patrouille B-44-A-539-G
À : Officier Bis, du Service des Renseignements de la Flotte

COMMANDANT! C'est un honneur et un plaisir pour moi que de déférer à votre requête d'un rapport complet.

COMMANDANT! Dès que nous avons reçu l'ordre d'urgence, nous nous sommes embarqués et avons décollé. C'est alors que quinze hommes appartenant au Bataillon de la Mort de l'Appareil ont soudain surgi de leur cachette à bord et nous ont maîtrisés.

COMMANDANT! Il existe une forteresse de l'Appareil à plus de 300 kilomètres au-delà du Grand Désert qui ne figure sur aucune carte. C'est un château noir que tout le monde suppose n'être qu'une ancienne ruine. Mais elle est habitée et défendue.

COMMANDANT! Au nombre de vingt, dont les noms sont joints à ce rapport, nous avons été incarcérés contre tous les règlements en vigueur. On nous a déshabillés et jetés tous ensemble dans une cellule en sous-sol.

COMMANDANT! Nous serions morts de faim n'eût été notre habileté à capturer de la vermine.

COMMANDANT! Nous aurions péri de soif si nous n'avions réussi à récupérer de l'eau de ruissellement.

Au bout de quelques jours, nous avons été approchés par un officier des Services Généraux, cheveux bruns, yeux bruns, qui n'a pas décliné son identité.

COMMANDANT! Il voulait des informations concernant notre mission vers Blito-P3 et plus particulièrement des renseignements sur JETTERO HELLER, officier royal, qui avait nominalement le commandement de ladite mission à destination de cette planète inexplorée. Il désirait en particulier connaître ses éventuelles faiblesses.

COMMANDANT! Il a tenté de nous soudoyer avec de la nourriture, de l'argent, puis une prostituée. Le reconnaissant comme étant un « ivrogne », nous ne lui avons rien révélé tout en lui laissant croire que nous acceptions son marché.

On nous montra la prostituée par la porte entrouverte et l'on nous dit qu'elle serait à nous si nous parlions. L'un de nos spatiaux, un pilote natif de Flisten, reconnut la fille comme étant une Guaop à la forme de ses yeux et à la longueur de ses ongles. Dans son enfance, il avait appris à parler le guaop. Il dit à la fille de ne pas opposer de résistance et d'entrer. L'« ivrogne » la poussa en fait par la fente prévue pour la nourriture au bas de la porte, vu qu'elle n'était pas très épaisse. Elle était dans une condition physique affreuse. On lui avait ôté le larynx. Elle ne pouvait donc parler mais, par gestes et à l'aide de dessins tracés dans la saleté, c'est elle qui nous apprit pour la première fois où nous nous trouvions. Voir détails ci-joints.

La nourriture nous paraissant suspecte, nous en avons donné à la vermine qui mourut d'atroce façon.

Quant à l'argent, examiné par notre économe, il se révéla être faux.

Une mallette magique qui refusait de révéler son contenu faisait partie de notre salaire de soudoiement et nous avons découvert comment nous en servir.

Selon la fille, un laissez-passer avait été laissé à son intention au poste de garde.

Nous lui avons promis que, si elle nous aidait, nous lui procurerions un larynx artificiel et qu'on la renverrait sur Flisten. Elle fut d'accord.

Avec une boîte de nourriture, nous avons confectionné un couteau à son intention. Notre médecin spatial s'arrangea ensuite pour qu'elle semble souffrir d'une maladie vénérienne afin que les gardes ne la violent pas.

Sur nos instructions, elle partit avec la nourriture empoisonnée qu'elle alla enfouir à Camp Endurance. Dans les allers et retours qui suivirent, elle nous ramena des fragments de métal qu'elle dissimulait au fond de la mallette magique sous des gadgets sexuels.

Nous avons fabriqué des armes.

A l'heure convenue, la fille est allée déterrer les aliments empoisonnés à Camp Endurance et, en traversant la salle des gardes, elle a lâché la mallette afin que le contenu se répande. Bien entendu, les gardes se sont jetés dessus et ont commencé à tout manger. Mais la fille, selon le plan que nous avions dressé, a persuadé l'officier de garde de venir avec elle jusqu'à la cellule en lui faisant comprendre par gestes qu'elle craignait que nous la tuions et en ajoutant la promesse de certaines faveurs.

L'officier est tombé ainsi entre nos mains. Sous la menace, il s'est révélé très coopératif.

Tous les gardes avaient avalé le poison et étaient morts. Nous avons traîné les cadavres jusqu'à la cellule et revêtu leurs uniformes. Nous avons coiffé des casques antiémeutes afin de masquer nos visages et, quand la relève est arrivée, nous nous en sommes occupés.

L'officier nous a fait passer, avec la fille, à travers les tunnels.

C'est lui qui a réquisitionné un airbus et nous a conduits jusqu'à notre base. Comme convenu, nous l'avons ensuite laissé fuir et je doute qu'il se soit jamais montré de nouveau dans l'Appareil.

Les fonds pour un larynx artificiel et un billet pour Flisten ont été rassemblés par les membres de l'équipage, il n'y a donc aucun frais pour la Flotte.

Je demande pour mon équipage et moi-même la permission de bombarder le quartier général de l'Appareil dans la Cité du Gouvernement car ce ne sont que des « ivrognes » et ce ne sera pas une grande perte.

Très respectueusement à vous, COMMANDANT!
Capitaine Soams.

Mention 1 : A classer avec le dossier en cours des Renseignements de la Flotte sur l'Appareil de Coordination de l'Information.

Mention 2 : Après traitement médical nécessaire, réaffecter l'équipage en statut normal.

Mention 3 : Réponse négative pour bombardement de l'Appareil. Développements ultérieurs à surveiller.

Bis,
Service des Renseignements de la Flotte.

J'en avais la tête qui tournait!

Ça correspondait exactement à la confession de Gris!

L'Appareil existait bien!

Il y avait bien eu une mission de reconnaissance de Blito-P3!

Il y avait bien une planète appelée Terre!

Pas possible! Mais c'était une affaire de dissimulation absolument *colossale*!

Pourtant, le gouvernement n'avait pas réussi à tout étouffer!

Le spatial au visage brûlé vint me voir.

– Vous avez trouvé ce que vous cherchiez?

Je repliai en hâte les feuillets imprimés et les glissai dans ma serviette. Il ne fallait surtout pas qu'il sache dans quoi j'avais mis le nez.

La vie de journaliste enquêteur avait des aspects passionnants!

Je sortis d'un air désinvolte.

Puis, je m'arrêtai dans l'allée de gravier bleu et réfléchis. Où fallait-il que j'aille maintenant?

Et ça me vint comme ça, en un éclair.

À RÉPULSOS!

6

Je me précipitai vers mon airzip et pris le micro. J'appelai le garage de notre domaine et demandai à parler à mon mécanicien.

– Shafter, lui dis-je d'un ton excité, préparez le vieil airbreak. Je viens le prendre dans un instant!

Il gémit :

– L'airbreak! Mais, jeune Monte, il n'a pas quitté le hangar depuis dix ans! On ne s'en est pas servi depuis qu'on l'utilisait pour vous emmener à l'école avec vos copains!

– Préparez-le-moi! fis-je d'un ton sévère. Pour un long voyage! Maintenant, passez-moi Hound.

– Jeune Monte? fit immédiatement Hound. C'est une bonne chose que vous appeliez. J'ai eu votre mère sur le dos depuis midi. Elle voulait savoir où vous étiez. Est-ce que vous avez oublié que vous aviez rendez-vous avec Corsa et son frère pour nager?

J'étais bien trop déterminé pour me laisser importuner par ça. J'étais sur le chemin du salut.

– Hound, vous allez jeter quelques instruments, du matériel de camping ainsi que des armes et tout ce genre de choses dans l'airbreak, et tout de suite.

– Des armes? s'inquiéta-t-il. Mais vous n'avez pas d'armes, jeune Monte. De plus, vous ne pouvez pas partir faire du camping. Vous êtes censé dîner en ville chez les Corsa!

– Hound, ne me laissez pas tomber pour une fois. Je vous promets de ne pas vous lire ma prochaine ode. Qu'est-ce que vous dites de ça?

– C'est très tentant, en effet, mais vous feriez mieux de rentrer.

Au retour, je battis tous les records de vitesse en airzip. Et pour tomber sur qui? Oh, cher lecteur, vous devez mesurer ce que j'ai eu à subir afin d'achever cette histoire pour vous!

Le break, dans un état plutôt lamentable, était prêt sur l'aire d'envol. Mais il y avait aussi ma mère, Corsa, son frère et Hound. Les trois derniers étant vêtus pour sortir!

– Oh, je pense que c'est vraiment très romantique, disait ma mère. Les deux lunes seront levées ce soir!

– J'ai les armes que vous m'avez demandées, déclara Hound. Le frère de Corsa en a des tonnes.

Shafter était installé dans le siège de pilotage.

– Avec une pareille épave, jeune Monte, je ne peux pas vous faire confiance. Je vais probablement être forcé de réparer les propulseurs en plein vol.

Nous avons décollé. Ma mère agitait la main dans un geste d'espoir et Corsa se pelotonnait à sa place.

Ça ne se passait pas tout à fait comme je l'avais prévu. Je doutais que Bob Hoodward ait pu réussir à destituer des présidents s'il s'était encombré de sa famille.

– Où allons-nous? me demanda Shafter.

Je lui décochai un regard peu aimable. J'avais eu envie de piloter pour voir si je me débrouillais aussi bien qu'Heller, c'est-à-dire avec le genou. Mais il fallait faire avec.

– On va passer ces collines et mettre le cap sur le Grand Désert.

– Oh, alors nous allons dans les montagnes de Blike, commenta Hound. Je ferais bien d'appeler le comte de Mok. C'est sa réserve de chasse. Il va envoyer ses gardes pour nous accueillir.

– Non, non! protestai-je. Ce n'est pas là-bas que nous allons. Nous allons à Répulsos.

– Jamais entendu parler, fit Shafter tout en tournant le bouton de commande de la carte-écran.

– Ça, je n'en doute pas, déclarai-je fièrement. C'est un énorme château noir qui date des temps primitifs. Il se situe à 300 kilomètres à l'ouest. Vous ne pouvez pas le manquer. C'est gigantesque, je crois.

– Je n'aime pas les ruines, fit Corsa. Sur Modon, tout est construit neuf et reluisant. A vrai dire, en ce moment même des architectes s'occupent de notre maison.

Du coup, je me sentis un peu malade. Ce genre de chose peut aller très loin et, en tout cas, ça allait bien trop vite pour moi! Son frère s'était mis en tête de m'apprendre comment abattre le léprodonte au canon si je ne voulais pas être attaqué à ma première sortie. Quant à Corsa, elle se lança dans une interminable leçon sur les méfaits des vers dans les cultures.

Aussi, je crus que j'avais eu droit à une grâce royale quand Shafter me déclara :

– Si c'est ça, eh bien nous y sommes!

Je regardai droit devant et en bas. A travers une colonne mouvante de vent et de poussière qui scintillait dans le soleil déclinant comme un nuage de diamants mauves, je vis une crevasse qui courait dans le désert, effroyablement profonde et redoutable. Et, au-delà, ce qui me parut être un entassement de pierres noires sur les sables.

– Je ne vois aucun château, dit Corsa.

– Oui, je crois que vous aviez dit qu'il y aurait un château, ajouta son frère.

Sur le bord de l'abîme, il y avait de l'herbe et j'aperçus quelques animaux qui paissaient.

– Un berger! s'écria Corsa. Posons-nous! Il faut que je l'interroge sur son troupeau!

Shafter s'exécuta aussitôt.

Je descendis le premier et, avant que Corsa nous ait rejoints, je me ruai sur le paysan et lui demandai :

– Est-ce le château de Répulsos?

Il rajusta sur ses épaules la couverture qui lui servait de cape et suivit la direction que j'indiquais du doigt.

– Ces rochers noirs? (Il mâchouillait une feuille et cracha un jet de salive dans la direction des ruines.) Une fois, je m'en souviens, mon arrière-grand-père a appelé ça « Châteauroc ». Et peut-être bien que ça a ressemblé à un château autrefois. Mais il y a eu pas mal de séismes, vous savez, et les choses se sont écroulées.

Je portai le regard vers la crevasse béante.

– Vous y êtes déjà descendu? demandai-je au berger.

– Comment? fit-il, éberlué. Vous devez me prendre pour un fou. Une fois, une de mes bêtes est tombée là-dedans et je l'ai entendue hurler pendant une demi-heure et elle n'avait pas encore touché le fond.

Corsa m'avait rejoint et elle voulait tout savoir sur le rapport d'élevage de son troupeau et s'il ne traitait jamais ses bêtes contre les coliques.

Je m'éloignai, m'assis sur un gros bloc de pierre noire et contemplai le panorama. En me référant au manuscrit de Gris, j'avais une idée assez nette de l'emplacement de Camp Endurance – ou Camp des Macchabées, comme ils le surnommaient. Je ne tenais pas à m'approcher de cette crevasse au fond de laquelle la comtesse Krak, vraisemblablement, avait trouvé la mort. Je m'interrogeai : y avait-il encore des oubliettes et des squelettes desséchés sous cet énorme entassement de basalte?

Incapable de résister aux vers qui s'imposaient à mon esprit, je sortis un bloc et j'écrivis :

Ô, grandeur tombée en décrépitude,
Tu emplis mon âme d'effroi et de solitude.
Toutes tes pierres brisées et abattues,
Portent presque encore les cris qui se sont tus.
Dans ta noirceur opaque dressée au-dessus du désert
Tu parais un monument affreux surgi de l'Enfer,
Vomi par les esprits abominables et perdus.
Ô, Répulsos, toi qui parles par la voix des morts
Pour tous ceux dont on n'a jamais connu le sort!
Je suis heureux de voir tes ossements
Revenir au sol que tu rendis sanglant.
Et cette lamentation de deuil
N'est que le vent du désert, pas la mienne!

Je me relus. Plutôt bon, me dis-je. Tu es en forme, Monte.

Des pas derrière moi. C'était Corsa, son frère et Hound. Je ne pus m'empêcher de leur lire mon ode.

UN RIRE RAUQUE ME RÉPONDIT!

Quand elle réussit à reprendre son souffle, en se tenant les côtes, Corsa m'apostropha :

– Oh, Monte! Quel soulagement ce sera quand vous ne serez plus obsédé par cette idée de vouloir écrire. Honnêtement, je ne pense pas que mon estomac puisse en supporter plus.

Dès cet instant, je me mis à la haïr avec une passion tenace!

J'entendis à peine le commentaire de Hound :

– Vous m'aviez promis de ne plus me lire une seule autre de ces choses. Ce qui me prouve que j'ai encore un effort à faire afin de vous enseigner le respect de la parole donnée!

Je dus réprimer une brusque envie qui me venait de rédiger sur l'heure une « Ode à ceux qui n'ont pas d'âme ».

Je savais maintenant que j'étais né au mauvais moment et au mauvais endroit. Je retournai au break.

– Sortez les instruments, demandai-je à Shafter.

– Mais vous ne m'avez pas précisé de quel genre d'instruments il s'agissait. J'ai apporté tout ce qui permet d'analyser n'importe quel moteur.

– Je n'ai pas l'intention d'analyser des moteurs. Ce que je veux, c'est détecter des masses métalliques dans le sol.

– Du métal? Mais il est inutile de détecter du métal pour réparer un propulseur. Ils *sont* tous en métal! Les appareils que j'ai là détectent le *courant*.

Le courant! Je doutais qu'il y eût du courant dans quoi que

ce soit après un siècle, sinon plus. A moins qu'il n'y ait un trou noir quelque part.

Soudain abattu, je m'éloignai et allai m'asseoir à l'écart. Si j'aboutissais à une impasse et que je ne parvenais pas à écrire mon livre pour faire éclater le scandale de la dissimulation, mon sort était réglé. Entre les postes de bureaucrate et l'exil sur la planète Modon, la seule solution me semblait être de me jeter dans la crevasse pour en finir.

Je restai assis là, dans le crépuscule, de plus en plus sombre. Je n'avais pas assez d'éléments. Une ancienne carte qu'on avait refusé de me confier, un livre de bord, un rapport secret du Service des Renseignements et la confession de Gris. C'est-à-dire aucune preuve ou explication de toute cette énorme affaire de dissimulation. À ce point, je me posai la question : qu'aurait fait Bob Hoodward?

Shafter s'approcha.

– Ne restez donc pas là à bouder, me dit-il. Je vous ai entendu et votre poème n'est pas si mauvais que ça. Et puis, j'ai une idée. Si vous voulez trouver du métal dans le sol, je peux prendre une barre de carburant. En l'enfonçant dans le sol, s'il y a des traces de métal, elle polarisera le courant et avec un des analyseurs, on pourra les repérer. Mais qu'est-ce que vous cherchez? Un trésor enfoui?

– Mais oui, c'est exactement ça!

Un trésor sans prix. Car si jamais je trouvais les preuves qu'il me fallait, je serais du même coup libéré de l'esclavage absolu!

– Bon, fis-je. Au travail!

7

Très vite, je compris qu'il allait falloir creuser beaucoup.

– Non, non, non! protesta Hound. Il n'est pas question que vous vous mettiez à faire des travaux de terrassement avec ce costume! Et si vous croyez que c'est Shafter et moi qui allons faire le travail à votre place, vous feriez bien d'abandonner cette idée, jeune Monte. (Il interpella le berger.) Est-ce qu'il n'y a pas un village dans le coin?

Le berger cracha un jet de salive dans la direction du nord.

– Oui, juste de l'autre côté de ces gros rochers noirs.

Je demandai au frère de Corsa de décharger le matériel de

camping et de l'installer, puis je courus derrière Hound, qui s'éloignait en clopinant dans la direction indiquée.

Non sans m'avoir recommandé plusieurs fois de ne pas abîmer mes chaussures et de ne pas tomber dans les trous béants, il me précéda, contournant l'amoncellement géant. Après quinze minutes de marche, nous atteignîmes le « village ».

Il n'avait rien d'un village. Dans les rochers, il y avait de nombreux trous que l'on pouvait considérer comme des grottes et nous aperçûmes des femmes et des enfants.

Hound, non sans avoir posé de multiples questions pour recevoir en réponse des regards effarés ou des visages fermés, finit pourtant par localiser le chef de la communauté dans une cavité qui était surtout meublée d'odeurs. C'était un vieillard noueux, tordu et édenté qui devait bien avoir dans les cent quatre-vingt-dix ans.

Ah! Ah! me dis-je. Nous devions avoir affaire à certains des prisonniers qui avaient profité du séisme pour s'évader!

– Cette tribu? dit le vieillard. Nous sommes des bergers. Nous sommes arrivés ici il y a environ cinquante ans. Nous avons trouvé de l'herbe et nous nous sommes installés.

Non, il ignorait qu'un château s'était dressé là autrefois.

– Combien de trous comptez-vous creuser? me demanda Hound.

– Comment le saurais-je?

– Bon, si je me fie à votre score dans les concours de châteaux de sable, il faut prévoir pas mal de trous. Combien d'argent avez-vous?

– Pourquoi devrais-je avoir de l'argent sur moi?

– Parce que j'ai l'intention de louer les services de ces gens pour creuser.

– Oh...

Il se lança dans un marchandage vulgaire afin d'engager comme main-d'œuvre les cinquante hommes du « village ».

Nous retournâmes à l'airbreak non sans que Hound m'ait mis en garde plusieurs fois de ne pas déchirer le bas de mon pantalon dans les épineux.

Pas un seul abri n'avait été dressé. Une explosion au loin m'apprit que le frère de Corsa profitait des dernières lueurs du jour pour chasser les petits oiseaux. Quant à Corsa, elle était lancée dans une vive discussion sur l'élevage avec le berger.

Hound me déclara :

– Je vais reprendre le break pour retourner en ville et demander une avance sur votre allocation du mois prochain. Et je vais aussi vous rapporter des vêtements de travail. Vous auriez dû me dire ce que vous aviez en tête, jeune Monte. Restez là sur ce rocher jusqu'à mon retour.

Avec Shafter, ils sortirent le matériel de camping avant que Hound ne décolle. Moi, assis sur mon rocher, je me demandais à quoi pouvait bien ressembler une vie non planifiée. J'étais convaincu que Bob Hoodward, lui, n'avait pas eu à affronter de pareils obstacles.

Shafter était occupé à planter une barre de carburant. Il se tourna vers moi :

– Jeune Monte, je ne peux pas taper sur cette barre pour l'enfoncer et lire en même temps les indications de l'analyseur. Quand je taperai, vous tournerez autour de moi à une distance de cinq ou six mètres et vous lirez ce que dit le compteur.

Je fis ce qu'il proposait. Presque immédiatement, le compteur réagit violemment. Très excité, je me mis à arracher les touffes d'herbe à main nue, puis à creuser le sable. Shafter était accouru. Nous devions ressembler à deux animaux de chasse en train de fouir la tanière d'un rongeur en plein désert. A la clarté de la première lune qui s'était levée, nous lancions des mottes et des gerbes de sable aux quatre horizons.

– Mais qu'est-ce que vous faites? demanda Corsa.

– Nous creusons pour retrouver un trésor enfoui, lui dit Shafter.

– Vous ne devriez pas abîmer comme ça ces pâturages. Allez, recomblez-moi ce trou immédiatement et remettez les touffes d'herbe en place.

– Mais oui, mais oui, nous n'y manquerons pas, l'assurai-je. Mais voyons d'abord ce qu'il y a là en dessous.

– Monte! (Elle prit un ton sévère.) Je vois qu'il vous reste encore beaucoup à apprendre. Quand on creuse dans des pâtures comme vous le faites, on provoque l'érosion. Je dois dire que je soupire d'avance en pensant au temps qu'il va falloir pour faire de vous un fermier digne de ce nom. Vous n'êtes pas sensible aux choses. Arrêtez immédiatement!

Bien sûr que nous ne pouvions qu'arrêter. Je battis en retraite jusqu'à mon rocher et m'assis pour ruminer de sombres pensées. Par tous les Diables, que pouvait-il donc y avoir là-dessous pour que l'analyseur ait réagi ainsi?

Les deux lunes étaient levées quand Hound revint. Il avait ramené deux valets, un cuisinier et une servante à l'intention de Corsa. Il me gronda car mon costume était quelque peu souillé de taches d'herbe.

Ils trouvèrent une source d'eau potable, gonflèrent les abris et, à une heure tardive, nous pûmes nous restaurer du repas qu'ils nous avaient rapporté de la ville.

Mais je me montrai très rusé. Et vous avez de la chance, cher lecteur, car sans cela nous n'aurions jamais appris ce qu'il était advenu de Gris après que son récit nous eut laissés en plan.

J'attendis que tout le monde soit endormi. Puis je rampai hors de mon abri, retournai jusqu'au trou et me remis à creuser. J'étais tout particulièrement silencieux. Je creusai, je grattai et pelletai avec mes doigts, à les user jusqu'à l'os.

Et c'est alors que, sous la clarté verte des deux lunes, je m'agenouillai pour mieux voir.

UNE ROUE DE CANON!

Elle était tordue et corrodée. Le flanc avait partiellement fondu sous le feu d'un éclateur.

À l'évidence, ces lieux avaient été le théâtre d'une bataille!

Une vague d'espoir montait en moi!

Oui, je pourrais peut-être rejeter tous ces jougs qui pesaient sur mon existence. C'était un signe du destin!

Je sortis de ma transe. Je fis rouler la roue jusque sur le sol plat. Et je comblai le creux, quoique je fusse incapable de retrouver les touffes d'herbe arrachées.

Je retournai dans mon abri avec la roue et, enfin, je pus trouver le sommeil.

Je fus éveillé par un vacarme assourdissant. Dans l'instant, je ne pus savoir de quoi il s'agissait car Hound tenait à me raser et me faire passer une tenue de sport avec des bottes assorties. Il insista même pour que je prenne mon breakfast.

Je réussis enfin à m'échapper de l'abri. Les hommes venus du village avaient envahi le secteur. Ils étaient tous munis d'outils de terrassement et ils s'étaient regroupés autour de Corsa. Mon espoir remonta d'un cran : après tout, elle était peut-être de mon côté. C'est alors que j'entendis ce qu'elle leur disait.

Elle était en train de leur raconter que la surface des pâturages seraient quadruplée s'ils creusaient des fossés afin de stopper l'érosion et s'ils agrandissaient la source. À l'entendre, il suffisait de quelques travaux pour aménager des étangs avec les eaux d'écoulement occasionnelles apportées par les pluies.

– Il en tombe beaucoup trop dans ce précipice, leur dit Corsa. Voici votre carte. Et maintenant, au travail.

Ils s'éloignèrent d'un pas lourd et elle s'approcha de moi.

– Monte, j'ai résolu tous vos problèmes. Pourquoi n'allez-vous pas rejoindre mon frère pour tirer avec lui quelques petits oiseaux? Vous ne savez pas les dégâts qu'ils peuvent commettre dans les récoltes...

Normalement, j'aurais dû lever les yeux au ciel mais, bien sûr, je ne le fis pas. Pas devant elle.

Shafter et moi, nous n'eûmes d'autre choix que de suivre les terrassiers en espérant qu'ils tomberaient peut-être sur quelque chose accidentellement.

Et, presque du premier coup, ils trouvèrent le filon! (comme on dit dans la mine).

L'un des hommes venait de rejeter une pelletée de terre et Shafter vit briller quelque chose. Il ne fit qu'un bond, ramassa l'objet et s'exclama :

– Bon sang, je croyais que c'était une pièce!

Il le jeta et je le ramassai aussitôt.

Un bouton! Avec un symbole gravé qui ressemblait à une bouteille – non, à une pagaie tenue à l'envers!

L'APPAREIL!

La confession de Gris n'avait rien de mythique!

Durant toute la journée, je collectai des objets. Ces divers bouts de métaux, à l'évidence, étaient courants dans la région. L'un des hommes me dit qu'ils affleuraient le sol chaque fois qu'il pleuvait. Nous étions sur le site d'un immense campement!

Vers le soir, j'avais même un fouet électrique dans ma collection!

Je dois dire que j'étais satisfait. J'allai même jusqu'à supporter un long discours du frère de Corsa qui triait une montagne de plumes et qui m'expliqua de quelles espèces d'oiseaux chanteurs il fallait se débarrasser si on voulait avoir une chance de dormir. Je me demandai avec aigreur si les ancêtres de Gris n'étaient pas originaires de Modon. Et aussi si je conserverais longtemps mon équilibre mental avec ce tandem.

Vers minuit, je fus réveillé par Shafter.

– Si nous voulons trouver un trésor, chuchota-t-il d'un ton de conspirateur, il faut que nous travaillions la nuit. Venez. J'ai besoin de quelqu'un pour lire le compteur.

Nous rampâmes silencieusement hors du campement.

– Aujourd'hui, je suis allé en ville chercher de la semence d'herbes, continua-t-il. J'ai pu observer ce site d'en haut. S'il y avait bien un château ici, quand le séisme s'est produit, il a dû s'écrouler vers l'ouest. Les pierres éboulées, de là-haut, forment une sorte de tour. J'ai idée que si on cherche dans cette direction et s'il y avait bien une salle forte dans cette tour, elle se trouve quelque part dans ces ruines. Alors, allons-y.

Nous nous sommes lancés dans l'escalade des blocs de basalte sous la clarté des deux lunes vertes. C'était le genre d'exploit que je prêtais volontiers à Bob Hoodward.

Le vent s'était levé et sifflait doucement entre les pierres effondrées. Les premiers vers d'une « Ode au fantôme sans demeure » défilèrent dans ma tête. Du coup, je ne vis pas où je mettais les pieds.

ET JE TOMBAI TOUT DROIT À LA VERTICALE!

Pour me ramasser cinq mètres plus bas dans un bruit atroce!

La voix de Shafter perça la nuit.

– Hé! Où êtes-vous passé, jeune Monte?

– Je suis là en bas! criai-je.

Je distinguais sa tête qui se silhouettait sur le fond plus clair du ciel.

– Vous ne devriez pas vous échapper comme ça! Vous pourriez vous faire mal!

– Je *pourrais* me faire mal? Mais je me suis cassé la figure! Sortez-moi de là!

Il balaya les lieux avec le pinceau de sa lampe.

– Hé! C'est bon, ça! Vous avez trouvé une pièce enfouie!

Je cessai de me palper les membres pour regarder autour de moi. Oui, j'étais dans ce qui devait avoir été une des pièces du château.

Shafter fit descendre un filin mais, au lieu de me remonter, il vint me rejoindre.

– Mais vous êtes étendu sur quoi? demanda-t-il.

Je tournai la tête.

UNE PORTE!

Elle devait être en alliage impénétrable et, dans ma chute, je l'avais en partie dégagée d'une épaisse couche de poussière.

Nous l'avons complètement libérée, puis Shafter, à l'aide d'un désintégrateur, a ôté les gonds afin que nous puissions la repousser de côté. Dessous, nous découvrîmes un espace béant. En y plongeant la torche, nous vîmes une pièce sur le côté.

Il y avait des meubles partiellement effondrés. Nous avons lancé une corde pour descendre. J'ai tout d'abord redressé un grand fauteuil. Une antiquité ornementée. Je songeai que, peut-être, nous avions atterri dans quelque tombe ancienne. Je cherchai autour de nous les traces d'un cercueil ou de décorations funéraires mais ne trouvai que quelques éclats de verre.

– Voyons s'il n'y a pas un trésor dissimulé dans ces murs, dit Shafter. Vous allez lire les mesures. Moi, je vais mettre des gants isolants et planter cette barre.

Très vite, des étincelles jaillirent au long des murs et une odeur piquante, comme de l'ozone, se répandit dans l'air.

Je promenais le compteur le long d'un mur lorsque l'indicateur réagit violemment. Shafter se précipita sur moi.

– Nom d'un petit ressort! s'écria-t-il. Il doit y avoir des millions de tonnes de métal de l'autre côté!

Nous abattîmes la paroi et, sous la cascade de pierraille, nous tombâmes sur une nouvelle porte. Nous la dégageâmes rapidement en désintégrant une fois encore les gonds.

Derrière, une autre pièce.

J'allumai ma torche. Immédiatement derrière l'endroit où l'analyseur avait réagi, je vis ce qui restait d'UNE BANQUE D'ORDINATEUR!

– Ah, fichtre! fit Shafter. Pas de trésor. Je n'ai fait qu'activer les circuits électromagnétiques, c'est tout. On s'est fait avoir!

– Non, pas du tout! protestai-je.

Car soudain je savais où nous nous trouvions. Cet antique fauteuil pareil à un trône. Cette porte. Ces bureaux effondrés : tout correspondait exactement à la confession de Gris!

NOUS ÉTIONS DANS LES BUREAUX DE LOMBAR HISST!

ET CE QUE NOUS AVIONS DEVANT NOUS, C'ÉTAIT SA CONSOLE D'ORDINATEUR!

Exactement ce que j'avais espéré trouver!

– Vite, Shafter! Est-ce que vous pouvez réactiver cette chose?

Il regarda. Lorsque la tour s'était abattue, apparemment, les écrous de maintien n'avaient pas cédé. Mais l'ensemble était dans un état assez minable.

– Pourquoi? fit-il.

– Mais pour lui soutirer des informations, bien sûr!

– Ma foi, Monte, je regrette d'avoir à vous le dire, mais s'il subsistait encore quelque chose dans les données, il n'en reste plus rien maintenant.

– Qu'est-ce que vous voulez dire par là? fis-je d'une voix plaintive.

– Eh bien, on a envoyé des quantités terribles d'électricité pour trouver toutes ces choses et je pense qu'on a dû effacer toutes les pistes magnétiques là-dedans. Jusqu'à la dernière particule.

Ce fut à mon tour de m'effondrer.

Pauvre Bob Hoodward! Qu'est-ce qu'il avait dû endurer!

Si on venait encore à mon aide sur ce projet, je ferais mieux de tout laisser tomber!

Finalement, je remontai jusqu'à la surface et j'allai m'installer sur un rocher pour ruminer dans le clair des lunes.

J'avais le choix entre deux fins : terminer avec Corsa et son frère sur Modon ou me retrouver derrière un bureau à un poste inepte. Impossible de décider. Et nulle part dans la brume verdâtre qui était au ciel je ne lisais mon nom. L'abîme tout proche me semblait soudain très attirant. L'âme morne, je me mis à composer une « Ode à une vie soufflée comme une chandelle ».

8

Le jour suivant, je me traînai, apathique, sans même me préoccuper des restes et fragments divers que l'équipe de restauration des terres mettait à jour.

Tout d'abord, j'avais peu dormi. Et puis, je savais au fond de moi que c'était une bonne chose que cette tribu pastorale dispose de meilleures ressources en eau et en pâturages et j'éprouvais quelque honte à m'être montré si dur au préalable. Le Grand Désert avait été jadis une plaine fertile, il y avait de cela 125 000 années ou plus. On y avait retrouvé la trace d'anciens canaux. Mais, avec le temps, la civilisation avait été bannie et tout était retombé en poussière.

Je me mis à songer au caractère éphémère des sociétés. Elles pouvaient être interrompues. Et, pour la première fois, je m'interrogeai sur la mienne. Superficiellement, elle paraissait très stable. Mais si quelque cataclysme survenait qui nous élimine tous en un seul jet de flammes?

Avant que j'en arrive au terme d'une « Ode à la gloire passée » dont les vers convenaient à mon humeur morose, il me vint tout à coup une pensée.

Peut-être le gouvernement n'avait-il rien couvert, en fait. Peut-être que Voltar avait effacé Blito-P3 de l'univers. Peut-être que cette « Terre » n'existait plus. Parce qu'elle était devenue une menace terrible pour la Confédération!

J'y fis allusion au cours du dîner en déclarant :

– Dites, qu'est-ce que vous diriez si nous supposions qu'une planète loin d'ici a développé des armes capables de repousser la Flotte de Voltar et d'anéantir toute la Confédération?

– QUOI? hurla le frère de Corsa. Anéantir 110 planètes d'un coup? Vous devez être fou pour dire ça!

– Mais de quelle planète parlez-vous donc? demanda Corsa.

– Elle est désignée sur nos cartes – du moins elle l'était – sous le nom de Blito-P3. Mais ses habitants l'appellent « Terre ».

– Parce qu'il y a des gens qui y vivent ? demanda le frère de Corsa.

– Oui, je crois bien. Et je pense qu'on peut les appeler des « Terriens ».

Il émit une sorte de reniflement méprisant.

– Ah oui ! Les Terriens arrivent !

Et termina par un gros fou rire de péquenot.

Auquel Corsa se joignit.

Puis il leva les yeux au ciel.

– Vite ! Aux abris ! J'ai vu des engins étranges dans le ciel !

Là, ce fut la crise.

J'aurais pu les supporter tous les deux si tout le monde ne s'était mis à rire avec eux.

– Oh, Monte, fit enfin Corsa. Je crois que je vais en avoir mal au ventre ! Quel pitre vous faites !

J'essayai de leur expliquer que ce que je voulais dire, c'est que Voltar avait sans doute jugé plus expéditif de liquider une planète qui représentait plus ou moins une menace. Mais ils n'écoutaient pas. Ils avaient expédié tous nos gens dehors pour s'assurer que la flotte ennemie n'était pas dans le ciel et ils faisaient semblant de voir effectivement des vaisseaux bizarres. Ils couraient de tous côtés en poussant des cris d'horreur, clamant que les Terriens venaient de débarquer. Ça, je dois dire qu'ils y mettaient de l'énergie. Probablement l'effet du grand air.

Un peu plus tard, le frère de Corsa s'amusa à dessiner un Terrien tel qu'il pouvait l'imaginer. Il lui mit des tentacules, qu'il remplaça par des cornes, avant d'en faire une masse gélatineuse. Corsa rassembla tous ses croquis en annonçant qu'elle attendait avec impatience de les montrer à ses amis.

J'allai me coucher de bonne heure.

Une sage décision. Car, peu après minuit, alors que je venais juste d'apaiser mon esprit, Shafter me réveilla encore.

Je m'habillai en hâte et le suivis. Quand nous fûmes suffisamment loin du camp pour pouvoir parler normalement, il me dit :

– Vous auriez dû me dire que vous cherchiez des banques de données. C'est secret ou quoi ?

Je regrettais amèrement de n'avoir pas gardé tout cela secret, effectivement, pour l'abominable tandem de Modon.

– Oui, très. J'essaie de découvrir ce qui s'est produit d'après une confession que je viens de lire. Elle s'achève en laissant tout en suspens.

– Eh bien, suivez-moi !

Nous nous dirigions vers le village!

Un homme de la tribu nous accueillit dans l'ombre et nous guida. Nous passâmes des piles de peaux séchées pour pénétrer dans une grotte. Nous allâmes jusqu'au fond.

– Je n'ai pas supporté de vous voir ruminer, me dit Shafter. Alors, la nuit dernière, j'ai suivi les câblages de la console. Et j'ai abouti ici!

Il me désignait un tunnel. Je le suivis. Il ouvrit une lourde porte métallique.

Nous étions dans une immense salle meublée d'armoires, de tables et de bancs. J'aperçus des outils et des peaux.

– Ils utilisent ce local comme une sorte d'atelier pour confectionner leurs vêtements, m'expliqua Shafter. Ils n'ont pas trouvé le moyen d'ouvrir les armoires, et en fait ils n'en avaient pas besoin.

– Nous sommes où? demandai-je en promenant le faisceau de la lampe sur les sinistres armoires recouvertes par la croûte des ans.

– La salle de saisie des données de l'ordinateur. (Il ouvrit une armoire dont il avait fait sauter les gonds au désintégrateur.) C'est là qu'ils alimentaient la mémoire centrale de la console.

Je tendis la main et pris des liasses de papiers.

DES DOCUMENTS!

Nous tenions les originaux!

ET DES BANDES ENREGISTRÉES!

Les enregistrements de la première génération!

– Ça vous ira? demanda Shafter.

– Oh, par tous les Dieux et tous les Cieux, oui! clamai-je, les mains tremblantes.

– Eh bien, j'en suis content, ajouta-t-il, parce que vous venez d'acheter cet endroit.

9

Viols, meurtres, morts violentes : j'avais soudain sous les yeux tant de crimes à la fois! Un méli-mélo effroyable!

Pour moi, qui avais grandi dans la croyance d'un gouvernement honnête qui ne fait jamais rien de mal, qui protège les citoyens et les travailleurs en toute circonstance, c'était terrible!

Pas étonnant qu'ils aient dissimulé tout ça – comment s'appelaient-ils donc déjà? L'Appareil de Coordination de l'Information – au grand public!

On kidnappe celui-ci, on assassine celui-là, on fait chanter l'autre. Et aussi des crimes idiots : « Empoisonnez son poisson rouge! » Et stupides : « Cassez les vitres de sa maison pour qu'il croie que le public ne l'aime pas. » Mais ce qui dominait avant tout, c'était les crimes atroces : « Braquez une banque, laissez des preuves contre lui et maquillez le meurtre en suicide. » « Kidnappez ses enfants et, quand il reviendra, tuez-les sous ses yeux. » Un véritable catalogue d'ignominies tel que je n'en avais jamais lu sortait des banques de données : agressions, vengeances, incendies – ils étaient vils, destructeurs, sournois!

Comment était-ce possible? C'était ÇA le gouvernement?

Toute la nuit durant, jusqu'à l'approche de l'aube, je fouillai dans ce butin effrayant. J'étais bouleversé, à vrai dire, mais trop fasciné pour lâcher.

– Vous feriez mieux de sortir de là, fit une voix près de moi. Le camp et le village vont bientôt se réveiller et ils vont se poser des questions à votre sujet.

– Je suis à mi-chemin entre le sixième et le septième Enfer, dis-je. Je viens juste de tomber sur l'histoire d'un petit groupe religieux que le gouvernement persécute. Il a donné l'ordre de cacher un faux dossier dans leur église avec les noms des fidèles dessus. Ensuite, il y aura un raid et ils seront tous arrêtés puis abattus. Incroyable!

– Venez, insista Shafter. Vous êtes trop excité.

Il m'entraîna au-dehors et je retrouvai mon lit, terrassé, pour sombrer dans le sommeil.

Hound me réveilla en me grondant pour m'être couché avec des vêtements souillés de boue. Je ne lui fis pas part de l'état de mon esprit qui aurait nécessité plus d'un bain!

Au milieu de la matinée, cette chère Corsa surgit en bondissant et je me dis qu'elle ressemblait tout à fait à un animal de ferme.

– Oh, Monte! lança-t-elle en s'asseyant devant la table, croisant ses jambes épaisses et vidant ma gourde de secoueur-chaud. Je sais que vous vous êtes dit que ce serait tellement gentil d'acheter cet endroit pour moi. Voilà les actes de transfert signés par le chef du village. Est-ce qu'ils ne sont pas bizarres? Des actes de transfert de squatters qui réclament des terres abandonnées. Ils vous rendent aussi responsable de tous les occupants existants. Ils sont valides, mais vraiment, Monte, ça vous coûterait une fortune de dégager tous ces gros blocs de rocher noir et il y a tout juste assez de place pour que j'y laisse courir mes petites bêtes. Je sais que l'intention était bonne, Monte, mais, franchement, je me demande quelquefois si vous ne pourriez être un peu plus fin. Il est évident que vous avez besoin que quelqu'un de fort vous prenne en main. (Elle me tapota l'épaule, me laissant certainement un bleu.) Mais ne vous en faites pas : quand nous serons sur Modon, nous nous en sortirons, et puis ma famille m'aidera à vous redresser.

Elle lança les actes dans le sirop de mes pains sucrés et repartit au galop.

– Jolie fille, commenta Hound.

Il doit sûrement le croire, me dis-je. Il pèse dans les 150 kilos. Il faudrait que je pèse plus lourd que ça et que je devienne champion de lutte pour pouvoir dompter Corsa. Et voilà qu'à la menace qu'elle représentait, elle ajoutait maintenant sa famille. Est-ce qu'ils étaient tous comme son frère? Est-ce qu'ils passaient leur temps à casser des battes et à tirer sur les oiseaux chanteurs?

Mais je disposais d'une arme secrète. Même bouleversé comme je l'étais, j'étais persuadé que je tenais entre les mains un scandale de dissimulation à faire oublier tous les autres. Bien sûr, il allait falloir jouer serré. Maintenant que je savais ce qu'un gouvernement pouvait étouffer, je comprenais à quel point le seul fait de tout faire éclater au grand jour pouvait avoir de monumental. Mais je parviendrais à avoir mon nom écrit en lettres de feu dans le ciel! La confession de Gris n'était que le reflet timide de la réalité des choses!

J'avais dormi un peu durant l'après-midi et, déjà excédé à l'issue d'un dîner où j'avais été accablé de « les Terriens arrivent! », je réussis à me coucher de bonne heure, puis à me glisser hors de l'abri pour rejoindre Shafter vers les tunnels.

Cette nuit-là, je compris enfin que cette zone n'avait été préservée du séisme que parce qu'elle se trouvait sous terre et qu'il y en avait probablement d'autres intactes aux niveaux inférieurs.

– J'ai trouvé un ancien laboratoire de cytologie, m'annonça Shafter en désignant une porte. Et là-bas, une sorte de gymnase ou je ne sais quoi. Les hommes de la tribu ne sont pas parvenus à ouvrir les portes, mais moi j'y suis arrivé.

Je m'avançai. Les salles d'entraînement de la comtesse Krak! Sous ma lampe, les nuages de poussière se changeaient presque en un brouillard blanc. Des armoires emplies de matériel d'exercice! Et là : oui! des objets venus de Blito-P3! J'ouvris un tiroir. D'antiques journaux imprimés en une langue inconnue! De l'anglais? Je n'osai les toucher : après un siècle, ils étaient tellement jaunes et vieillis que, même avec l'air sec du désert, ils me semblaient menacer de tomber en poussière.

De retour dans la salle, Shafter me dit :

– C'est une chance que les gens de la tribu n'aient pas ouvert cette autre porte.

J'y promenai le faisceau de la lampe. Un véritable arsenal! Des fusils-éclateurs, des éclateurs de poing, des grenades... Le tout dans des boîtes étanches, parfaitement utilisable si nous disposions d'unités d'alimentation. Mais là, que voyais-je? Des bombes incendiaires, des viseurs pour assassins, du poison, des pièges, etc. Quelle bande de dangereuses crapules!

– Refermez cet endroit! dis-je à Shafter en ressortant avec un frisson.

Je retournai dans la salle de l'ordinateur, surmontai mon dégoût en contournant des peaux à demi pourries et me repenchai sur les archives. Cher lecteur, je voulais que vous sachiez ce que j'avais traversé afin d'en finir avec cette tâche!

Cette nuit-là, plein d'espoir, je cherchai de nouvelles informations sur Blito-P3. Et, au bout de deux heures seulement, je tombai sur une chose inouïe!

LES EXPÉDITIONS DE RECONNAISSANCE!

On avait survolé Blito-P3 pendant 15 000 années! J'étais stupéfait que Voltar se fût intéressé durant si longtemps à cette planète! Plus ou moins régulièrement, au fil des ans ou des siècles, il y avait toujours eu une équipe pour aller observer Blito-P3. Un peu partout, il était fait référence au Calendrier d'Invasion de Voltar. Des civilisations étaient nées puis s'étaient écroulées et toutes avaient été suivies. Bien entendu, je ne pouvais lire les originaux, mais le résumé de l'ordinateur, en voltarien – c'est-à-dire la feuille dont on s'était servi pour adresser les données aux banques – était épinglé sur chacun d'eux.

La plus grande partie était regroupée sous un titre unique : *Services de renseignements des gouvernements terriens.*

Le tout couvrait une durée de 3 000 années. Des noms étranges me sautèrent aux yeux : Jules César, Karl Schulmeister, Napoléon, Webber... il y en avait toute une armée. Les siècles s'écoulant, ils semblaient de plus en plus nombreux. Ils étaient séparés en groupes et, en remontant vers le sommet, la liste la plus dense commençait par *Cheka* et se continuait avec *OGPU, NKVD, MGB,* pour se poursuivre par *Komitet Gosudarstvennoy Besopasnosti* ou *KGB.* Une autre liasse indiquait l'*OSS*, la *CIA*, alors qu'une autre parlait du *FBI.* Je compris que Voltar avait sans cesse surveillé les agissements de son ennemi potentiel. Et avec un intérêt certain puisque chacun de ces documents portait la griffe du chef de l'Appareil à l'époque de sa réception. Les plus récents rapports étaient marqués aux initiales de celui que je savais être Lombar Hisst.

Très très curieux : une organisation suprasecrète dont Voltar allait jusqu'à nier l'existence, occupée à étudier des organisations suprasecrètes que leurs gouvernements, peut-être, ne reconnaissaient pas plus.

Je jetai un coup d'œil par-dessus mon épaule. Je ressentais exactement ce que Bob Hoodward avait dû ressentir au moment de lever le couvercle.

Je remis tout en place et me plongeai dans les archives de Voltar. En découvrant le volume que cela représentait, j'en avais presque la tête qui tournait. Comment allais-je donc pouvoir éclaircir tout cela pour en tirer une histoire cohérente?

Mais si je m'en sortais, je les tenais tous! Pas étonnant qu'ils aient voulu étouffer cette affaire! Ils avaient les mains souillées du sang des innocents! Comment le peuple aurait-il supporté cette idée? Mes révélations allaient faire l'effet d'une bombe énorme!

J'étais devant une armoire marquée *Interdit*. Très intéressant.

La première chose que j'y trouvai me fit écarquiller les yeux. Je lisais :

Arrêtez Hightee Heller et gardez-la en détention. Puis négociez avec son frère afin qu'il vienne. Ensuite, tuez-les tous les deux.

LOMBAR HISST

J'en avais les mains qui tremblaient. J'étais sur la bonne piste! Hightee avait été la sœur de Jettero Heller!

Mais... Hightee Heller était encore en vie! Je l'avais vue interviewée à la vidéo un mois auparavant. C'était maintenant une femme d'âge mûr, grisonnante mais encore très belle. Elle avait chanté dans un festival-souvenir.

Je me demandai si elle était au courant du complot gouvernemental qui avait menacé son existence. Une vedette comme elle? Monstrueux!

Je trouverais peut-être d'autres détails ailleurs. Je contemplai ces millions, ces milliards de données. Et j'eus le sentiment qu'il me faudrait des années et des années pour prendre connaissance de tout ça. Et bien avant, on m'aurait expédié sur

Modon ou derrière un bureau poussiéreux. Du coup, l'espoir déclina et je me sentis abattu.

Et brusquement, comme mon regard se posait sur ce que j'avais encore entre les mains, la solution me vint.

Hightee Heller devait savoir ce qu'était devenu son frère. Elle devait posséder des lettres, des notes, des choses qui avaient échappé au gouvernement. Car il était évident qu'ils n'avaient jamais osé la capturer, après tout.

J'étais décidé. J'allais utiliser cette simple note pour approcher Hightee Heller. Et elle m'aiderait.

Ensemble, nous allions faire éclater toute cette affaire au grand jour!

Avant de prendre le chemin du retour, je demandai à Shafter de verrouiller l'entrée. L'aube pointait quand j'annonçai à tout le monde que le camping était terminé. Je demandai au chef du village de veiller sur les lieux, d'achever le projet de Corsa et lui donnai pour tout cela ce qui me restait de mon allocation.

Nous repartîmes à toute vitesse pour la cité.

Ce même après-midi, à 2 heures, en me servant des relations de ma famille avec la direction de la vidéo, je pus pénétrer dans le salon-terrasse de Hightee Heller, dans sa demeure des collines de Pausch.

C'était une femme qui gardait encore une certaine beauté, les cheveux marqués de gris, et qui me fit asseoir avec gentillesse.

– Je suis venu pour vous informer que l'on avait comploté contre votre vie, lui déclarai-je d'emblée.

Elle lut la note avant de revenir à moi.

– Vous faites quoi? demanda-t-elle.

– J'écris la biographie de Jettero Heller.

– Un écrivain. Eh bien, Monte Pennwell, je crois que vous avez frappé à la bonne porte. Il est possible que vous ayez quelques voyages à faire car tous les papiers de Jettero sont là où il est né, à Tapour, province d'Atalanta, sur Manco. Je peux vous donner une lettre d'introduction pour le bibliothécaire-archiviste.

– Mais que pensez-vous de cette menace contre votre vie?

Elle alla jusqu'à la fenêtre et contempla le panorama de la Cité du Gouvernement.

– Monte Pennwell, demanda-t-elle enfin, est-ce que vous savez bien vous battre?

– Ça, je n'en suis pas certain. Je n'ai jamais essayé.

Cela parut la surprendre. Puis elle relut la note.

– D'après cela, je crois comprendre que vous êtes tombé sur

les archives de l'Appareil de Coordination de l'Information. Avez-vous autre chose?

– Des tonnes et des tonnes. J'ai même acheté l'endroit où tout cela se trouve : l'ancienne forteresse de Répulsos.

– Mes Dieux!

Elle était pensive. Elle revint un instant au paysage avant de se retourner.

– Vous m'avez l'air d'un gentil jeune homme, Monte Pennwell. Je connais bien votre famille. Je ne vais pas vous donner de mot d'introduction. Je vais avec vous. Il y a bien bien longtemps que je ne suis pas retournée chez moi.

Et c'est ainsi que, avec les archives de l'Appareil, j'obtins toutes les informations qui m'ont permis d'achever la confession de Soltan Gris.

J'espère que vous saurez l'apprécier. Car cela représente un immense travail!

La révélation du plus grand scandale gouvernemental de tous les temps!

Et à présent, sans en ajouter plus, je vais poursuivre, rattraper Soltan Gris par le col et vous dire ce qui s'est vraiment passé à la suite de ce jour fatal où il se précipita dans la Prison Royale pour y être exécuté promptement!

Vous allez en être RENVERSÉS!

SOIXANTE-HUITIÈME PARTIE

1

Jettero Heller, officier royal de la Flotte, grade X, membre du corps des ingénieurs de combat, essayait de calmer l'ardeur de la dame de sa vie, la comtesse Krak.

L'idée d'approcher Répulsos avec ses redoutables défenses dans un remorqueur sans arme et sans blindage ne le séduisait guère.

Et, après dix mois d'absence, de retour sur Voltar après avoir pensait-il réussi la Mission Terre, il n'aimait pas du tout le tour que prenaient les choses.

Il agissait cependant encore selon ses ordres personnels, en tant qu'ingénieur de combat, ce qui lui donnait une très grande latitude. Il n'avait pas la moindre intention d'aller se présenter à l'Appareil.

Dix mois auparavant, il avait été capturé par Lombar Hisst et jeté dans une oubliette de Répulsos. C'est ainsi qu'avait commencé sa mission pour la Division Extérieure. L'officier qui devait le manipuler était un certain Soltan Gris. Mais Gris était loin de savoir que jamais Jettero Heller n'aurait accepté l'idée même d'être manipulé par l'Appareil.

Et, avant le jour du départ, tandis que l'on préparait le vaisseau de la mission, un remorqueur spatial rebaptisé *Prince Caucalsia*, il avait saisi la chance d'avoir un entretien avec Bis, du Renseignement de la Flotte.

– Les « ivrognes » de l'Apparcil sont sur un coup, lui avait révélé le jeune Bis. Nous ne pouvons intervenir directement car nous ne disposons pas de la coopération du Lord de la Flotte. Il est dans le Grand Conseil, il est noble, mais il n'est pas officier royal. Ce qu'il nous faut, ce sont des preuves en abondance. Ce n'est qu'avec ça que nous pourrons nous en sortir. Je souhaiterais que vous vous chargiez de cette mission et que vous gardiez les yeux bien ouverts. Et aussi que vous restiez sur vos gardes. Même dans les périodes les plus tranquilles l'Appareil demeure dangereux. Donc, restez en vie, montrez-vous subtil et peut-être la Flotte arrivera-t-elle à en finir légalement avec les « ivrognes ».

La mission s'était révélée suffisamment dangereuse pour séduire les tempéraments les plus suicidaires et il avait bien failli y perdre celle qu'il aimait, la comtesse Krak.

Lorsqu'il avait découvert à la vidéo que Lombar Hisst, chef de l'Appareil, était devenu le porte-parole de Sa Majesté Cling le Hautain, il avait été immédiatement alarmé.

Mais s'il se présentait à Bis pour faire son rapport, sa mission prendrait fin, ses ordres seraient rapportés et il n'aurait toujours pas résolu le problème du statut de la comtesse Krak.

Car si elle demeurait une non-personne, il ne pourrait l'épouser. Pis encore, elle resterait à la disposition permanente de l'Appareil et elle risquait d'être renvoyée à Répulsos ou même exécutée.

Il y avait ces prétendues proclamations royales que Gris lui avait données. Elles n'étaient pas encore validées par l'Empereur et elles représentaient pour Krak l'issue vers la liberté. En ce qui le concernait lui, peu importait : il en avait déjà des tonnes.

Gris avait donné les procurations à la comtesse à seule fin de s'assurer sa coopération et de démarrer la mission. Mais Jet ne se fiait à rien qui fût en rapport avec Gris.

Dans le bureau de Gris, ils n'avaient pas retrouvé les copies des proclamations. Et Gris, à ce qu'il semblait, était mort. La comtesse avait dit qu'elle avait caché les originaux à Répulsos. Dangereux, tout ça !

Mais quelques heures de plus avant qu'il se présente au rapport, ça ne faisait pas de différence. Il opérait toujours de son propre chef. Il avait alors décidé de courir le risque et avait dit : « D'accord ». Décision cruciale : aucun signe ne l'annonçait, mais elle allait cependant modifier le cours de l'existence de centaines de milliards d'êtres.

Dans l'ombre, dans les bureaux de Gris, à la Cité du Gouvernement, ils avaient empilé dans des cartons tous les dossiers de chantage qu'ils avaient trouvés et les deux marines de la Flotte les avaient ramenés jusqu'à la Réserve d'Urgence.

Le commandant Crup les attendait quand ils débarquèrent du remorqueur.

– Vous avez livré le prisonnier? leur demanda-t-il.

– Il s'est suicidé, dit la comtesse Krak.

– Eh bien, c'est autant d'économisé pour le gouvernement. J'aimerais que ça se passe comme ça pour tous les « ivrognes ».

– Peut-être que quelqu'un s'en occupe en ce moment même, dit Jet. Est-ce que vous pouvez faire le nécessaire pour que ces boîtes soient livrées au commandant Bis, du Renseignement de la Flotte? Ce sont les dossiers de chantage personnels du prisonnier. Dites-lui que je ferai mon rapport plus tard lorsque je me serai assuré d'un ultime petit détail.

Le vieux Atty, l'ex-chef d'atelier d'Heller, devenu simple gardien, était accouru, rayonnant.

– Nous avons fait le plein d'eau et d'air ainsi que de vivres et on a chargé des barres de carburant. De quoi faire le tour de toutes les galaxies!

– Mais on ne s'en servira que durant quelques heures, dit Jet. Je crois que tu as vu trop grand.

– Il te restait 100 000 crédits de côté sur tes allocations pour la Mission Terre. « L'argent des ivrognes. » Tu croyais que je n'allais pas le dépenser? J'ai même acheté des fleurs pour la demoiselle!

– En tout cas, on ramènera le vaisseau pour qu'on le mette en cale sèche.

– Mais non, intervint le commandant Crup. Le *Remorqueur 1* appartient à la Division Extérieure désormais et l'unique raison qui vous autorise à l'avoir posé ici, c'est que vous obéissez encore aux ordres de la Flotte.

– Mais c'est que je ne veux pas qu'un beau vaisseau comme celui-là tombe entre les mains des « ivrognes »! s'écria Jet. Ils vont rafler tout ce qu'ils pourront trouver en or, en argent et en pierres précieuses et ils en feront ensuite une poubelle!

– On dirait que vous vous êtes battus, remarqua le commandant Crup. Je constate que la poupe a été réparée. Ce qui vous donne le droit de faire un rapport de perte à cent pour cent et de faire cadeau du vaisseau à la demoiselle.

– Mais non, se défendit Jet. Ça ne serait pas honnête.

– Vraiment! Vous avez affaire aux « ivrognes ». Qu'est-ce que l'honnêteté vient faire là-dedans? Écoutez, Jet : je vais remplir moi-même le rapport. J'ai votre numéro d'ordre de mission. Que je sois foudroyé si l'Appareil réussit à piquer quoi que ce soit à la Flotte! Même s'ils payent pour ça!

– Non.

– Mais si. Mademoiselle, ce remorqueur spatial est à vous. Garez-le dans la cour et vous pourrez y élever vos enfants.

La comtesse Krak, accoutrée en marine de la Flotte, rougit à tel point que cela se vit même dans la nuit.

Ils éclatèrent tous de rire.

– Je vois qu'il n'y a pas moyen de garder quoi que ce soit secret ici, constata Jet. Bon, il va falloir que nous y allions. Nous avons encore beaucoup à faire cette nuit. Je vous remercie tous un million de fois. Si tout se passe bien, on vous invitera au mariage.

2

Et le *Prince Caucalsia* s'élança dans la nuit de Voltar pour un rendez-vous avec le destin que nul d'entre eux ne soupçonnait.

D'un point de vue opérationnel, pour Jet, c'était très simple. Son seul souci était la comtesse.

Pour ce qui était du remorqueur et de lui-même, ils échapperaient aux systèmes de détection. Un croissant de lune verte s'était levé et faisait vaguement briller la surface de Voltar. Au sud, il distinguait la base principale de la Flotte et, plus loin, la Cité du Gouvernement. Vers l'ouest, au-delà des torrents de lumières et des étincelles de la circulation, se dressaient les montagnes qui barraient la route du Grand Désert.

La comtesse Krak avait abandonné son uniforme de marine pour une tenue d'athlétisme. Elle se tenait derrière Heller et enfilait une paire de gants.

– C'est vraiment très simple, dit-elle. Ne sois pas si tendu. Les documents sont dans une enveloppe étanche, dans une crevasse du toit.

– Ça me soulage. J'ignore combien de temps je vais pouvoir rester au-dessus de la forteresse sans qu'on me repère. Où se trouve exactement cette crevasse? Je connais aussi ce toit.

– Juste derrière la sortie de l'ascenseur. Ils ont percé des trous supplémentaires pour installer un faux détecteur de radiations. Je me suis contentée de rouler l'enveloppe et de la mettre dans le trou. Il ne me faudra pas plus d'une seconde pour la récupérer.

– L'ascenseur de sortie a un dôme. Je peux m'y asseoir.

Parce qu'il va falloir que nous déroulions une échelle souple et ça ne me plaît pas. Il n'y a pas de couche d'Absorbo dessus.

– Écoute, tu me dis toujours que je suis un ange, mais je ne peux pas voler. J'aurai besoin de cette échelle.

– Il va falloir que nous fassions très vite. Je larguerai l'échelle et, quand je te ferai signe, tu ouvriras la porte du sas, tu lanceras l'échelle d'un coup de pied, tu fonceras comme l'éclair et tu prendras ton enveloppe avant de regrimper ici. Pas question de traîner dans le coin!

– Aye, aye, sir! lança la comtesse à la façon d'un matelot britannique.

Ce qui n'arracha pas un sourire à Heller. Il engagea l'échelle souple dans les anneaux et vérifia le tambour avant de tapoter gentiment les épaules de la comtesse.

– Bon, tu n'oublies pas de te régler sur une gravité un peu plus importante, lui dit-il. Dès que tu trouves l'enveloppe, tu remontes jusqu'au sas comme une balle, d'accord?

Il quitta le contrôle automatique et, avec une certaine angoisse, se disant qu'il aurait préféré exécuter lui-même ce numéro d'acrobate, il lança le remorqueur au-dessus des 300 kilomètres du Grand Désert, droit sur Répulsos.

Il n'appréciait guère la présence de la lune. Pas plus que l'idée de l'échelle sans Absorbo qui, redoutait-il, déclencherait en un rien de temps l'alerte dans la forteresse.

Le projecteur d'illusion était toujours monté à la pointe du remorqueur. Il s'assura qu'il pourrait fonctionner et projeter éventuellement des images illusoires si l'alerte résonnait dans Camp Endurance. Comme ça, les tirs se concentreraient sur le faux vaisseau suspendu dans les airs.

Il ignorait que Lombar Hisst, depuis longtemps, avait un canon volant secrètement garé dans les profondeurs de la forteresse. Il se disait qu'il n'avait qu'à se glisser entre les défenses et repartir et que le remorqueur était capable de ce genre de manœuvre rapide. Ensuite, il suffirait de décoller à pleine vitesse pour échapper aux tirs de la défense. Par conséquent, il se préoccupait avant tout de s'assurer que la comtesse pourrait descendre et remonter en toute sécurité. Et à cause de ça, il était très inquiet. Mais il ne pouvait quand même pas en même temps piloter le vaisseau et jouer les acrobates au-dessus de Répulsos.

Il fit descendre le remorqueur vers Répulsos, invisible et silencieux comme un fantôme, volant à basse altitude afin de ne créer aucune turbulence ni de se silhouetter sur la lune.

En dessous, la forteresse était maintenant une forme noire,

tapie sur le fond verdâtre et luminescent du désert, tout près de la veine noire de la crevasse profonde de 2 000 mètres.

Tout semblait paisible : quelques feux de camp épars brillaient dans Camp Endurance, des lanternes étaient encore allumées au long des routes et près des barrières de contrôle.

Heller descendit jusqu'à moins de vingt mètres du toit, juste à la verticale du dôme. Ses écrans ne détectaient encore rien.

– VAS-Y ! cria-t-il.

La comtesse tourna les volants du sas, repoussa la porte et lança l'échelle souple à l'extérieur.

L'ALERTE !

Les sirènes suraiguës se déchaînaient !

– REVIENS ! cria Heller. ON REPART !

Mais la comtesse avait déjà plongé !

Jet écrasa le bouton qui déclenchait l'illusion électronique et l'image du faux remorqueur se dessina aussitôt au-dessus du camp.

Un tir de barrage vorace se déclencha !

Un cône de feu électrique jaillit dans le camp, traversa l'illusion et rencontra un autre faisceau dans les airs !

Heller ne parvenait pas à s'arracher à ses commandes. Il ne pouvait pas voir ce qui se passait en bas.

La comtesse Krak avait décidé de courir sa chance. Elle était descendue de moins de dix mètres quand la première salve éclata. Elle glissa vers le toit de la forteresse, presque en chute libre.

Elle se précipita vers la cache. Dans la pierre noire comme de l'encre, le trou était difficile à repérer.

Ce fut la clarté du tir de barrage qui vint à son secours. Elle mesura à la main la distance qui la séparait du trou. Mais elle ne parvint pas à dégager la pierre ! Elle plongea la main dans sa poche : rien ! Pas le moindre outil !

Un caillou ! Il y en avait un, à moins de trois mètres de là !

Elle s'en empara. Il était lourd. Elle eut du mal à revenir vers le trou. Elle le leva au-dessus de sa tête et l'abattit avec violence !

La pierre se brisa !

La comtesse saisit un fragment au passage.

À la lueur du tir de barrage, elle vit qu'il s'agissait d'un éclat et décida de s'en servir comme levier.

Le bouchon du trou céda !

Elle entendit les appels d'Heller. Il se passait quelque chose.

Elle plongea la main dans le trou. L'enveloppe était toujours là ! Collée à la paroi. Elle la roula plus serré et parvint enfin à la décoller.

Heller criait par-dessus le vacarme ambiant.
Elle glissa l'enveloppe dans sa chemise et courut jusqu'à l'échelle.
Elle entama son escalade!
Mais elle avait perdu l'habitude de la gravité voltarienne.
Elle était à mi-hauteur. Il ne lui restait que moins de cinq mètres à gravir.
LE GRONDEMENT D'UN AUTRE VAISSEAU!
La comtesse regarda vers le haut.
LA SILHOUETTE D'UN CANON VOLANT SUR LA LUNE!
Un jet de flammes la frôla!
Et l'échelle se balança comme si un marteau énorme autant qu'invisible venait de la frapper!
Elle s'y cramponna.
Et parvint à grimper plusieurs échelons.
Une deuxième salve de feu!
Ses mains lâchèrent prise!
Une poigne la retint in extremis par le poignet!
Et, dans un violent effort, Jettero Heller la hissa jusqu'au sas! Deux coups de pied et il dégagea l'échelle qui tomba dans le noir.
– Plafond maximum! cria-t-il à l'adresse du remorqueur, désormais en automatique.
Il claqua la porte du sas et tourna le volant.
Ils montaient dans le ciel à une allure folle.
Un bref instant, il se pencha sur la comtesse et elle lui sourit.
– C'était un super numéro de trapèze. Mais franchement, je ne crois pas qu'on doive le garder dans le show. Je les ai. Mais c'était quoi?
– Un canon volant, lui dit Jet. Il devait être en embuscade quelque part. Il a concentré son feu sur l'échelle. Tes bottes ont été brûlées. Tes pieds n'ont pas été blessés?
– Ils sont juste un peu chauds.
– J'espère que leur tir a suivi l'échelle vers le bas, ce qu'il en restait en tout cas.
La comtesse se remettait.
– Nous avons ce que nous voulions. Partons, maintenant.
– Impossible. Nous pouvons tromper cette chose mais nous ne pouvons pas la distancer. Je ne peux pas activer les Y avait-Y aura car ils pointeraient leur tir sur la turbulence avant que nous soyons hors de portée. (Il cria à l'adresse du remorqueur :) Où est-ce qu'il est, à présent?
– Nous venons de passer les 1 800 mètres d'altitude,

commandant. Au-delà, ses détecteurs s'embrouillent. Mais la portée du canon est de 3 000 mètres.

– Il va falloir cracher.

– Mais je ne peux pas, commandant. Je ne suis pas équipé pour ça.

– Ferme-la, dit brusquement Heller avant d'enclencher le pilotage automatique.

Il s'installa dans le siège et lança à la comtesse :

– Tiens-toi bien!

Le remorqueur tomba comme une pierre. Heller avait les yeux rivés sur les écrans de contrôle. Il essayait de repérer le vaisseau tueur tout en tentant d'écarter sa propre silhouette de la lune.

Le canon était droit devant, esquivant pour échapper à son tir.

Et soudain, Heller inversa les commandes et revint droit sur l'assaillant.

Il appuya sur le levier qui commandait les rayons tracteurs.

Le canon volant était prisonnier. Il se balançait comme un caillou dans une fronde. Heller accompagna le mouvement en se servant des moteurs du vaisseau.

Le vaisseau adverse se mit à tourner selon un vaste cercle.

Et tout à coup, Heller le libéra.

Et il inversa à nouveau les commandes.

Le canon volant, lui, tombait tout droit vers le désert.

Un jaillissement de sable, un fracas sourd et la plainte lointaine du métal déchiré.

Heller s'empara de la radio.

Sur la fréquence de combat, c'était un brouhaha de voix. Il guettait, prêt à détecter l'envol d'un nouvel engin.

Et puis brusquement, une voix retentit :

– C'était le chef! Toutes les unités disponibles, rabattez-vous sur le point d'impact! Urgence! Urgence! Lombar Hisst s'est écrasé à 5 000 mètres au sud de Camp Endurance! Urgence! Urgence!

– Eh bien voilà! fit Heller. C'est nous. J'ai dégringolé le très puissant Lombar Hisst!

– Formidable! s'exclama la comtesse Krak. Bravo!

– Non, ma chérie. Son vaisseau n'a pas brûlé et il n'est probablement pas mort. Il est encore le porte-parole de l'Empereur et nos chances de récupérer ces documents signés sont exactement *nulles*.

3

Ils grimpaient à nouveau dans le ciel, trop vite et trop loin pour risquer d'être atteints par les tirs venus du sol. Heller surveillait anxieusement les écrans pour détecter la moindre turbulence due à d'éventuels vaisseaux d'interception.

La comtesse Krak sortit les proclamations royales de son chemisier. Elle ouvrit l'enveloppe et les regarda. La première rendait hommage à Jettero pour son succès dans sa mission et lui promettait un emploi sans risque à la cour : il avait déjà vécu trois fois plus longtemps que la moyenne pour un ingénieur de combat. Le temps était venu de l'assigner à un poste en toute sécurité pendant qu'il était encore en vie. La deuxième rétablissait la comtesse dans ses droits et son statut de citoyenne : sans elle, elle demeurerait une non-personne que l'on pouvait exécuter sans jugement et sans courir de risque. Sans elle, elle ne pouvait espérer se marier. Elle lui restituait aussi ses vastes terres de Manco dont les persécutions légales l'avaient dépouillée.

Ils étaient si beaux, ces deux parchemins, avec leur écriture enjolivée et leur sceau. Le premier portait même la signature de Cling le Hautain. La comtesse ne pouvait savoir qu'il s'agissait de faux fabriqués par le bureau de Gris. Mais si bien imités qu'ils fussent, ils ne figuraient nullement dans le registre des actes royaux de la Cité du Palais et quiconque les présenterait serait arrêté et exécuté sur l'heure. Gris avait habilement effacé ses traces et il avait même fait exécuter les deux responsables des faux.

– Regarde, dit la comtesse. Est-ce que ça ne valait pas de courir le risque?

Jet se détourna des écrans. Il lut les deux documents avec soin et ne vit rien de suspect. Mais, néanmoins, ils étaient dus à Gris.

– Très bien, fit-il. On pourra toujours les accrocher dans la grotte où nous serons cachés.

– Oh, Jettero, notre avenir dépend d'eux. Il faut que nous les fassions signer, j'insiste.

– QUOI? Après avoir fait s'écraser Lombar Hisst? À cette minute même, il doit retourner toute la planète pour nous trouver!

– Jettero, il n'a aucun moyen de savoir où nous sommes. Pour lui, il a seulement vu un vaisseau bizarre.

– J'en doute. L'illusion dont je me suis servi était l'image du remorqueur.

– Mais il ignore que tu es revenu. Gris est mort. Comment pourrait-il avoir des soupçons?

– Je te parie qu'il a déjà déclenché l'alerte.

– J'en doute vraiment, protesta la comtesse. Et, de toute façon, une alerte comme celle-là ne concernerait pas le Palais. Il y a la Garde Royale. Les questions de police ordinaire ne la concernent pas.

– Une minute! Est-ce que tu suggérerais par hasard que j'aille au palais?

– Eh bien, quand j'étais dans cette cellule, j'ai eu tout le temps de lire le traité du protocole. Un officier royal a toujours eu le droit de demander audience à l'Empereur.

– Ma petite dame, c'est peut-être écrit mais je doute qu'un officier royal se soit permis une seule fois en 10 000 ans d'en appeler à Sa Majesté.

– Mais c'est stipulé dans les règlements. Tu pourras leur demander de s'y référer.

– Alors, selon toi, je vais entrer comme ça, tranquillement, fit Heller, et lui dire : « Votre Majesté, levez-vous! Signez donc sur la ligne en pointillé! »

– Tu as ton uniforme. Celui que tu portais le jour de ton départ pour la Terre. Tu as aussi ton Étoile des Cinquante Missions Volontaires.

– Oh, non! Tu sais l'heure qu'il est?

– Les gens ne cessent de se ruer vers l'Empereur avec des mauvaises nouvelles. Tu as parfaitement le droit d'aller lui annoncer : « Bonjour! Je vous apporte de bonnes nouvelles! Je sais que Votre Majesté s'intéresse personnellement à la Mission Terre. Eh bien, je vous l'annonce : c'est fait! Signez là! » Et même si on nous donne la chasse, si nous faisons suffisamment vite, tu y arriveras avant que le Palais ne soit prévenu. Et nous serons sauvés.

– Waouh! Tu sais que tu es aussi dingue qu'un ingénieur de combat, toi? Laisse tomber!

– Jettero, en tant que future et obéissante épouse, je dois me montrer ferme et insister pour que nous y allions!

– Oh, Seigneurs, Dieux et Diables! se lamenta Heller. Si c'est cela de l'obéissance, appelez-moi vite un tyran! (Il éclata de rire.) Mais je veux te montrer que je ne suis pas un sale macho. Si tu veux courir ce risque, on va tenter le coup. Mais je veux qu'on consigne ça dans le livre de bord : « Je ne fais cela que parce que je tiens absolument à épouser la fille que j'aime. »

– Oh, Jettero!

Elle lança ses bras autour de son cou et l'embrassa.

– Alerte rouge! lança le remorqueur. Vous piquez droit vers le sol!

4

La Cité du Palais se déployait immédiatement au sud d'une montagne qui recèle un trou noir d'âge indéterminé. C'est le trou noir qui fournit l'énergie nécessaire aux palais et aux défenses de la cité. Et, en déformant l'espace-temps, il maintient en permanence la cité à treize minutes dans l'avenir.

Donc, en l'observant, et surtout à cette heure de la nuit, on ne voyait rien, si ce n'est peut-être une sorte de brume.

Depuis les âges lointains où elle avait été édifiée, jamais la Cité du Palais n'avait succombé à une attaque extérieure. Elle avait certes changé de mains à la suite de diverses révolutions de palais, mais on la considérait toujours comme imprenable, impénétrable.

Les empereurs et les gens de la cour avaient pris l'habitude de vivre avec le stress temporel : en compensation, ils avaient la certitude que la place ne tomberait jamais, même en cas d'émeutes et de troubles civils. Le seul danger était le risque mineur de voir le trou noir exploser avec une violence inimaginable. Mais ils vivaient avec ça : le Gouvernement Suprême était tellement en sécurité, l'Empereur tellement à l'abri que seul un dément aurait pu caresser l'idée de renverser le royaume. Toute tentative révolutionnaire était condamnée par avance. Des gens tels que le prince Mortiiy étaient, selon les normes, considérés à juste titre comme des fous : s'ils gagnaient à leur cause une planète ou deux, ils ne pouvaient rêver de chasser le gouvernement en place aussi longtemps que la Cité du Palais tiendrait.

C'était bien le problème auquel l'ambitieux Lombar Hisst avait été confronté quand il avait écouté la voix des anges qui lui avaient dit qu'il devait être empereur. Le seul moyen de s'emparer du gouvernement de Voltar, c'était un coup d'État déclenché à partir de la Cité même.

Et Lombar Hisst était tout près de réussir. Son arme : la drogue. Et tandis qu'ils survolaient la brume, cette même nuit, Jettero Heller et la comtesse Krak ne pouvaient savoir que tous les membres du Grand Conseil étaient devenus des accros. Tout avait commencé de façon très innocente : les médecins de la cour avaient accueilli à bras ouverts ce nouveau moyen de stimuler les énergies défaillantes des Lords. Les amphétamines à faible dose avaient ainsi fait leur entrée à la cour. Les syndromes nerveux avaient suivi et ils avaient été bien trop heureux d'accepter, moyennant quelques petits chantages, le baume qu'était l'opium. Et de l'opium, on était passé très vite à l'héroïne. Les calmants et les stimulants avaient joué leur rôle et Lombar Hisst, lui, avait le contrôle de l'approvisionnement.

Le dernier Lord encore épargné était devenu accro depuis des mois. Désormais, tous les habitants de la Cité étaient intoxiqués. Il suffisait que Hisst dise « pas d'enveloppe pour lui » pour que l'officier ou le Lord récalcitrant finisse par signer, ordonner et faire exactement ce qu'on lui disait.

Tout avait été mené en douceur. La presse médicale vantait les bienfaits des « nouvelles drogues miracles ». Et la population commençait à être inféodée.

Dans la soirée, Lombar Hisst s'était rendu à Répulsos pour inventorier et distribuer les rations de speed, d'héroïne et d'opium, car c'était à la forteresse qu'on réceptionnait les envois de la Terre. Lombar Hisst, grâce à une loi qui interdisait la culture ou la fabrication de drogues léthales dans la Confédération, avait un monopole absolu.

La Couronne était à portée de sa main et, chaque nuit, il écoutait les anges qui le pressaient. Déjà fou, Lombar Hisst s'était lui-même mis aux drogues. Un rat comme lui ne voyait rien d'insurmontable dans son ascension vers le trône. Ce genre de chose était courant sur Terre et la Terre était son modèle. Peu lui importait que jamais cela ne se soit produit dans la Confédération. Avec la drogue, il pouvait tout faire et tout lui était acquis. La Cité du Palais obéissait désormais à ses moindres caprices. Et tout Voltar serait demain à lui. Et ensuite les 110 planètes.

Telle était la situation au sein de la cité que survolait le remorqueur. Et Heller et Krak en ignoraient tout.

Fidèle à la réputation des ingénieurs de combat qui voulait qu'ils prennent des risques insensés dans des situations où il n'y avait que peu d'espoir, Heller s'apprêtait tranquillement à intervenir.

Parmi ce que lui avait fourni le vieux Atty, il y avait une liste de matricules de vaisseaux mis au rencart mais qui figuraient encore sur les listes comme étant toujours en service actif ou en réserve. Il s'était dit qu'il en aurait sans doute besoin pour circuler librement sans avoir à s'identifier et à prévenir les autres de son retour.

Le remorqueur plafonnait à 150 000 mètres, à l'intérieur du périmètre de défense planétaire et Heller appuya sur le bouton d'émission d'un signal répété : « Vaisseau de reconnaissance *Onde* en mission de test. Restez à l'écart. » Il ne s'en était pas servi au-dessus de Répulsos, mais ici, à la verticale de la Cité du Palais, c'était devenu nécessaire. Un vaisseau de reconnaissance pouvait effectuer toutes sortes de tests, depuis la concentration de la clarté lunaire jusqu'au potentiel d'un séisme. De telles missions étaient courantes dans le ciel de Voltar. Les vaisseaux restaient généralement immobiles et la règle était de les éviter.

Ainsi, les pilotes des engins de passage admettraient qu'un vaisseau était en mission de test au-dessus de la Cité du Palais et il se rendit jusqu'aux appartements de poupe pour passer son uniforme de parade. Il enfila par-dessus une combinaison de technicien, prit deux appareils radio et retourna dans le poste de pilotage.

La comtesse lui tendit les proclamations et il les glissa dans sa tunique. Puis il s'installa dans le siège de pilotage planétaire.

– On joue ça d'un coup de dés, fit-il avant d'enclencher les commandes.

Ils descendirent droit vers la brume spatio-temporelle.

Ils éprouvèrent l'habituelle sensation de vertige et de nausée et traversèrent le champ. Le chat émit un bref miaulement : il n'appréciait pas.

Et brusquement, ils virent la montagne qui se dressait sur leur gauche. Ils étaient à treize minutes dans le futur.

Jettero guettait une éventuelle sonnerie d'alarme dans la Cité du Palais, mais tout était silencieux.

Il regarda droit devant. Les lumières des palais brillaient sur les pentes, s'enroulaient dans les parcs. Il s'orienta avec assurance.

Puis, prudemment, il dirigea le remorqueur vers un épaulement de la montagne et le posa en douceur.

Il pointa le doigt vers les hublots.

– Est-ce que tu vois cette tour, là-bas, droit devant nous? demanda-t-il à la comtesse.

Elle apercevait la silhouette noire, à plus de 500 mètres de là.

– C'est là qu'est le dispositif d'alerte, expliqua Heller. (Il lui tendit une des deux radios.) Garde ça. Quand tu m'entendras crier : « Vas-y! », tu appuieras sur le bouton de mise à feu, sur le tableau de bord. Mais je ne le ferai qu'en cas d'urgence.

– Oh, chéri, j'espère que nous n'en arriverons pas là!

– Moi aussi je l'espère. Maintenant, tu restes assise bien tranquillement. C'est toi qui as le rôle le plus dur : attendre.

– Mais si tu sors, s'inquiéta-t-elle, est-ce que tu ne risques pas d'être irradié par le trou noir?

– Dans une proportion négligeable. Mais quand je serai sorti, laisse le sas fermé et ne l'ouvre que très brièvement quand je reviendrai. Dans ce genre d'opération, on court beaucoup de risques si on ne s'assure pas de tout.

– Est-ce que tu ne ferais pas bien de me donner un éclateur ou je ne sais quoi au cas où je devrais couvrir ta retraite?

– Non, tu ne ferais qu'attirer le feu sur toi. Le dispositif de défense interne dépasse l'imagination, crois-moi, et puis franchement je crois qu'ils sont plutôt négligents pour avoir laissé entrer comme ça un vaisseau de reconnaissance. Mais il est possible que les communications soient coupées à cause du champ, et pour le moment, s'ils nous ont détectés, ils doivent penser que quelqu'un nous a appelés pour une raison ou une autre. Si qui que ce soit d'autre que moi t'interpelle, ne dis rien. Ils penseront que l'équipage n'est pas à bord et qu'il est occupé à vérifier des câbles, des réflecteurs ou je ne sais quoi. Tu ne bouges pas.

Elle le regarda ouvrir le sas et sauter jusqu'au sol. Et elle commença à réaliser que les risques devaient être énormes. Une pensée terrible lui vint : elle ne le reverrait peut-être jamais.

Il contourna la proue du vaisseau, se retourna une seconde, agita la main, puis se fondit dans la nuit.

5

Dans l'obscurité de la nuit, Jettero Heller dévalait la pente de la colline entre les rochers, se dirigeant droit vers la tour de surveillance. Le sol était crevassé et rocailleux, difficile. Pas de sentier, car personne n'était supposé arriver de ce côté. Les accès de la Cité du Palais se trouvaient à plus de deux kilomètres de là, de l'autre côté du périmètre est.

Le peu de lumière qui venait des parcs et des palais revêtait le tout d'un éclat sourd et il parvenait à courir entre les rochers sans tomber. Une ou deux fois, cependant, il faillit mettre le pied dans un trou.

Il atteignit enfin la tour. Il l'inspecta rapidement du regard et trouva une tranchée de câblage qui accédait au premier palais. Le parcours était marqué par de petites entailles. Il le suivit. Si on l'interceptait, il pourrait toujours dire qu'il était un technicien venu s'assurer que tout était en ordre. Et sa progression en était facilitée, puisque le fond de la tranchée avait été aplati.

Il parvint au premier palais. Et il s'orienta. Les quartiers de l'Empereur se situaient à 1 000 mètres au sud, par-delà les autres palais et les parcs. Le bâtiment était nettement plus imposant, plus grand que tous les autres.

Maintenant, il allait falloir qu'il se décide à abandonner le rôle du technicien pour redevenir l'officier royal. Jusqu'à présent, il n'avait pas vu le moindre garde. De mémoire de Voltarien, nul n'avait jamais tenté de pénétrer en ces lieux par l'accès arrière.

Il décida qu'il valait mieux qu'un gardien ne rencontre pas un technicien pour tomber sur un officier royal la minute d'après. Dans l'ombre dense, appuyé contre le mur, il ôta sa combinaison.

Il ajusta sa casquette ronde sans bord selon l'angle voulu, mit sa jugulaire dorée, balaya la poussière de ses bottes avec une poignée d'herbe et se redressa pour observer le palais. Au-dessus de lui, à moins de trois mètres de hauteur, il vit une large fenêtre. Elle était ouverte. Il sauta et, quelques secondes après, il était à l'intérieur.

Tout, dans la Cité du Palais, était construit en cercle et le hall où il se retrouvait ne faisait pas exception. Il était dans un secteur d'habitation. Toutes les portes étaient fermées. Il n'y avait personne en vue. Il glissa son bâton d'officier sous son bras et, sans se donner plus longtemps la peine d'être silencieux, il se mit en marche.

Il arriva sur le devant. Il allait franchir la porte principale quand il sursauta : il y avait deux gardes devant lui. Ils balançaient leurs éclateurs d'un air désinvolte. Ce n'étaient pas des gardes du Palais en uniforme violet et bleu ! Mais des gardes de l'Appareil en jaune moutarde !

Un bref instant, il se dit qu'on avait dû donner l'alerte à son sujet.

Mais il était trop tard pour battre en retraite. Il s'avança donc bravement, passa devant eux et s'engagea dans l'escalier en courbe. Ils lui décochèrent un regard intrigué sans le saluer. Mais ils ne l'interpellèrent pas.

Il se dirigea vers le parc, le dos exposé à leur tir.

Devant lui, il vit la statue d'un homme d'État, généreusement illuminée. Il traversa la zone éclairée comme quelqu'un qui a un but précis et un motif légal.

Un mouvement sur le côté. Près de la statue.

Deux autres gardes de l'Appareil!

Ils ne le saluèrent pas.

Il acheva de traverser le parc circulaire avec la même sensation de vulnérabilité dans le dos.

Où étaient donc passés tous les gardes du palais? D'ordinaire, ils veillaient au long des allées, pareils à des statues. Ces gardes de l'Appareil négligés, hirsutes, lui donnaient le frisson.

Il décida soudain de modifier ses plans. Il avait besoin d'assistance. Il savait où se trouvaient les appartements du capitaine Tars Roke, non loin de là. Il se remit en marche, son bâton coincé sous le bras, ses médailles d'or scintillant sur son torse, avec le sentiment d'être un intrus, et s'approcha du secteur des appartements des officiers de la cour. Il grimpa l'escalier en courbe qui accédait à la porte principale.

Devant lui : deux autres gardes de l'Appareil!

Ils lui barraient la route!

– Je désire voir le capitaine Tars Roke, dit Heller. L'astrographe personnel du roi.

L'un des deux gardes se pencha sur un écran et pressa un bouton. Une liste de noms défila. Il releva les yeux.

– Spatial, dit-il, on dirait que vous n'êtes pas venu depuis longtemps. Il n'y a pas de Roke sur cette liste et il y a des mois qu'elle n'a pas changé.

– Il a été muté sur Calabar, intervint son acolyte en consultant un autre écran. (Il posa un regard soupçonneux sur Heller.) Quel est votre nom?

– Merci, fit simplement Heller.

Il s'éloigna d'une démarche toute militaire. Il avait l'impression d'avoir des trous dans le dos.

C'était donc pour ça que Gris s'était dit qu'il pouvait le tuer depuis quelque temps! Il avait gardé le contact avec Tars Roke selon un code convenu de souvenirs communs qu'ils ne pouvaient pas déchiffrer vu qu'il ne comportait aucune clé. Il sentit l'aiguillon de la culpabilité : ils avaient exilé le pauvre capitaine Roke pour couper le contact. Ce qui ne faisait que s'ajouter à une situation très inquiétante.

Bon, se dit-il, il ferait sans aide.

Droit devant lui, il voyait les quartiers de l'Empereur. Le bâtiment était rond, imposant, éblouissant de lumière.

Une escouade de l'Appareil passa pour la relève des gardes.

Un véhicule blindé, saugrenu dans la cité, surgit en ferraillant. Il faisait apparemment la ronde dans le secteur impérial.

Heller avait le sentiment de s'avancer dans un territoire de plus en plus dangereux. Car chaque pas qu'il faisait, il devrait le refaire en sens inverse. Tout ce qui le soutenait était l'idée que s'il parvenait à faire parapher les proclamations, il était peu probable qu'on l'abatte à vue ensuite.

Bien sûr, il ignorait qu'il n'avait sur lui que des faux qui l'entraîneraient plus vite encore à sa fin. Il s'arrêta un bref instant dans l'allée pour lever les yeux vers le monumental escalier incrusté d'or et d'argent qui accédait à l'entrée colossale.

D'ordinaire, des gardes du palais auraient été là en poste avec leur casque d'argent scintillant, mais il n'en voyait aucun.

Il assura son bâton sous son bras et, d'une démarche calme, il gravit les degrés.

Il traversa plusieurs salles d'apparat. À cette heure tardive de la nuit, elles étaient désertes et faiblement éclairées et les dorures répandaient un éclat sourd.

Arrivé à l'extrémité d'une dernière salle, il vit qu'il était au seuil des appartements impériaux. Les portes qui se trouvaient devant lui devaient donner sur les chambres. Tout le monde dormait apparemment.

L'écho de ses pas résonnait trop bruyamment et son reflet qui le suivait sur les murs polis semblait le rendre encore plus évident. En temps normal, même un officier surgissant en pleine nuit en ces lieux aurait frôlé le sacrilège. Heller avait grandi dans le respect de la personne royale et du pouvoir de la Cité du Palais. Même en plein jour et avec une raison légitime, il aurait été tendu.

Il franchit une arcade immense et se retrouva dans l'antichambre des appartements de l'Empereur. Et c'est là que sa chance l'abandonna.

Deux officiers de l'Appareil en uniforme noir étaient assis de part et d'autre de ce qui devait être la porte de la chambre impériale.

Ils le virent.

Et se levèrent brusquement.

Il s'avança jusqu'au centre de la pièce et les observa avec méfiance. Les deux hommes étaient de haute taille. Celui de gauche avait le teint olivâtre, avec les traits déformés d'un criminel. Celui de droite avait la peau grêlée et la bouche tordue. Non, ce n'étaient pas des officiers mais deux malfrats en dépit de leurs uniformes et de leurs insignes.

Et ils étaient armés de longues épées électriques! Un bâton d'officier n'en viendrait certainement pas à bout!

– Par tous les Enfers, qu'est-ce qu'un officier de la Flotte vient ficher ici? demanda le garde de gauche en s'avançant, la main sur la garde de son épée.

– J'apporte des nouvelles urgentes à Sa Majesté, dit Heller. Il faut que je la voie immédiatement.

Le garde de droite, qui n'avait pas quitté l'embrasure de la porte, se retourna brièvement avant de dévisager Heller.

– Il a perdu la tête!

– Quel est votre nom? aboya celui de gauche en continuant de s'avancer.

Heller sut qu'il courait un risque absolu et il dit :

– Jettero Heller. Grade X. Je revendique le droit, en tant qu'officier royal de...

– Heller? s'exclama le garde de gauche en s'avançant pour le dévisager. Mais c'est LUI!

Il tira son épée électrique du fourreau dans un jaillissement d'étincelles!

Celui qui était resté près de la porte s'avança à son tour, l'arme pointée.

Heller observa son adversaire le plus proche. La pointe de l'épée le menaçait.

Le temps se ralentit soudain.

La lame crépitante visait son ventre! Si elle l'effleurait seulement, il serait changé en torche! Et il n'avait pas la moindre chance de parer avec son bâton de métal.

Il fit un pas d'esquive. L'épée fendit l'air et passa tout près de lui.

Il saisit le poignet du garde.

Son compagnon chargeait.

Heller fit pivoter son adversaire et lui tordit le bras, le forçant à pointer sa lame électrique vers l'autre.

Les deux épées se heurtèrent.

Celle du deuxième garde trancha net la lame du premier.

Des flammes aveuglantes et de la fumée jaillirent.

Heller recula en s'abritant les yeux.

Le plancher avait pris feu et la fumée tourbillonnait dans la salle.

Un bouton porté au rouge tomba en tintant sur le sol.

Heller arracha un rideau et entreprit d'étouffer les flammes.

Puis il s'arrêta et tenta de percer du regard la fumée. Est-ce que personne n'était accouru? L'un ou l'autre des deux gardes avait peut-être disposé d'une alarme de poche.

Dans quel bourbier il s'était fourré! Pour le moins, on l'accuserait de tentative d'attentat sur la personne de l'Empereur!

6

Heller se dit qu'il ne trouverait le salut qu'en arrivant jusqu'à l'Empereur. Mais comment lui expliquer la mort de ces deux gardes, il n'en avait pas la moindre idée.

Il se précipita jusqu'à la porte : elle était verrouillée!

Les clés devaient être dans l'amas de cendres. Au risque de griller sa botte, il fouilla de la pointe dans les résidus. Oui, les clés étaient là! Encore rouges!

Il se servit d'un coin du rideau arraché pour les récupérer. Le tissu se mit à brûler mais il ne les lâcha pas.

Il essaya rapidement trois clés en résistant à la douleur. Il jeta un bref coup d'œil vers la porte de la salle. Personne. La quatrième clé fit jouer le pêne, mais le métal chauffé était encore trop mou et la clé resta bloquée. Il essaya encore dans le nuage de fumée qui s'était répandu. Et la serrure céda enfin. Mais la clé resta à l'intérieur.

Un dernier regard derrière lui. Et il entra.

Il était dans la chambre de l'Empereur. Il referma avec soin.

Il n'avait pas la moindre idée de ce qu'il s'était attendu à trouver : sans doute Cling le Hautain endormi dans un grand lit à baldaquin d'argent et d'or. Mais ce n'était pas du tout ce qu'il avait devant lui.

On se serait cru dans une chambre d'hôpital!

L'Empereur gisait sur une étroite couchette de métal!

Les lieux étaient dans un état de crasse absolu et la puanteur était infecte!

Une forme recroquevillée était discernable sous le drap. Il s'avança et le souleva.

Cling le Hautain, sur tous ses portraits, apparaissait comme un monarque d'âge moyen, quatre-vingt-dix ou cent ans peut-être, arrogant, autoritaire.

Mais cet être en était tellement éloigné qu'Heller, un instant, se dit qu'il avait dû se tromper de chambre.

Près de la table de chevet, il y avait une plaque lumineuse. Il l'alluma.

Mais oui, c'était pourtant bien le même homme. Mais il

devait être âgé d'au moins cent quatre-vingts ans, tout plissé et gris. Il ne lui restait que quelques mèches de cheveux emmêlées. Son visage était couvert de taches de vieillesse mais ce n'était pas cela qui renforçait l'impression de sénilité : l'Empereur semblait mourir de faim. On discernait la forme des gencives sous la peau de son visage.

Ses paupières battirent et il ouvrit les yeux. Ils étaient injectés de sang. Il leva une main inerte et, sur son visage, la peur fut remplacée par une expression de reconnaissance.

– Vous êtes un officier royal? coassa l'Empereur.

– Votre Majesté, fit Heller en s'agenouillant aussitôt.

La main squelettique lui gratta faiblement la poitrine.

– Un véritable officier royal, ajouta l'Empereur avec une note d'incrédulité.

– À votre service, Majesté.

– Oh, les Dieux soient loués! Enfin! Au nom de ma lignée tout entière, faites-moi sortir d'ici avant que Hisst ne me tue!

Heller était sur le point de répondre quand il perçut un bruit de bottes dans l'antichambre. Des hommes accouraient en nombre! L'un des officiers de garde avait dû déclencher l'alerte!

Il prit sa radio et cria : « Vas-y! »

La porte ployait déjà!

Des gardes hurlaient.

Dans le lointain, une sirène retentit et monta vers les aigus. D'autres appels d'alarme suivirent.

Heller se précipita vers la porte.

Elle céda brusquement!

Le premier garde qui fit irruption dans la chambre fut accueilli par un coup de bâton en pleine figure. Il bascula et son éclateur se retrouva dans la poigne d'Heller et revint lui défoncer la poitrine.

D'un seul élan, Heller se retrouva sur un genou.

Et il appuya sur la détente.

L'arc de feu balaya les assaillants.

Un jet de flammes monta vers le plafond.

Des bouts de chair volèrent un peu partout.

Heller se releva. Un garde était encore indemne. Il l'abattit.

Il ne resta plus qu'un nuage de fumée et des corps disloqués.

Le vacarme des gongs et des sirènes se faisait assourdissant.

Et des clameurs s'élevaient de toutes parts.

Heller s'empara d'une couverture et en enveloppa l'Empereur. Celui-ci agitait désespérément les mains et il prit conscience qu'il lui montrait une armoire sur le côté.

Heller l'ouvrit à toute volée. Il y trouva la couronne, les chaînes et le sceau en diamant du pouvoir. Il mit le tout dans un sac qui était là et vit que Cling le Hautain hochait la tête en signe d'approbation.

Il le prit à bras-le-corps, dissimula le sac sous la couverture et se précipita à travers l'antichambre.

7

Heller avait pris soin de masquer son royal fardeau afin que nul ne puisse l'entrevoir.

Des torrents de gens surgissaient du bâtiment en se bousculant, affolés.

Il fut littéralement balayé jusqu'au grand escalier, comme une feuille dans la tempête.

Les gongs et les sirènes fracassaient la nuit.

Il voulut courir, mais la foule l'emportait toujours en avant.

Il fit un effort intense pour se porter sur sa gauche, et bientôt il échappa au flot de la foule paniquée.

L'Empereur plus les symboles de son pouvoir devaient peser dans les quatre-vingts kilos et, sous cette gravité plus forte que celle que Jettero avait connu sur Terre, il avait quelque difficulté à courir. Mais il progressait néanmoins vers le nord, droit sur la montagne.

Comme il contournait un bâtiment, il fut happé par une nouvelle vague hurlante, qui fuyait à la fois vers l'est et le sud. Il se replia contre le mur et se voûta pour résister au flot humain.

À nouveau, la route fut libre. Il se mit à courir tant bien que mal et traversa un parc.

Une troisième horde arrivait sur lui avec la violence d'un bélier. Il se laissa tomber à l'abri d'une statue et laissa la foule s'écouler.

Une fois encore, il se releva et reprit sa progression. Il contourna le bâtiment situé le plus au nord et repéra aussitôt la tranchée par laquelle il était venu. Il s'y engagea et courut de toutes ses forces vers la tour.

Son cœur battait dans sa poitrine et il avait le souffle court. Ses bras devenaient douloureux. Et il avait encore près de 1 000 mètres à parcourir sur la pente, entre les rochers.

Trébuchant, il slalomait en évitant les trous et les failles, montant vers le remorqueur. Il se dit que d'un instant à l'autre ses poumons allaient prendre feu.

Les ultimes cent mètres furent une véritable torture.

Il atteignit le sas. La comtesse lui avait ouvert. Dans la pénombre, il discerna vaguement son visage tendu.

Il déposa son fardeau.

Et, dans un dernier souffle, il lança :

– Décollage ! Vitesse maximale !

Le remorqueur jaillit vers le ciel.

La comtesse referma le sas et le verrouilla avant d'allumer.

– Tes mains ! s'écria-t-elle. Elles sont brûlées !

Heller, accroupi sur le sol, trouva la force de hocher la tête.

– Oui, fit-il dans un halètement. Il a fait chaud !

Le remorqueur escaladait le ciel. Ils retraversèrent la barrière spatio-temporelle et connurent la même torsion nauséeuse.

La comtesse sortit de la fausse peau de son sac et en pulvérisa sur les mains d'Heller.

– Dès que j'ai entendu ton signal, lui dit-elle, j'ai appuyé sur le bouton. Et rien ne s'est produit !

– Oh, mais si ! fit-il en portant les mains à sa poitrine et en luttant pour respirer. Tu as envoyé un flux artificiel de rayonnement gamma dans leur dispositif d'alerte. Ce qui a déclenché l'alarme générale. Ils ont cru que le trou noir de la montagne était sur le point d'éclater. Et j'ai bien failli me faire piétiner ! Ils sont probablement tous entassés tout au fond de la Cité, contre les portes. Bien joué. (Il réussit à inspirer deux fois à fond.) Oh, je ne tiens vraiment plus la forme.

Il se redressa tant bien que mal, s'approcha du tableau de bord, coupa le signal d'identification du vaisseau de reconnaissance *Onde*, fouilla dans un sac et en sortit l'immatriculation du croiseur *Vanguard*, de la Patrouille Régulière.

– Où sommes-nous? cria-t-il à l'adresse du remorqueur.

– Nous pénétrons dans le périmètre de portée maximale du dispositif de défense à 750 000 mètres d'altitude. En accélération pour atteindre 80 kilomètres/seconde. Je ne détecte aucun rayon.

– On dirait que nous en sommes sortis, commenta Heller. Mais ça ne veut rien dire. Nous ne savons pas où aller.

La comtesse Krak le suivit tandis qu'il retournait dans le sas. Il récupéra ce qu'il avait apporté.

– Est-ce que tu as réussi à les faire signer? demanda-t-elle.

Il ne lui répondit pas. Il se dirigea vers la petite infirmerie du vaisseau, lâcha le sac dans un coin et étendit le corps, toujours enveloppé dans sa couverture, sur la table.

La comtesse l'observait sans rien comprendre.
– Je t'ai demandé si tu avais fait signer les proclamations.
Il sangla le corps inerte sans répondre et couvrit les extrémités des bras et des jambes.
– Non, dit-il enfin.
– Hoho! gémit la comtesse.
– D'autres devoirs plus urgents se sont présentés, continua Heller tout en prenant un poignet parcheminé entre ses doigts et en cherchant le pouls.
– Qu'est-ce qui peut être plus urgent? demanda-t-elle.
Il montra l'homme allongé sur la table.
– Lui. Sa Majesté Cling le Hautain.
– QUOI? (Elle s'approcha.) Par tous les Cieux! C'est LUI! (Et elle ajouta :) Alors il peut encore signer!
Heller secoua la tête.
– Je ne sais pas. Je ne l'ai pas évacué pour ça. Hisst le retenait prisonnier et il m'a donné l'ordre de le faire évader. (Il secoua encore une fois la tête.) Mais je ne pense pas que cela ait été vraiment utile. Il semble qu'il soit à l'agonie.
– Oh, NON! cria la comtesse.
– J'en ai peur. Son pouls est extrêmement faible.
– Il ne pourrait rien arriver de pire!
– Mais si. Il n'existe aucun enregistrement de ces ordres. Et quand ils vont se réveiller, là en bas, et qu'ils vont s'apercevoir que la montagne n'a pas sauté et que c'était une fausse émission de rayons gamma, ils vont croire que je l'ai kidnappé.
– Pourquoi? Ils ne peuvent pas savoir que c'était toi.
– Mais si, ils le peuvent et ils le comprendront vite. J'ai eu une petite explication avec une patrouille dans les appartements de l'Empereur. J'ai commis une faute grave, même si personne ne m'a reconnu. Dans la bataille, j'ai perdu mon bâton. Et il porte mon nom.
– Oh, Jettero!
– Oui. Je fais un beau crétin. Nous venons de commettre l'un des plus grands crimes qui soient contre l'État. Et nous n'avons nulle part où aller.

SOIXANTE-NEUVIÈME PARTIE

1

– Où sommes-nous? lança Heller à l'adresse du remorqueur.

– Dix mille mètres d'altitude, en accélération. Nous avons été interpellés une seule fois, sans suite. Voulez-vous abaisser vos volets antiradiations, je vous prie. Nous allons pénétrer dans la couche inférieure de la magnétosphère.

Heller s'exécuta.

– D'autres dangers? demanda-t-il.

– Nous allons trop nous rapprocher de la lune Niko si nous conservons ce cap.

– Eh bien, évite-la, dit Heller.

– Vous feriez bien de décider de notre destination. Avec cette accélération, l'espace seul sait où nous pouvons terminer.

Heller retourna à l'infirmerie sans commentaire. La comtesse avait apporté d'autres couvertures et les disposait sur l'Empereur.

– Je crois qu'il est endormi mais il me paraît affreusement nerveux.

Heller reprit le pouls de l'Empereur.

– Le pouls est faible et irrégulier. Il a besoin d'assistance médicale, et là je suis dépassé.

Il retourna dans le poste de pilotage, alluma la radio et la régla sur la bande de la police.

Aussitôt, les messages déferlèrent.

« ... tirer à vue. Toutes les patrouilles et les stations en état d'alerte. Un mandat général a été lancé à l'encontre de Jettero Heller, ingénieur de combat de la Flotte, grade X, pour tentative de meurtre sur la personne de Lombar Hisst, chef de l'Appareil et ministre de l'État. Cet officier est armé et résolu. Le mandat stipule que l'on ne doit prendre aucun risque. Tirer à vue. Toutes les patrouilles et stations en état d'alerte. Un mandat général...

La comtesse Krak avait entendu.

– Comment peut-il être aussi sûr que c'était toi?

Heller secoua la tête.

– Peu importe à présent. Ce qui compte, c'est que nous avons ici un homme malade et que je ne peux pas le soigner. Je n'oserai jamais mêler une unité de la Flotte à cette histoire.

L'Empereur était agité de spasmes. Son bras jaillit de sous les couvertures. Heller l'observa. Il lui saisit le poignet et tourna l'intérieur du bras sous la lumière.

La comtesse étouffa un cri. Le bras de l'Empereur était marqué de traces d'aiguilles et de cicatrices.

Heller leva l'autre bras et l'examina. Il était dans un état encore plus grave.

Il le laissa retomber et s'empara d'une mini-lampe. Il souleva une paupière, examina l'œil puis se redressa.

– Héroïne! souffla-t-il.

– Comment?

– J'ai déjà vu ça. Mary Schmeck.

– Qui? Une femme?

– Ça n'a pas d'importance. Cette pauvre créature est morte. Et tout ça à cause d'un petit sac de rien du tout.

La comtesse était perplexe.

– Mais qu'est-ce que tout cela signifie?

Jet ignora la question.

– Hisst a fait de l'Empereur un héroïnomane. Et j'ignore s'il n'y a pas autre chose derrière ça. Mais il présente des signes de crise de manque et, à son âge, je ne pense pas que son cœur puisse le supporter.

– Oh, le pauvre homme! Qu'il signe ou non, Jettero, il ne faut pas le laisser mourir comme ça!

Il demeura un instant immobile, songeur, puis son visage s'éclaira.

– Écoute, dit-il. Maintiens ce masque à oxygène en place. Je reviens.

Il avait trouvé une solution. Il avait ramené de la Terre des échantillons d'héroïne, d'amphétamines et d'opium, mais il les avait remis à Crup afin qu'ils servent de pièces à conviction pour Bis. Mais il se souvenait à présent que Gris avait eu diverses drogues sur lui lorsqu'ils avaient quitté Voltar, ce fameux jour. Il se rendit dans sa cabine et ouvrit les placards. Mais ses espoirs fondirent : il n'y avait rien.

Il se dit alors que Gris avait fort bien pu les cacher ailleurs et passa dans la cabine d'à côté, celle qu'avait occupée le capitaine Stabb. On n'avait fouillé aucune des cabines des Antimancos. Il ouvrit un placard au hasard.

DES SACHETS!

Des amphétamines, de la morphine et de l'héroïne!

Stabb lui aussi était devenu un accro!

Rapidement, il fit le tour de toutes les cabines de l'équipage Antimanco.

Tous avaient été des drogués!

Avec sa récolte, il regagna l'infirmerie.

– J'ai tout! dit-il à la comtesse. Maintenant, aux noms des Cieux, comment lui injecter ça?

– Tu ne vas quand même pas le piquer avec ce poison? s'inquiéta la comtesse, terrorisée.

– Je sais que c'est une façon bien étrange de servir son Empereur, mais pour l'heure, c'est le seul moyen que j'aie de l'arrêter sur cette pente mortelle. Si je ne fais pas ça, il va se réveiller, il va avoir des flashes, il va éprouver d'atroces douleurs dans les jambes et il se peut que son cœur ne le supporte pas. À la suite de quoi il aura de la fièvre, des vomissements, et mourra probablement.

Il essayait de se souvenir de ce qu'il avait lu dans le bureau du FBI. Tout ce qu'il savait, c'est que Mary Schmeck ne serait pas morte si elle avait eu sa dose à temps.

Il trouva une tasse en métal et la mit dans un stérilisateur. Puis il y versa de l'eau qu'il fit bouillir sur un brûleur. Il n'était pas sûr de ce qu'il faisait et il avait conscience que ses chances de réussite étaient minces. Il ne savait même pas quelle était la quantité exacte d'héroïne à utiliser. Il ouvrit un sachet et en vérifia quand même le contenu. Il le versa dans l'eau et regarda les cristaux se dissoudre.

– Est-ce que nous savons seulement ce que nous faisons? demanda la comtesse en remarquant son hésitation et son incertitude inhabituelles.

– Non, fit Heller. Tout ce que nous savons, c'est que si nous ne le faisons pas, nous aurons un cadavre sur les bras demain. Prends ce tube de pression sanguine et enroule-le autour de son bras.

Puis il prit un injecteur à pression dans un tiroir et le remplit de liquide.

Il chercha une veine mais aucune ne semblait intacte. Il fit signe à la comtesse d'ôter le tube qu'elle venait de fixer et de le remettre en place au milieu de la cuisse. Il ne trouvait toujours aucune veine dans laquelle piquer.

Il prit une profonde inspiration et pressa enfin l'injecteur sur l'intérieur de la cuisse.

– Il ne nous reste plus qu'à espérer, dit-il. Je ne sais pas quel est son seuil de tolérance. Je ne sais pas si cette injection sous-cutanée suffira. Je ne sais pas si je ne lui ai pas donné une overdose. Alors surveille-le et garde-le sous oxygène.

– Mais c'est un risque terrible! s'exclama la comtesse.

– Oui, mais il y a un risque plus terrible encore si nous ne faisons rien.

Ils attendirent en retenant leur souffle.

Peu à peu, les soubresauts de l'Empereur s'apaisèrent et cessèrent. Est-ce qu'il allait glisser dans le coma?

Heller reprit son pouls. C'était difficile à dire avec certitude mais il paraissait remonter. Et le souffle était moins oppressé, plus près de la normale.

Est-ce qu'on allait vers l'overdose?

L'Empereur ouvrit alors les yeux. Heller retira le masque à oxygène. Il était malaisé de déchiffrer une expression sur ce visage émacié, éthique, qui évoquait plutôt le masque de la mort. Il les regardait. Puis il poussa un long soupir et ses paupières retombèrent.

Heller reprit le pouls et écouta le rythme de sa respiration.

– Il dort simplement. J'aimerais bien que nous parvenions à l'alimenter.

– S'il se réveille, j'essaierai, dit la comtesse. Il a encore besoin de beaucoup de soins.

– Ça, je n'en doute pas, approuva Heller. Mais si Lombar Hisst est allé jusque-là, rien ne l'arrêtera s'il veut le reprendre. Et pour Sa Majesté, c'est la mort certaine. Et je pense également qu'il n'existe pas un seul docteur dans toute la Confédération qui sache comment lutter contre une intoxication. Tout ça est trop nouveau pour eux. Et nous ne pouvons nous poser sur aucune planète...

Soudain, lui et la comtesse se regardèrent. Et ils prononcèrent ensemble le même nom à la même seconde : « PRAHD! »

2

C'est ainsi qu'ils repartirent pour la Terre, à vingt-deux années-lumière de distance de Voltar.

Rebaptisé *Prince Caucalsia*, le *Remorqueur 1*, sans remorque et équipé de puissants moteurs Y avait-Y aura destinés aux croisières transgalactiques, pouvait rallier Blito-P3 en trois jours. Heller savait que cet avantage leur donnait trois semaines et trois jours d'avance sur n'importe quel autre vaisseau lancé à leur poursuite. Il ne doutait pas un instant que Lombar penserait qu'ils avaient cherché refuge sur la Terre, mais il faudrait six semaines pour les rattraper. Autant de gagné.

Avec la comtesse, ils se relayaient au chevet de l'Empereur. Son état était critique. Cling le Hautain était au seuil du coma et il était difficile de communiquer avec lui.

Il n'y avait pas que sa vie en jeu : s'il ne parvenait pas à témoigner qu'ils étaient là sur ses ordres, Heller serait accusé d'enlèvement sur la personne impériale. Mais reconnaissons que ce n'était pas ce qui le préoccupait. Il se concentrait surtout sur cette vie qu'il voulait sauver.

Il y avait quelque chose d'autre, lui et la comtesse en étaient certains. L'homme avait de la peine à déglutir et il était presque impossible de le faire boire ou manger. Et l'état de ses veines était tel qu'ils n'osaient tenter des injections. La comtesse le bassinait régulièrement et humectait ses lèvres craquelées. Elle aurait aimé trouver un moyen de l'alimenter.

Toutes les trois heures ou les six heures, quand il commençait à s'agiter, ils lui administraient une dose d'héroïne en injection sous-cutanée. Apparemment, c'était à cette seule condition que son cœur continuait à battre.

Anxieux et défaits, ils se retrouvèrent enfin à la verticale d'Afyon, en Turquie, et au début de la nuit ils se glissèrent à travers l'illusion de montagne qui dissimulait la base terrienne.

Faht Bey était dans le hangar, inquiet de les voir débarquer. Ils n'étaient partis que sept jours auparavant et tout était censé se passer pour le mieux sur Voltar. Heller, pourtant, leur avait dit que s'ils avaient des difficultés, ils reviendraient en catastrophe.

Heller ouvrit le sas et cria aussitôt :

– Allez me chercher Prahd et une ambulance. Vite!

Faht Bey partit en courant pour aller téléphoner. Il revint avec une échelle. Heller descendit, portant un corps enveloppé dans une couverture.

– Qui est-ce? demanda Faht Bey dès qu'il mit le pied à terre. Est-ce que nous avons des ennuis?

– Plus tard, plus tard, fit Heller, impatient.

Il se dirigeait vers l'entrée du tunnel et Faht Bey courut derrière lui.

– Où est Gris?

– Mort, pour autant que je sache.

– Les Cieux soient loués! J'espère que ç'a été une vilaine mort.

– Je le crois, dit Heller. Où est cette ambulance?

– Elle arrive, elle arrive.

Quand ils arrivèrent au casernement des équipages, l'ambulance était là. Avec Prahd. On allongea l'homme sur un brancard et l'ambulance redémarra dans un hurlement de sirène.

– Qu'est-ce qu'il a? demanda Prahd en tirant la couverture.

– Si seulement je le savais, je ne serais pas là, dit Heller. Il est intoxiqué à l'héroïne et presque dans le coma, mais il ne semble pas se remettre. Je ne crois pas que son cœur supporte le manque. Mais il y a autre chose.

Prahd se pencha sur le visage émacié et les bras flétris.

– Extrême déshydratation.

– On dirait qu'il n'arrive pas à avaler. Toutes ses veines sont détériorées. Écoutez-moi : mettez-le dans une chambre absolument sûre et ne laissez personne l'approcher.

– Pourquoi?

– Faites ça, c'est tout.

– Je vais l'installer dans le sous-sol, à l'écart des visiteurs. Les gardes sont sourds-muets. Et qu'est devenu Gris?

– Il est certainement mort.

– Loué soit Allah pour ses avalanches bénies! cria Prahd. Voilà une merveilleuse nouvelle. Tout va bien, donc.

– Pas vraiment. Si cet homme meurt, nous allons tous avoir des ennuis.

– Mais qui est-ce?

– Ne vous en faites pas, dit Heller.

Ils étaient à l'entrée du sous-sol. On ôta l'homme du brancard et l'infirmière Bildirjin apparut. Par gestes, elle fit comprendre aux aides de préparer un bac de traitement.

Prahd mit les tubes en place et se mit à lire les indications des compteurs. Il travaillait fébrilement et Heller se tenait à l'écart.

Finalement, il s'approcha et annonça son diagnostic :
– Il est complètement speedé. Amphétamines.
– Alors je ne lui ai pas injecté la drogue qu'il fallait! s'exclama Heller.
– Non, non. Il était également sous héroïne. Vous avez réussi à lui éviter la crise de manque, ce qui l'aurait tué, vu l'état de son cœur. Il était accro : speed dans la dépresse et héroïne quand on décolle trop. Vous avez réussi à l'amener ici vivant.
– Pas tant que ça.
– Quand vous l'avez trouvé, il devait être au bord de l'agonie, déclara Prahd. Il est âgé et les amphétamines n'ont fait qu'accélérer le processus de vieillissement prématuré. En quelques mois, ce genre de saleté vous fait vieillir de plusieurs années. S'il avait encore des dents quand il s'y est mis, il ne lui en reste presque plus. Et toutes les glandes de son organisme sont atrophiées. Qui est-ce?
Heller ne répondit pas. Il ne tenait pas à donner une telle responsabilité à Prahd.
Mais Prahd avait tiré ses propres conclusions. Il consulta le résultat du test hématologique ainsi que d'autres et ses yeux verts se fixèrent sur Heller.
– Cet homme n'est pas du commun. Il appartient à la noblesse. Il est le résultat d'une solution génétique qui remonte à des dizaines de milliers d'années.
– Vous pourrez réussir à le sauver?
– Je l'ignore. Au mieux, il s'en tirera avec un esprit embrumé. Son vocabulaire aura perdu quelques centaines de mots. Il faut des années pour se remettre des amphétamines et il est déjà si vieux que je doute qu'il puisse récupérer.
– Vous pouvez le remettre debout?
– Je ne sais pas.
– La raison principale de sa présence ici, expliqua Heller, est essentiellement humanitaire. Il ne fallait pas qu'il soit assassiné. Mais il est également important qu'il puisse parler et écrire.
Les yeux de Prahd se rétrécirent. Revenant en arrière, il contempla le vieillard qui flottait dans le fluide. Et quelque chose parut émerger dans sa mémoire. Il souleva tout à coup le convercle et prit l'épaule du vieil homme. S'emparant d'une brosse, il la plongea dans le liquide et la frotta sur la peau. Un dessin devint lisible. Une comète.
Il recula, l'air stupéfait.
– La marque que l'on appose sur les enfants royaux! (Il regarda Heller.) C'est Cling le Hautain, l'Empereur de Voltar!

– Oui, fit Heller, et si vous ne parvenez pas à le sauver afin qu'il apporte la preuve que je l'ai enlevé de la Cité du Palais sur ses ordres, nous serons tous exécutés pour avoir capturé et détenu l'Empereur.

Prahd s'écroula sur un banc. Il s'épongea le front avec sa blouse.

– Vous parlez d'un moyen de devenir Médecin Royal!

3

La comtesse attendait Heller dans le sas du remorqueur.

– Est-ce qu'il s'en tirera? demanda-t-elle aussitôt.

– Je l'ignore.

– Pauvre vieil homme. Quand le saurons-nous?

– Pas avant plusieurs jours. Nous sommes dans une mauvaise passe mais il faut au moins que je m'assure que cette planète va bien.

– Tu penses que nous pouvons en avoir besoin?

– J'en doute. Mais Izzy est notre ami et je dois prendre de ses nouvelles. Ce n'est pas avec joie que je suis parti et je ne l'aurais sans doute pas fait si je n'avais pas espéré rentrer à temps pour alerter les Renseignements de la Flotte. Ce que je n'ai pu faire.

Il prit le vidéophone et gagna le hangar pour que la communication ne soit pas brouillée par le vaisseau. La sonnerie retentit à l'autre bout.

Mais il ne se passa rien!

L'écran demeurait vide!

Pourtant, calcula Heller, ce devait être la fin de l'après-midi à New York et Izzy aurait dû être à son bureau.

Dans les deux heures qui suivirent, il réitéra plusieurs fois son appel.

Sans résultat!

Il emprunta le tunnel jusqu'au bureau de Faht Bey. Là, il passa un appel intercontinental et répondit sèchement aux questions des multiples standardistes du réseau turc. Pour des raisons obscures, elles ne paraissaient pas en mesure d'entrer en communication avec le numéro d'Izzy à New York.

Heller essaya de passer par le dispositif de liaison de la base et appela le bureau de New York. Les fax prouvaient qu'on travaillait encore là-bas. Quand ils réalisèrent que le message émanait d'Heller, ils se montrèrent aussi excités que respectueux : ils étaient heureux d'appartenir désormais à la Flotte. Il leur communiqua les numéros des bureaux de l'Empire State Building et leur demanda d'essayer n'importe quel subterfuge pour qu'Izzy soit devant son vidéophone et réponde à son appel.

Il attendit. Et le fax se déroula sous ses yeux :

L'opératrice des Renseignements de New York déclare que tous les numéros donnés, commandant, ont été suspendus.

Il répondit aussitôt :

Est-ce que Raht est là?

La réponse vint instantanément :

Non, commandant, il est à la base.

Heller les remercia et éteignit la machine. Il retrouva Raht dans le quartier des équipages.

– Est-ce qu'il est arrivé quelque chose? lui demanda-t-il quand leurs effusions cessèrent.

– Non, commandant. J'y suis passé il y a deux jours avant de venir ici. Tout allait bien. Bien sûr, ça a créé du remue-ménage là-bas comme ici. Vous savez peut-être que la Turquie et la Suède ont occupé l'ancien territoire russe et qu'elles sont sur le point de se faire la guerre pour annexer l'ensemble. On a décrété la mobilisation générale aux États-Unis. Je ne sais pas si cela a un rapport. Mais quand j'ai quitté l'aéroport Kennedy, il y avait des soldats partout. Et tous les vols n'étaient pas assurés. Est-ce que vous pouvez en déduire quelque chose?

– Non, fit Heller. Ça ne semble rien avoir à faire avec Izzy. Il est classé 4 F, réformé pour tendance à l'allergie et diverses autres choses. Alors vous êtes certain qu'il va bien?

– Je l'ai vu de mes propres yeux. Il courait dans un couloir en brandissant des paperasses. Il avait l'air surmené, d'accord, mais en forme.

– Mais bon sang! Qu'est-ce qui a bien pu lui arriver durant ces deux derniers jours? Toutes les lignes ont été coupées.

– Vous voulez que j'y retourne, commandant?

Heller secoua la tête.

– Quel jour sommes-nous?

– Nous sommes mercredi.

– Toutes les options doivent être levées lundi prochain. S'il ne s'en occupe pas, il va avoir des ennuis à la tonne.

Il retourna au remorqueur et monta à bord. Il se rendit directement dans les appartements arrière. Quand la comtesse arriva, il venait de revêtir un complet d'été.

– Écoute-moi, lui dit-il. Je veux que tu ne quittes pas l'Empereur du regard et que tout aille aussi bien que possible. Et veille aussi sur la base.

– Où vas-tu? s'inquiéta-t-elle.

– Je vais me faire conduire à Istanbul par Ahmed et Ters. Je compte prendre l'avion du matin pour New York.

– Oh, non! Izzy a des ennuis?

– Je ne sais rien de certain. Mais je te promets de ne pas partir avec une Miss Amérique quelconque. Je serai de retour dans quelques jours. Tu peux m'appeler ou même me laisser des messages à l'appartement.

Il faisait sa valise. Puis il prit dans une armoire une luge pliante du modèle réservé aux troupes spatiales. Il y ajouta quelques bombes.

– Grands Cieux! fit la comtesse. On dirait que tu pars en guerre!

– En tout cas, c'est l'ambiance. Mais je ne fais que prendre mes précautions.

– Des précautions? Avec des bombes?

Il rit et l'embrassa. Il retourna dans le sas. Un miaulement terrible l'arrêta. Monsieur Calico se tenait sur le dernier barreau de l'échelle, apparemment peu décidé à le laisser descendre.

– Avec tes vêtements et ta valise, dit la comtesse, il a compris que tu allais quelque part et que tu le laissais en plan.

Heller affronta le regard du chat.

Monsieur Calico miaula pour la seconde fois d'un air peu aimable.

Heller se remit à rire, prit un sac à bandoulière et y laissa tomber Monsieur Calico. Presque instantanément, la tête du chat émergea. Il ronronnait.

Heller et la comtesse s'embrassèrent encore. Puis Heller descendit l'échelle avec sa valise et Monsieur Calico dans son sac en bandoulière. Il ne le savait pas encore, mais il partait vraiment en guerre!

4

Pour Monsieur Calico, le voyage jusqu'à New York fut un pur plaisir. Jettero avait opté pour une compagnie étrangère qui ne se montrait pas trop regardante à l'égard des animaux à condition qu'ils voyagent dans des paniers et le steward lui avait même octroyé un siège libre à côté d'Heller, près d'un hublot. De là, il avait pu admirer le panorama des mers et des montagnes. Il avait également apprécié la nourriture, aussi bien à bord que dans le restaurant de luxe où l'emmena Heller durant leur escale prolongée à Bruxelles. De même que le lit jumeau qu'ils se partagèrent dans un palace.

C'est depuis la Belgique qu'Heller tenta à nouveau de joindre Izzy. Pour s'entendre dire que les lignes avaient été résiliées. Il appela alors à l'appartement et Balmor lui répondit.

– Est-ce que vous savez où Izzy peut être? lui demanda-t-il.

– Mais non, monsieur Jet. Je m'inquiétais moi-même à son sujet. Il est passé ici dimanche et il était censé revenir hier pour s'assurer de l'état des arbustes plantés par le jardinier. Mais il n'est pas venu. Il y a quelque chose de grave?

– J'espère bien que non, fit Heller. Ce serait un désastre s'il avait disparu. Venez me prendre à Kennedy avec la Silver Spirit. J'arrive à 2 heures de l'après-midi, vendredi.

Et il lui donna le numéro du vol.

– Oh, je suis tellement ravi de votre retour, monsieur Jet. Madame sera-t-elle avec vous?

– Pas cette fois. Mais elle va bien et vous envoie son bonjour.

– Elle est si charmante, monsieur. Une vraie américaine. D'accord, monsieur. A 2 heures à Kennedy.

C'est alors qu'ils survolaient l'Atlantique qu'Heller prit conscience que Monsieur Calico ne serait pas admis aux États-Unis à moins d'être retenu en quarantaine durant plusieurs mois.

– Ils repoussent toujours systématiquement ceux qui débarquent, apprit-il au chat, des griffes et des dents. Mais nous ne ferons qu'un.

Quand ils débarquèrent, Heller avait remis Monsieur Calico dans son sac et avait refermé le zip, ne laissant qu'un entrebâillement étroit pour lui permettre de respirer.

Le zombie installé derrière le comptoir du service d'immigration prit le passeport d'Heller et consulta son registre secret pour vérifier qu'on ne recherchait pas un certain Jerome Terrance Wister. Puis il appuya sur divers boutons avec ses genoux, consulta furtivement des écrans clandestins et, n'ayant rien relevé de suspect, il laissa enfin passer Heller.

Le comptoir des douanes se trouvait immédiatement à la suite. Il y avait une queue énorme. On avait mis la main sur une vieille dame qui avait du sel dans ses bagages et que l'on soupçonnait d'être une trafiquante d'héroïne. On l'avait poussée contre un mur, bras et jambes écartés, et on procédait à la fouille : l'accueil américain aussi chaleureux que typique

Heller prit place dans la queue et se pencha pour relacer ses chaussures – un exploit puisqu'il n'avait pas de lacets. Il en profita pour déposer le sac et, à l'abri des jambes de ses voisins, il l'ouvrit et Monsieur Calico se glissa dehors.

Il lui murmura des instructions précises, puis se redressa.

– De la nourriture pour chat? s'étonna l'inspecteur des douanes. Mais qu'est-ce que c'est que ça, Bon Dieu? Vous importez de la nourriture pour chat américaine sur le territoire des États-Unis? Barney, ouvre-moi ça et regarde s'il y a pas du hasch.

Le dénommé Barney s'exécuta et revint bientôt en mâchonnant.

– Pas de drogue. Rien que des agents conservateurs. Mais y en a deux qui figurent sur les listes des cancérigènes de la FDA. Il va falloir qu'on confisque le tout.

Heller leur laissa les boîtes et s'avança. Monsieur Calico l'avait tranquillement suivi sous le comptoir. Arrivé dans la salle de récupération des bagages, Heller posa son bagage sur le comptoir, attendit le coup de craie, le reprit et passa dans la salle. Le chat était installé sur un siège, très occupé à faire sa toilette.

– Vous avez déjà un casier judiciaire long comme votre queue, lui dit Heller, et vous voilà maintenant en situation d'immigration clandestine. Un jour, il faudra bien que vous vous rangiez des voitures, vous savez.

Et il le remit dans le sac.

Il remarqua seulement alors qu'il y avait des militaires un peu partout.

Balmor s'avança et tendit la main pour prendre sa valise. Heller lui demanda d'attendre : il voulait essayer d'appeler l'Empire State Building. Mais les lignes étaient bel et bien résiliées.

La Rolls était dans le parking. Le chauffeur descendit et salua Heller.

– Je veux aller jusqu'à l'appartement, me laver et me changer, dit Heller. Ensuite, vous me conduirez au bureau. Je pense que j'ai pas mal de travail urgent.

– J'espère qu'il n'y a pas d'autres problèmes, lui déclara Balmor en route. Nous étions tellement inquiets pour la dame. Tous. M. Epstein, je dois dire, a pleuré pendant des jours. Je suis vraiment désolé qu'elle ne vous ait pas accompagné. Depuis que vous avez appelé, nous avons refait toute la décoration. Je crois que vous allez être surpris.

– Est-ce que M. Epstein a gardé le personnel?

– Oh, mais oui, monsieur. Jamais il n'aurait osé diminuer en rien votre maisonnée. J'espère que les changements vous séduiront, monsieur.

Il leur fallut près d'une heure pour se frayer une route entre les convois militaires et tous les panneaux d'état d'urgence. Ils aboutirent enfin à l'ouest de Central Park et entrèrent dans le garage en sous-sol.

Heller se rongeait d'inquiétude pour Izzy. Il fut le premier à se précipiter vers l'ascenseur direct. Il traversa rapidement le petit hall privatif et ouvrit.

Il était au milieu de la pièce lorsqu'une voix lança :

– Reste où tu es!

Il pivota et rencontra le canon d'un .45 automatique pointé droit sur lui!

– Vous êtes en état d'arrestation! dit l'homme qui le tenait.

Deux comparses surgirent. Ils braquaient leurs carabines sur Heller.

Il les mesura du regard. Le premier était un capitaine de l'armée. Et les deux autres appartenaient à la police militaire, à en juger par leur casque blanc.

Balmor entra à cet instant et lâcha la valise.

– Oh, monsieur! Je ne pouvais pas savoir!

– Ce n'est pas grave, le rassura Heller. C'est probablement le guignol du service d'immigration qui les aura prévenus.

– Vous avez tout à fait raison, confirma le capitaine. Sergent, faites votre devoir.

Un troisième MP sortit alors de la bibliothèque. Il rengaina son revolver dans son holster et décrocha une paire de menottes de son ceinturon.

– Attendez une minute, fit Heller. Ça signifie quoi?

– Vous avez été porté déserteur! Vous ne vous êtes pas présenté il y a deux jours conformément à l'ordre de mobilisation générale!

– J'ai une dispense!

– Toutes les dispenses sont suspendues en cas d'urgence nationale. Vous êtes officier de réserve et vous savez parfaitement ce que vous devez faire en situation de conscription. Ce qui fait de vous un déserteur. Vous en aurez pour cinq ans au moins. Sergent, les menottes.

– Attendez. J'étais à l'étranger. Je ne suis rentré qu'il y a deux heures!

– Hmm, fit le capitaine.

– C'est exact, capitaine, intervint le sergent. C'est l'immigration qui nous a rencardés.

– (Bip de bip)! Wister, vous êtes un petit avocat de caserne, j'en suis certain. Et vous allez nous faire un procès avec ça, hein?

– Certainement.

– Toute cette paperasse! J'ai vraiment trop de trucs à faire pour accoucher d'un rapport ou même pour me présenter à votre procès. Je vais vous dire ce que je vais faire. Par faveur pour vous, j'ajoute, parce que vous êtes officier. Vous allez vous mettre en uniforme, on va vous accompagner et on vous fera incorporer sans problème.

– Je vais immédiatement faire repasser votre uniforme, dit Balmor en se précipitant dans la chambre d'Heller.

Il ressortit aussitôt.

– Monsieur, monsieur! Tous nos gens sont là! Ils les ont ligotés!

– Qu'on les libère! lança le capitaine à l'adresse du sergent. Je peux vous dire que ce gars-là n'a rien d'un baroudeur. Mais le pays a besoin de tout le monde. Allez, vieux, passez votre uniforme.

– Et quand je serai incorporé, que se passera-t-il? demanda Heller qui s'inquiétait toujours pour Izzy.

– Vous êtes des Renseignements, n'est-ce pas? lui dit le capitaine. Vous avez alors une chance de vous retrouver détaché au Camp Dix. Et ensuite, peut-être au-delà des mers. Qui sait? Je ne suis pas du G-2. Mais, par prudence, faites vos bagages. Vous êtes dans l'armée maintenant – du moins vous le serez dès que vous aurez levé la main droite.

– Je vous répète que j'étais à l'étranger. Est-ce que vous auriez la bonté de me dire ce que signifie cette guerre?

Le capitaine soupira.

– Je ne vois pas de quelle utilité vous pourriez être dans les Renseignements si vous ne le savez pas. Mais nous ne sommes pas encore en guerre. Il ne s'agit que d'une mobilisation par ordre présidentiel. Nous sommes vendredi. La guerre ne sera déclarée que lundi, lors de la réunion du Congrès. Cette fois, tout doit être légal.

– Mais nous déclarons la guerre à qui? demanda Heller.

– Au Maysabongo, idiot! Ces (bipards) se sont emparés de toutes nos ressources pétrolières et la seule manière de les récupérer, c'est de déclarer la guerre et de saisir les réserves en appliquant l'Acte d'Appropriation des Biens Ennemis.

Heller en eut le vertige.

Enfin, il commençait à entrevoir dans quel bourbier était Izzy! Il devait en fait être au centre de cette guerre latente! Et lui venait de tomber entre les griffes de l'armée et il n'y avait rien qu'il pût faire!

Il savait aussi autre chose : il ne pouvait se permettre de rester sur Terre plus de cinq semaines. Au-delà, la base et l'Empereur seraient en danger de mort!

5

Les Jeep fonçaient vers le quartier général. La circulation était presque redevenue fluide dans les rues de New York.

– Vous avez de la chance qu'on vous accompagne, remarqua le capitaine. Je veux dire dans la mesure où tous les réservoirs sont vides. Je ne vois pas comment on va pouvoir se battre si on n'a pas de carburant.

– Je croyais vous avoir entendu dire qu'on récupérerait les réserves du Maysabongo dès que la guerre serait finie, remarqua Heller.

– J'ai parlé de « pétrole », pas d'« essence ». Le Maysabongo a bloqué tous les stocks de pétrole brut, et à supposer qu'on remette la main dessus, ça ne nous aiderait pas tellement. Il faut encore raffiner tout ça pour avoir du kérosène, de l'essence. Et toutes les raffineries sont radioactives. Doux Jésus, je ne vois pas ce qu'ils vont pouvoir faire de vous aux Renseignements. Ma parole, on croirait que vous n'avez pas un poil de matière grise!

– Ma foi, fit Jettero, c'est encore heureux que le Maysabongo soit grand comme un timbre-poste. On ne mettra pas longtemps à le bombarder.

– Le bombarder! Mais, espèce d'idiot, on va se contenter de leur larguer une seule bombe à hydrogène!

– Alors pourquoi mobiliser tout ce monde? demanda Heller.

– Des questions, des questions... Vous n'arrêtez pas. Ce n'est pas à vous de les poser. Vous et moi, tout ce qu'on a à faire, c'est d'exécuter les ordres et de mourir. On ne vous a donc rien appris à l'École des Officiers de Réserve?

– On aurait dû m'apprendre à fermer ma gueule, en tout cas, commenta Heller.

Ce qui eut pour effet de déclencher l'hilarité du capitaine.

– Voilà ce qu'il faut dire! On prend tout avec le sourire. Du caractère! Ouais, je pense que vous vous en tirerez bien après tout.

Heller n'avait vraiment pas envie de rire. À la seule pensée de voir effacé de la carte du monde le Maysabongo, cette république qui avait été tellement gentille avec lui, il éprouvait une nouvelle angoisse.

C'était une journée très chaude. New York en juillet peut être une véritable étuve. Il ne s'en était jamais encore vraiment rendu compte, puisque la Silver Spirit était climatisée, tout comme l'appartement. Mais là, dans la Jeep, il avait l'impression de se trouver dans un hammam.

Ils s'arrêtèrent en double file devant l'armurerie. Jettero récupéra son sac et on le poussa à l'intérieur d'un bâtiment. Les gardes lui donnèrent un bulletin d'inscription et il rejoignit d'autres déserteurs.

Il était dans une salle immense, un gymnase en fait. On y avait installé des tables de campement et des chaises pliantes. L'endroit était bondé de gens ruisselants et le sol jonché de papiers. Il y régnait une atmosphère moite et torride.

Un garde poussa Jettero dans un coin. Il vit du matériel médical et attendit dans une nouvelle file.

Quelqu'un lui demanda brusquement ses papiers, quelqu'un lui ordonna de se déshabiller, quelqu'un lui demanda de monter sur une balance, quelqu'un lui dit de tousser, quelqu'un le força à sauter sur place, quelqu'un d'autre lui posa un stéthoscope glacé sur le torse et quelqu'un, enfin, l'autorisa à se rhabiller.

Un médecin lui signa quelques papiers et un garde le dirigea vers un autre secteur de l'armurerie. Il se retrouva dans un groupe de jeunes gens et dut patienter une fois encore. On les fit enfin aligner sur trois rangs et on leur demanda leurs papiers.

– Vous êtes officier aspirant, dit-on à Jettero. Vous vous trouvez avec les appelés. Vous vous êtes trompé.

On lui indiqua où se rendre. Là, il tomba sur un colonel, très vieux, également très sourd, qui se tenait derrière un bureau où étaient entassées des liasses d'ordres officiels. Jettero lui posa ses papiers sous le nez.

– Qui êtes-vous? demanda le colonel.
– Wister, Jerome Terrance. C'est ce qui est écrit là.
– Et vous voulez quoi?
Un sergent se leva alors et se pencha sur les papiers de Jettero.
– C'est un officier aspirant, mon colonel. Il sort de l'École des Officiers de Réserve. Vous devez lui faire prêter serment.
– Quoi? Lui prêter de l'argent? s'insurgea le colonel.
Le sergent leva la main.
– Ah, oui, fit le colonel. Lui faire prêter *serment*. Bien, Blister. Levez-vous et levez la main droite.
Heller obéit. En tant qu'officier royal, s'il prêtait serment d'allégeance à une puissance étrangère, il était passible de la cour martiale.
– Répétez après moi, dit le colonel.
Et il récita le serment d'allégeance aux États-Unis.
Heller, lui, débita à toute allure le serment à Sa Majesté l'Empereur de Voltar. En voltarien.
Le colonel jeta les papiers au sergent et revint à ses occupations.
– Mais c'était quoi, bon Dieu? cria le sergent.
– Mais le serment, dit Heller d'un ton hautain.
– Ça n'y ressemblait guère.
– J'ai de petits problèmes avec ma langue, lui répondit Heller d'une voix volontairement assourdie.
– Oh, alors venez par ici apposer vos empreintes.
Heller changea de file d'attente et patienta de nouveau. Il s'inquiétait sérieusement. La nuit était tombée, le temps passait et il ne savait vraiment pas comment se sortir de cette situation.
Enfin, ce fut son tour. On lui roula les deux index sur un tampon encreur avant de lui rédiger une carte. Puis on le colla devant un appareil photo.
– Il est du G-2, dit une voix. Henry, tu as des formulaires en blanc pour les Renseignements?
Mais non, ils n'en avaient pas. On envoya un homme qui revint après pas mal de temps avec les formulaires qui convenaient pour un officier des Renseignements. On les remplit, on y colla la photo d'Heller et son empreinte avant de plastifier le tout. Enfin, il eut droit à sa carte.
Ensuite, on le poussa jusqu'à un autre secteur. Devant le mur, une batterie de machines à écrire avait été disposée. Un colonel, encore une fois, était là, assis derrière un bureau, dans un espace dégagé. Courtaud et suant. Sur le bureau la montagne de papiers s'élevait à plus d'un mètre. Tout autour de lui,

Heller vit des gens installés sur leurs bagages. Mais, à l'exception du colonel et des secrétaires qui tapaient sur les machines, il était le seul à être en uniforme.

Il se tourna vers l'un de ceux qui attendaient.

– Qu'est-ce que vous faites ici? lui demanda-t-il.

– Nous attendons nos ordres pour qu'on nous expédie au camp. (L'homme désigna le colonel derrière son bureau.) Le gros ne s'en sortira peut-être pas ce soir. Et maintenant qu'on est dans l'armée, tout ce qu'on a à faire, c'est de se dépêcher et d'attendre!

Heller consulta sa montre. Il était minuit passé. Samedi. Il fallait absolument qu'il retrouve Izzy. Et avant tout qu'il sorte d'ici.

Il posa son regard sur le colonel en sueur, puis sur les secrétaires.

La chaleur était insoutenable. Seul un ventilateur installé sur une colonnade leur dispensait un soupçon de fraîcheur qu'il dirigeait paresseusement vers le plafond.

Heller s'approcha de la rangée des secrétaires. Il était en uniforme et ils ne protestèrent pas lorsqu'il se pencha sur eux. Ils étaient occupés à taper des ordres d'affectation et paraissaient vraiment débordés.

Heller repéra un caporal qui arrivait du bureau d'identification. Il le vit poser une liasse près d'une fille et il se rapprocha. Il espérait que ses propres papiers se trouvaient là-dedans. Il pouvait peut-être les intercepter. Mais, à la seconde où il se retrouva près de la fille, elle se redressa, se dirigea vers le bureau du colonel et déposa d'autres papiers.

Il porta le regard sur la copie carbone qu'elle avait laissée. C'était une liste d'affectation au Camp Dix. L'original venait juste d'être récupéré par le colonel. Tout en haut figurait le nom de WISTER, Jerome Terrance, second lieutenant, armée des États-Unis!

Trop tard! Il était arrivé trop tard!

Il glissa l'exemplaire carbone dans sa poche tout en sachant que ce n'était pas une solution.

Il regarda autour de lui. Puis s'approcha d'un des hommes qui attendaient, assis sur leurs bagages.

– Regardez ce pauvre colonel. Il est accablé par la chaleur. Vous venez d'être incorporé, non? Il faut apprendre à respecter vos officiers et à leur venir en aide.

L'autre leva les yeux sur lui.

– Mais... oui, lieutenant, dit-il d'un air dubitatif.

– Vous voyez ce ventilateur? reprit Heller. Vous allez

l'éteindre, le rapprocher du colonel, l'orienter droit sur lui et le remettre en marche. Vous avez compris?

– Oui, lieutenant!

Le jeune soldat se dressa d'un bond, alla couper le ventilateur et le plaça près du colonel avant de le régler.

UN GEYSER DE PAPIERS VOLA DANS LES AIRS!

Le colonel battit brutalement les bras pour tenter d'endiguer le blizzard. Puis il chargea comme un taureau.

Le soldat responsable battit en retraite et se perdit dans la foule qui attendait.

Le colonel donna un violent coup de pied dans le ventilateur en jurant. Des papiers volaient un peu partout dans la salle.

Il choisit cet instant pour se précipiter.

– Chef, je peux vous aider!

Il se mit à ramasser les papiers, les déchiffrant un à un tout en les mettant en liasse.

Les secrétaires du contingent avaient abandonné leurs machines et Jettero devait faire vite.

En cinq minutes, tout fut récupéré. Mais Heller avait l'ordre qui l'affectait au Camp Dix ainsi que la copie carbone.

Il s'approcha d'un bureau abandonné par une secrétaire qui était partie prendre un café. Très vite, il retapa un ordre d'affectation pour le Camp Dix en omettant toutefois son nom.

Il mit une autre feuille en place et, en copiant très exactement le format des autres formulaires, il tapa une série d'ordres qui assignaient WISTER, Jerome Terrance, sous-lieutenant de l'Armée des États-Unis, à l'« Unité antisabotage », au titre d'officier détaché, agissant de son propre chef et ne devant rendre compte qu'au seul Secrétariat à la Guerre.

Il déposa son dossier ainsi que les copies dans les paniers requis, poursuivit son chemin et préleva auprès des différentes secrétaires d'autres formulaires. Il revint déposer le tout devant le colonel.

– C'est urgent, colonel, le pressa-t-il.

Le militaire grommela, fronça les sourcils et signa le tout.

Heller remporta prestement les liasses aux secrétaires, fourra le papier qui le concernait dans une poche, récupéra son sac et s'éclipsa.

Dix minutes plus tard, il remontait dans la Rolls Royce Silver Spirit.

– Alors, vous êtes incorporé? lui demanda le chauffeur.

– Oui, et j'ai même eu droit à ma première campagne, dit Heller. Mais je soupçonne les saboteurs d'avoir infesté l'Empire

State Building. Conduisez-moi là-bas sans perdre une seconde!

Maintenant ou jamais, il allait enfin savoir ce qui était arrivé à Izzy!

6

Tandis qu'ils suivaient les rues de New York, plus tard dans la nuit, Heller ôta sa tunique et ses insignes d'officier de réserve. Puis il fit briller les agrafes en forme de châteaux dorés qui représentaient les Renseignements, de même que sa barrette de sous-lieutenant. Il défroissa sa tunique et glissa son ordre de mission et sa fiche d'identité dans une poche.

Il se fit arrêter sur la 34e Rue et entra dans l'Empire State par l'entrée de côté.

Deux policiers montaient la garde, de part et d'autre. Il passa devant eux et ils le regardèrent d'un air soupçonneux.

Le garçon d'ascenseur le laissa monter et Jettero lui indiqua l'étage. Le garçon le dévisagea.

– Moi, je veux bien vous laisser monter, mais je ne suis pas certain qu'ils vous laissent sortir de l'ascenseur.

– Qui ça, « ils »?

– Les flics de New York. Ils bloquent la moitié de l'étage depuis mardi dernier.

– Montons quand même, insista Jet, intrigué.

Avec un haussement d'épaules, le garçon appuya sur le bouton.

Dès que la porte s'ouvrit, Heller vit devant lui CINQ policiers! Quatre d'entre eux se dressèrent dans la seconde, la matraque prête. Le cinquième, un capitaine, était installé derrière un bureau, bloquant l'accès aux bureaux d'Izzy et d'Heller.

Il s'approcha tout en regardant autour de lui : il voulait absolument entrer dans les bureaux. Izzy lui avait peut-être laissé un message.

– Il faut que je fouille les lieux, déclara-t-il.

– Non, non, dit le capitaine. Personne ne doit entrer dans ce secteur.

– Que se passe-t-il? Une alerte à la bombe ou quoi?

– Pire que ça. Une bande de criminels résolus se sont barricadés dans la légation du Maysabongo, tout au bout du couloir.

– De quoi sont-ils coupables?

– Dépôt d'ordures en un lieu interdit plus une injonction de la cour leur interdisant d'emprunter les trottoirs.

– Ah! Ah! Ce sont ceux-là mêmes que je dois interroger, dit Jettero en brandissant sa carte des Renseignements militaires et ses ordres.

Le capitaine les repoussa.

– Écoutez-moi, militaire : ces gens jouissent de l'immunité diplomatique à l'intérieur de leur légation. Cette affaire reste simplement civile et je ne peux pas vous laisser passer. Les lignes téléphoniques sont coupées, alors n'essayez pas de jouer au malin.

– Mais il faut que je les voie, insista Heller.

– Désolé, lieutenant. C'est vraiment impossible. Nous avons des ordres, nous aussi. Personne ne doit entrer, personne y compris vous. Revenez lundi, quand la guerre aura été déclarée. Des commandos de l'armée viendront nettoyer la place. Mais pour l'heure, pas question. C'est comme ça, lieutenant. La légation du Maysabongo est isolée. Disparaissez.

– Je ne peux même pas entrer dans les autres bureaux?

– Non. Toute la moitié de cet étage est interdite. J'ai un homme à chaque entrée.

Heller redescendit et remonta dans la Rolls.

Au moins, il savait où était le pauvre Izzy!

– Reconduisez-moi à la maison, dit-il au chauffeur.

Balmor l'attendait, en dépit de l'heure tardive.

– Oh, monsieur, vous tombez bien. Miss Joy est au téléphone.

Heller traversa rapidement le salon.

– Je n'ai pas eu un instant pour t'appeler, chérie, dit-il en prenant le combiné.

– Je m'inquiétais. Comment vont mes deux guerriers?

– Eh bien, il y en a un dans l'armée et l'autre est en train de déguster une tasse de crème.

– Mais c'est affreux!

– Oh, non, ça ne lui fera pas de mal : elle est pasteurisée.

– Je veux dire l'armée.

– Ils ne le prendraient pas. Avec son casier. Un étranger en situation clandestine. Non, ils n'envoient que les gens bien se faire tuer.

– Jettero, sois sérieux.

– C'est sérieux, mais je ne veux pas en faire profiter la Sécurité Nationale qui a de trop grandes oreilles. Comment se porte notre malade?

– Il ne bouge pas. Le docteur dit que c'est mieux ainsi mais il ne semble pas savoir où il se trouve et il ne parle pas. C'est pour ça que je me fais du souci. Il pourrait ne pas se rétablir. Qu'est-ce que c'est que cette histoire d'armée?

– Ne t'inquiète pas. J'ai la situation en main. Je vais sans doute être très occupé pendant deux jours. Je t'aime.

– Sois prudent, Jettero. Cette planète ne vaut pas qu'on risque sa vie pour elle.

– Mais c'est la seule que nous ayons pour le moment. Toi aussi sois prudente, chérie.

Elle lui dit qu'elle l'aimait et il entendit l'anxiété dans sa voix. Son allusion à la Sécurité Nationale et à l'action dans laquelle il allait se lancer l'avait inquiétée.

Il raccrocha et alla se changer. Il mit un complet léger, noir, enfila ses bottes noires d'ingénieur de combat et prit ses gants.

Dans un sac en bandoulière il mit des explosifs et divers appareils puis y attacha la luge spatiale pliante.

Il ajouta à cela le sac avec Monsieur Calico à l'intérieur.

Balmor l'accompagna jusqu'à la voiture et lui tendit une mallette en cuir remplie de sandwiches, avec du café et du lait.

– C'est l'estomac qui fait marcher les armées, monsieur. Je ne crois pas que vous ayez pris le temps de vous restaurer depuis que vous êtes descendu d'avion.

– Merci, Balmor. Celui qui a dit que la guerre c'était l'enfer ne vous avait pas comme majordome.

Il démarra dans la Rolls et se dirigea vers le centre tout en partageant des sandwiches avec Monsieur Calico.

7

Ils s'arrêtèrent à un demi-bloc de distance de l'Empire State Building. Heller remercia le chauffeur et lui dit de regagner l'appartement.

Il assura les deux sacs sur ses épaules et s'éloigna.

Il emprunta une autre entrée. Là aussi, il y avait deux policiers. Ils le suivirent du regard. Il entra dans l'ascenseur et monta d'un étage supplémentaire.

Il sortit dans le couloir et s'arrêta quand il fut juste au-dessus du bureau de la légation du Maysabongo. Il regarda autour de lui pour voir s'il n'y avait pas des hommes de l'équipe d'entretien de nuit.

D'un geste expert, il ouvrit la porte d'un bureau et referma derrière lui. Il traversa la pièce et alla ouvrir la fenêtre. Du regard, il s'assura qu'il s'était bien repéré.

Il sortit du sac un filin de sécurité spatial et l'arrima à un tuyau.

Il se pencha vers la rue et vit deux voitures de police.

Un tourbillon de brume entra par la fenêtre : il était vraiment très haut. Relevant la tête, il vit le ciel gris de la nuit new-yorkaise.

Il se laissa tomber.

Il était exactement en face de la fenêtre de la légation. Tout était sombre à l'intérieur. Il frappa discrètement à la vitre.

Et le visage d'Izzy apparut!

Il lui fit signe d'ouvrir.

Izzy retrouva ses esprits et obéit avec des gestes maladroits.

Heller se laissa glisser dans la pièce. Il tira d'un coup sec sur le filin qui retomba. Il referma la fenêtre.

On allumait une bougie.

– Ne me demande pas « comment êtes-vous arrivé, monsieur Jet? » L'aube approche et nous n'avons pas beaucoup de temps.

– Monsieur Jet, comment êtes-vous arrivé? fit Izzy en roulant des yeux grands comme des soucoupes derrière ses lunettes d'écaille.

– Que se passe-t-il donc? Tu as levé les options ou quoi?

– Oh, c'est terrible. Miss Simmons a fait fermer toutes les raffineries de la planète. Et le Maysabongo a levé les options d'achat de toutes les réserves pétrolières.

– Tu n'as pas pu payer?

– Oh, mais si. Sans problème. Nous avions la liquidité. Le Maysabongo contrôle jusqu'à la dernière goutte de pétrole, tous les réservoirs, tous les pétroliers. C'est pour ça qu'ils vont nous déclarer la guerre!

– Mais est-ce que tu n'as pas levé les options de vente? Le prix du baril n'a pas baissé?

– Oh, mais si! Il ne vaut presque plus rien!

– Eh bien, c'est parfait, dit Heller. Tu as dû faire des milliards de bénéfices!

– En quelque sorte, dit Izzy. C'est encore un problème. La somme est tellement importante qu'il n'y en a pas assez en circulation et que ça risque de briser tout le système bancaire américain. Ils n'ont pas 189 milliards dans leurs caisses!

– Et alors, tu n'as pas levé les options d'achat des actions des compagnies pour un dollar symbolique?

– Monsieur Jet, il faut que je vous dise quelque chose. Les options des agents de change viendront à expiration lundi à midi. Nous ne pouvons pas sortir d'ici. Nous ne pouvons pas téléphoner. Nous ne pouvons envoyer aucun coursier. Nous ne survivons que grâce aux échantillons d'huile de noix de coco. Nous ne pouvons pas entrer en liaison avec les agents de change ou les banques. Et nous n'avons levé aucune des options, à la vente ou à l'achat!

– C'est à cause de Rockecenter, intervint Bang-Bang. Il s'est débrouillé pour que Faustino Narcotici ordonne à la police de nous bloquer.

– Et il a demandé au président des États-Unis de déclarer la mobilisation générale, ajouta Izzy. Dimanche soir, tous les financiers internationaux vont se réunir pour la conférence Swillberger à Philadelphie. Ils vont donner l'ordre au président et au Congrès de déclarer la guerre au Maysabongo dès lundi matin. Ils mettront la main sur les réserves de pétrole et nous serons ruinés. Ils revendront le tout à Rockecenter pour quelques cents et il fera des milliards de milliards de bénéfice.

– Et si nous détenions toutes les parts? demanda Heller.

– L'argent que nous ont rapporté les options de vente ne nous sera d'aucun secours, lui répondit Izzy. Ils préservent le système bancaire sous le prétexte que nous sommes en rapport avec l'ennemi, ce qui leur permet de saisir tous nos fonds. Même si nous levions nos options d'achat, ils s'empareraient de nos parts et revendraient le pétrole à Rockecenter pour une bouchée de pain. Il sortira de cette affaire encore plus riche et puissant qu'il ne l'a jamais été.

– Et nous, ajouta Bang-Bang, on finira au pénitencier comme agents de l'ennemi.

– Et, surenchérit Izzy, bien que j'aie rempli le formulaire 13D de la commission du contrôle des échanges et que j'aie attesté que nous nous portions acquéreurs de plus de 5 % des parts du marché du pétrole, ils prétendent qu'ils n'ont jamais eu connaissance du document et ils nous menacent de poursuites fédérales. Oy, monsieur Jet! Je n'ai jamais eu autant d'ennuis!

– Je peux en résoudre une partie, dit Heller. Tiens, prenez des sandwiches et buvez un peu de café.

Il posa la mallette de Balmor sur un bureau.

– Oy, monsieur Jet, j'aimerais bien tenir le coup comme vous! s'exclama Izzy. Mon ulcère me fait affreusement souffrir!

Heller se tourna vers Delbert John Rockecenter II et l'apostropha :

– Mais qu'est-ce que tu fais ici?

– Je suis objecteur de conscience, répondit Junior. Mardi dernier, une bande de types est arrivée. Ils ont réduit le yacht de route en miettes. Avec mes gars, j'étais en train de nourrir les porcs. Ils ont mis le feu aux porcheries et ils ont tué nos pauvres cochons. On a bien failli y laisser notre peau. Il ne me restait plus qu'ici où aller. Jerome, laissez-moi vous dire une chose : c'est très dangereux d'être le fils de Rockecenter. Je pense qu'il faut que je vous mette en garde : ils ne respectent même pas les cochons ! J'ai juste téléphoné à notre père pour lui demander d'annoncer publiquement qu'il ne fallait pas manger du jambon...

– Tu l'as appelé ? dit Heller.

– Oui. Miss Joy avait laissé son numéro. Parce que, vous savez, je parle très bien l'anglais, maintenant. Et puis, il n'avait qu'à pas se mettre en colère. N'importe quel sanglier traite mieux ses petits marcassins.

– Monsieur Jet, enchaîna Izzy, il y a autre chose encore. Bilius, notre avocat, a effectué quelques recherches dans le testament de Rockecenter. Saviez-vous qu'il avait prévu un fonds de tutelle de 10 milliards de dollars au cas où il aurait un fils ? Celui-ci était censé le toucher à l'âge de dix-huit ans, et Delbert senior est encore le fiduciaire. Je ne pense pas que ce soit sain pour vous ou Junior de vous montrer. Si vous parvenez à nous tirer de cette situation, j'ai des billets d'avion pour le Brésil.

– Mangez vos sandwiches, dit simplement Heller. Pour l'instant, il n'y a que moi qui sois sur le point de m'envoler.

Ils s'étaient servis du café, mais ils se figèrent tous sur place pour observer ce qu'Heller faisait.

Il était occupé à déployer la luge spatiale. Il vérifia les patins antigravifiques qui bourdonnèrent doucement dans la pièce. Puis il s'assura des contacts et des accus.

– Vous n'avez jamais vu ça, dit-il.

Il repoussa les deux sacs dans son dos et pointa les deux tiges directionnelles de la luge droit sur le rebord de la fenêtre. Il l'ouvrit à deux battants et s'étendit sur le ventre.

Izzy, Bang-Bang et Junior écarquillaient les yeux.

– Bon, vous restez ici bien tranquillement, leur dit-il, je vais voir ce que je peux faire pour vous tirer de là. Bye-bye.

Il referma la main sur le bouton de commande, à la base de la tige de droite.

Et la luge jaillit par la fenêtre pour plonger dans la nuit et la brume.

SOIXANTE-DIXIÈME PARTIE

1

Heller volait dans la clarté grise de l'aube. Invisible, il filait comme un javelot dans le sifflement de l'air, droit vers le sud-ouest. Au-dessous, il discernait le ruban obscur de l'Hudson et quelques lumières sur les berges. À l'est, une mince strate de nuages roses couronnait le soleil qui allait se montrer.

Il avait l'esprit encombré de doutes et d'incertitudes, ce qui ne lui ressemblait guère. Mais, pareil à un joueur qui risque tout sur sa dernière mise, il devait tenter cette ultime chance.

Il se disait pourtant que les perspectives n'étaient pas vraiment encourageantes. Son plan était bon à condition qu'il surmonte un obstacle de taille.

Il avait conscience qu'il partait littéralement en guerre. Non pas la guerre classique que le Congrès déclarerait dès lundi. Mais la guerre de Heller. Qu'il devait mener et gagner en quarante-huit heures tout au plus.

Et il n'avait pas d'armée. Il était évident que c'était Rockecenter qui contrôlait l'armée américaine et lui imposait sa loi.

De plus, Heller avait conscience que le Département de la Guerre ne risquait pas d'approuver la bataille qui s'annonçait. Et qu'il devait remporter coûte que coûte. Pourtant, il avait des troupes à sa disposition, même si la chose était risquée : Babe Corleone!

Six mois auparavant, à la suite de la campagne de désinformation de J. Walter Madison, Babe Corleone l'avait accusé d'être un traître à la solde de Faustino Narcotici, dit « la cravate ». Elle croyait que Faustino l'avait payé afin de saboter une course automobile.

Faustino se donnait le titre de *capo di tutti capi*. Mais Babe Corleone, qui avait dirigé la famille Corleone depuis la mort de son époux, « Saint Joe », haïssait la drogue et pour rien au monde ne se serait acoquinée avec le gang de Faustino.

Jusqu'à cette fatale méprise, elle avait considéré Heller comme son fils. À l'idée qu'il allait bientôt la retrouver, il se demandait s'il n'était pas en train de se jeter dans la gueule du loup. Les colères de cette robuste femme, ex-girl du Roxy, étaient légendaires, et sa soif de vengeance proverbiale. Lors de leur dernière rencontre, elle l'avait banni hors de sa vue avec les cendres et le cilice. Ce qui l'avait particulièrement affecté, car il adorait Babe Corleone. Mais il avait obéi et ne s'était jamais remontré depuis.

Mais elle avait des *soldati* et, dans cette situation extrême, Heller pensait qu'elle accepterait de l'écouter. Ses chances, cependant, étaient minces.

Il longea la rive du New Jersey et perdit de l'altitude, sifflant doucement à la hauteur des grues portuaires. Si un quelconque radar le détectait, on penserait qu'il s'agissait d'un hélicoptère de patrouille, courant dans ce secteur.

Une teinte rose montait dans le ciel. Devant lui, il distinguait Bayonne. L'échangeur du New Jersey, étrangement désert, se déployait sous lui. Il découvrit la baie de Newark, cramoisie sous le soleil levant. Il suivait la berge ouest de Bayonne Park et repéra bientôt le gratte-ciel de Babe Corleone. Elle habitait au dernier étage. L'appartement, qui occupait tout l'étage, était défendu comme une forteresse, mais personne n'attendait de visiteur par la voie des airs.

Heller ralentit et se posa doucement et silencieusement sur la terrasse d'asphalte.

Le jour s'était levé. Il devait être 6 h 35. Avant cinq minutes, le soleil serait au-dessus de l'horizon. Il n'arrivait pas trop tôt. Mais ce n'était quand même pas une heure pour appeler à l'aide !

Rapidement, il replia la luge spatiale, gagna la porte et pressa l'oreille contre le battant. Il n'entendit rien. Il sortit alors un passe-partout et fit jouer la serrure.

Toujours en silence, il descendit l'escalier. Il devait se montrer extrêmement prudent car on risquait d'ouvrir le feu sur n'importe quel intrus arrivant du toit. Mais il ne pouvait passer par la porte principale : on risquait de la lui claquer à la figure. Il fallait qu'il ait le temps de présenter sa proposition.

Près de l'ascenseur, il y avait un homme assis sur une chaise! Geovani! Le garde du corps de Babe!

Il lui tournait le dos, apparemment assoupi. Heller ne tenait pas du tout à ce qu'il dégaine son arme. Il pointa son index et le planta entre les deux omoplates de Geovani.

– On ne bouge plus, dit-il. Je suis un ami.

Geovani pivota si vite qu'il faillit se briser le cou.

– *Sacro scimmie*! s'écria-t-il. Par tous les singes sacrés, mais c'est le môme! Mère de Dieu! Tu as failli me faire crever de frousse! Mais où...? Et comment...?

Il regardait frénétiquement autour de lui, incapable de comprendre d'où Heller avait pu surgir.

Heller se déchargea de la luge spatiale et posa ses sacs avant de déboutonner sa veste et de l'ouvrir.

– Tu vois, je n'ai pas d'armes. Même pas un couteau. Il faut que je parle à Babe.

Geovani eut l'air troublé, indécis.

C'est alors qu'une voix s'éleva à l'autre bout du couloir.

– J'entends parler. Qui est là?

La porte s'ouvrit. C'était Babe Corleone, en combinaison de dentelle. Avec un Heckler & Koch .45 au poing.

– Jerome? Mais ce n'est pas vrai! Jerome, c'est vraiment vous?

Elle laissa tomber son pistolet, baissa la tête et se mit à pleurer. Elle s'essuya les yeux avec le dos de la main et dit d'une voix brisée :

– Oh, Jerome... je suis tellement heureuse que vous ne soyez plus en colère contre moi et de vous voir ici.

Il s'était avancé.

– Moi, en colère? Mais c'est tout le contraire! Je croyais que c'était VOUS qui m'en vouliez!

– Oh, je ne vous blâme pas d'être parti, sanglota Babe. J'ai été tellement méchante. Je n'avais pas compris que vous aviez monté un coup pour forcer Faustino à avouer qu'il vous avait obligé à saboter la course. Mais quand j'ai vu à quel point ça l'avait miné...

– Miné? répéta Heller.

– Oui, il a perdu tout le racket des jeux. Il lui a tout fallu rembourser et personne ne lui a plus fait confiance. On a récupéré les loteries et tout le reste. Je ne vous en veux pas de ne pas m'avoir pardonné et de ne pas avoir appelé, cher Jerome. C'était un coup italien classique et je n'ai pas compris. Je me suis montrée une mère tellement stupide. Est-ce que vous me pardonnerez jamais?

– Si je ne vous ai pas appelée, c'est parce que je croyais que vous m'en vouliez encore. Mais moi, je n'ai jamais rien eu contre vous. Jamais, l'assura-t-il.

Elle lui ouvrit les bras.

– Alors, vous me pardonnez, Jerome! VRAIMENT! Oh, vous m'avez tellement manqué!

Elle posa la tête dans le creux de son épaule et se remit à pleurer sans retenue en la serrant convulsivement contre elle. Plus tard, ils s'assirent côte à côte sur le canapé mais Babe ne lui avait pas lâché la main et le contemplait avec un sourire triste qui, régulièrement, se transformait en larmes.

Elle se détourna enfin et cria :

– Geovani! Ne reste pas là comme un (bip) de crétin! Réveille Gregorio et dis à ce (bipard) de se remuer et d'apporter du lait et des gâteaux pour Jerome! Et demande-lui aussi de préparer un vrai breakfast! (Elle se tourna de nouveau vers Jettero.) Vous avez l'air affamé, pauvre Jerome! Et épuisé. Personne ne s'est donc occupé de vous.

– J'ai eu beaucoup à faire, dit-il. Et j'ai peu dormi. Comment ça va dans la famille?

– Comme ci, comme ça, fit Babe en basculant la main d'avant en arrière. Mais, après votre départ, les choses n'ont plus été comme avant.

– Je suis venu avec un gage de paix, dit Heller. Je me suis dit que même si vous m'en vouliez encore, vous accepteriez de l'entendre.

– Mais je ne vous en veux pas, cher enfant. Et je vous promets de ne plus jamais me montrer aussi méchante. Vous n'avez nul besoin de m'apporter un gage de paix.

– En tout cas, j'ai pensé que vous seriez intéressée. Bien que je ne l'aie pas vu depuis des mois, je crois que je peux vous livrer Faustino.

– Mais grâce à vous, nous avons déjà tous ses rackets de jeux. Quoi d'autre, alors?

– Faustino lui-même, et tout son empire. Le paquet.

Un intérêt nouveau s'éveilla dans les yeux gris de Babe Corleone.

– Mais comment?

– La guerre, dit Heller, laconique. Mais je vais avoir besoin de tous vos *soldati*. Il n'y a pas de chausse-trape. C'est moi qui prendrai tous les risques. Et si tout se passe bien, plus de Faustino.

– Vous comptez le liquider totalement? Avec tout l'empire de Rockecenter et de l'I.G. Barben?

– Oui. Je veux que vous deveniez la *capa di tutti capi*. La chef des chefs!

Babe retenait son souffle.

– Oh, *sangue di Cristo*, ça, ça remettrait la femme du maire à sa place!

Elle le regardait avec ferveur.

Il lui décrivit rapidement la partie du plan qu'il pouvait lui dévoiler.

Elle était effarée.

– Je ne peux pas vous laisser faire ça, Jerome. Il y a beaucoup trop de risques!

– Moins que vous le croyez, dit-il.

– Non. Je ne veux pas vous perdre alors que vous êtes à peine revenu! Il ne faut pas oublier que vous êtes mon seul fils!

Heller dit au pif, espérant réveiller la nostalgie de son défunt époux :

– Vous savez ce que « Saint Joe » disait...

Elle acquiesça d'un air songeur.

– Oui. « Le seul bon ennemi est un ennemi mort. » Je vous accorde ce point, Jerome.

– Alors c'est réglé, fit-il.

Elle se dressa brusquement, les yeux étincelants.

– Je vais appeler. (Puis elle s'arrêta.) Mais si vous comptez vous lancer là-dedans, Jerome, il faut absolument que vous preniez votre breakfast et que vous dormiez un peu. Non, non, je ne veux entendre aucune protestation. Je constate avec tristesse que vous présentez tous les signes extérieurs de la négligence. Faites ce que votre mère vous dit. Mais où est donc ce (bipard) de Gregorio?

Elle poussa Heller jusqu'à la chambre de feu « Saint Joe » que l'on avait maintenue en état.

– Prenez une douche. Vous avez de l'encre plein les mains.

Et elle s'en alla chercher Gregorio.

Heller obéit docilement. Il était vrai qu'il avait encore des taches d'encre de l'armée sur les doigts.

Il entendit arriver Gregorio et son chariot de breakfast.

Puis la voix de Babe résonna.

– Geovani, espèce de fainéant, fils de (bip)! Prends donc ses bagages et aide-le à se coucher. Et va ensuite lui chercher des vêtements décents. ALLEZ!

Geovani fit passer à Heller une robe de chambre somptueusement brodée, qui avait sans doute appartenu à feu « Saint Joe ».

Il sortit de la douche. Le breakfast l'attendait sous un couvercle. Il prit le sac de Monsieur Calico et le laissa sortir. Ce qui ne parut pas surprendre outre mesure Geovani qui en avait suffisamment vu pour une matinée.

Jet s'installa et attaqua ses œufs brouillés qu'il partagea avec Monsieur Calico.

– *Cristo*, fit Geovani. Pour sûr que vous ramenez l'ambiance ici, môme. Ça fait six mois qu'elle broie du noir. Ça fait plaisir de la voir se réveiller. Elle est en train de parler dans trois téléphones à la fois ! À ce que j'ai vaguement entendu, on dirait que la guerre des gangs se rallume. Qui est-ce qu'on va attaquer?

Heller sourit.

– Vous le verrez cette nuit.

2

Heller s'éveilla reposé, avec l'impression d'avoir souffert de ce que les Terriens appelaient le « décallage horaire ». Bien sûr, un spatial n'accordait que peu d'importance à son temps de sommeil puisque, entre les vols, il n'était jamais réglé sur les planètes où il débarquait.

Le chat était invisible. Jettero agita une clochette pour prévenir qu'il était éveillé.

Geovani surgit, portant un smoking sur un cintre. Il était en étoffe légère, d'un noir profond, avec un col châle en velours indigo.

– Elle m'a dit de vous apporter des vêtements, mais il n'y en avait pas beaucoup que j'aimais. Je crois quand même que cette petite chose vous ira comme un gant. Ç'a été taillé sur mesure pour un cadre supérieur. Mais il n'a pas eu le temps de le porter : il s'est fait descendre. Pour aller avec, il y a une chemise de soie noire, avec un nœud assorti, une ceinture-foulard et des boutonnières garnies de perles noires. Est-ce que ça n'est pas une petite merveille?

– C'est bien la première fois que je partirai pour la guerre en smoking, commenta Heller.

– Oui, mais je vous connais, dit Geovani. Vous avez la classe. Vous savez que vous avez presque fait le tour du cadran? Je m' dis que vous avez dû flinguer pas mal de mecs pour être claqué comme ça. Il est 6 heures du soir et Babe et Gregorio vous ont préparé un de ces dîners à faire craquer les pieds de la table. La vraie cuisine italienne, comme vous l'aimez.

Heller se leva, prit une douche et se rasa à toute allure. Puis il enfila le smoking qui lui allait parfaitement. Il s'y sentait léger et frais.

– Là, c'est vraiment chic et classique, apprécia Geovani en lui tendant un feutre noir. Si je vous donnais une Thompson, on ne ferait pas la différence avec un des vieux contrebandiers de « Saint Joe ». Si ce n'est la coupe moderne, bien sûr. Ça va plaire à Babe.

Heller quitta la chambre. Babe l'attendait, installée devant la table mise. Elle portait un ensemble de style safari à col large avec des boutons de rubis tout à fait convenable pour une bonne guerre. Elle lui adressa un sourire radieux, l'inspecta avec une certaine admiration et le fit asseoir. Elle vibrait d'excitation au point d'irradier des ondes. Elle lui servit une énorme platée d'antipasto.

Monsieur Calico, apparemment, s'était fait des relations. Il était lui aussi à table et il avait déjà pratiquement fini son bol de crème.

– Tout a été arrangé? demanda Heller.

– Bien sûr, fit Babe. Mais, pour l'instant, mangez, Jerome. Vous m'avez l'air bien maigre.

Heller reprit, entre deux bouchées :

– Et ils seront tous là?

– Je connais tous ces (bipards). Tous les samedis soir, vers 11 heures, ils se rencontrent pour dîner après le spectacle et toucher leur paie. Et ça depuis dix ans. C'est cette nuit qu'ils se réunissent. Je m'en suis assurée.

– Et ils ne sont jamais armés?

– En présence de Faustino? Vous plaisantez, Jerome. Évidemment, il y aura des gardes du corps à l'extérieur et le bâtiment sera rempli de *soldati*. C'est d'eux qu'il faudra vous méfier. Chaque samedi soir, ils sont en état d'alerte. Et Faustino sera armé, lui aussi, bien entendu. À le voir comme ça, avec toute cette graisse qui lui monte jusqu'aux yeux, on ne le croirait pas, mais il tire vite et bien, et il faudra vous en méfier, Jerome. Ne le manquez pas! Gregorio! Ramène-nous des antipasti!

Heller s'inquiétait de ne pouvoir venir à bout de ce qu'il avait dans son assiette.

– Il faut finir votre dîner, insista Babe. Vraiment, vous êtes mince comme une ablette! Bon, j'ai de très bonnes nouvelles pour vous. Con Edison a dû fermer toutes ses stations pétrolières. Pour alimenter la Grosse Pomme *, ils n'ont plus que le charbon et l'énergie hydroélectrique. Plus de projecteurs, plus de réverbères à iode. Qu'est-ce que vous en dites? Maintenant, savourez votre repas car il nous reste bien assez de temps. « Saint Joe » disait toujours qu'il n'y avait rien de tel que de partir en guerre avec l'estomac plein, à moins qu'on ne le remplisse chez *Sardine's* ensuite.

Gregorio arrivait avec un plat fumant de spaghetti mais Heller n'avait pas l'intention d'y toucher. Car les lasagnes et les ravioli suivaient déjà. Puis il fut submergé par les fetucini, rigatoni, poulet à la cacciatore, les manicotti, le veau au parmesan et enfin les linguine à la sauce aux clams panachée. Tout cela, il le savait, représentait la quintessence de la cuisine italienne servie sur cette planète. Et quand il eut ingurgité de gigantesques quantités de spumoni, la glace à l'italienne, il eut les plus grandes difficultés à ouvrir la bouche.

Babe passa dans le salon et mit un disque : « La chevauchée des Walkyries », une symphonie emphatique et passionnée.

– C'est pour vous aider à digérer, Jerome, déclara-t-elle. À présent, reposez-vous tranquillement. Le soir ne tombe qu'après 8 heures.

Heller se laissa docilement aller dans un fauteuil. Il était à peine capable de remuer. Babe s'installa sur le canapé, vibrante d'excitation. Elle approchait de la quarantaine mais il lui restait encore beaucoup de la beauté de la Roxy girl qu'elle avait été. Et dans ses yeux, il y avait un éclat orgueilleux et menaçant.

– Oui, on va s'occuper de ce cher Faustino, dit-elle.

Après un instant, Heller dit :

– Bon, on va mettre au point notre programme.

Il prit un bloc-notes et se mit à griffonner avant de le lui tendre.

Elle lut, et tout à coup son sourire se figea.

– Jerome, attendez un instant. Je lis ici : quand je vous verrai sortir *par la fenêtre*. À ce que je crois comprendre, vous comptez vous poser sur le toit en hélicoptère et, la chose faite, vous êtes censé attendre notre attaque de front en tenant Faustino par le col. C'est vraiment dangereux. Je croyais que vous alliez vous glisser dans la salle du banquet en empruntant le système d'aération.

– Eh bien... il s'agit d'un hélicoptère spécial, en fait. Je ne vous ai pas donné les détails.

---

* New York, à cause de ses ressources et de ses vers. (*N.d.T.*)

– Mais c'est fou ! Je ne veux pas que vous sautiez comme ça par les fenêtres ! Non, Jerome ! J'insiste. On annule tout. Vous pourriez tomber !

– Mais j'ai un filin de sécurité ! se défendit Heller.

– Oh, non, ça ne me plaît guère. Je ferais peut-être mieux de louer un cascadeur !

– Nous n'en avons plus le temps !

– C'est vrai. Mais c'est quoi, au juste, cet « espacement des boums » ? Je lis : « Dixième boum », et ensuite... Oh, Jerome, faites très attention avec les explosifs. Est-ce que je ne peux pas vous adjoindre un spécialiste ? Bang-Bang par exemple ?... Où se trouve-t-il ?

– Il est plus ou moins retiré de la circulation. Mais ne vous inquiétez pas, madame Corleone. Suivez ce plan et tout baignera dans l'huile.

– D'accord, je veux bien. Mais l'huile, Jerome, ça peut brûler aussi. Néanmoins, je veux bien me comporter en bon général. Je me servirai de vos instructions. Je dois dire pourtant qu'à la seule pensée de vous voir debout au trente-cinquième étage, j'ai la chair de poule. Vous me promettez de ne pas tomber, n'est-ce pas ?

– Je vous le promets, dit Heller.

– Oh, comme j'aimerais que « Saint Joe » soit là. Ça lui aurait tellement plu ! Faustino, rien de moins ! Je vois déjà la tête de la femme du maire !

3

Dès que la nuit fut tombée, ils quittèrent Bayonne à bord de la limousine blindée de Babe. Lorsqu'ils abordèrent l'échangeur du New Jersey, ils ne trouvèrent qu'une étendue de rubans d'asphalte déserts à cause de la pénurie de carburant. Pour Geovani, ce n'était pas un problème : le gang disposait de ses propres réserves d'urgence. Il brûlait la route, ravi de pouvoir foncer à toute allure sans personne pour le gêner. Même les flics ne pouvaient lui donner la chasse, puisqu'ils étaient à sec eux aussi – de toute manière, ils ne l'auraient pas fait, puisqu'ils connaissaient la voiture.

Sur la droite, New York était invisible en dépit de la claire nuit d'été. Jamais encore Heller n'avait eu ce spectacle sous les yeux : quelques balises, des étincelles rouges, les feux des avions et les projecteurs des plus hauts immeubles.

Il parvint enfin à repérer la balise de l'Empire State Building. Jamais, depuis un demi-siècle, lorsqu'un bombardier s'était écrasé sur le gratte-ciel, il n'avait été obscur comme cette nuit.

« On s'occupera de vous plus tard », pensa-t-il, tout en se demandant comment ses amis, dans leur camp retranché, s'en tiraient. Les sandwiches qu'il avait apportés n'avaient certainement pas duré longtemps.

Il demanda à Babe la permission d'utiliser le téléphone de la voiture et appela Balmor.

– Vous l'avez eue au bout du fil? lui demanda-t-il.

– Oh, oui, monsieur. Elle a laissé un message pour vous dire qu'aucun changement n'a été constaté sur la personne en question. Avez-vous une réponse au cas où elle rappellerait?

– Dites-lui que je travaille et que je vais bien. Et aussi que je l'aime.

Il raccrocha et rencontra le regard de Babe.

– Qui était-ce? demanda-t-elle. Une fille? Jerome, il faut faire très attention. Vous devriez me la présenter.

- Oh, mais elle vous plairait. Elle vient du même pays que ce prince Caucalsia dont je vous ai parlé. Celui qui est au sommet de votre arbre généalogique.

– Vraiment? fit Babe.

– Mais oui. Et elle est blonde, très grande, avec des yeux bleus quand ils ne sont pas gris, très belle, cultivée, sensible. Et c'est une aristocrate.

– Jerome! lança Babe en le foudroyant du regard. Vous êtes amoureux!

Ce qui le fit rire.

– Je plaide coupable. Mais elle vous aimera, je crois, dès que vous vous serez rencontrées. Qui ne vous aimerait pas?

Elle sourit et se mit à rire à son tour.

– Jerome, ce n'est pas étonnant que vous ayez oublié votre mère un certain temps. Mais tout va bien. Ce que je ne pouvais supporter, c'était l'idée que vous pouviez m'en vouloir. Maintenant, voilà ce que nous allons faire. Dès que cette guerre aura pris fin, je donnerai une immense réception. Je la présenterai à tous les gens importants et si elle est aussi belle que vous le dites, le monde entier nous enviera! À présent, réfléchissons : le Waldorf-Astoria est un peu démodé, je vous l'accorde, mais les salles de danse sont vraiment exquises. À moins que nous ne louions le Plaza? Ou le Grand Hyatt. Non, je sais : le Madison Square Garden! Vous vous êtes déjà engagé, Jerome?

– Eh bien, pas formellement. C'est seulement un accord entre nous.

– Ah! Eh bien, si je l'approuve, nous donnerons d'abord une soirée de fiançailles! Comment s'appelle-t-elle?

Heller, Jettero Heller, officier royal de la Flotte, ne pouvait mentir à propos de celle qu'il aimait. Et il répondit :

– Son passeport est au nom de Joy Divine Krackett. Mais son nom véritable est comtesse Krak.

– Grands Dieux! Une COMTESSE! Et elle n'est pas snob ni rien?

– Elle est le charme incarné. Elle vous plaira!

– Très bien. Dans ce cas, c'est réglé. On fera une soirée de promesse de fiançailles au Madison Square Garden! Avec cinq orchestres et les chœurs! Et du champagne! L'amour et la guerre! Oh, Jerome, je suis tellement heureuse que vous soyez revenu!

Ils s'engouffraient dans le tunnel de Holland Avenue. Babe posa la liste des invités d'un geste ferme.

– Je ferais mieux de penser à ce plan, sinon nous allons nous retrouver en Amérique du Sud. Mais il y a une chose que vous devez me promettre solennellement, Jerome.

– Laquelle?

– De ne pas tomber.

4

Grâce à Geovani, à la vitesse hallucinante à laquelle il avait conduit au long des rues sombres et désertes du bas de Manhattan, la limousine arriva largement à temps sur les lieux. Et ils se garèrent près d'un petit parc obscur.

Là-bas vers le sud, à moins de 500 mètres, il y avait le quartier général de la police. Une lampe bleue clignotait faiblement. Plus près, mais invisibles dans la nuit, c'étaient la Cour de Justice Fédérale et la Cour de New York. Et sur leur droite, près de Bowery, se dressait la masse sombre du building de la bande à Narcotici. Le bâtiment de Total Control, Inc. était tout de verre noir et de chrome mais, pour l'heure, il se dessinait à peine sur le fond obscur des étoiles.

Heller, équipé d'une torche à infrarouges, avec des lunettes spéciales, examinait une dernière fois les plans que Babe lui avait fournis.

Des pas approchaient et Babe releva la tête, alarmée. Elle baissa sa glace et un visage apparut dans la pénombre.

– *Mia capa?*

C'était le signore Saggezza, *consigliere* de la famille Corleone.

– Tout est prêt? demanda Babe.

– *Mia capa*, dit Saggezza, puis-je me permettre de vous mettre en garde et vous conseiller de renoncer avant qu'il soit trop tard? Même « Saint Joe » aurait réfléchi mille fois avant de se lancer dans cette opération.

– Je sais, *signore*, que votre devoir est de nous guider et de nous préserver des tempêtes de la vie, dit Babe, mais rengainez votre sermon et répondez-moi. Tout est prêt?

– Aux plus fous d'entre nous, le Bon Dieu accorde une providence toute spéciale, dit le signore Saggezza. J'espère seulement qu'il ne regarde pas ailleurs cette nuit. Voici votre rapport : ils ne disposent que d'une source d'énergie, la ligne d'urgence de l'ascenseur. Il fait chaud ce soir et, comme la climatisation est coupée, ils ont ouvert toutes les fenêtres. Vous voyez cette lueur au trente-cinquième étage? Ce sont les bougies qui éclairent la salle de banquet. Tous les notables de la ville sont là. Le dernier invité est arrivé il y a cinq minutes. Toutes nos unités ont pris position. Mais soyez avertie que vous n'êtes pas la seule qui veuille profiter du blackout. Faustino a mis tous ses *soldati* de garde aux portes. Il y a aussi une unité de blindés de l'armée dans Tompkins Square, à trois kilomètres de là. En cas de fusillade, elle interviendra. Et le poste de police est à 500 mètres.

– Occupez-vous des voitures des flics, dit Babe.

– C'est déjà fait, *mia capa*, mais les flics peuvent courir. Tout ça est insensé. J'ai également ordonné que votre jet privé soit prêt à décoller de Newark en cas d'urgence. Vous êtes toujours décidée?

– *Signore*, une occasion comme celle-là ne se présente qu'une seule fois dans l'existence, dit Babe. Le rideau va se lever.

– Alors voilà votre radio, et que le Bon Dieu ait pitié de nos âmes.

Il tendit à Babe un walkie-talkie FM et s'éclipsa dans l'ombre.

Heller donna sa radio à Babe et lui montra le bouton de contrôle.

– On y va. Déclenchez votre guerre, Jerome!

– Mettez votre chrono à zéro, dit Heller. (Il régla le sien et ajouta :) Appuyez!

Puis il descendit, passa la courroie de son sac autour de ses épaules et souleva la luge spatiale.

– Bonne chance, fit Babe.

Sur un ultime geste de la main, il disparut dans l'obscurité du parc.

Hors de vue, il déploya rapidement la luge, s'y allongea en prenant grand soin de ne pas écraser Monsieur Calico, puis empoigna les commandes.

Il jaillit vers le ciel.

Pilotant avec habileté, il se dirigea vers le bâtiment de Total Control tout en prenant de l'altitude. La nuit était si opaque qu'il passa le cinquante-cinquième étage et faillit manquer le toit.

Le chrome luisait doucement sous lui. La luge s'immobilisa. Il sortit de son sac une poignée de petites boules qui portaient des numéros luminescents. Il choisit la *1* et la pressa contre la plaque de chrome. Il consulta sa montre et fit pivoter la petite boule.

Le dernier étage était prêt.

Il descendit deux étages plus bas, prit la boule *2* et répéta l'opération.

Il continua. Deux étages plus bas, ce fut au tour de la boule *3*.

Il termina avec la boule *10*.

Il consulta sa montre.

Trente-cinq étages plus bas, la rue était plongée dans le noir absolu.

La luge volait en silence au long de la façade. Heller trouva ce qu'il cherchait : la fenêtre du bureau de Faustino.

Une bougie brillait sur une table, éclairant vaguement les paysages siciliens qui ornaient les parois, un dôme de métal pareil à un parasol au-dessus d'un fauteuil vide. Au-delà, la porte qui donnait sur la salle de banquet était fermée.

Heller faisait du sur-place à la hauteur de la fenêtre. Il sortit un désintégrateur de son sac, appuya sur le contact et le braqua avec précaution sur la fenêtre tout en gardant une main sur les commandes de la luge. Il découpait la vitre avec adresse, de telle façon que le verre fonde sans toucher les câbles du système d'alerte.

Le désintégrateur émettait un discret bourdonnement.

La flamme de la bougie vacilla quand l'air de la nuit pénétra dans la pièce.

Heller fit avancer la luge et la posa dans la pièce.

Il alla rapidement jusqu'à la porte et tendit l'oreille. Il entendit des rires et le tintement des couverts.

Il régla le faisceau du désintégrateur jusqu'à ce qu'il soit mince comme une aiguille et perça un trou dans la porte.

Puis il le posa et mit l'œil en face du trou. Il voyait parfaitement la salle.

Les notables new-yorkais étaient assis à une table en U. Ils devaient être une cinquantaine.

Heller eut sa première déception.

Le centre de la table n'était pas près de la porte, mais au contraire à l'autre bout de la salle. Faustino était tout au fond! À cent mètres de là! La table en U faisait face au bureau!

Il fallait absolument qu'il trouve un moyen d'atteindre l'autre côté de la salle! Il ne pouvait pas, comme il l'avait escompté, ouvrir simplement la porte et attraper Faustino par le col. Il devrait franchir cent mètres à découvert!

Faustino, debout, prononçait un discours à la clarté des bougies. Il parlait de la Ligue d'Amélioration. Chacune de ses phrases était accueillie par des éclats de rire et des applaudissements. Il était obèse, énorme. Heller se dit qu'il devait approcher des 130 kilos. Son visage était tellement boursouflé que ses yeux étaient presque invisibles. On aurait dit un ballon avec un trou d'où sortaient des sons.

Heller regarda sa montre. Le temps lui était compté.

Il prit Monsieur Calico et lui mit dans l'oreille la microradio. Puis il glissa le petit émetteur entre ses dents et, ouvrant à peine les lèvres, il expliqua au chat ce qu'il avait à faire.

Il posa son chapeau sur une chaise et ses sacs près de la luge. Il rajusta son smoking et son nœud papillon, souffla la bougie et entrebâilla la porte.

Puis il ouvrit la porte qui donnait sur le couloir.

Deux hommes armés de fusils à pompe montaient la garde devant la porte de la salle. Pas moyen d'entrer par là.

Il revint à la porte qui accédait directement dans la salle. Il fallait qu'il prenne le risque.

Doucement, il ouvrit toute grande la porte, puis la rabattit avec violence, tout en mettant son pied dans l'embrasure pour éviter de la claquer.

Le souffle d'air déferla dans la salle comme une rafale de vent!

Toutes les bougies sauf une furent soufflées!

Heller, à quatre pattes, se faufila telle une ombre dans la salle de banquet.

Des jurons s'élevaient un peu partout dans le noir.

Des briquets claquèrent et on commença à rallumer les bougies.

Mais Heller avait déjà fait le tour de la table en U. Rapidement, il progressa jusqu'à se trouver derrière Faustino.

Quelqu'un s'était tourné vers la porte du bureau et se levait.

Faustino était toujours debout.

– Bon, bon, fit-il. Rasseyez-vous tous. C'était juste le vent. Du calme, du calme! Je disais, messieurs, que cette semaine, nous avons vendu dans les rues des quantités de drogue jamais vues. La tension nerveuse créée par la menace de la guerre augmente la consommation dans des proportions démesurées. Cela grâce à votre merveilleuse coopération. Aussi je vous annonce à tous UNE DOUBLE PRIME!

Il s'inclina tandis que crépitaient les applaudissements. Puis montra une enveloppe.

– Pour le maire, ce samedi soir, un récompense princière! Écoutez bien...

– Maintenant, allez-y! chuchota Heller dans son émetteur.

Un grésillement s'éleva soudain à l'autre extrémité de la salle. Au lieu de regarder l'enveloppe, tous s'étaient tournés vers la porte ouverte!

Le chat fit son entrée.

Il tirait derrière lui une boule noire.

Et dans la gueule, il avait la mèche.

Dont l'extrémité crachait des étincelles!

Des cris étouffés montèrent de l'assistance.

Monsieur Calico s'avançait nonchalamment vers le milieu du U.

Ses yeux verts luisaient dans la clarté des bougies.

Et les étincelles retombaient sur le plancher.

– UNE BOMBE! hurlèrent plusieurs voix dans la même seconde.

Faustino plongea la main sous sa veste pour prendre son arme et abattre le chat.

Mais Heller, dans le même temps, lança une main en avant, cueillit l'arme au vol. De l'autre, il agrippa Faustino par le col.

– ÇA VA EXPLOSER! hurla-t-il.

Certains avaient déjà bondi par-dessus la table pour tenter d'éteindre la mèche. Mais, en entendant le cri d'Heller, ils abandonnèrent et se ruèrent vers la porte.

Ils sortirent tous. Sauf Faustino, qu'Heller tenait fermement.

5

Monsieur Calico était au milieu de la salle. Il n'avait pas lâché la mèche, qui n'était qu'un cordon spécial qui crachait des étincelles dès qu'on le serrait et dont l'extrémité était reliée à un ballon noir.

Heller bloqua les mains de Faustino dans son dos et lui attacha les poignets avec une corde. Il l'arracha à la table et le poussa en direction du bureau.

– Maintenant, vous lâchez, dit-il au chat. Venez!

Ils se précipitèrent dans le bureau. Faustino trébucha et tomba près du parasol de métal.

– Surveillez-le! lança Heller à Monsieur Calico.

Il se retourna pour verrouiller la porte, puis sortit une lampe.

Le chat miaula et il se retourna brusquement.

Faustino avait roulé sous le parasol!

Le chat était juché sur lui et le griffait.

Heller se prépara à intervenir.

CRAAC!

Le parasol métallique tomba!

Faustino avait déclenché quelque chose! Et il était invisible, de même que le chat!

Heller tenta de soulever le parasol. Impossible.

Il prit son sac.

Des hommes accouraient.

Il verrouilla la porte du couloir et ouvrit le sac.

Il saisit le désintégrateur, le braqua sur le parasol et essaya de le percer sans toucher le chat.

Une voix, dans la salle, cria :

– C'est une fausse bombe!

On cognait aux deux portes, à coups de poing et à coups de pied!

Le métal du parasol était un alliage d'acier blindé. Heller augmenta la puissance du désintégrateur. Mais il n'avait fait qu'un minuscule trou!

Une détonation! Ils tentaient de faire sauter la serrure avec un fusil à pompe!

Heller riposta avec l'arme de Faustino!

Il jeta un bref coup d'œil à sa montre. Il vit qu'il ne lui restait que quelques secondes.

Il n'allait pas assez vite pour espérer découper le métal. Il darda le faisceau de sa lampe par l'étroite fente.

RIEN!

Plus de Faustino! Plus de chat! Plus de plancher non plus!

Il découvrit un escalier en spirale!

Une nouvelle détonation de fusil à pompe dans le couloir!

Heller s'empara de ses sacs et se jeta sur la luge.

On tira encore!

Il empoigna les commandes.

La porte vola en éclats.

La luge fila vers la fenêtre.

Un autre coup de feu.

Quelque chose lui attrapa la cheville!

Mais il jaillit dans la nuit!

ET LA PREMIÈRE CHARGE EXPLOSA!

Ce fut comme si le tonnerre venait de s'abattre à quelques mètres!

Le grondement fendit l'obscurité.

La luge tangua.

Déséquilibrée, elle plongea vers le sol, trente-cinq étages plus bas!

LA DEUXIÈME CHARGE EXPLOSA!

La luge vira.

Heller parvint à la redresser à la dernière fraction de seconde.

Un arbre se dressait devant lui, de plus en plus grand!

Il passa juste au-dessus.

Maintenant, il savait au moins où était le sol.

Il bascula la luge à la verticale et dégagea sa main droite pour explorer l'ombre avec sa lampe.

Avant de se poser.

LA QUATRIÈME CHARGE EXPLOSA À CET INSTANT!

Il se trouvait derrière les lignes de l'armée de Babe, à un demi-bloc de distance du building.

En quelques gestes, il replia la luge et la fourra dans son sac.

Et il se mit à courir, droit vers le building.

– Reste où tu es! Bouge pas! lança une voix dans l'obscurité.

Il reçut le faisceau d'une lampe en plein visage.

– C'est le môme! Ne tirez pas!

Il était au milieu des hommes de Corleone qui cernaient le building.

– Laissez-moi passer! lança Heller, inquiet pour la santé du chat. Il faut que je retourne là-bas!

– Non, non, môme. Tu restes là! Ils détalent tous comme des rats d'un navire!

LA CINQUIÈME EXPLOSION DÉCHIRA LE CIEL!

A nouveau, ce fut comme le tonnerre, mais sans éclair ni flammes. Les explosions se succédaient et descendaient vers la rue.

Il entendit un bruit de course, puis un fracas, des cris...

D'autres hommes du gang de Faustino qui s'étaient jetés dans les filets tendus au travers des rues.

Les Corleone les rassemblèrent avant de les désarmer et de les ligoter.

SIXIÈME EXPLOSION!

– Doux Jésus! Mais c'est quoi exactement? demanda un Corleone à Jettero. On ne voit pas de débris, rien. Mais je crois bien qu'il y a un étage qui saute à chaque fois, Bon Dieu!

Il aurait pu leur dire qu'il avait utilisé des bombes à intensification vibratoire dont les ingénieurs de combat de Voltar se servaient pour créer une diversion au point B alors qu'ils s'apprêtaient en toute tranquillité à faire sauter le point A. Car l'explosion n'était pas transmise par l'air mais par les molécules du matériau de construction. Ce genre de bombe ne détruisait rien, si ce n'est peut-être un tympan de temps à autre quand on se trouvait à l'intérieur des lieux.

Heller déclara alors en italien :

– Qui sait? C'est peut-être bien la colère de Dieu.

SEPTIÈME EXPLOSION!

Quand l'écho diminua, Heller entendit la voix de Babe dans un walkie-talkie.

– *Signore!* Où en sommes-nous dans nos comptes?

– A 536, *mia capa.*

– Il y en a donc encore deux cents au moins, dit Babe. Restez sur vos gardes. Est-ce que quelqu'un a vu Jerome?

HUITIÈME EXPLOSION!

Heller s'empara de la radio et lança :

– Madame Corleone, je suis redescendu! Tout va bien. Je suis au Point Six. Dites à vos hommes de me laisser passer. Il faut que je retourne là-bas!

NEUVIÈME EXPLOSION!

Une dizaine d'hommes du gang Narcotici venaient de se ruer hors du building, terrifiés, et ils se prirent dans le filet, à quelques pas d'Heller. On se saisit d'eux aussitôt et on les désarma avant de les conduire sur le côté.

– J'appelle le Point Six! (C'était la voix de Babe.) Ne laissez pas passer Jerome avant d'avoir lancé l'offensive générale.

– Oui, oui, *mia capa!*

ET CE FUT LA DIXIÈME EXPLOSION!

Des ordres grésillèrent dans le walkie-talkie. Les autres points d'encerclement répercutaient l'écho de la dernière explosion.

Puis un seul cri jaillit d'un millier de gorges :

– CORLEONE!

Et des pas de course résonnèrent dans l'ombre.

L'assaut général commençait.

Les tirs se déclenchèrent.

– Maintenant, môme, tu peux y aller, dit une voix non loin d'Heller.

Il se rua en avant. L'ombre se dissipait sous les traces de feu des armes. Les forces d'assaut étaient entrées en grande partie mais, dans les brèves lueurs de la fusillade, les hommes restés au-dehors semblaient figés comme par un flash.

– Les tanks! cria quelqu'un. L'armée! Ils arrivent par le sud! Ils sont à moins d'un kilomètre! Dégageons en vitesse!

Heller leva les yeux. Dans ses plans, il n'avait pas trouvé la moindre trace d'un escalier secret. Quant au sous-sol, juste à la verticale du bureau de Faustino, il ne devait contenir en principe que les chaudières du bâtiment.

Il s'approcha de la paroi et la suivit jusqu'à se trouver à l'aplomb du bureau de Faustino. Sur cette façade, le matériau était fait de pierres noires et massives.

La dernière défense des Narcotici se livrait à un baroud d'honneur. Heller entendit éclater une grenade.

Il cherchait la trace d'un possible refuge. Un indice.

UNE BALAFRE EN COURBE SUR LE TROTTOIR!

Elle commençait au pied de la façade pour s'achever au bord du trottoir. À l'évidence, l'asphalte s'était ouvert à cet endroit et les gravats avaient dessiné cette cicatrice révélatrice.

À l'endroit précis où la pierre en joignait une autre, il vit une marque verticale. Il prit alors son désintégrateur et élargit la crevasse. Puis, à l'aide d'une barre, il l'agrandit en pesant de toutes ses forces.

Et il dégagea une *porte*!

Une nouvelle fois, il utilisa le désintégrateur pour se frayer un chemin et le verrou intérieur céda enfin.

S'emparant encore une fois de la barre, il écarta la pierre.

Et l'issue s'agrandit!

Il pointa le faisceau de la lampe et vit Monsieur Calico!

Assis sur la poitrine de Faustino!

L'épais truand se redressa en voyant la lumière.

– Sauvez-moi! supplia-t-il.
Le chat lui donna un coup de griffe.
– Je le tiens, Monsieur Calico! lança Heller. Vous avez fait du bon travail ce soir!
Il agrippa Faustino et le releva sans ménagement.
– Hé, les Corleone! appela-t-il. Par ici!
La fusillade avait cessé. Deux hommes se précipitaient dans sa direction. Il poussa Faustino entre leurs mains.
– Expédiez-moi ça à Babe!
Ils s'éloignèrent avec Faustino pendant qu'il récupérait Monsieur Calico.
Lorsqu'il se retourna, il fut ébloui par un projecteur!
UN TANK!
Il laissa filer le chat, leva les bras très haut et s'avança droit jusqu'au tank.
La mitrailleuse était pointée sur lui.
Dans la tourelle, un officier le menaçait de son .45. Dans la faible lueur qui venait de l'intérieur de l'habitacle, Heller identifia l'aigle d'or d'un colonel.
– Que diable signifie tout ça? rugit le colonel.
– Puis-je m'identifier? demanda Heller.
– Avancez calmement sinon j'ouvre le feu!
Les bras toujours levés, Heller sauta sur la chenille.
– Mon colonel, veuillez mettre la main dans ma poche.
Le colonel le contempla d'un air soupçonneux et, le .45 toujours braqué, prit ses papiers dans la poche de son smoking.
– Lieutenant Wister, du Service des Renseignements de l'Armée, dit Heller. Nous venons d'encercler les saboteurs du Maysabongo. Les hommes que vous voyez sont les miens, déguisés en mufti.
Le colonel examina de près ses papiers et ses ordres.
– Mais pourquoi ne m'a-t-on pas informé?
– C'est ultra-secret, lui dit Heller. Mais nous avons réussi à les avoir avant qu'ils n'aient fait sauter toute la ville.
– Ces sales (bipards) de (bips)! C'est sacrément bon, ce que vous venez de faire là! Je dois dire que je n'avais pas entendu péter aussi fort de toute ma (bipeuse) de vie! Vous êtes sûr de tous les tenir? ajouta-t-il en regardant alentour.
– On fait le nettoyage complet, l'assura Heller.
Il entendit soudain une galopade derrière eux.
LA POLICE!
L'inspecteur Grafferty, à bout de souffle, apparut dans le projecteur.
– Vous êtes tous en état d'arrestation! beugla-t-il.

Le colonel se raidit et le toisa.
– Ceci est une opération militaire! gronda-t-il. À quel titre vous permettez-vous d'intervenir?
Les yeux de Grafferty venaient soudain de se poser sur Heller.
– WISTER! Colonel, je connais cet homme! C'est un criminel.
Le colonel le foudroya du regard.
– Et maintenant, voilà que vous traitez les militaires de criminels! Fichez-moi le camp d'ici avant que j'ouvre le feu!
Grafferty émit un bêlement et se retira en hâte en faisant signe à ses flics de le suivre.
Heller salua.
– Colonel, il faut que je conduise les prisonniers au camp. Si vous voulez bien m'excuser...
– Certes, certes, fit le colonel. On dirait que vous avez fait du bon travail. (Il jeta un dernier regard sur les papiers d'Heller avant de les lui rendre.) Je dirai un mot à votre propos au secrétaire à la Guerre.
– Oh, c'est vraiment très aimable de votre part, colonel. Mais je ne fais que mon devoir.
– Magnifique, Wister! Vous direz que je vous ai assisté? Je suis le colonel Boots.
– Bien entendu, colonel.
– Parfait, lieutenant. À présent, je vais ramener mon unité jusqu'au parc. Allez.
Heller s'éloigna en courant. Le secteur était calme, à présent. Les hommes de la bande à Narcotici avaient disparu, de même que les filets tendus en travers des rues. Il ne restait qu'un vieux *soldato* des Corleone occupé à récupérer les douilles vides.
Heller arriva à la limousine et ouvrit la portière. Faustino était là, ligoté et allongé sur le sol. Le chat ne l'avait pas lâché et il était là lui aussi, installé sur un strapontin, prêt à faire usage de ses griffes.
Babe l'accueillit avec un sourire radieux. Elle tenait encore ses radios.
Avant même qu'il ait pu parler, la voix de Saggezza se fit entendre :
– *Mia capa*, tous les ordinateurs sont entre nos mains. Ainsi que tous les dossiers de Faustino. Aucun registre n'a été endommagé, ni aucune banque de données. J'ai laissé des hommes sur place. Nous contrôlons tout.
– Splendide, *signore*, fit Babe. Et nous, nous tenons le gros lard, ce qui fait que c'est fini pour eux.

– Vous avez le chef de la police? s'inquiéta Heller.

– Oui, avec tous les autres notables y compris le maire. Ils sont là-bas, derrière ces buissons. Ils supplient qu'on les épargne.

– Bien, dites au chef de la police qu'il doit téléphoner pour qu'on enlève le cordon de garde de l'Empire State Building immédiatement.

– Bien sûr, Jerome. Tout ce que vous voudrez. La ville entière nous appartient!

Pas encore, songea Heller. Car tout ça pourrait bien nous revenir en pleine figure comme une comète si je n'ai pas tout fini avant lundi.

6

Deux heures après, Izzy, Bang-Bang et Rockecenter Junior célébraient leur libération de l'Empire State avec Heller en avalant chez *Sardine's* tout ce que Heller commandait.

Quand il ne resta plus rien, que la nappe, il les renvoya pour qu'ils fassent un brin de toilette et le ménage dans les bureaux. Il leur donna rendez-vous dès le lendemain matin à l'appartement.

La bataille n'était pas finie. Le plus dur était encore à venir : Rockecenter. Et, pour ce dernier affrontement, Heller était à court de troupes.

Au quartier général des Renseignements militaires, il apprit que Rockecenter se trouvait dans son domaine de Pokantickle, au nord de Hairytown. Les lieux étaient gardés par un régiment de la Garde Nationale qui avait été mobilisé en hâte et placé sous le commandement d'un général en chef, rien de moins.

Il apprit également que Rockecenter allait quitter Pokantickle dans l'après-midi de dimanche pour se rendre à Philadelphie. Là, il participerait à la conférence Swillberger dont il avait le contrôle et, dans la nuit, le président des États-Unis viendrait se joindre aux financiers des divers pays. Dès lundi, le président prendrait la parole devant le Congrès, à Washington et déclarerait légalement la guerre à la République du Maysabongo.

Jettero comprit qu'il allait affronter les forces qui gouvernaient la planète. Il n'avait guère le temps de s'y préparer, mais il le fallait pourtant.

Il regagna l'appartement dans la nuit new-yorkaise. Il passa une combinaison de travail et s'occupa du vieux taxi. À l'aide d'une lampe voltarienne, il changea le rouge de la carrosserie en vert olive avant de peindre une étoile blanche sur les portières ainsi qu'un faux numéro d'immatriculation de l'armée.

Tout en travaillant, il dut subir les bulletins d'information hystériques concernant la guerre imminente. On annonçait triomphalement que des saboteurs du Maysabongo avaient tenté de faire sauter l'hôtel de ville mais qu'ils en avaient été empêchés à temps par l'intervention d'une unité de chars placée sous le commandement du colonel Boots. On avertissait les automobilistes de se tenir à l'écart des autoroutes, qui devaient être à la disposition de l'armée. Avis quelque peu inutile dans la mesure où il n'y avait plus d'essence. On demandait aussi à la population de se méfier des partisans du Maysabongo, qui pouvaient tenter de faire sauter les voies ferrées, les aéroports et les convois. Toute information devait être d'urgence communiquée à l'armée.

On diffusait beaucoup de marches militaires. À l'évidence, le pays tout entier se préparait à entrer en guerre. Heller se dit qu'avec un peu de chance il pourrait encore empêcher ça. Mais personne ne semblait faire le moindre effort dans ce sens.

Vers 8 heures, il revêtit un uniforme propre, puis entassa dans un sac tout l'équipement d'un ingénieur de combat voltarien – des bombes, surtout.

Bang-Bang apparut. Il avait revêtu son uniforme de l'École d'Entraînement des Officiers de Réserve et Heller lui fit enlever ses barrettes d'épaule afin qu'il ressemble à un chauffeur de l'armée.

Izzy Epstein arriva à son tour, les yeux creusés, l'air défait.

Et Delbert John Rockecenter II, manifestant son irritation de n'avoir pu mettre un pied dehors pour aller veiller sur son élevage de porcs du New Jersey.

Ils partirent, l'air digne et très officiel, en direction de Pokantickle Hills, à trente-cinq ou quarante kilomètres au nord. La route était déserte. Tous les feux étaient éteints. Le vieux taxi, qui roulait non pas avec un moteur à essence classique mais avec le convertisseur d'Heller qui transformait l'asphalte en oxygène et hydrogène, était aussi nerveux que rapide. Et Bang-Bang, sans la moindre concurrence, les déposa à 9 heures devant le portail de la demeure.

Ils avaient devant eux un impressionnant déploiement de troupes de la Garde Nationale de New York. Des tentes avaient été dressées sur les pelouses et, de tous côtés, on courait et on défilait au pas.

Le portail était gigantesque et une escouade au complet avait pris position en travers de l'allée, fusils armés et pointés sur les arrivants.

Un officier, casqué et ceinture cartouchière croisée sur le torse, descendit de sa Jeep. Les Gardes Nationaux étaient bien décidés à affronter ces représentants de l'armée régulière.

– Sortez les mains levées! lança l'officier.

– Non, non, fit Heller. C'est une affaire de famille. (Il se tourna vers Junior.) Donne-moi ton permis de conduire. (Il le lui tendit.) Nous sommes venus demander à son père son autorisation pour qu'il rejoigne l'armée.

– Delbert John Rockecenter II! s'exclama l'officier en regardant tour à tour le permis et Junior. Jésus-Christ! Excusez-moi!

En hâte, il tira un bloc de son ceinturon, rédigea un laissez-passer en écrivant simplement FAMILLE en gros caractères avant de le glisser sous l'essuie-glace.

– Ouvrez le portail, vous autres! lança-t-il à l'adresse de ses hommes. Nous avons l'ordre de ne pas entraver la vie de la maison.

Il salua Heller.

Ils roulèrent vers la maison entre les tentes, les camions, les motos, les pièces d'artillerie et même deux chars.

– Mais je ne veux pas m'engager dans l'armée! protesta Junior. Ils tuent les cochons!

– Tais-toi. Laisse-moi parler, lui intima Heller.

– D'accord, vieux, mais n'essayez pas de me changer en soldat!

Ils s'arrêtèrent devant la maison. Tout était monumental. De même que les deux gardes nationaux qui se tenaient à l'entrée.

Heller tendit son sac à Bang-Bang.

– Toi, tu attends là.

En compagnie d'Izzy et de Junior, il monta les marches. Un officier fit son apparition et son regard se posa sur le laissez-passer. Même à plusieurs mètres, il pouvait lire FAMILLE.

– Je suis désolé, leur dit-il, mais j'ai l'ordre de fouiller tout le monde!

Il les palpa mais ils n'étaient pas armés. Il ouvrit la mallette d'Izzy, n'y vit que des paperasses et la lui rendit. Il les salua et un jeune soldat du contingent leur ouvrit la porte.

Ils se trouvèrent dans un vaste living-room au mobilier ancien, lourd et cossu. Des portraits de Rockecenter au visage sévère les dévisageaient.

Des voix leur parvinrent d'une pièce voisine. Heller s'avança, ouvrit et les deux autres lui emboîtèrent le pas. Il referma.

Ils étaient dans un bureau de vastes dimensions, meublé également à l'ancienne. Des portes-fenêtres ouvraient sur une allée.

Delbert John Rockecenter, pareil à un vautour en colère, était assis à son bureau.

Trapp, son avocat, du cabinet Flooze et Plank, était debout contre le mur, mal à l'aise, son visage taillé à coups de serpe marqué par une expression offensée.

– C'est parfaitement clair pour moi! proféra Rockecenter. Vous n'avez pas fait votre travail! Je devrais vous livrer à miss Agnes pour qu'elle vous fasse rentrer un peu de bon sens dans la tête avec quelques électrochocs! Si vous aviez pris vos précautions, je n'aurais pas été obligé de faire ce long et épuisant voyage jusqu'à Philadelphie pour voir ce crétin de président! J'en ai marre de faire le travail à votre place! Je devrais vous liquider, vous et votre cabinet! Je dis bien liquider! Parce qu'il est évident que vous êtes contre moi!

Trapp venait d'apercevoir Heller. Il devint livide.

– WISTER!

Rockecenter allait poursuivre mais il prit conscience que son auditeur ne l'écoutait plus. Il jeta un regard irrité vers le trio.

– Dites au général, fit-il à Heller, que je ne pars pas tout de suite. (Il se tourna vers Trapp.) Je n'ai pas fini avec vous! Je tiens à vous rappeler, Trapp, que vous devez tenir compte de ce que je pense! ÉCOUTEZ-MOI!

Trapp pointait faiblement le doigt vers Heller.

– Monsieur, c'est votre... monsieur, l'homme au carburant... Oh, mon Dieu!

– L'homme au carburant? L'homme au carburant? répéta Rockecenter. Qu'est-ce que vous radotez?

– Je ferais peut-être bien de vous expliquer, dit Heller. Nous sommes venus vous proposer un marché honnête afin d'en finir avec la crise du pétrole, monsieur Rockecenter.

– Mais qui est-il? demanda Rockecenter à Trapp. Et de quoi parle-t-il donc?

– Monsieur, cet officier en uniforme est Jerome Terrance Wister.

– Et je vous présente M. Israel Epstein. Il a le contrôle des compagnies qui ont installé le réseau micro-ondes, de Chryster Motors, des carburateurs sans essence, des voitures sans essence – il contrôle également les réserves pétrolières américaines qui appartiennent actuellement au Maysabongo.

Rockecenter se rassit et fixa Izzy.

– Un Juif, dit-il. Un sale (bip) de Juif!

Heller intervint :

– Je crois que vous pouvez faire un accord qui satisfera tout le monde.

Rockecenter ne quittait pas Izzy du regard. Puis ses yeux devinrent deux fentes et une expression de ruse se fit jour sur son visage.

– Dois-je comprendre que vous détenez les brevets de ce carburateur, de ces voitures et de ce réseau d'énergie micro-ondes ?

– Les compagnies que je contrôle les détiennent, c'est exact, dit Izzy. Je les ai là.

Il ouvrit la mallette, sortit les brevets et, s'avançant, les posa devant Rockecenter.

Aussitôt, Trapp se précipita derrière Rockecenter et examina les papiers. Il murmura quelques mots à l'oreille de son patron. Apparemment, il reconnaissait l'authenticité des brevets.

– Vous voulez dire, reprit Rockecenter à l'adresse d'Izzy, que vous êtes prêt à me les remettre en gage de paix ?

– Pas exactement. Je veux vous les remettre, certes, mais, nous attendons quelque chose en retour.

– Oh, fit Rockecenter, désappointé.

Il coula un regard vers Trapp avant de revenir à Izzy. Un sourire bizarre effleura ses lèvres.

– Eh bien, dites-moi ce que vous attendez en retour.

– Nous avons certaines options que nous lèverons demain et qui nous rapporteront des milliards ainsi que l'ensemble des parts de toutes les compagnies pétrolières du monde. Vous pourriez avoir 49 % des bénéfices, et 49 % des parts.

– C'est beaucoup, dit Rockecenter. Donc, il y a une entourloupe là-dessous.

– Monsieur Rockecenter, reprit Izzy, vous avez eu une épouse autrefois. Et aussi deux fils.

Rockecenter parut touché de plein fouet.

– Selon la volonté de la famille, poursuivit Izzy, votre fils devrait recevoir une allocation de 10 milliards de dollars. Vous êtes le curateur de cette allocation. Nous voulons que vous reconnaissiez Delbert John Rockecenter II comme votre fils légitime.

– Je suis prêt à renoncer à tous les droits que je peux avoir, dit Heller.

– Cette allégation est absurde! éclata Rockecenter.

– Les documents sont là, dit Izzy en les lui tendant.

Rockecenter les regarda, éberlué. Et Trapp les examina à son tour. Une fois encore, il lui murmura à l'oreille et Heller entendit qu'il lui disait que miss Agnes avait dû tout raconter.

– Nous voulons cette reconnaissance de paternité, reprit Izzy. Nous voulons également que vous nous transmettiez vos droits de curateur, car votre fils est ici désormais et il atteint l'âge requis. Nous voulons aussi un acte testamentaire par lequel vous lui léguez votre domaine, me nommant personnellement administrateur.

– Et si je m'exécute?

– Les compagnies pétrolières auront ces brevets et l'Amérique aura son pétrole. Les raffineries fonctionneront à nouveau...

– Impossible! lança Rockecenter. Les marcheurs de la paix disent qu'elles sont radioactives! Ils ne nous laisseront pas les rouvrir!

– Je vous promets que je vais faire le nécessaire pour qu'elles soient décontaminées et redeviennent opérationnelles, dit Heller.

– De toute façon, tout ça c'est de la propagande! Qu'est-ce que ça peut leur faire que les réservoirs soient un tout petit peu radioactifs, après tout? Ce n'est que de la racaille!

– Je peux également obtenir que les marcheurs renoncent.

Rockecenter se rassit.

– Vous êtes malin, vous. Si je n'ai que 49 % des parts, vous contrôlerez les conseils d'administration et vous dirigerez leurs orientations. Je devrai tout abandonner!

– C'est peut-être un peu plus radical que ce que j'avais en tête, commenta Izzy. Mais permettez-moi de vous faire remarquer que vous serez l'homme le plus riche du monde.

– Et si je dis non?

– Eh bien, en ce cas, je crains que M. Trapp, ici présent, n'ait à défendre vos intérêts quand vous serez traduit devant la cour pour conspiration de meurtre sur la personne de votre femme et de votre fils. Je suis navré de le dire aussi brutalement. Vous serez également jugé pour tout le reste et vous perdrez.

– C'est du chantage!

– C'est une affaire de meurtre, fit Heller, froidement. Et lorsque vous y ajoutez les millions de morts des guerres, les millions de bébés morts à cause de vos programmes d'avortement et les millions d'existences ruinées par l'inflation pour vous permettre des profits rapides avec le pétrole, on se demande pourquoi on ne vous a pas déjà pendu une centaine de millions de fois. Je dois dire que je serais heureux de vous passer moi-même la corde au cou!

– Non, non, intervint Izzy. Nous discutions affaires.

– Ce type m'a déjà causé suffisamment d'ennuis, dit Heller. Il parle d'affaires alors qu'il s'agit de banditisme à l'échelle planétaire. Ce n'est qu'un pirate et je n'ai pas envie de le regarder, encore moins de lui parler. Monsieur Epstein, laissez-moi vous dire que votre offre est bien trop généreuse et que je vous désapprouve totalement!

– Monsieur Wister, veuillez vous éloigner un peu et me laisser poursuivre les négociations seul. M. Rockecenter sait reconnaître où est son profit.

Le front sévère de Trapp se plissait... Il avait reniflé qu'on abordait la tactique du bon et du méchant. Il se pencha vers Rockecenter pour lui souffler un conseil à l'oreille mais il n'en eut pas le temps.

Car ce fut Rockecenter qui murmura quelques mots avant de fixer Izzy avec une expression de ruse.

– Je crains que nous n'ayons à appeler des avocats pour un tel marché. Nous...

– Non, il n'en est pas question, le coupa Izzy en ouvrant sa mallette. Vous avez ici M. Trapp et notre avocat, Bilius, a passé la moitié de la nuit à taper ceci.

L'un après l'autre, il déposa devant Rockecenter les cessions de brevets. Puis le certificat de transfert du pétrole du Maysabongo. Ensuite la cession de 49 % des profits des options de vente, plus la cession de 49 % des parts des compagnies pétrolières. Il termina enfin avec le document de cession de tutelle et un acte testamentaire.

Rockecenter et Trapp lurent chaque document avec soin.

Rockecenter décida soudain :

– Bien. Nous allons les signer. M. Trapp est notaire. Nous allons tout régler dès maintenant.

– Et rapporter l'ordre de déclaration de guerre? demanda Heller.

– Bien sûr. Vous avez ma parole la plus sacrée. Dès que nous en aurons terminé, j'appellerai le président et ce sera fait.

7

Rockecenter ramena toute la liasse de cessions et de contrats jusqu'à lui. Avec un sourire discret, il se mit à signer. Il finit par le testament et y apposa son ample signature.

– Maintenant, Juif, dit-il en pointant le doigt sur Izzy, c'est votre tour.

Izzy rajusta ses lunettes, se pencha et signa.

– Et toi, fit Rockecenter à Junior quand ce fut fait. Il y a un document qui concerne l'administration de tutelle et qu'il faut que tu signes.

Junior s'avança et s'exécuta.

Rockecenter regarda tour à tour Heller puis Trapp.

– Est-ce qu'il n'a pas besoin d'un acte de renonciation? demanda-t-il.

Trapp acquiesça et sortit un formulaire en blanc de son attaché-case. Il le posa sur le bureau.

– À présent, dit Rockecenter, Trapp, en tant que notaire, va vous demander vos papiers d'identité afin de vérifier vos signatures. Veuillez poser vos portefeuilles ici.

Il désigna le milieu du bureau.

Ils y posèrent leurs trois portefeuilles.

Trapp les ouvrit et compara les signatures. Il se mit à aposer ses visas notariaux sur chacun des documents tandis que Rockecenter lui chuchotait quelques phrases.

L'avocat de Wall Street en était au dernier document. L'acte de renonciation d'Heller.

– Vous avez signé Jerome Terrance Wister. (Il acheva de le viser.) Mais il faut que j'en aie un autre signé Delbert John Rockecenter Junior, de vous également. Je vais vous donner un autre formulaire.

Il contourna Heller et se dirigea vers son attaché-case. Il y prit une autre feuille et revint la donner à Heller.

Qui se pencha pour la remplir et signer.

Ses yeux étaient exactement à la hauteur d'un gros encrier en argent.

Il vit l'image déformée de Trapp qui dégainait son arme!

Le pistolet jaillit comme un serpent!

Heller pivota et lança la main!

Il saisit le poignet de Trapp et le leva vers le plafond!

LE COUP PARTIT!

Heller lui replia le bras d'un geste violent et le pistolet vint fracasser le crâne de Trapp!

La peau fut tranchée jusqu'à l'os!

– ON NE BOUGE PAS! cria une voix.

Heller se retourna.

Les portes de la bibliothèque venaient de s'ouvrir à toute volée.

UN SOLDAT D'INFANTERIE BRAQUAIT SUR LUI UN BAZOOKA!

ET DEUX AUTRES LE MENAÇAIENT DE LEURS FUSILS!

Trapp s'était écroulé près du canapé, la tête ruisselante de sang.

Il avait récupéré son arme!

Heller restait immobile, impuissant. Les soldats étaient trop loin pour qu'il puisse les attaquer.

Rockecenter était debout, avec un sourire de dément sur son visage. Il ramassa tous les papiers, prit les porfeteuilles et sortit de derrière son bureau une grosse mallette d'acier avec une serrure à combinaison. Il l'ouvrit. La seule différence avec un coffre était la poignée.

– Vous croyiez que je tiendrais parole dans un marché aussi dingue? Tout ce que je voulais, c'était les brevets! Maintenant, je peux tout annuler, étouffer toute cette affaire et continuer à vivre sur le pétrole. (Il regarda Trapp qui semblait mort.) Je vais emporter tout ça pour le protéger des mains hostiles.

Il jeta les documents et les portefeuilles ainsi que tous les papiers d'Izzy dans la mallette, les rangea bien en ordre, puis brouilla la combinaison.

Un général en chef surgit soudain, suivi d'une escouade.

– Général, annonça Rockecenter, surveillez ces racailles jusqu'à mon retour. Ensuite, nous serons en état de guerre et nous aurons besoin d'un peloton d'exécution!

Rockecenter a-t-il vraiment fait échouer tout le plan?
Comment Hisst va-t-il contre-attaquer?

lisez

MISSION
TERRE

TOME 9

NOIRE VICTOIRE

A propos de l'auteur

Né en 1911, fils d'un officier de la Marine des États-Unis, L. Ro Hubbard grandit dans l'Ouest américain et, très tôt, fait le du apprentissage de la vie dans les grands espaces. Adolescent, il vit dans le plaines et les montagnes du Nevada où il côtoie cow-boys et Indien avant de s'embarquer pour l'Asie qu'il visite longuement et dont découvre les philosophies et les religions. A dix-neuf ans, il a dé parcouru plus de cinq cent mille kilomètres, sur terre comme sur mer, rédigé de nombreux journaux de voyage dans lesquels il puise généreusement quelques années plus tard pour nourrir les intrigues de se romans.

De retour aux États-Unis, il cherche à assouvir son insatiable appét d'aventures et de sensations fortes en devenant aviateur et, très vit acquiert une réputation de virtuose et de casse-cou, mais il est bient repris par le démon de la navigation et part pour les Caraïbes sur u quatre-mâts, à la tête d'une expédition.

Puis il rentre au bercail et décide de vivre de sa plume. S'ensuit un fl étonnant de romans et de nouvelles – aventures, westerns, polar fantastique. Le succès est immédiat. En 1938, il est reconnu comme l'u des plus grands parmi les auteurs de récits populaires.

C'est à cette époque que *Astounding*, le meilleur magazine science-fiction, lui demande sa collaboration. Il proteste : ses sujets d prédilection ne sont pas les « machines et les robots », mais les gens, le êtres humains. On lui répond : « Ça tombe bien, c'est exactement ce qu nous cherchons. »

Suivent alors de nombreux récits où Hubbard élargit l'horizon de science-fiction, devenant un maître du genre au même titre que A. E. va Vogt et Robert Heinlein. Ils comptent parmi les écrivains marquants c ce qu'on a appelé l'« Age d'Or » et les fondateurs de la science-fictio moderne.

Hubbard écrit une centaine de romans et plus de deux cents nouvelle Ses œuvres de fiction ont été traduites dans une dizaine de langues

: sont vendues à vingt-deux millions d'exemplaires dans le monde.

En 1982, Hubbard fête son 50e anniversaire d'entrée en littérature avec ne impressionnante saga de science-fiction, *TERRE Champ de ataille,* qui devient rapidement un best-seller international. Critiques et nateurs de S.-F. réservent au livre un accueil enthousiaste. En 1986, les cteurs français le plébiscitent pour le Prix Gutenberg, dans la catégorie :ience-fiction.

Après la parution de *TERRE Champ de Bataille*, Hubbard s'attelle à rédaction de ce que beaucoup considèrent comme son chef-d'œuvre, *fission Terre*, une aventure spatiale sur fond de satire qui compte pas oins de dix tomes – une entreprise dans laquelle peu d'écrivains ıraient osé se lancer.

Mission Terre est un récit mené à cent à l'heure qui regorge de coups : théâtre et de retournements de situation spectaculaires au cours ısquels bons et méchants s'affrontent en une lutte sans merci dont ɛnjeu est notre bonne vieille planète Terre.

Avec *Mission Terre*, Hubbard réussit un pari audacieux : nous conter notre monde en prenant le point de vue des extraterrestres qui se nt mêlés à la population terrienne, et dénoncer avec un humour féroce ɛrtaines de nos institutions, dans la lignée de Voltaire, de Swift ou de Orwell de *la Ferme des animaux*.

Un vieux mot grec, *dékalogie*, a été choisi pour désigner cette saga en x tomes.

Le 24 janvier 1986, ayant livré son manuscrit à son éditeur et ayant teint tous les buts qu'il s'était fixés, L. Ron Hubbard a quitté son corps. laisse derrière lui une œuvre riche et originale qui traversera les âges, ur le plus grand bonheur des innombrables générations de lecteurs à nir.

Nous sommes fiers de publier à notre tour le chef-d'œuvre de L. Ron ubbard, la *dékalogie* intitulée *Mission Terre*.

Mer Noire
Bulgarie
Istanbul
Mer de Marmara
BASE DE L'APPAREIL
Ankara
Bursa
Mer
Égée
Afyon
Lac Tuz
Izmir
Lac Aksehir
Antalya
Mer Méditerranée
Chypre
50
100

Blito-P3 (La Terre)

Turquie

Carte dressée par 54 Char

MENSONGE!

AVERTISSEMENT : La planète Terre (Blito-P3) n'existe pas. Cette carte n'a jamais figuré dans les archives astrographiques royales. Elle est basée sur les descriptions contenues dans cette œuvre de fiction, et sur rien d'autre.

Sur l'ordre de Lord Invay
Président du Conseil des Censeurs.

Achevé d'imprimer en juin 1993
sur les presses de l'Imprimerie Bussière
à Saint-Amand (Cher)

PRESSES POCKET - 12, avenue d'Italie - 75627 Paris Cedex 13
Tél. : 44-16-05-00

— N° d'imp. 1452. —
Dépôt légal : juin 1993.

Imprimé en France

1. Notez ici vos réponses :

- Dans *Sur les berges du temps* apparaît un personnage nommé Arthur. S'agit-il du roi Arthur des légendes bretonnes ?

  ....

- Comment s'appelle l'empereur de Voltar dans *Mission Terre ?*

  ....

- Sur quels véhicules se transporte la Grande Migration dans *Les avaleurs de vide ?*

  ....

2. Choisissez votre livre :

- *Sur les berges du temps* - Chansons pour J.R.R. Tolkien ☐
- *Mission Terre* de L. Ron Hubbard ☐
- *Les avaleurs de vide* de Norman Spinrad ☐

3. Où faut-il vous l'adresser ?

Nom et prénom : ....
Adresse : ....
....
Téléphone : ....

4. Questions insidieuses mais facultatives :

Votre âge : ....
Votre sexe : ....
Dans quel point de vente avez-vous acheté ce livre ?
....

PRESSES POCKET

Timbrez ici

Le grand concours permanent de Pocket S.-F.

Presses Pocket
12, avenue d'Italie
75627 Paris Cedex 13

Les Galaxies de la Science-fiction

HERBERT
La maison des mères

Les Planètes de la Science-Fantasy

McCAFFREY
Le dragon blanc

Les Univers de la Fantasy

MOORCOCK
La quête de Tanelorn

Les Abîmes de la Dark Fantasy

LOVECRAFT
La trace de Cthulhu